Os Bórgias

Mario Puzo

Finalizado por Carol Gino

Os Bórgias

Tradução de
ALVES CALADO

21ª edição

EDITORA RECORD
RIO DE JANEIRO • SÃO PAULO
2025

CIP-BRASIL. CATALOGAÇÃO NA FONTE
SINDICATO NACIONAL DOS EDITORES DE LIVROS, RJ

P996b
21ª ed.

Puzo, Mario, 1920-1999
    Os Bórgias / Mario Puzo; finalizado por Carol Gino; tradução de
Alves Calado. – 21ª ed. – Rio de Janeiro: Record, 2025.
    420 p.:

    Tradução de: The family
    ISBN 978-85-01-06276-5

    1. Bórgia (Família) – Ficção. 2. Romance americano. I. Gino, Carol,
1941-. II. Alves Calado, Ivanir, 1953-. III. Título.

02-0415

CDD – 813
CDU – 820(73)-3

TÍTULO ORIGINAL NORTE-AMERICANO:
THE FAMILY

Copyright © 2001 by The Estate of Mario Puzo and Carol Gino.

Partes deste livro apareceram, em diferentes versões, na revista *Penthouse*.

Texto revisado segundo o Acordo Ortográfico da Língua Portuguesa de 1990.

Todos os direitos reservados. Proibida a reprodução, no todo ou em parte, através de
quaisquer meios. Os direitos morais do autor foram assegurados.

Direitos exclusivos de publicação em língua portuguesa somente para o Brasil
adquiridos pela
EDITORA RECORD LTDA.
Rua Argentina, 171 – Rio de Janeiro, RJ – 20921-380 – Tel.: (21) 2585-2000,
que se reserva a propriedade literária desta tradução.

Impresso no Brasil

ISBN 978-85-01-06276-5

Seja um leitor preferencial Record.
Cadastre-se no site www.record.com.br
e receba informações sobre nossos
lançamentos e nossas promoções.

EDITORA AFILIADA

Atendimento e venda direta ao leitor:
sac@record.com.br

PARA BERT FIELDS

QUE ARRANCOU A VITÓRIA
DAS MÃOS DA DERROTA
E QUE PODERIA SER
O MAIOR CONSIGLIERE
DE TODOS

COM ADMIRAÇÃO
MARIO PUZO

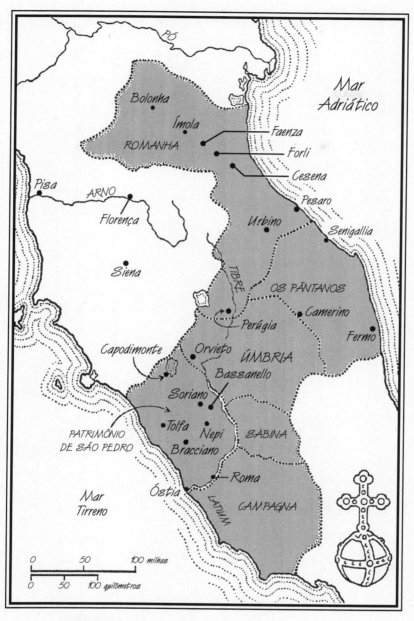

OS ESTADOS PAPAIS

Deixeis que eu seja vil e abjeto, apenas deixeis que eu beije o véu que amortalha meu Deus. Ainda que eu esteja seguindo o demônio, sou Vosso filho, ó Senhor, e Vos amo, e sinto a alegria sem a qual o mundo não pode sobreviver.

— FIODOR DOSTOIEVSKI
Os irmãos Karamazov

PRÓLOGO

Enquanto a peste negra varria a Europa, devastando metade da população, muitos cidadãos desesperados voltaram os olhos do céu para a terra. Ali, para dominar o mundo físico, os que tinham inclinação mais filosófica tentaram desvendar os segredos da existência e com isso desenredar os maiores mistérios da vida, enquanto os pobres só esperavam acabar com o sofrimento.

Foi assim que Deus caiu na terra como homem, e a rígida doutrina religiosa da Idade Média perdeu poder e foi substituída pelo estudo das antigas civilizações de Roma, da Grécia e do Egito. Quando a sede das cruzadas começou a diminuir, os heróis olímpicos renasceram e as batalhas olímpicas foram travadas de novo. O homem lançou sua mente contra o coração de Deus e a razão reinou.

Essa foi a época de grandes realizações na filosofia, nas artes, na medicina e na música. A cultura floresceu com grande pompa e cerimônia. Mas não sem custo. Leis antigas foram violadas antes que se criassem novas. A mudança da adesão rígida ao mundo de Deus e à crença na salvação eterna para a honra do homem e a recompensa no mundo material chamada de *humanismo* foi, na verdade, uma transição difícil.

Na época, Roma não era a Cidade Santa; era um lugar sem lei. Nas ruas, cidadãos eram roubados, casas eram saqueadas, a prostituição grassava e centenas de pessoas eram assassinadas todas as semanas.

Além disso, o país que agora conhecemos como Itália não existia. Em lugar dele havia cinco grandes poderes: Veneza, Milão, Florença, Nápoles e Roma. Dentro das fronteiras da "bota" havia muitas cidades-estados independentes governadas por antigas famílias lideradas por reis locais, senhores feudais, duques ou bispos. Dentro do país, vizinho lutava contra vizinho para ganhar território. E os que conquistavam ficavam sempre alertas — porque a conquista seguinte estava próxima.

De fora do país vinha a ameaça da invasão de forças estrangeiras que queriam expandir seus impérios. Os governantes da França e da Espanha desejavam mais território, e os "bárbaros" turcos, que não eram cristãos, começavam a entrar nos estados papais.

Igreja e Estado lutavam pela soberania. Depois da paródia do Grande Cisma — quando havia dois papas em duas cidades, com poder dividido e ganhos reduzidos —, a formação do novo local do trono em Roma, com apenas um papa, deu nova esperança aos príncipes da Igreja. Emergindo ainda mais fortes do que antes, os líderes espirituais da Igreja só precisavam lutar contra o poder temporal de reis, rainhas e duques das pequenas cidades e dos feudos.

Mesmo assim, a Santa Igreja Católica Romana estava num tumulto, porque o comportamento sem lei não estava limitado aos cidadãos. Os cardeais mandavam seus servos armados com pedras e balestras às ruas para lutar com os jovens romanos; homens de alta posição na Igreja — proibidos de se casar — visitavam cortesãs e tinham muitas amantes; subornos eram oferecidos e recebidos; e o clero oficial do mais alto nível estava pronto a aceitar dinheiro para fazer dispensas da lei e redigir bulas papais com perdão para os crimes mais terríveis.

Muitos cidadãos desiludidos diziam que tudo em Roma estava à venda. Dinheiro suficiente podia comprar igrejas, padres, inocência e até mesmo o perdão de Deus.

Com muito poucas exceções, os homens que se tornavam padres entravam na Igreja porque eram segundos filhos — treinados desde o nascimento para profissões dentro da Igreja. Eles não sentiam verdadeira vocação religiosa, mas como a Igreja ainda tinha o poder de declarar um rei, e de distribuir grandes bênçãos à terra, cada família da aristocracia italiana oferecia presentes e subornos para que seus filhos fossem nomeados para o colégio de cardeais.

Essa época era o Renascimento; a época do cardeal Rodrigo Bórgia e sua família.

I

1

OS RAIOS DOURADOS DO SOL AQUECIAM AS PEDRAS DAS RUAS de Roma enquanto o cardeal Rodrigo Bórgia andava rapidamente do Vaticano até a casa de três pavimentos de estuque na Piazza de Merlo, aonde tinha ido reivindicar três de seus filhos pequenos: os meninos César e Juan e a filha Lucrécia, carne de sua carne, sangue de seu sangue. Nesse dia fortuito o vice-chanceler do papa, o segundo homem mais importante na Santa Igreja Católica Romana, sentia-se especialmente abençoado.

Na casa da mãe das crianças, Vanozza Cattanei, ele se pegou assobiando feliz. Como filho da Igreja, era proibido de se casar, mas como homem de Deus tinha certeza de que conhecia o plano do Bom Senhor. Ora, o Pai Celestial não criou Eva para completar Adão, mesmo no Paraíso? Então não era óbvio que, nessa terra traiçoeira cheia de infelicidade, um homem precisava ainda mais do conforto de uma mulher? Ele tivera os três filhos anteriores quando era um jovem bispo, mas essas últimas crianças de quem era pai, as de Vanozza, tinham um lugar especial em seu coração. Pareciam acender nele as mesmas paixões elevadas que ela incendiara. E mesmo agora, enquanto ainda eram tão pequenos, ele os visualizava de pé sobre seus ombros, formando um enorme gigante, ajudando-o a unir os estados papais e estender a Santa Igreja Católica Romana por todo o mundo.

Com o passar dos anos, sempre que ele os visitava, os filhos chamavam-no de "*papa*", não vendo qualquer meio-termo entre a dedicação a eles e sua lealdade para com a Santa Sé. Eles não viam nada de estranho no fato de ele ser um cardeal e seu pai ao mesmo tempo. O filho e a filha do papa Inocêncio não costumavam desfilar pelas ruas de Roma com grande cerimônia durante as celebrações?

O cardeal Rodrigo Bórgia estava com sua amante, Vanozza, há mais de dez anos, e sorriu ao pensar que tão poucas mulheres lhe tinham trazido tanta empolgação e mantiveram seu interesse durante tanto tempo. Não que Vanozza fosse a única mulher em sua vida, já que ele era um homem de grandes apetites por todos os prazeres mundanos. Mas era de longe a mais importante. Era inteligente, linda aos seus olhos — e alguém com quem ele podia falar sobre questões da terra e do céu. Ela costumava lhe dar conselhos cheios de sabedoria, e em troca ele era um amante generoso e pai dedicado.

VANOZZA FICOU na porta da casa e deu um sorriso corajoso enquanto acenava, despedindo-se dos três filhos.

Um de seus pontos mais fortes, agora que tinha chegado aos 40 anos, era que ela entendia o homem que usava os mantos de cardeal. Sabia que ele possuía uma ambição incandescente, um fogo que queimava em sua barriga e que não se apagaria. Além disso, ele tinha uma estratégia militar que expandiria o alcance da Santa Igreja Católica, alianças políticas que iriam reforçá-la, e promessas de tratados que cimentariam seu cargo e seu poder. Ele conversara com ela sobre todas essas coisas. Ideias marchavam por sua mente de modo tão implacável quanto seus exércitos marchariam por novos territórios. Estava destinado a se tornar um dos maiores líderes de homens, e com sua ascensão iriam os filhos dela. Vanozza tentou se consolar com o conhecimento de que um dia, como herdeiros legítimos do cardeal, eles teriam riqueza, poder e oportunidades. E por isso podia deixá-los ir.

Abraçou com força o filho bebê, Jofre, o único que lhe restava — jovem demais para ser tirado, porque ainda estava mamando. Mas ele também iria antes que se passasse muito tempo. Os olhos escuros de Vanozza estavam brilhantes com as lágrimas enquanto via os outros filhos irem embora. Só uma vez a pequena Lucrécia olhou para trás, mas os meninos não se viraram nenhuma vez.

Vanozza viu a figura bonita e imponente do cardeal pegar a mãozinha do filho menor, Juan, e a mão minúscula da filha de três anos, Lucrécia. O filho mais velho, César, deixado de fora, já parecia perturbado. Isso significava encrenca, pensou ela, mas com o tempo Rodrigo os conheceria tão bem quanto ela. Hesitante, fechou a pesada porta da frente.

Eles tinham dado apenas alguns passos quando César, agora com raiva, empurrou o irmão com tanta força que Juan, soltando-se da mão do pai, tropeçou e quase caiu. O cardeal impediu a queda do menino, depois se virou e disse:

— César, meu filho, você não poderia pedir o que quer, em vez de empurrar seu irmão?

Juan, um ano mais novo, porém muito menor do que César, que estava com 7 anos, deu um risinho, orgulhoso da defesa do pai. Mas antes que pudesse aproveitar a satisfação, César chegou mais perto e pisou, com força, em seu pé.

Juan deu um grito de dor.

O cardeal pegou César pelas costas da camisa com uma das mãos enormes — levantando-o das pedras do calçamento — e o sacudiu com tanta força que os cachos avermelhados caíram sobre seu rosto. Em seguida pôs o garoto de pé outra vez. Ajoelhando-se diante dele, seus olhos castanhos se suavizaram. Perguntou:

— O que foi, César? O que desagradou você?

Os olhos do garoto, mais escuros e mais penetrantes, brilharam como carvões enquanto olhava o pai.

— Eu odeio ele, *papa* — falou numa voz desapaixonada. — O senhor sempre o escolhe.

— Ora, ora, César — disse o cardeal, divertido. — A força de uma família, como a força de um exército, é a lealdade de um com o outro. Além disso, é pecado mortal odiar o próprio irmão, e não há motivo para colocar sua alma imortal em perigo por causa dessas emoções. — Ficou de pé, enorme acima dos filhos. Depois sorriu, enquanto dava um tapinha na barriga imponente. — Sem dúvida, há um bocado de mim para todos vocês... não é?

Rodrigo Bórgia parecia uma montanha, com altura suficiente para carregar o próprio peso, bonito de um modo mais rústico do que aristocrático. Seus olhos escuros costumavam brilhar cheios de diversão; o nariz, apesar de grande, não tinha aspecto desagradável; os lábios grossos e sensuais, geralmente sorrindo, davam-lhe uma aparência generosa. Mas era o magnetismo pessoal, a energia intangível que ele irradiava, que fazia todos concordarem com que era o homem mais atraente de seu tempo.

— Cés, você pode ficar no meu lugar — disse a menina a César, numa voz tão clara que o cardeal se virou para ela fascinado. Lucrécia, parada e de braços cruzados, com os cachos louros caindo sobre os ombros, tinha uma expressão de determinação rígida no rosto angelical.

— Você não quer segurar a mão do *papa*? — perguntou o cardeal, fingindo fazer beicinho.

— Eu não choro se não segurar sua mão. E não fico com raiva.

— Crécia — disse César com afeto verdadeiro —, não seja boba. Juan só está bancando o neném; ele pode se virar sozinho. — Olhou com desgosto para o irmão, que rapidamente estava enxugando as lágrimas com a seda macia da manga da camisa.

O cardeal desalinhou os cabelos escuros de Juan e o tranquilizou:

— Pare de chorar. Você pode segurar a minha mão. — Em seguida, virou-se para César e disse: — E, meu pequeno guerreiro, você pode segurar a outra. — Depois olhou para Lucrécia e deu um sorriso largo. — E você, minha doce criança? O que o *papa* deve fazer com você?

Como a expressão da filha continuou imutável e ela não demonstrou emoção, o cardeal ficou encantado. Sorriu, apreciando.

— Você é mesmo a menina do *papa*. Como recompensa pela sua generosidade e coragem, pode ficar no lugar de honra.

Rodrigo Bórgia abaixou-se e rapidamente levantou a garotinha, colocando-a nos ombros. E riu de pura alegria. Agora, enquanto andava com as roupas elegantes flanando graciosas, a filha parecia outra coroa nova e linda na cabeça do cardeal.

NAQUELE MESMO DIA, Rodrigo Bórgia acomodou os filhos no Palácio Orsini, em frente ao que ele ocupava no Vaticano. Sua prima viúva, Adriana Orsini, tomava conta deles e agia como governanta, cuidando da educação. Quando o jovem filho de Adriana, Orso, ficou noivo aos 13 anos, Júlia Farnese, sua noiva, de 15, mudou-se para o palácio para ajudar Adriana a cuidar das crianças.

Ainda que o cardeal tivesse a responsabilidade cotidiana dos filhos, eles ainda visitavam a mãe, que agora estava casada com o terceiro marido, Carlo Canale. Como tinha escolhido os dois maridos anteriores de Vanozza, Rodrigo Bórgia escolhera Canale, sabendo que uma viúva precisava de um marido para oferecer proteção e a reputação de uma casa respeitável. O cardeal tinha sido bom, e o que não havia recebido dele ela herdou dos dois maridos anteriores. Diferentemente das belas mas vazias cortesãs de alguns aristocratas, Vanozza era uma mulher prática, o que Rodrigo admirava. Possuía várias estalagens bem-cuidadas e uma propriedade no campo, o que lhe proporcionava um rendimento significativo — e, sendo uma mulher piedosa, tinha construído uma capela dedicada à Madona, onde fazia as orações diárias.

Mesmo assim, depois de dez anos, a paixão de um pelo outro pareceu esfriar e eles se tornaram bons amigos.

Após algumas semanas, Vanozza foi forçada a abrir mão do bebê, Jofre, para que se juntasse aos irmãos, porque ele ficara inconsolável sem os outros. E foi assim que todos os filhos de Rodrigo Bórgia se juntaram sob os cuidados de sua prima.

Como condizia aos filhos de um cardeal, nos anos seguintes eles foram instruídos pelos mais talentosos tutores de Roma. Aprenderam humanidades, astronomia e astrologia, história antiga e várias línguas, inclusive espanhol, francês, inglês e, claro, a língua da Igreja, o latim.

César se destacava por sua inteligência e pela natureza competitiva, mas era Lucrécia quem se mostrava mais promissora, porque, acima de tudo, tinha caráter e verdadeira virtude.

Ainda que muitas meninas fossem mandadas aos conventos para ser educadas e dedicadas aos santos, Lucrécia — com a permissão do cardeal, a conselho de Adriana — foi dedicada às Musas e estudava com os mesmos talentosos tutores de seus irmãos. Como amava as artes, aprendeu a tocar alaúde, a dançar e a desenhar. Era excelente no bordado em tecidos de prata e ouro.

Como era sua obrigação, Lucrécia desenvolveu encantos e talentos que fariam aumentar seu valor nas alianças maritais que serviriam à família Bórgia no futuro. Um de seus passatempos prediletos era escrever poesia, e passava longas horas com versos de amor e fascínio por Deus, além de outros sobre o amor romântico. Era particularmente inspirada pelos santos, com o coração frequentemente cheio demais de palavras.

Júlia Farnese tratava Lucrécia como uma irmã mais nova; Adriana e o cardeal cobriam Lucrécia de atenções, e assim ela cresceu feliz, com uma disposição agradável. Curiosa e de trato fácil, não gostava de desarmonia e fazia todos os esforços para ajudar a manter a paz familiar.

NUM BELO DOMINGO, após ter rezado a missa na Basílica de São Pedro, o cardeal Bórgia convidou os filhos a se juntar a ele no Vaticano. Esse era um ato raro e corajoso, porque até a época do papa Inocêncio todos os filhos do clero eram proclamados como sobrinhos. Reconhecer abertamente a paternidade poderia colocar em perigo a nomeação para qualquer alto cargo na Igreja. Claro, as pessoas sabiam que os cardeais e até mesmo os papas tinham filhos — todos sabiam que eles pecavam — mas, desde que isso fosse mantido sob o manto da "família" e que a verdade do relacionamento só aparecesse em pergaminhos secretos, a honra do cargo não era maculada. Todo mundo podia acreditar no que quisesse, mas o cardeal tinha pouca paciência para a hipocrisia. Havia ocasiões, claro, em que ele próprio era forçado a enfeitar a verdade. Mas isso era compreensível, porque afinal de contas ele era um diplomata.

Adriana vestiu as crianças com as melhores roupas para essa ocasião especial: César, de cetim preto, Juan, de seda branca, e Jofre, de 2 anos, com um macacão de veludo azul enfeitado com bordados ricos. Júlia vestiu Lucrécia com um vestido longo, de renda cor de pêssego, e pôs um pequeno toucado com joias sobre os cabelos de um louro quase branco.

O CARDEAL TINHA acabado de ler um documento oficial trazido de Florença por seu conselheiro-chefe, Duarte Brandão. O documento falava de um certo frade dominicano conhecido como Savonarola. Segundo boatos, ele era um profeta, inspirado pelo Espírito Santo. Mas, de modo muito mais perigoso para os objetivos do cardeal, todos os cidadãos comuns de Florença corriam para ouvir os sermões de Savonarola e reagiam com grande fervor. Ele era um visionário aclamado e um pregador eloquente cujos discursos ferozes costumavam bradar contra os excessos carnais e financeiros do papado em Roma.

— Precisamos ficar de olho nesse frade — disse Rodrigo Bórgia. — Porque grandes dinastias já foram destruídas por homens simples que acreditavam ter a verdade sagrada.

Brandão era alto e magro, com cabelos pretos compridos e feições elegantes. Parecia gentil e amável, mas diziam em Roma que ninguém podia ter uma ira igual à sua quando confrontado com a deslealdade ou a insolência. Todo mundo concordava que somente um idiota ousaria torná-lo inimigo. Duarte ajeitou o bigode com o indicador enquanto pensava nas implicações do que Rodrigo Bórgia tinha acabado de dizer.

— Fala-se que o frade também ataca os Médicis do púlpito, e os cidadãos de Florença aplaudem — disse Duarte ao cardeal.

Quando os filhos entraram nos aposentos particulares de Rodrigo Bórgia, a conversa se interrompeu. Duarte Brandão cumprimentou-os com um sorriso, depois ficou de lado.

Lucrécia correu para os braços do cardeal cheia de empolgação, mas os garotos ficaram para trás, com as mãos nas costas.

— Venham, meus filhos — disse Rodrigo, ainda segurando a menina no colo. — Venham dar um beijo no *papa*. — Ele os chamou com a mão, dando um sorriso caloroso de boas-vindas.

César chegou ao pai primeiro. Rodrigo Bórgia pôs Lucrécia no pequeno banco de ouro aos seus pés e abraçou o filho. Ele era um garoto forte, alto e musculoso. O pai gostava da sensação provocada pelo filho; tranquilizava-o com relação a seu próprio futuro. Rodrigo soltou o garoto e em seguida o afastou um pouco, para poder olhá-lo.

— César — falou com orgulho —, eu rezo agradecendo a Nossa Senhora todos os dias, porque você alegra meu coração sempre que o vejo. — César deu um sorriso feliz, satisfeito com a aprovação do pai.

Em seguida César ficou de lado e abriu caminho para Juan. Pode ter sido a velocidade do coração do menino mais novo, ou as batidas frenéticas contra o próprio peito, sinalizando nervosismo, mas alguma parte de Rodrigo reagiu à fragilidade de Juan. E quando o cardeal abraçou o filho, apertou-o com mais suavidade, porém segurou-o por um tempo um pouco maior.

Geralmente, quando se alimentava sozinho em seus aposentos, o cardeal comia pouco, apenas pão, frutas e legumes. Mas nesse dia ele instruíra os serviçais para arrumar uma mesa exageradamente cheia de massa e aves, carne de boi, doces especiais e montes de nozes cobertas de açúcar.

Enquanto as crianças, Adriana e seu filho Orso, e a linda e encantadora Júlia Farnese sentavam-se ao redor da mesa rindo e conversando, Rodrigo Bórgia sentia-se um homem afortunado. Em silêncio, fez uma oração de agradecimento. Quando o empregado serviu o vinho em sua taça de ouro, ele se encheu de boa vontade. E assim, num gesto de afeto, ofereceu o primeiro gole ao filho Juan, que estava sentado ao seu lado.

Mas Juan provou o vinho e fez uma careta.

— É amargo demais, *papa*. Não gosto.

Rodrigo Bórgia, sempre alerta, de repente se imobilizou com medo. Este era um vinho doce; não deveria haver sabor amargo...

Quase imediatamente o menino reclamou que estava enjoado e se dobrou com dores de barriga. O pai e Adriana tentaram tranquilizá-lo, mas instantes depois Juan começou a vomitar. O cardeal levantou o menino da cadeira, levou-o para uma antessala e o colocou no sofá de brocado.

O médico do Vaticano foi chamado, mas antes que ele pudesse chegar aos aposentos Juan tinha perdido a consciência.

— Veneno — declarou o médico, depois de examinar o menino.

Juan estava branco como a morte e já febril, com um fino fio de bile negra escorrendo dos lábios. Ele parecia muito pequeno e desamparado.

Rodrigo Bórgia perdeu sua compostura sagrada. Ficou furioso.

— Um veneno destinado a mim... — falou.

Duarte Brandão, que estava parado perto, desembainhou a espada, alerta e vigilante para qualquer outra tentativa de prejudicar o cardeal ou sua família.

O cardeal se virou para ele.

— Há um inimigo dentro do palácio. Junte todo mundo na câmara principal. Sirva a cada um uma taça de vinho e insista em que bebam. Depois me traga quem se recusar.

Adriana, preocupada, sussurrou:

— Meu caro primo, reverendíssimo, eu entendo seu sofrimento, mas desse modo você apenas perderá seus serviçais mais fiéis, porque muitos vão ficar doentes e morrer...

Rodrigo se virou para ela.

— Não vou oferecer o vinho que foi dado ao meu filho inocente. O vinho que eles receberão será puro. Mas apenas o pecador vai se recusar a beber, porque seu medo irá sufocá-lo antes que ele leve a taça aos lábios.

Duarte saiu imediatamente para cumprir as ordens do cardeal.

Juan estava imóvel como uma pedra e pálido como a morte. Adriana, Júlia e Lucrécia sentaram-se ao lado, enxugando sua testa com panos úmidos e unguentos.

O cardeal Rodrigo Bórgia levantou a mão pequena e frouxa do filho, e beijou-a; depois foi à sua capela particular e se ajoelhou diante da estátua da Madona para rezar. Argumentou com ela, porque sabia que ela entendia a perda de um filho e a dor que isso causava. E prometeu:

— Farei tudo que esteja no meu poder, tudo que for humanamente possível, para trazer as almas imortais de milhares para a única Igreja verdadeira. Sua Igreja, Mãe Santa. Garantirei que eles cultuem seu filho, se a senhora poupar a vida do meu.

O jovem César estava parado na porta da capela, e quando o cardeal se virou e o encontrou ali, ele estava com lágrimas nos olhos.

— Venha, César. Venha, meu filho. Reze por seu irmão.

E César se ajoelhou junto ao pai.

DE VOLTA AOS aposentos do cardeal, todos ficaram sentados em silêncio até Duarte voltar e anunciar:

— O culpado foi descoberto. É apenas um garoto da cozinha, anteriormente empregado na Casa de Rimini.

Rimini era uma pequena província feudal na costa leste da Itália, e seu governante, um duque local, Gaspare Malatesta, era um formidável inimigo de Roma e do papado. Era um homem grande, o corpo suficientemente gigantesco para guardar duas almas, e seu rosto maciço era cheio de buracos e anguloso, mas era devido ao seu cabelo, crespo, revolto e ruivo, que ele era conhecido como "O Leão".

O cardeal Bórgia se afastou de perto do filho doente e sussurrou para Duarte:

— Pergunte ao garoto da cozinha se ele despreza tanto Sua Santidade. Depois certifique-se de que ele beba a garrafa de vinho da mesa. Certifique-se de que beba tudo.

Duarte assentiu.

— E o que o senhor quer que façamos com ele assim que o vinho fizer efeito?

O cardeal, com os olhos brilhando e o rosto vermelho, falou:

— Ponha-o sobre um asno, amarre-o bem e mande com uma mensagem para o Leão de Rimini. Diga para ele começar a rezar por perdão e fazer as pazes com Deus.

JUAN FICOU EM coma profundo durante várias semanas, e o cardeal insistiu em que ele ficasse em seu palácio no Vaticano para ser tratado por seu médico particular. Enquanto Adriana permanecia ao lado e várias aias cuidavam dele, Rodrigo Bórgia passava horas na capela rezando à Madona.

— Eu trarei à única Igreja verdadeira as almas de milhares — prometia com fervor. — Se a senhora implorar a Cristo para poupar a vida do meu filho.

Quando suas orações foram atendidas, e Juan se recuperou, o cardeal sentiu um compromisso ainda maior com a Santa Igreja Católica e com sua família.

Mas Rodrigo Bórgia sabia que o céu, somente, não podia mais garantir a segurança de sua família. E assim percebeu que havia mais uma atitude a tomar: precisava mandar chamar na Espanha Miguel Corello, também conhecido como Don Michelotto.

ESSE SOBRINHO BASTARDO do cardeal Rodrigo Bórgia sentira o puxão do destino desde cedo. Ainda criança, em Valência, ele não era mau nem sádico, mas frequentemente se pegava defendendo aquelas almas cuja bondade tornava vulneráveis à natureza violenta dos outros. Porque, quase sempre, a gentileza é confundida com fraqueza.

Desde criança, Miguel aceitara seu destino: proteger os que carregavam a tocha de Deus e da Santa Igreja Romana pelo mundo.

Mas Miguel era um rapaz forte, tão feroz em sua lealdade quanto nas ações. Como era um adolescente robusto, diziam que ele fora atacado pelo bandido mais selvagem de seu povoado ao se levantar para defender a casa de sua mãe, a irmã do cardeal.

Miguel tinha apenas 16 anos, quando o líder dos bandidos e vários jovens vândalos entraram na casa e tentaram afastar o garoto do baú de madeira em que estavam escondidas as preciosas relíquias de sua mãe e as roupas de cama e mesa da família. Quando Miguel, que raramente falava, xingou os bandidos e se recusou a sair da frente, o líder cortou seu rosto com um estilete, atravessando a boca e fazendo um ferimento fundo na bochecha. Enquanto o sangue corria abundante pelo rosto e descia pelo peito, sua mãe gritava, sua irmã chorava soluçando — mas Miguel manteve-se firme.

Finalmente, quando os vizinhos se reuniram nas ruas e começaram a gritar, o bandido e sua gangue, temendo a captura, fugiram do povoado para os morros.

Vários dias depois, quando o mesmo bando tentou entrar de novo no povoado, encontrou resistência; e apesar de a maioria ter fugido, o líder foi capturado por Miguel. Na manhã seguinte, esse bandido desafortunado foi encontrado com uma corda no pescoço, pendurado numa grande árvore na praça da aldeia.

A partir desse dia a reputação da ferocidade de Miguel Corello se espalhou pelo principado de Valência, e ninguém ousava fazer mal a ele, a qualquer de seus amigos ou à sua família, por medo de retaliação. Seu rosto se curou, mas ficou com uma cicatriz que fazia a boca parecer uma careta constante; mas nenhum outro dano aconteceu. Ainda que em qualquer outro homem aquele riso de desprezo fosse uma visão apavorante, a reputação de justiça de Miguel e o ar de misericórdia que irradiava de seus olhos castanho-dourados faziam com que todos que o vissem reconhecessem sua boa alma. Foi então que os aldeãos começaram a chamá-lo, orgulhosamente, de Don Michelotto, e ele se tornou conhecido como um homem a quem se devia respeitar.

O cardeal Rodrigo Bórgia achava que em cada família alguém deveria se adiantar na luz e pregar a palavra de Deus. Mas por trás dele deveria haver outros, para dar segurança e garantir-lhe o sucesso em suas realizações sagradas. Os que se sentavam no trono da Igreja não podiam se defender do mal dos outros sem a ajuda de uma mão humana, porque esta era a natureza do mundo em que viviam.

O fato de o jovem Don Michelotto ter sido chamado para representar o papel de malfeitor não surpreendeu a nenhum dos dois, porque ele era um homem superior. Seu amor e sua lealdade ao Pai Celestial e à Santa Sé nunca estiveram em questão, não importando as falhas de caráter sussurradas por seus inimigos. Pois Rodrigo Bórgia não tinha dúvidas de que Don Michelotto sempre poria sua vontade abaixo da do Pai Celestial, e de bom grado agiria sob o comando da Santa Madre Igreja.

E, assim como o cardeal acreditava que seus atos eram guiados pela inspiração divina, Don Michelotto acreditava que suas mãos eram guiadas pela mesma força celestial, de modo que não havia questão de pecado. Já que, a cada vez que interrompia a respiração de um inimigo do cardeal ou da Igreja, ele não estava simplesmente devolvendo aquelas almas para casa, para o julgamento do Pai Celestial?

E foi assim que, pouco depois da recuperação de Juan, Rodrigo Bórgia, que tinha crescido em Valência e conhecia o sangue que corria no coração daquele espanhol, chamou o sobrinho para Roma. Consciente dos perigos naquela terra estrangeira, ele colocou o jovem Don Michelotto, de 21 anos, cuidando do bem-estar de sua família. E à medida que os filhos do cardeal cresciam, eles raramente se viravam sem encontrar a sombra de Don Michelotto.

Sempre que o cardeal estava em Roma e seus deveres de vice-chanceler não o forçavam a ir para longe, ele visitava os filhos diariamente para falar e brincar com eles, tendo frequentemente Don Michelotto ao lado. E, sempre que podia, ele fugia do calor fétido e sufocante do verão de Roma, com suas ruas estreitas e apinhadas, para levá-los ao seu magnífico retiro no campo verdejante.

2

Escondida aos pés dos Apeninos, a um dia a cavalo de Roma, havia uma vasta propriedade, com uma floresta magnífica de ciprestes e pinheiros rodeando um lago pequeno e transparente. Rodrigo Bórgia a ganhara de presente de seu tio, o papa Calixto III, e nos últimos anos transformara-a num opulento retiro campestre para si e sua família.

Era o Lago de Prata, um local mágico. Cheio dos sons da natureza e das cores da criação, para ele era um paraíso terrestre. Ao alvorecer e de novo no crepúsculo, quando o azul havia sumido do céu, a superfície do lago ficava de um cinza prateado. Desde o primeiro momento em que pôs os olhos no lago, o cardeal ficara encantado. E sua esperança era que ele e os filhos passassem os momentos mais felizes ali.

Nos dias quentes e cor de limão do verão, as crianças nadavam no lago para se refrescar e depois corriam loucas pelos campos verdes luxuriantes, enquanto o cardeal passeava pelos fragrantes pomares de frutas cítricas, com um rosário dourado na mão. Durante aqueles momentos pacíficos, ele se maravilhava com a beleza da vida, em especial com a beleza de *sua* vida. Certamente ele havia trabalhado duro, prestando enorme atenção aos detalhes desde que era um jovem bispo, mas até que ponto isso determina a nossa boa fortuna? Quantas pobres almas labutavam e não eram recompensadas na terra pelos céus? A gratidão encheu seu coração e o cardeal ergueu os olhos para o céu azul, dizendo uma oração e implorando uma bênção. Porque abaixo da superfície de sua fé, após todos aqueles anos de graça, permanecia um terror oculto de que, para uma vida como a sua, um dia é preciso pagar um preço alto. Não havia dúvida de que a abundância de Deus era dada gratuitamente, mas para ser digno de guiar almas para a Santa Igreja a sinceridade da alma do homem precisa ser testada. De que outro modo o Pai Celestial consideraria o homem digno? O cardeal esperava se mostrar à altura do desafio.

Uma noite, depois de seus filhos comerem uma refeição suntuosa junto ao lago, ele lhes proporcionou uma extravagante apresentação de fogos de artifício. Rodrigo segurava Jofre, o bebê, no colo e Juan se agarrava aos mantos do pai.

Estrelas prateadas iluminaram o céu em enormes arcos luminescentes e cascatas brilhantes de cores alegres. César segurava a mão da irmã e a sentiu tremer e gritar sob o som da pólvora, enquanto grandes jorros de luz iluminavam o céu.

Mas quando o cardeal viu o medo da filha, entregou o bebê a César e pegou Lucrécia no colo.

— *Papa* vai segurar você — falou. — Você vai ficar segura com *papa*.

César estava perto do pai, agora segurando o bebê Jofre, e ouviu o cardeal explicar com gestos grandiosos e grande eloquência a constelação de estrelas. Ele achava a voz do pai um conforto tão grande que, mesmo agora, sabia que esse tempo passado no Lago de Prata seria guardado na memória como um tesouro. Porque naquela noite ele era a criança mais feliz do mundo; e, de repente, sentiu que todas as coisas eram possíveis.

O CARDEAL RODRIGO BÓRGIA gostava de tudo que fazia. Era um daqueles homens raros, de espírito tão elevado que atraía todos ao redor para o vórtice de seu entusiasmo. À medida que os filhos cresciam e o conhecimento deles ficava mais sofisticado, falava com eles de religião, política e filosofia, passando longas horas discutindo com César e Juan a arte da diplomacia e o valor da estratégia religiosa e política. Ainda que César gostasse dessas investigações intelectuais, Juan costumava se entediar. Devido ao medo anterior, o cardeal fazia as vontades de Juan a tal ponto que isso se tornou uma desvantagem, porque o garoto cresceu carrancudo e mimado. Mas era em seu filho César que ele punha a maior esperança, e as expectativas com relação a esse filho eram realmente elevadas.

Rodrigo gostava das visitas ao palácio Orsini, porque tanto sua prima Adriana quanto a jovem Júlia o admiravam e lhe dedicavam muita atenção. Júlia estava se tornando uma mulher muito bonita, o cabelo mais louro do que o de Lucrécia, indo quase até o chão. Com olhos azuis e lábios cheios, parecia adequado que a chamassem de *La Bella* em toda Roma. O cardeal começou a sentir um certo carinho por ela.

Júlia Farnese tinha vindo da nobreza inferior, e trouxera um dote de trezentos florins — uma boa quantia — para o noivado com Orsini, que era alguns anos mais novo do que ela. Ainda que os filhos de Rodrigo sempre ficassem felizes em vê-lo, Júlia também começou a ansiar por suas visitas. O aparecimento dele trazia um rubor ao rosto de Júlia, como fazia com a maior parte das mulheres que ele conhecera na vida. E frequentemente, depois de ter ajudado Lucrécia a lavar os cabelos e a vestir as melhores roupas para receber o pai, a própria Júlia fazia um esforço especial para ficar mais atraente. Rodrigo Bórgia, apesar da diferença de idade, estava encantado com aquela jovem.

Quando chegou a época da cerimônia oficial do casamento civil de seu afilhado, Orso, com Júlia Farnese, o respeito por sua prima Adriana e o afeto pela jovem noiva o inspiraram a se oferecer para realizar a cerimônia de casamento na Câmara da Estrela, em seu próprio palácio.

Naquele dia, a jovem Júlia, com um vestido de noiva de cetim branco e com um véu de minúsculas pérolas prateadas sobre o rosto doce, pareceu-lhe se transformar de uma mera criança na mulher mais linda que ele já vira. Tão fresca, tão cheia de vida, que o cardeal teve de conter a paixão.

Não se passou muito tempo até que o jovem Orso fosse mandado para o retiro campestre do cardeal em Bassanello, com seus conselheiros, e posto em treinamento para se tornar líder de soldados. Quanto a Júlia Farnese, de boa vontade se viu primeiro nos braços do cardeal e depois em sua cama.

QUANDO CÉSAR E JUAN chegaram à adolescência, ambos foram mandados para realizar seu destino. Juan lutava com as lições, e o cardeal deduziu que a vida de padre ou erudito não estava no futuro do filho. Em vez disso, ele seria soldado. Mas a inteligência marcante de César o levou à escola em Perúgia. Depois de dois anos dominando as matérias de lá, coisa para a qual possuía talento, ele foi mandado à Universidade de Pisa para se aprimorar no estudo de teologia e lei canônica. O cardeal esperava que César seguisse seus passos e alcançasse grande honra na Igreja.

Apesar de ter cumprido o dever com os três primeiros filhos que teve com cortesãs, Rodrigo Bórgia concentrou suas aspirações futuras nos filhos que teve com Vanozza: César, Juan e Lucrécia. Teve mais dificuldade para estabelecer uma ligação forte com o filho mais novo, Jofre. Depois, para se desculpar pela falta de afeto paterno, ele tentaria raciocinar. Foi então que começou a pensar se o filho mais novo era realmente seu. Pois quem sabe os segredos que se escondem no coração de uma mulher?

O CARDEAL BÓRGIA tinha sido vice-chanceler, ou advogado papal, para vários papas. Servia o papa reinante, Inocêncio, há oito anos, e durante esse tempo fizera todo o possível para aumentar o poder e a legitimidade do papado.

Mas quando o papa Inocêncio caiu agonizante, nem mesmo leite materno fresco ou transfusões de sangue de três meninos pequenos puderam salvar-lhe a vida. Cada menino tinha recebido um ducado, mas quando a experiência médica falhou e levou ao desastre, eles foram recompensados com enterros elaborados e cada família recebeu quatro ducados.

Infelizmente o papa Inocêncio deixou o tesouro vazio, e a Santa Igreja aberta aos insultos do rei católico da Espanha e ao muito cristão rei da França. As finanças papais estavam em tal desordem que o Santo Padre fora forçado a empenhar a própria mitra, o chapéu sagrado, para comprar palmas a serem distribuídas no Domingo de Ramos. Contrariamente ao conselho de Rodrigo Bórgia, ele permitira que os governantes de Milão, Nápoles, Veneza, Florença e das outras cidades-estados e dos feudos atrasassem os tributos pagos aos tesouros da Igreja, e ele próprio havia dilapidado fortunas preparando cruzadas em que ninguém queria se aventurar.

Apenas uma mente que dominasse estratégia e finanças poderia restaurar a Santa Igreja Católica à sua glória anterior. Mas quem seria? Todo mundo se perguntava. Mas somente o colégio sagrado dos cardeais, guiado pelo Espírito Santo e inspirado pelo divino, decidiria. Porque um papa não podia ser um homem comum, precisava ser um enviado dos céus.

No dia 6 de agosto de 1492, no grande salão da Capela Sistina, com a guarda suíça, nobres romanos e embaixadores estrangeiros para protegê-los de influência ou intrusos, o conclave do colégio de cardeais começou a trabalhar na eleição do novo papa.

Segundo a tradição, uma vez que o papa Inocêncio tinha morrido, todos os príncipes da Igreja, os vinte e três membros do sagrado colégio, deveriam se reunir para eleger o homem de Deus que serviria como Guardião das Chaves, sucessor de São Pedro, o Santo Vigário de Cristo na Terra. Ele deveria ser não apenas o líder espiritual da Santa Igreja Católica Romana, mas também o líder terreno dos estados papais. Como tal, deveria possuir enorme inteligência, capacidade de liderar homens e exércitos e talento para negociar vantajosamente com os governantes das províncias locais, assim como com reis e príncipes estrangeiros.

A Santa Tiara do papa trazia consigo a perspectiva de vastas riquezas, além da responsabilidade de unificar ou fragmentar ainda mais aquele conglomerado de cidades-estados feudais e províncias que formavam o centro da península italiana. E assim, mesmo antes de o papa Inocêncio ter morrido, acordos foram feitos, propriedades e títulos foram prometidos, e certas lealdades foram negociadas com o objetivo de garantir a eleição de cardeais específicos.

Dentro do seleto grupo de cardeais considerados papáveis, havia apenas alguns que eram dignos: o cardeal Ascanio Sforza, de Milão; o cardeal Cibo, de Veneza; o cardeal della Rovere, de Nápoles; e o cardeal Bórgia, de Valência. Mas Rodrigo Bórgia era um estrangeiro — de origem espanhola — e assim suas chances eram pequenas. Ser considerado um catalão era sua maior desvantagem. E apesar de ter mudado o nome do espanhol "Borja" para o italiano "Bórgia", isso não lhe garantiu mais aceitação por parte das antigas famílias estabelecidas em Roma.

Mesmo assim, ele foi considerado, porque tinha servido à Igreja de modo soberbo durante mais de trinta e cinco anos. Como advogado papal, havia negociado várias situações diplomáticas difíceis, com vantagem para os papas anteriores, ainda que a cada vitória do Vaticano ele tivesse também aumentado as riquezas e os benefícios para a sua família. Tinha posto muitos parentes em cargos de poder, e lhes dera propriedades que as famílias mais antigas da Itália não achavam que lhes pertencessem de direito. Um papa espanhol? Absurdo. O trono da Santa Sé ficava em Roma, por isso era razoável que o papa viesse de uma das províncias da Itália.

Rodeado de mistério, o conclave começou a fazer o serviço de Deus. Isolados em celas individuais dentro da capela enorme e fria, os cardeais não podiam ter contato uns com os outros nem com o mundo externo. Suas decisões deveriam ser tomadas individualmente, através de orações e da Inspiração Divina, de preferência de joelhos diante dos pequenos altares com o crucifixo pendurado e velas acesas como únicos ornamentos. Dentro daquelas salas úmidas e escuras havia um catre para os que precisassem dormir ou descansar, uma retrete para expelir o conteúdo da barriga, um urinol, uma tigela com amêndoas açucaradas, marzipã, biscoitos doces, açúcar de cana, uma jarra com água e sal como provisões. Como não havia uma área de cozinha central, a comida tinha de ser preparada nos palácios deles, trazida em vasos de madeira e passada por uma portinhola. Durante esse tempo, cada cardeal lutava com sua consciência para determinar que homem serviria melhor à sua família, sua província e à Santa Madre Igreja. Porque se não fosse cuidadoso, era possível salvar os bens materiais mas perder a alma imortal.

O tempo não podia ser desperdiçado, já que depois de uma semana as rações seriam cortadas e somente pão, vinho e água seriam trazidos aos cardeais. Porque, uma vez que o papa tinha morrido, o caos passara a reinar. Sem um líder, as ruas de Roma ficaram em completa desordem. Lojas eram saqueadas, castelos pilhados, centenas de cidadãos assassinados. E não era só isso. Enquanto não houvesse uma cabeça sob a Santa Tiara, a própria Roma corria o perigo de ser conquistada.

Quando a eleição teve início, milhares de cidadãos se reuniram na praça diante da capela. Ficavam rezando em voz alta, cantando hinos e esperando que um novo papa pedisse ao céu para acabar com o inferno nas ruas. Acenavam com bandeiras, levantavam estandartes e esperavam a chegada de um emissário ao balcão para anunciar a salvação.

A primeira rodada demorou três dias, mas nenhum cardeal recebeu a necessária maioria de dois terços. A eleição se dividiu entre o cardeal Ascanio Sforza, de Milão, e o cardeal della Rovere, de Nápoles. Cada um teve oito votos. Rodrigo Bórgia, com sete votos, foi a segunda opção da maioria do colégio. Quando a contagem terminou sem o surgimento de um vencedor claro, as cédulas foram cerimoniosamente queimadas.

Naquela manhã, a multidão na praça olhava cheia de expectativa enquanto a fumaça subia da chaminé, formando o que parecia ser um escuro ponto de interrogação no céu azul-claro acima da capela Sistina. Vendo isso como sinal, eles se persignaram e levantaram cruzes de madeira em direção ao céu. Como não foi feito um anúncio do Vaticano, os cidadãos começaram a rezar com mais fervor e a cantar mais alto.

Os cardeais voltaram às suas celas para reconsiderar.

A segunda contagem, dois dias depois, foi mais ou menos igual à primeira; nenhuma concessão verdadeira tinha sido feita, e dessa vez, quando a fumaça preta subiu da chaminé, as orações se enfraqueceram e os cantos ficaram mais débeis. A praça estava fantasmagórica na escuridão, iluminada apenas por algumas lanternas e os lampiões trêmulos das ruas.

Rumores varreram Roma. Cidadãos juraram que quando o dia nasceu no dia seguinte surgiram três sóis idênticos, coisa que a multidão perplexa tomou como sinal de que o próximo papa equilibraria os três poderes do papado: o temporal, o espiritual e o celestial. Parecia-lhes um bom presságio.

Mas naquela noite, no alto da torre do palácio do cardeal Giuliano della Rovere, onde ninguém tinha permissão de entrar, disseram que dezesseis tochas se incendiaram espontaneamente — e, enquanto a multidão olhava, primeiro com expectativa e depois com receio, todas se apagaram, menos uma. Mau presságio! Que poder do papado permaneceria? Um silêncio fantasmagórico cobriu a praça.

Dentro, o conclave estava num impasse total. Na capela, as salas estavam ficando mais frias e mais úmidas. Muitos dos cardeais mais velhos estavam começando a sentir a tensão. Seria insuportável; como é que alguém poderia pensar direito com as entranhas escorrendo e joelhos machucados?

Naquela noite, um a um, alguns cardeais saíram de suas salas e entraram nas dos outros. Renegociações começaram; eles fizeram novas barganhas por posses e cargos sagrados. Promessas foram feitas. Tentadoras ofertas de riquezas, de cargos, de oportunidades puderam ser trocadas por um único voto. Lealdades novas e luminosas foram forjadas. Mas as mentes e os corações dos homens são volúveis, e as dificuldades podem surgir. Pois se um homem pode vender a alma a um demônio, não poderá vender a outro?

Na praça, a multidão tinha diminuído. Muitos cidadãos, cansados e desencorajados, preocupados com a própria segurança e a segurança de suas casas, deixaram a *piazza* para retornar às suas famílias. Assim, às seis da manhã, quando a fumaça da chaminé finalmente ficou branca e começaram a cair as pedras das janelas bloqueadas do Vaticano para que o anúncio pudesse ser feito, havia apenas uns poucos para ouvir.

Uma cruz de bênção foi erguida acima deles, e uma figura praticamente indistinguível, vestida em mantos finos, proclamou:

— Com grande júbilo, estou aqui para dizer que temos um novo papa.

Os que sabiam do impasse se perguntaram qual dos dois cardeais que estavam na liderança tinha sido eleito. Seria o cardeal Ascanio Sforza ou o cardeal della Rovere? Mas então, numa das janelas, apareceu outra figura, maior, mais imponente, que deixou cair das mãos pedacinhos de papel, jogados como confete, com rabiscos que diziam: "Temos como papa o cardeal Rodrigo Bórgia, de Valência, papa Alexandre VI. Estamos salvos!"

3

QUANDO O CARDEAL RODRIGO BÓRGIA SE TORNOU O PAPA Alexandre VI, ele sabia que a primeira coisa a fazer era trazer ordem às ruas de Roma. Durante o tempo entre a morte de Inocêncio e sua coroação houvera mais de duzentos assassinatos na cidade. Como Santo Padre, ele sabia que deveria acabar com aquela falta de lei; devia tornar os pecadores um exemplo — de que outro modo as almas boas da cidade retomariam as orações em paz?

O primeiro assassino foi capturado e sumariamente enforcado. Não só isso, o irmão dele também foi enforcado. E — na maior humilhação para um cidadão romano — sua casa foi arrasada, queimada e posta abaixo, de modo que seus familiares ficassem sem abrigo.

Dentro de semanas a ordem foi restaurada nas ruas de Roma, e os cidadãos ficaram satisfeitos em ter uma cabeça tão forte e sábia sob a Santa Tiara. Agora a escolha dos cardeais também era a escolha do povo.

Mas Alexandre tinha outras decisões a tomar. E dois problemas importantíssimos a resolver, nenhum deles espiritual. Em primeiro lugar, precisava criar um exército para estabelecer a Igreja Católica como poder temporal e recuperar o controle dos estados papais na Itália. Segundo, tinha de estabelecer e fortificar as fortunas de seus filhos.

Mesmo assim, sentado no trono no Salão da Fé no palácio do Vaticano, ele pensava nos caminhos de Deus, do mundo, das nações e das famílias. Pois não era ele o infalível vigário de Deus aqui na terra? E, portanto, não era seu problema lidar com todo o mundo, as nações e seus reis, todas as cidades independentes, as repúblicas e oligarquias da Itália? Sim, inclusive as recém-descobertas Índias? E não era sua obrigação lhes dar o melhor aconselhamento? Será que eles significavam um perigo para o governo de Deus?

E sua família, os Bórgias, com incontáveis parentes a serem cuidados, cada qual com filhos e filhas, jurados a ele por sangue mas incontroláveis por causa de paixões desenfreadas — o que seria deles? Onde estava seu dever primário? E será que seus dois objetivos poderiam ser realizados sem que um sacrificasse o outro?

O dever de Alexandre para com Deus era claro. Ele deveria fortalecer a Igreja. A lembrança do Grande Cisma, setenta e cinco anos antes, quando houvera dois papas e duas igrejas — ambas fracas —, tornou sua decisão mais forte.

As cidades da Itália que pertenciam à Igreja eram governadas agora por tiranos que pensavam mais em enriquecer os cofres de suas famílias do que em pagar impostos à Igreja que santificava seu domínio. Os reis tinham usado a Igreja como instrumento para buscar poder para si mesmos. A salvação das almas imortais da humanidade estava esquecida. Até os ricos reis da Espanha e da França ficavam com os rendimentos das igrejas quando se desagradavam do papa. Eles ousavam! E se a Santa Igreja retirasse a bênção de seu governo? Ora, o povo obedecia aos reis porque os acreditavam ungidos por Deus, e só o papa, como representante da Igreja e Vigário de Cristo, poderia confirmar essa bênção. Alexandre sabia que precisava continuar a equilibrar o poder dos reis da França e da Espanha. O temido Grande Concílio, convocado pelos reis, jamais deveria acontecer de novo. A Igreja e o papa deviam ter poder mundano para implementar a vontade de Deus. Resumindo: um grande exército. E assim seguiu-se que Alexandre pensou cuidadosamente em seu poder como papa. E formou um plano.

IMEDIATAMENTE APÓS a coroação ele nomeou o filho César como cardeal. Quando ainda era criança, César recebera benefícios da Igreja e o título de bispo lhe fora dado, com um rendimento de mil ducados. Agora, ainda que César tivesse apenas 17 anos, com todas as paixões carnais e os vícios da juventude, era, no corpo e na mente, um homem adulto. Tinha diploma em direito e teologia das universidades de Perúgia e Pisa, e sua defesa de tese era considerada um dos trabalhos mais brilhantes já apresentados por um aluno. Mas seu grande amor era o estudo da história militar e da estratégia. Na verdade, ele havia lutado em batalhas menores, conseguindo se distinguir em uma. Era bem treinado na arte da guerra.

Alexandre era um felizardo. Deus abençoara seu filho com uma inteligência rápida, um propósito firme, uma ferocidade natural, sem os quais não se poderia sobreviver neste mundo maligno.

César Bórgia recebeu a notícia de que fora nomeado cardeal da Santa Igreja Católica Romana quando ainda era estudante de lei canônica na Universidade de Pisa. A nomeação não era inesperada, já que ele era filho do novo papa. Mas não estava satisfeito. Certo, isso iria torná-lo mais rico, mas no coração ele era um soldado; desejava liderar tropas na batalha, invadir castelos e dominar as fortalezas das cidades. E queria se casar e ter filhos que não fossem bastardos como ele próprio.

Seus dois amigos mais íntimos, também estudantes, Gio Médici e Tila Baglioni, deram-lhe os parabéns e depois começaram a preparar uma festa noturna, porque César teria de partir na semana seguinte para a investidura em Roma.

Gio já fora nomeado cardeal aos 13 anos, através do poder de seu pai, governante de Florença, o grande Lourenço, o Magnífico. Tila Baglioni era o único dos três que não tinha cargo religioso, mas era um dos herdeiros do ducado de Perúgia. Na Universidade de Pisa, os três eram meramente estudantes animados; apesar de terem servos e guarda-costas, todos eram bem equipados para guardar a si mesmos. César era um hábil lutador com espada, machado e lança de caça, mas ainda não possuía armadura de batalha completa. Tinha uma tremenda força física e era mais alto do que a maioria dos homens. Era brilhante nos estudos, orgulho de seus mentores. Mas tudo isso era esperado do filho do papa.

Gio era um bom aluno, mas não se impunha fisicamente. Também era espirituoso, mas tinha cuidado com a sua espiruosidade com os dois amigos. Mesmo aos 17 anos, a resolução de César provocava espanto nos amigos. Tila Baglioni, por outro lado, era muito valentão, dado a cruéis ataques de fúria quando percebia alguma ofensa.

Naquela noite, os três comemoraram na vila da família Médici, nos arredores de Pisa. Em consideração ao recém-anunciado chapéu vermelho de César, foi um acontecimento discreto, uma pequena festa com apenas seis cortesãs. Eles tiveram um moderado jantar com carneiro, vinho, alguns doces e conversa leve e agradável.

Foram para a cama cedo, porque fora decidido que no dia seguinte, antes que voltassem às suas casas — Gio Médici a Florença e César Bórgia a Roma —, todos iriam a Perúgia com Tila Baglioni para uma grande ocasião festiva. O primo de Tila iria se casar, e sua tia, a duquesa Atalanta Baglioni, fizera um chamado especial. Sentindo uma certa tensão no chamado, Tila concordou em ir.

Na manhã seguinte, os três partiram para Perúgia. César montava seu melhor cavalo, presente de Alfonso, duque de Ferrara. Gio montava uma mula branca, porque não era bom cavaleiro. Tila, ao seu modo fanfarrão, montava um cavalo de batalha cujas orelhas tinham sido cortadas para dar uma aparência feroz. Juntos, cavalo e cavaleiro eram impressionantes. Nenhum deles usava armadura, ainda que os três estivessem armados com espadas e adagas. Eram servidos por uma companhia de trinta homens armados e com armaduras leves, empregados por César e usando suas cores pessoais, amarelo e escarlate.

A cidade de Perúgia ficava no caminho de Pisa a Roma, só que numa parte da estrada que se afastava do mar. A família Baglioni e a própria Perúgia eram ferozmente independentes, apesar de o papado ter reivindicado o local como um de seus estados. César tinha fé em sua própria habilidade e em seus dotes físicos, mas mesmo assim jamais ousaria fazer uma visita à cidade sem a proteção de Tila. Estava ansioso para desfrutar a diversão de um casamento antes de assumir seus deveres em Roma.

Perúgia era um lugar espantoso e bonito. Sua fortaleza, pousada sobre um morro enorme, era quase inexpugnável.

Enquanto entravam na cidade, os três rapazes podiam ver que as igrejas e os palácios estavam enfeitados para o casamento, as estátuas cobertas com tecidos de ouro. César conversava alegre, até mesmo brincando com os amigos; cuidadosamente, ele fazia anotações mentais sobre as fortificações e se divertia com planos de como invadir a cidade.

A governante de Perúgia era a viúva duquesa Atalanta Baglioni. Ainda uma mulher bela, era conhecida pela ferocidade com que governava, usando o filho, Netto, como capitão militar. Era seu maior desejo ver o sobrinho, Torino, casado com Lavina, uma das suas damas da corte prediletas. Ela achava que poderia contar com Torino para apoiar o reinado da família Baglioni.

Todos os diferentes ramos do fisicamente poderoso clã dos Baglioni estavam reunidos na área do castelo. Músicos tocavam e casais dançavam na grande festa. Havia lutas e torneios. César, que se orgulhava de sua força, aceitou todos os desafios e ganhou suas lutas.

Quando a noite caiu, o clã Baglioni se retirou para a fortaleza, enquanto Gio, César e Tila se reuniam nos apartamentos de Tila para uma última bebedeira.

Já era quase meia-noite, e eles estavam tontos com o vinho, quando ouviram gritos ressoando pelo castelo. Espantado, Tila saltou imediatamente e tentou sair correndo do apartamento, espada na mão, mas César o conteve.

— Deixe-me ver o que está acontecendo. Você pode estar correndo perigo. Eu volto logo.

Assim que ouviu os gritos, César soube por instinto que alguma grande traição ocorrera. Enquanto saía do apartamento de Tila, segurou a espada ao lado do corpo. Apesar de o clã Baglioni ter reputação de assassino, ele sabia que não ousariam matar o filho de um papa.

Andou calmamente pelos corredores do castelo em direção aos gritos, que continuavam. Viu-se diante da câmara matrimonial.

Havia sangue em toda parte. As estátuas da Virgem Maria, o retrato do Menino Jesus, os lençóis brancos e as fronhas da cama matrimonial – até o dossel – estavam encharcados de sangue. E no chão jaziam os corpos do casal, Lavina e Torino, com as camisolas manchadas de vermelho, e furos de espada atravessando tecido e carne, ferimentos mortais no coração e na cabeça.

Junto deles estava Netto com quatro homens armados, todos com espadas escarlates. A mãe de Netto, a duquesa Atalanta, estava xingando, aos gritos, seu filho amado. Enquanto Netto tentava acalmá-la, César ficou ouvindo.

O filho explicava à mãe:

— Mamãe, Torino era poderoso demais. E a família dele estava tramando para destroná-la. Eu matei todos os membros do clã dele.

Em seguida, tentou tranquilizar a mãe, dizendo que, ainda que ela tivesse de ser deposta e ele se tornasse o governante, ela sempre manteria posição de honra em seu governo.

Ela lhe deu um tapa.

— Traição de um filho! — gritou.

— Abra os olhos, mamãe. Não somente Torino, mas também o primo Tila conspirou contra a senhora — insistiu Netto.

César tinha ouvido o bastante. Saiu e voltou rapidamente ao apartamento de Tila.

Depois de ouvir o que tinha acontecido, Tila ficou furioso.

— Fofoca, isso tudo é fofoca! — gritou. — Aquele desgraçado do meu primo, Netto, está tentando roubar a coroa da própria mãe. E planeja me assassinar também.

César, Tila e Gio fizeram uma barricada na porta, saíram pela janela e subiram ao telhado do palácio, escalando as paredes de pedras ásperas. César e Tila pularam no escuro do pátio de trás, depois ajudaram Gio, que não era fisicamente forte. Assim que chegaram ao chão, César teve de conter Tila para não voltar ao castelo e lutar com Netto. Finalmente guiou-os até os campos onde sua escolta estava acampada, onde sabia que estariam em segurança por causa de seus trinta homens armados. Seu único problema era Tila. Será que deveria ficar para salvar o amigo ou levá-lo para Roma e para a segurança?

César ofereceu as alternativas, mas Tila recusou. Só pediu que César o protegesse para entrar no Palácio Comunal no centro de Perúgia, onde poderia juntar seus seguidores para defender sua honra e devolver o castelo à tia.

César concordou, mas primeiro disse a dez de seus homens armados para escoltar Gio Médici de volta à segurança em Florença. Depois, com o resto dos homens, levou Tila Baglioni ao Palácio Comunal.

Lá encontraram quatro homens armados, fiéis a Tila, esperando-os. Imediatamente ele os mandou como mensageiros, e ao alvorecer havia mais de cem soldados sob o comando de Tila.

Quando o sol nasceu, eles viram uma tropa de homens armados, liderados por Netto, atravessando a cavalo a praça pública. César alertou seus homens a não tomar parte na batalha. Depois ficaram olhando enquanto Tila rodeava a praça com seus homens e cavalgava sozinho para enfrentar Netto.

A batalha terminou rapidamente. Tila partiu diretamente para Netto, acertando seu braço da arma e golpeando-o na coxa com a adaga. Netto caiu do cavalo. Tila desmontou e, antes que Netto pudesse se levantar, empalou-o com sua espada. A tropa de Netto tentou fugir, mas foi capturada. Em seguida, Tila montou em seu cavalo de guerra com orelhas cortadas e ordenou que os inimigos capturados fossem trazidos à sua frente.

Quinze foram deixados vivos. A maioria estava ferida e mal podia ficar de pé.

César observou enquanto Tila ordenava que os homens de Netto fossem decapitados e suas cabeças postas em lanças nas fortificações da catedral. Ficou espantado com a visão de Tila, o estudante fanfarrão, que naquele dia tinha se transformado num executor impiedoso. Com apenas 17 anos, Tila Baglioni havia se tornado o Tirano de Perúgia.

Quando César chegou a Roma e encontrou o pai, contou a história e em seguida perguntou:

— Se a Virgem Maria é a santa mais amada em Perúgia, por que eles são tão implacáveis?

O papa Alexandre sorriu. Parecia mais divertido do que horrorizado com a história.

— Os Baglioni são crentes verdadeiros. Eles acreditam no paraíso. É um grande dom. De que outro modo o homem pode suportar esta vida mortal? Infelizmente, uma crença assim também dá aos homens maus a coragem de cometer grandes crimes em nome do bem e de Deus.

O PAPA ALEXANDRE não amava o luxo simplesmente pelo que era. Seu palácio, o Vaticano, tinha de evocar os prazeres envolventes do próprio céu. Ele achava que até mesmo as pessoas espiritualmente elevadas ficavam impressionadas com as armadilhas ricas e terrenas de Deus representadas pela Santa Igreja Católica. O povo comum aceitava a figura do papa como Vigário de Cristo, infalível e venerado, mas os reis e príncipes tendiam a ser mais fracos em sua fé. Os de sangue nobre tinham de ser convencidos com ouro e pedras preciosas, sedas e brocados, pela gigantesca mitra que o papa usava na cabeça e a rica tessitura de seus mantos papais, o bordado em ouro e prata de suas vestimentas e da capa, velhas de séculos, amorosamente preservadas e com valor além da imaginação.

Uma das mais grandiosas câmaras do Vaticano era o gigantesco Salão dos Papas — milhares de metros quadrados de paredes decoradas e tetos magnificamente pintados que guardavam a promessa da outra vida para os virtuosos. Era nesse salão que o papa recebia os que vinham em peregrinação de toda a Europa, com ducados na mão, implorando uma indulgência plena. Ali estavam os retratos de papas famosos coroando grandes reis, como Carlos Magno, além de papas liderando as cruzadas e suplicando à Madona que intercedesse pela humanidade.

Em todos esses retratos estava claro que esses grandes reis deviam o poder ao papa que os estava ungindo. Ele era seu salvador terreno.

Os reis, de cabeça baixa, ajoelhavam-se diante do papa, cujos olhos estavam erguidos para o céu.

Foi para seus alojamentos particulares na antessala do Grande Salão do Vaticano que Alexandre chamou o filho Juan. Estava na hora de lhe dizer que seu destino, como parte da nobreza espanhola, estava à mão.

Juan Bórgia era quase tão alto quanto César, porém mais magro. Como o irmão e o pai, era um homem atraente, mas com uma diferença. Tinha os olhos ligeiramente puxados e os malares altos dos ancestrais espanhóis. Sua pele era bronzeada pelas longas horas cavalgando e caçando, mas frequentemente havia um ar de suspeita nos olhos escuros e separados. De longe, sua maior desvantagem era não ter o encanto de César ou Alexandre. Os lábios escuros costumavam se retorcer num sorriso cínico, mas não agora, quando ele se ajoelhava diante do pai.

— Como posso servi-lo, *papa*?

Alexandre sorriu com afeto para esse filho. Pois era esse jovem — como aquelas almas do limbo, perdidas e confusas — que mais precisava de sua orientação para ganhar a salvação.

— Chegou a hora de você assumir a responsabilidade que lhe foi deixada quando seu meio-irmão, Pedro Luís, morreu. Como lhe disseram, ele lhe deixou seu ducado e o título de duque de Gandia. Na ocasião da morte ele estava noivo de Maria Enriquez, prima do rei Fernando da Espanha, e eu, como seu pai — e como Santo Padre —, decidi honrar esse compromisso, com o objetivo de garantir a aliança com a recém-unida Espanha e empenhar nossa amizade à casa de Aragão. Portanto, dentro de pouco tempo, você irá à Espanha reivindicar sua noiva real. Entende?

— Sim, *papa* — disse ele, mas fez um muxoxo.

— Está infeliz com minha decisão? É uma vantagem para nós e para você. A família tem riqueza e posição, e nós nos beneficiaremos politicamente dessa aliança. Além disso, há um grande castelo espanhol em Gandia e muitos territórios ricos que pertencerão a você.

— Eu terei riquezas para levar, de modo que eles possam ver que também devo ser respeitado?

Alexandre franziu a testa.

— Se você quer ser respeitado, deve ser piedoso e temente a Deus. Deve servir ao rei com fidelidade, honrar sua esposa e evitar jogos de azar.

— É só isso, pai? — perguntou Juan sardonicamente.

— Quando houver mais, eu o chamarei de novo — disse o papa Alexandre peremptoriamente. Poucas vezes ele se incomodava com o filho, mas neste momento viu-se bastante irritado. Tentou lembrar-se de que Juan era jovem e não tinha jeito para a diplomacia. Quando falou de novo, foi com um afeto contido. — Enquanto isso, desfrute sua vida, meu filho. Ela será uma grande aventura se você abordá-la direito.

NO DIA EM QUE César Bórgia seria ordenado cardeal da Santa Igreja Católica Romana, a enorme capela da Basílica de São Pedro estava lotada pela nobreza vestida com elegância. Todas as grandes famílias aristocráticas da Itália tinham comparecido.

De Milão veio o trigueiro Ludovico Sforza, "Il Moro", e seu irmão, Ascanio. Ascanio Sforza, agora vice-chanceler de Alexandre, usava as ricas vestimentas eclesiásticas de brocado cor de marfim e o chapéu vermelho de cardeal. Todo mundo na basílica apinhada murmurou diante da visão.

De Ferrara vieram os d'Este, uma das famílias antigas mais régias e conservadoras da Itália. Seus mantos, em preto e cinza simples, destacavam as joias ofuscantes penduradas nos pescoços. Eles tinham feito a difícil jornada não somente para mostrar respeito, mas para impressionar o papa e o novo cardeal — porque precisariam de seus favores.

Mas ninguém fez as cabeças da multidão se virarem tão intensamente quanto o jovem que andava atrás deles. Da ilustre cidade de Florença, Piero Médici, solene e autocrático, usava um gibão verde-esmeralda bordado com fantásticos cata-ventos de ouro de vinte e quatro quilates que lançavam um brilho luminoso em seu rosto, fazendo-o parecer quase santo. Ele liderava sete de seus orgulhosos parentes, inclusive o irmão, o bom amigo de César, Gio Médici, pelo comprido corredor central. Piero era o poder em Florença agora, mas dizia-se que o controle dos Médicis sobre a cidade tinha cessado com a morte de seu pai, Lourenço o Magnífico. Corria o boato de que não demoraria muito até que o jovem príncipe fosse destronado e o governo dos Médicis terminasse.

Da cidade de Roma tinham vindo os Orsini e os Colonna. Grandes rivais durante muitas décadas, as duas famílias estavam momentaneamente em paz. Mas tomaram o cuidado de se sentar em lados opostos da basílica. E por bom motivo: uma luta sangrenta entre as duas havia estragado a coroação de um cardeal anterior.

Na primeira fila, Guido Feltra, o poderoso duque de Urbino, falava baixo com o adversário mais inteligente do papa, o cardeal Giuliano della Rovere, sobrinho do falecido papa Sisto IV e agora delegado papal na França.

Feltra se inclinou para perto do cardeal.

— Suspeito de que o nosso César é mais soldado do que erudito — sussurrou. — Algum dia esse garoto poderia ser um grande general, se não estivesse destinado a ser papa.

Della Rovere se eriçou.

— Como o pai, ele não está acima das questões da carne. E é um tanto libertino de outras maneiras também. Luta com touros e briga com camponeses em feiras. Muito pouco adequado...

Feltra assentiu.

— Ouvi dizer que o cavalo dele acaba de vencer o Pálio em Siena.

O cardeal della Rovere pareceu chateado.

— Mais por truque do que por honra. Ele fez o cavaleiro pular perto da chegada, o que tornou o cavalo mais leve e mais veloz. O resultado foi questionado, claro. Mesmo assim, foi mantido.

Feltra sorriu.

— Espantoso...

Mas della Rovere franziu a testa e disse:

— Ouça o meu aviso, Guido Feltra. Ele está cheio do demônio, esse filho da Igreja.

Giuliano della Rovere era agora um dedicado inimigo dos Bórgias. O que fazia aumentar sua fúria, ainda mais do que o fracasso da eleição, era o número de cardeais pró-Bórgia que o papa Alexandre tinha acabado de nomear. Mas o não comparecimento a esta cerimônia seria impensável, e os olhos de della Rovere estavam firmemente focalizados no futuro.

O PAPA ALEXANDRE VI estava no altar, uma visão enorme, alto, de ombros largos, e hipnotizante. A dramaticidade nítida de seus mantos brancos enfatizados pela estola *opus anglicanum* escarlate e dourada tornava-o uma presença imponente. Nesse momento seus olhos brilhavam com orgulho e certeza; aqui ele reinava, sozinho e infalível, dessa enorme casa de Deus, construída séculos antes sobre o túmulo de São Pedro.

Quando o poderoso órgão trovejou um triunfante te-déum — o hino de louvor ao Senhor —, Alexandre se adiantou, levantou o chapéu vermelho de cardeal com as duas mãos e, com uma bênção sonora entoada em latim, colocou-o solenemente sobre a cabeça do filho, ajoelhado à sua frente.

Os olhos de César Bórgia estavam baixos ao receber a Santa Bênção. Em seguida se levantou, uma figura orgulhosa e imponente, enquanto dois cardeais mais velhos colocavam o manto púrpura do posto sobre seus ombros largos. Quando terminaram, ele se adiantou e se juntou ao papa. Os dois homens santos encararam a congregação.

César tinha uma beleza morena e compleição poderosa. Era mais alto até mesmo do que o pai, com rosto anguloso e malares proeminentes. Seu nariz comprido e aquilino era tão fino quanto o de uma escultura de mármore, e os olhos castanho-escuros irradiavam inteligência. Um silêncio baixou sobre a multidão.

Mas na última fileira da basílica, envolto em sombras, sentado sozinho num banco, estava um homem muito gordo, vestido opulentamente em prata e branco: Gaspare Malatesta, o Leão de Rimini. Malatesta tinha uma questão não resolvida com esse papa espanhol — relativa a um rapaz que havia chegado ao seu portão, assassinado e amarrado num jumento. Em quê o incomodava um papa ou suas ameaças? Nada. Em quê ele se importava com esse Deus? Nada! O Leão não acreditava em nada disso. Alexandre era apenas um homem — e os homens podem morrer. O Leão dava asas à sua imaginação enquanto pensava de novo em pôr tinta nas pias de água benta, como fizera durante as sessões da quaresma, para manchar as finas vestimentas do cardeal e seus convidados, para trazê-los à terra. A ideia o atraía, mas agora ele tinha negócios mais importantes dos quais cuidar. Recostou-se, sorrindo.

Atrás dele, escondido nas sombras, Don Michelotto estava esperando. Enquanto as últimas notas gloriosas do grandioso te-déum se erguiam num crescendo ensurdecedor, o homem baixo e corpulento, vestido de roupas escuras, entrou sem ser visto no espaço estreito e escuro atrás de Gaspare Malatesta. Sem fazer um som, ele passou um garrote pela cabeça de Gaspare e, num movimento fluido, puxou o laço mortal em volta do pescoço do gordo.

O Leão de Rimini arfou, sua respiração parou na garganta devido ao aperto da corda. Ele tentou lutar, mas seus músculos, faminto de sangue e oxigênio, se retorceram, inúteis. As últimas palavras que ouviu, enquanto a escuridão apagava todos os pensamentos do cérebro, foram sussurradas em seu ouvido:

— Uma mensagem do Santo Padre.

Em seguida o estranho se enfiou na escuridão, tão rapidamente quanto havia aparecido.

César Bórgia seguiu seu pai, o papa, pelo corredor entre os bancos; atrás deles estavam a mãe de César, Vanozza, a irmã, Lucrécia, e os irmãos Juan e Jofre. Em seguida vinham outros membros da família. Todos passaram pelo banco na última fila da basílica sem perceber ou comentar. Ali, o queixo de Gaspare Malatesta repousava sobre a barriga enorme como se ele estivesse dormindo.

Finalmente, várias mulheres pararam e apontaram para a visão cômica, e a cunhada de Gaspare, mortificada pelo que achou ser uma de outras peças pregadas por ele, inclinou-se para acordá-lo. Quando o pesado corpo de Gaspare caiu no corredor, com os olhos saltados olhando para o magnífico teto da basílica, ela gritou.

4

O DESEJO DE VINGANÇA DO CARDEAL GIULIANO DELLA ROVERE cresceu até se tornar obsessão. Frequentemente ele acordava no meio da noite, com frio e tremendo, porque Alexandre tinha invadido seus sonhos. E assim, enquanto fazia as orações de manhã, até mesmo quando se ajoelhava na capela sob os olhos vigilantes de gigantescas estátuas de mármore de santos misericordiosos e retratos coloridos de mártires, ele tramava a destruição do papa.

Não era apenas a derrota de della Rovere em sua candidatura ao papado que estimulava esses sentimentos, ainda que isso sem dúvida fizesse parte. Era sua crença de que Alexandre era, no âmago, um homem imoral.

O encanto fácil e o carisma do papa pareciam deixar as pessoas em volta indiferentes à importância de salvar almas e incapazes de resistir enquanto ele punha os filhos em altas posições na Igreja. Muitos dos cardeais e a maioria dos reis, bem como os cidadãos de Roma, perdoavam-lhe os excessos; pareciam gostar de suas procissões gigantescas, dos bailes, banquetes, espetáculos e festividades elaboradas, que esbanjavam dinheiro que seria mais bem usado para defender os estados papais e levar os exércitos da Igreja para novos territórios.

Em contraste com o amável papa Alexandre, della Rovere era um homem impaciente e de caráter violento, que nunca parecia feliz, a não ser caçando ou na guerra. Trabalhava incessantemente e não admitia qualquer forma de brincadeira. Era por causa desse defeito de caráter que ele se considerava um homem virtuoso. Ele se importava pouco com qualquer pessoa ou qualquer coisa, mas tinha três filhas. E em toda a vida só havia amado de verdade uma vez.

O cardeal della Rovere se portava com uma certa dignidade, que seria tranquilizadora se não fosse o brilho do fanatismo nos olhos grandes e escuros. A pose rígida da cabeça grande, com os malares fortes e quadrados, tornava seu rosto uma tela de linhas e ângulos nítidos. Ele raramente sorria para mostrar a beleza dos dentes pequenos e regulares, e só o queixo com uma covinha dava-lhe alguma suavidade. Era um rosto desenhado na Idade Média, um retrato vivo do Dia do Juízo. Até mesmo o jeito quadrado e sólido do corpo dava a impressão de opiniões inflexíveis, mais do que de força. Mas ele não era particularmente amado por causa da linguagem rude e insultuosa, que contrastava tanto com a elegância tranquila do papa. Mesmo assim, era um inimigo formidável.

Nas muitas cartas de della Rovere para o rei francês Carlos, para o rei Ferrante, de Nápoles, e outros, ele constantemente acusava Alexandre da prática de simonia — a compra do cargo papal; de ser um trapaceiro; de suborno, nepotismo, cobiça, gula e todos os tipos de pecados carnais. O fato de que ele próprio tinha cometido muitos dos mesmos pecados de que acusava Alexandre parecia não alterar seu julgamento.

E algumas acusações eram verdadeiras. Depois da eleição, Alexandre tinha entregado castelos valiosos aos cardeais que o haviam apoiado, e tinha dado a eles os cargos mais importantes no Vaticano. Ascanio Sforza recebeu o cargo de vice-chanceler porque ajudara a cimentar a posição do papa na última votação. Além disso, recebeu um castelo, igrejas e vários feudos. Corria o boato de que na noite escura anterior à eleição dois jumentos foram vistos levando pesados sacos de prata do palácio do cardeal Rodrigo Bórgia para o do cardeal Ascanio Sforza. O voto do cardeal Antonio Orsini garantiu duas cidades com o valor de milhares de ducados, e outros cardeais receberam cargos na Igreja ou benefícios e feudos. O próprio Giuliano della Rovere recebeu o cargo de legado do papa em Avignon, a grande fortaleza de Óstia e o porto de Senigallia no Adriático, um castelo e outros cargos, alem do canonicato de Florença.

Essa prática de distribuição de benefícios e territórios não era nova. Era costume dos papas contemplar os outros com suas posses logo após a eleição, caso contrário seus castelos e outras propriedades seriam pilhados imediatamente pelos cidadãos de Roma. E a quem seria mais lógico recompensar do que os que tinham mostrado lealdade votando nele? E assim foi mais um testamento da generosidade de Alexandre o fato de della Rovere ter recebido tais benefícios, pois era bem sabido que ele votara em si mesmo.

Mas a acusação de simonia era ultrajante. Pois o cardeal della Rovere tinha vindo de uma família mais rica e possuía conexões mais proeminentes do que Rodrigo Bórgia. Se o cargo de papa podia ser comprado, e se presentes luxuosos podiam garantir uma eleição, della Rovere poderia facilmente ter gastado mais do que Alexandre e o resultado seria outro.

Agora, com o rancor suplantando toda a razão e o sentimento político, Giuliano della Rovere, acompanhado por outros cardeais dissidentes, planejava implorar ao rei Carlos da França que convocasse um concílio geral.

Há muitos anos, um concílio geral podia dar ordens ou até mesmo depor um papa: composto de cardeais, bispos e líderes laicos, essa assembleia era usada para equilibrar o poder e limitar a supremacia do papado. Mas tinha se tornado uma arma extinta desde que Pio II a derrubara, trinta anos antes.

Mas a visão do novo papa coroando o filho César como cardeal ultrajou tanto della Rovere que ele e seus aliados buscaram soprar vida nova no conceito do concílio geral como um meio de destruir Alexandre.

Querendo se distanciar, della Rovere partiu de Roma pouco depois da coroação de César, retirando-se à sua sé oficial de Óstia, para começar a ofensiva contra Alexandre. Assim que seus aliados estivessem estabelecidos, ele viajaria à França para se colocar sob a proteção do rei Carlos.

TENDO POSTO EM movimento o destino dos filhos, o papa Alexandre VI sabia que precisava estabelecer a posição da filha em seu grande plano. Considerou cuidadosamente o que deveria fazer. Lucrécia ainda não era uma mulher, tinha apenas 13 anos, mas ele não podia esperar mais. Devia prometê-la em noivado a Giovanni Sforza, duque de Pesaro. Já a havia prometido a dois jovens espanhóis quando era cardeal. Mas sua posição política tinha mudado assim que se tornou papa, e precisava planejar cuidadosamente para garantir a acomodação de Milão. Suas promessas anteriores aos dois jovens da Espanha deviam ser quebradas do modo mais amigável possível.

Lucrécia era o bem mais valioso que ele possuía em suas alianças matrimoniais. E Giovanni, um recente viúvo de 26 anos cuja mulher tinha morrido ao dar à luz, era um candidato natural. Ele deveria trabalhar depressa, porque o tio de Giovanni, Il Moro, era o homem mais poderoso de Milão. Il Moro tinha de se transformar num amigo antes que se alinhasse com os reis estrangeiros da Espanha ou da França.

Alexandre sabia que, se não conseguisse unir as muitas cidades-estados feudais numa Itália governada pelas leis da Santa Sé, os bárbaros turcos — os infiéis — certamente iriam conquistá-los. Eles iriam em direção aos territórios romanos caso tivessem oportunidade. Muitas almas seriam perdidas e muitos rendimentos deixariam de ir para a única Igreja verdadeira. O mais importante, porém, era que se ele não pudesse manter a lealdade do povo e proteger Roma da invasão dos estrangeiros, se não pudesse usar seu papado para aumentar o poder da Santa Madre Igreja, outro cardeal — Giuliano della Rovere — ocuparia seu lugar como papa e toda a sua família correria sério perigo. Sem dúvida, eles seriam acusados de heresia e torturados para negá-la. A fortuna em posses, pela qual ele havia lutado tanto, durante tantos anos, seria roubada e eles ficariam sem coisa alguma. Este era um destino muitíssimo pior do que o que sua adorada filha estava para suportar.

Depois de passar uma noite insone andando de um lado para o outro em seus aposentos, ajoelhando-se diante de seu altar, rezando pela orientação divina e pensando nos planos de todos os ângulos, chamou os filhos: César, Juan e Lucrécia. Jofre ainda era pequeno, e não era dos mais inteligentes. Essa estratégia iria apenas confundi-lo.

Quando estavam na companhia de estranhos, Lucrécia era cortês com o pai, beijava-lhe o anel e se ajoelhava diante dele para mostrar respeito, mas, sempre que se encontravam sozinhos, ela corria até ele e lançava os braços ao redor de seu pescoço, beijando-o docemente. Ah, aquela criança querida realmente tocava seu coração.

Hoje, em vez de abraçá-la de volta, o papa Alexandre empurrou-a para trás e segurou seus braços, até que ela ficou parada à sua frente.

— O que aconteceu, *papa*? — perguntou ela, com a expressão demonstrando a surpresa. Ficava desolada sempre que pensava que o pai estava infeliz com ela. Aos 13 anos, era alta para uma menina e uma verdadeira beldade, com a pele clara como porcelana e feições tão finas que pareciam ter sido pintadas por Rafael. Os olhos claros brilhavam de inteligência e ela fluía graciosamente a cada vez que se movia. Lucrécia era a luz da vida do pai; quando ela estava presente, era muito mais difícil para o papa pensar nas escrituras ou em estratégia.

— *Papa* — repetiu Lucrécia impaciente. — O que há de errado? O que eu fiz para desagradar o senhor?

— Você deve se casar logo — disse ele simplesmente.

— Ah, *papa*. — Lucrécia caiu de joelhos. — Ainda não posso deixar o senhor. Não vou conseguir viver.

Alexandre se levantou e ergueu a filha, segurando-a perto do corpo e consolando a menina que chorava.

— Shh, shh. Lucrécia, eu preciso fazer uma aliança, mas isso não significa que você precise ir embora logo. Agora enxugue as lágrimas e deixe o *papa* explicar.

Ela se sentou aos pés dele, numa almofada dourada, e prestou atenção.

— A família Sforza, de Milão, é muito poderosa, e o sobrinho de Il Moro, o jovem Giovanni, acabou de perder a esposa ao dar à luz. Ele concordou com uma aliança matrimonial. Você sabe que o *papa* quer o melhor para todos nós. E tem idade suficiente para entender que, sem essas alianças com as famílias poderosas e estabelecidas, meu reino como papa não durará. Então estaremos todos correndo perigo, e isso eu não posso admitir.

Lucrécia baixou a cabeça e assentiu. Ela parecia muito jovem.

Ao terminar, Alexandre se levantou e começou a andar pela grande sala, perguntando-se como deveria apresentar a nova proposta de modo mais delicado.

Finalmente ele se virou para a filha e perguntou:

— Você sabe como se deitar com um homem? Alguém já explicou?

— Não, *papa* — disse ela e, pela primeira vez, deu-lhe um sorriso maroto, como tinha visto muitas cortesãs fazerem...

Alexandre balançou a cabeça, espantado com a filha. Ela era tão cheia de emoção, como a mãe, e no entanto poderia ser tão inteligente e jocosa, mesmo numa idade tão precoce!

Ele fez um gesto para César e Juan. Os dois se aproximaram e se ajoelharam à sua frente, baixando a cabeça em respeito.

— Levantem-se, meus filhos. Nós precisamos conversar. Temos decisões importantes a tomar, porque o futuro de todos nós dependerá do que falarmos neste dia.

César era pensativo e introspectivo, ainda que não tão tranquilo e agradável quanto a irmã. Ferozmente competitivo desde a infância, insistia em vencer em todas as coisas, por quaisquer meios disponíveis. Juan, por outro lado, era mais sensível a danos pessoais, porém bastante insensível quando se tratava dos outros. Tinha um lado cruel e, na maioria das vezes, mostrava uma expressão sardônica. Não tinha nada da graça fácil de Lucrécia, e nada do carisma do irmão mais velho. Mesmo assim, Alexandre gostava muito dele, sentindo nele uma vulnerabilidade que César e Lucrécia não possuíam.

— *Papa*, por que nos chamou aqui? — perguntou César, olhando pela janela. Sentia-se cheio de energia e o dia estava lindo; queria estar ao ar livre, na cidade. — Há um belo carnaval ao meio-dia na praça, e nós deveríamos comparecer...

Alexandre passou para sua poltrona predileta no canto da grande câmara.

— Sentem-se, meus filhos, sentem-se comigo — ordenou gentilmente. Os três sentaram-se aos seus pés, em grandes almofadas.

Ele sorriu enquanto balançava o braço acima deles.

— Esta é a maior família de toda a cristandade. Nós vamos nos elevar com as grandes coisas que fizermos pela Santa Igreja Católica Romana, vamos salvar muitas almas e vamos viver muito bem enquanto fizermos a obra de Deus. Mas, como cada um de vocês sabe, isso implica sacrifício. Como aprendemos pela vida de nossos muitos santos... grandes feitos exigem grande sacrifício. — Ele fez o sinal da cruz.

Olhou para Lucrécia, que estava sentada no tapete aos seus pés, encostada no ombro do irmão César. Perto dele, mas separado dos outros, estava Juan, polindo uma nova adaga que tinha ganhado.

— César, Juan? Eu imagino que vocês dois já dormiram com uma mulher, não é?

Juan franziu a testa.

— Claro, *papa*. Por que faz uma pergunta dessas?

— Devemos ter o máximo de informação possível antes de tomar uma decisão importante. — Em seguida, ele se virou para o filho mais velho. — César, e você? Já dormiu com uma mulher?

— Muitas — disse César simplesmente.

— E elas ficaram satisfeitas? — perguntou aos dois filhos.

Juan franziu a testa, impaciente.

— Como é que eu vou saber? — perguntou, rindo. — Eu devia perguntar?

O papa baixou a cabeça e falou:

— César, as mulheres com quem você se deitou ficaram satisfeitas?

César, com um sorrisinho e expressão aberta, respondeu:

— Imagino que sim, *papa*. Porque cada uma delas implorou para me ver de novo.

O papa Alexandre olhou para a filha, que o estava observando com uma mistura de curiosidade e expectativa. Depois voltou o olhar para os filhos.

— Qual de vocês dois concordaria em se deitar com sua irmã?

Agora Juan parecia entediado.

— *Papa*, eu preferiria entrar para um mosteiro.

Alexandre sorriu, mas disse:

— Você é um jovem tolo.

Mas agora Lucrécia estava franzindo a testa.

— Por que o senhor pergunta aos meus irmãos sem me perguntar primeiro, a escolha não deveria ser minha?

César deu-lhe um tapinha na mão, para tranquilizá-la, e disse:

— *Papa*, qual é o motivo para isto? Por que o senhor faz um pedido desses? E o senhor não se preocupa com a possibilidade de nossa alma acabar condenada ao inferno por uma ação dessas?

O papa Alexandre se levantou e atravessou a câmara até o arco da porta ornamentada que levava de um salão ao outro. Apontou para os cinco painéis da grande arcada e perguntou:

— Em seus estudos você não aprendeu nada sobre as grandes dinastias egípcias, em que irmão e irmã se casavam para manter pura a linhagem sanguínea? Não sabe da jovem Ísis, que se casou com o irmão, o rei Osíris, filho mais velho do Céu com a Terra? Ísis e Osíris tiveram um filho chamado Hórus, e eles se tornaram a grande Trindade, a que precedeu a Trindade cristã do Pai, Filho e Espírito Santo. Eles ajudaram os homens a escapar dos males do demônio e garantiram que boas almas renascessem na eternidade. A única diferença entre eles e a nossa Santíssima Trindade é que um dos membros era do sexo feminino. — Aqui ele sorriu para Lucrécia. — O Egito foi uma das civilizações mais avançadas da história, e nós podemos muito bem seguir seu exemplo.

— Este não pode ser o único motivo, *papa* — disse César. — Eles eram pagãos e tinham deuses pagãos. Há algo que o senhor pensou e não nos disse.

Alexandre foi até Lucrécia, acariciou os cabelos louros e compridos da filha e sentiu uma pontada na consciência. Não podia dizer a nenhum deles seu pensamento verdadeiro: que entendia o coração das mulheres. Sabia que o homem a quem ela se entregasse primeiro seria o homem que comandaria seu amor e sua lealdade. Pois, assim que ela se entregasse a um homem, iria lhe oferecer as chaves do coração e da alma. Mas precisava arranjar um modo de garantir que ela não oferecesse também as chaves do reino. E assim seguia-se que, como Alexandre jamais permitiria a um estranho reivindicar seu melhor território, chegara a hora de ele próprio fazer a reivindicação.

— Nós somos uma família — disse aos filhos. — E a lealdade da família deve vir antes de tudo e de todos. Precisamos aprender uns com os outros, proteger uns aos outros, e estar ligados em primeiro lugar uns aos outros. Se honrarmos esse compromisso, nunca seremos derrotados. Mas se fracassarmos nessa lealdade, todos seremos condenados. — Alexandre virou-se para Lucrécia. — E você está certa, minha criança. Porque nesse sentido a escolha é sua. Você não pode escolher de quem vai ser noiva, mas pode escolher agora quem vai levá-la para a cama primeiro.

Lucrécia olhou para Juan e inclinou a cabeça recatadamente.

— Eu preferiria ser mandada a um convento do que ir para a cama com Juan. — Em seguida, virou-se para César. — Você precisa prometer que vai ser gentil, porque isto em que vamos nos engajar é amor, e não guerra, meu querido irmão.

César sorriu e fez uma reverência brincalhona.

— Você tem a minha palavra. E você, minha irmã, pode me ensinar mais sobre amor e lealdade do que eu aprendi até agora, e isso me servirá bem.

— *Papa?* — perguntou ela, virando-se para o pai com os olhos muito abertos. — O senhor vai estar lá, para garantir que tudo saia certo? Eu não terei coragem sem o senhor. Porque ouvi histórias, tanto de Júlia como de minhas damas de companhia.

Alexandre olhou-a.

— Eu estarei lá. Assim como estarei na noite em que você se casar oficialmente. Porque um contrato não é válido se não for testemunhado...

— Obrigada, *papa.* — Pulando para abraçá-lo, ela perguntou: — Posso ter um vestido novo e um anel de rubi como presente por essa comemoração?

— Claro. Pode ter os dois...

Na semana seguinte, Alexandre sentou-se em seu trono envolto nos ofuscantes mantos de cetim branco, livre do peso da pesada tiara. Na cabeça usava apenas um pequeno gorro de cetim. A plataforma construída longe do chão, diante da cama, repousava contra um fundo de beleza exótica num dos quartos mais ornamentados dos recém-reformados apartamentos dos Bórgias. César e Lucrécia foram convocados, mas os serviçais foram instruídos a se retirar até que Alexandre os chamasse.

O papa olhou o filho e a filha enquanto eles se despiam. Lucrécia soltou risinhos quando seu irmão, César, finalmente saiu da roupa.

Ele ergueu os olhos para ela e sorriu. Alexandre pensou em como era estranho, e de algum modo tocante, que a única vez em que enxergava verdadeira ternura no rosto do filho era quando ele estava com a irmã. Ainda que em todos os outros instantes fosse o agressor, com ela — mesmo aqui — César parecia sob o poder de Lucrécia.

Ela era um tesouro — e não somente pela beleza, ainda que não houvesse seda mais fina do que os anéis dourados que emolduravam seu rosto. Os olhos brilhavam tanto que sempre pareciam guardar um segredo. O papa se perguntou se era isso que a fazia brilhar tanto. Ela era de proporções perfeitas, mas ainda um pouco magra, com seios em flor e uma pele lisa e sem manchas. Uma alegria de ver, um sonho perfeito para qualquer homem que a possuísse.

E seu filho César? Nenhum deus olímpico da Antiguidade teve estátua mais perfeita. Alto e musculoso, era a imagem da força num jovem. Ah, ele possuía as outras virtudes para servi-lo com mais eficácia do que sua grande ambição. Mas nesse momento o rosto de César se suavizou enquanto olhava a irmã à sua frente.

— Eu sou bonita? — perguntou Crécia ao irmão. E quando ele assentiu, ela virou o rosto para o pai. — Eu sou, *papa*? O senhor acha que sou mais bonita do que qualquer moça que o senhor já viu?

O papa assentiu e deu um leve sorriso.

— Você é linda, minha criança. Verdadeiramente uma das mais belas criações de Deus. — Ele ergueu a mão direita devagar, desenhando o sinal da cruz no ar, e administrou uma bênção. Em seguida, instruiu-os a começar.

O coração de Alexandre se encheu de alegria e gratidão por aqueles filhos que amava tanto. Imaginou que Deus, o Pai, devia ter se sentido do mesmo modo ao olhar Adão e Eva no jardim. Mas, depois de se divertir apenas alguns instantes, ficou intrigado com esse pensamento. Seria esse o orgulho que tantos heróis pagãos tinham sofrido?, e rapidamente fez o sinal da cruz de novo, pedindo perdão. Mas eles pareciam tão inocentes, seus filhos, tão sem culpa, os rostos jovens brilhantes de curiosidade e prazer, que nunca mais visitariam um paraíso assim de novo. E não era esse o propósito de um homem e uma mulher? Sentir o júbilo de Deus? A religião já não havia causado sofrimento demais? Qual era a única maneira de honrar o Criador? O mundo dos homens era tão cheio de traição; somente aqui, no palácio de seu pai, na Santa Sé de Cristo, seus filhos se sentiriam tão seguros e protegidos. Era seu dever garantir isso. Esses tempos de grande prazer iriam levá-los através das provações e dos trabalhos que eles certamente enfrentariam.

A grande cama de plumas estava coberta de lençóis de seda e belas colchas, e assim, quando caiu sobre ela, Lucrécia guinchou de alegria. Com a hombridade já de pé, César saltou rapidamente para a irmã, assustando-a.

— *Papa?* — gritou ela em voz alta. — *Papa*, César está me machucando...

O papa Alexandre se levantou.

— César, foi assim que você aprendeu a se deitar com uma mulher? Que pena! Certamente eu fracassei com você, porque, se não fosse eu, quem iria mostrar-lhe como trazer o céu para a terra?

César se levantou e ficou de pé junto da cama, com os olhos chamejantes. Sentia-se rejeitado pela irmã e reprovado pelo pai, mas ainda era um jovem, e seu ardor não esfriara.

Alexandre se aproximou da cama, enquanto César ficava de lado.

— Venha aqui, meu filho. Venha aqui. Crécia, chegue perto da beira. — Ele fez um gesto e ela se mexeu cautelosamente na direção dos dois. Depois, com a mão sobre a do filho, começou a acariciar o corpo da filha, devagar, com ternura. Primeiro o rosto, depois o pescoço e sobre os seios pequenos e firmes, enquanto instruía César. — Não seja tão apressado, filho. Demore-se desfrutando a beleza. Não há nada tão exótico no mundo quanto o corpo de uma mulher, o cheiro de uma mulher que se rende... voluntariamente. Mas, se você for muito depressa, vai perder a própria essência do que é fazer amor e espantar as coitadinhas...

Agora Lucrécia estava deitada em silêncio, os olhos semicerrados, a respiração acelerando, enquanto sentia o prazer da carícia das mãos do irmão. Quando ele chegou à sua barriga e começou a se mover para baixo, os olhos dela se abriram, enquanto tentava gritar, mas a voz foi impedida pelo tremor do corpo quando onda após onda de prazer sacudia sua própria alma.

— *Papa?* — sussurrou ela. — Não é pecado sentir tanto prazer? Eu não vou para o inferno, vou?

— O *papa* iria pôr em perigo sua alma imortal?

O papa Alexandre, ainda guiando a mão de César, estava suficientemente perto de Lucrécia para sentir o cheiro de seu hálito quente no rosto, e a força de sua própria reação a ele o amedrontou. De repente, largou a mão de César e disse em voz rouca ao filho:

— Agora tome-a, mas tome-a devagar. Gentilmente. Seja um amante, seja um homem, honre-a... mas tome-a.

Trêmulo, virou-se rapidamente e atravessou o quarto para se sentar de novo no trono. Mas quando ouviu a filha gemer, quando ela gemeu de novo e de novo, cheia de prazer, ele de repente teve medo de si próprio. Seu coração estava batendo com força e rápido demais; ficou tonto. Nunca tinha sentido emoção tão intensa, tanta excitação ao testemunhar um ato carnal, e num breve momento ele soube. Entendeu completamente. Ainda que César pudesse suportar, que pudesse ser salvo apesar de tudo isso, ele — o Vigário de Cristo na Terra — tinha acabado de ver a serpente no jardim do Éden. E tinha sido tentado. Sua cabeça latejava com o conhecimento de que, se algum dia tocasse aquela criança de novo, estaria condenado para todo o sempre. Porque o prazer que sentia não era terrestre, e não havia dúvida de que significaria sua queda da graça.

Rezou naquele dia, ao Pai, ao Filho e ao Espírito Santo, para que jamais o levassem à tentação de novo.

— Livrai-me do mal — sussurrou com intensidade. Quando ergueu os olhos de novo, seus dois filhos estavam deitados na cama, nus e exaustos. — Filhos — disse ele, com a voz vazia de qualquer força. — Ponham as roupas e venham até mim...

E quando eles se ajoelharam à sua frente, Lucrécia olhou para o pai com lágrimas nos olhos.

— Obrigada, pai. Não posso me imaginar me dando a outro homem do mesmo modo sem conhecer isto antes. Eu ficaria muito apavorada, e no entanto senti um prazer tão grande! — Em seguida se virou para o irmão. — César. Meu irmão. Agradeço a você também. Não posso me imaginar amando alguém como amo você neste momento.

César sorriu, mas não disse nada.

E, enquanto olhava para os filhos, o papa Alexandre viu nos olhos de César uma expressão que o perturbou. Ele não tinha pensado em alertar o filho sobre a única armadilha do amor: o amor verdadeiro dá poder à mulher e põe o homem em perigo. E agora podia ver que, embora esse dia pudesse ter sido uma bênção para a filha e reforçasse a dinastia Bórgia, um dia ele poderia significar uma maldição para o filho.

5

No dia em que o futuro esposo de Lucrécia, Giovanni Sforza, duque de Pesaro, chegaria à cidade de Roma, o papa Alexandre montou uma grande procissão para comemorar. Pois sabia que o tio de Giovanni, Il Moro, consideraria isso um sinal de respeito; prova da sinceridade de Alexandre em sua aliança com Milão.

Mas Alexandre também tinha outros pensamentos. Como Santo Papa, ele entendia o coração e a alma de seu povo, e sabia que ele gostava de ostentação. Isso demonstrava sua benevolência, bem como a benevolência do Pai Celestial, e ajudava a aliviar o torpor das vidas precárias e monótonas. Qualquer motivo para comemoração trazia nova esperança à cidade e, com frequência, impedia que os cidadãos mais desesperados assassinassem uns aos outros por pequenas disputas.

A vida de seus cidadãos menos afortunados era tão vazia de prazer que ele se sentia responsável por lhes proporcionar alguma pequena felicidade para alimentar suas almas. Pois o que mais poderia garantir o apoio deles ao papado? Se as sementes do ciúme fossem repetidamente plantadas no coração dos homens que eram forçados a olhar os prazeres dos menos dignos porém mais afortunados, como um governante poderia pedir sua lealdade? O prazer precisava ser compartilhado, pois somente assim era possível manter a distância o desespero dos pobres.

Foi nesse dia quente e ensolarado, um dia cheio do perfume de rosas, que César, Juan e Jofre Bórgia cavalgaram até os altos portões de pedra de Roma para receber o duque de Pesaro. Acompanhando-os estava todo o senado romano e os regiamente adornados embaixadores de Florença, Nápoles, Veneza e Milão, bem como os representantes da França e da Espanha.

A procissão seguiria esse enviado de volta, passando pelo palácio de seu tio, Ascanio Sforza, o vice-chanceler, onde o jovem duque ficaria durante a noite do casamento. A seguir, continuaria pelas ruas até chegar ao Vaticano. Alexandre tinha instruído os filhos a passar pelo palácio de Lucrécia, para que ela pudesse ver o futuro marido. Ainda que o pai tivesse tentado afastar seus temores, prometendo que depois do casamento ela poderia ficar em seu próprio palácio em Santa Maria do Pórtico com Júlia e Adriana, e que não precisaria viajar para Pesaro durante um ano, Lucrécia ainda parecia perturbada. E Alexandre nunca ficava em paz quando sua filha se sentia infeliz.

Os preparativos para a procissão tinham demorado muitas semanas, mas agora tudo estava pronto. Havia comediantes vestidos de roupas brilhantes, verdes e amarelas, malabaristas jogando paus de cores alegres e bolas espalhafatosas de *papier-mâché* para o ar, enquanto o ritmo inebriante dos pífanos e das brigadas de trombetas soltava notas musicais para alegrar os espíritos da multidão de cidadãos romanos que se tinham reunido no caminho para ver esse duque de Pesaro que iria se casar com a jovem filha do papa.

Mas naquela manhã César tinha acordado de mau humor, com uma dor que fazia a cabeça latejar violentamente. Tentou se livrar do encontro com o futuro cunhado, considerando isso uma obrigação desagradável, mas seu pai não queria saber.

— Como representante do Santo Padre, você não será liberado do dever, a não ser que esteja no leito de morte com peste ou malária — disse o papa com seriedade. Em seguida saiu às pressas.

César teria discutido se sua irmã não tivesse entrado no quarto para implorar-lhe. Ela havia corrido pelo túnel que vinha de seu palácio assim que ouviu dizer que ele estava passando mal. Sentou-se na cama dele, esfregando sua cabeça gentilmente, e perguntou:

— Cés, quem, senão você, vai me dizer a verdade sobre esse homem com quem vou me casar? Em quem mais eu posso confiar?

— Que diferença pode fazer, Crécia? Você já está prometida, e sobre isso não posso fazer nada.

Lucrécia sorriu para o irmão e passou os dedos pelos cabelos dele. Em seguida se curvou para beijar seus lábios com ternura e sorriu.

— Isso é tão difícil para você quanto para mim? Porque odeio a ideia de outro homem na minha cama. Vou chorar e cobrir os olhos e, ainda que não possa violar o contrato, vou me recusar a beijá-lo. Juro que vou, meu irmão.

César respirou fundo e resolveu fazer o desejo da irmã.

— Espero que ele não seja um monstro, por nós dois. Caso contrário, terei de matá-lo antes mesmo que ele a toque.

Lucrécia deu um risinho.

— Você e eu começaremos uma guerra santa — disse ela, satisfeita com a reação de César. — *Papa* terá mais ainda a fazer do que agora. Terá de pacificar Milão assim que você tiver matado Giovanni; depois Nápoles virá pedir aliança. Il Moro pode capturar você e levá-lo às masmorras de Milão para torturá-lo. Enquanto *papa* estiver usando o exército papal para tentar salvá-lo, Veneza certamente terá alguma carta na manga para tentar conquistar nossos territórios. Florença mandará seus melhores artistas pintarem retratos nossos pouco elogiosos e seus profetas nos xingarão com a danação eterna! — Ela riu tanto que caiu de costas na cama.

César adorava ouvir o riso da irmã. Fazia-o esquecer que todos os outros existiam, e até aliviou sua raiva contra o pai. O latejamento em sua cabeça pareceu amainar. E assim ele concordou em ir.

ASSIM QUE OUVIU a música da procissão que se aproximava, Lucrécia subiu correndo a escada para o segundo andar, até a sala principal do castelo de onde a *loggia*, ou balcão, se estendia como a mão de um grande gigante, com os dedos trançados. Júlia Farnese, que já era amante do papa há mais de dois anos, ajudou Lucrécia a escolher um vestido de cetim verde profundo com mangas creme e um corpete bordado com joias. Depois ajeitou os cabelos de Lucrécia e puxou as madeixas louras para o topo da cabeça, deixando alguns fios caírem na testa e no pescoço, para aumentar a aparência de sofisticação.

Júlia tinha tentado durante meses instruí-la sobre o que deveria esperar na noite de núpcias, mas Lucrécia prestava pouca atenção. Enquanto Júlia explicava com grandes detalhes como agradar a um homem, o coração e a mente de Lucrécia iam direto para César. Apesar de nunca ter dito uma palavra a ninguém, o amor por ele preenchia muitos de seus pensamentos todos os dias.

Enquanto saía para o seu balcão, Lucrécia Bórgia ficou surpresa em ver a multidão que a esperava. O pai tinha providenciado guardas para protegê-la, mas eles não podiam salvá-la das pétalas de flores que a cobriram e atapetaram o grande balcão. Ela sorriu e acenou para os cidadãos.

Enquanto olhava a procissão se aproximar, ela riu do comediante que passou à sua frente e bateu palmas, alegre, quando os trompetistas e flautistas tocaram as músicas mais alegres. Depois, lá atrás, ela os viu.

Primeiro o irmão César, bonito e nobre montado no cavalo branco, as costas retas e a expressão séria. Ele ergueu a cabeça para olhá-la e sorriu. Juan vinha atrás, sem ligar para ela, abaixando-se no cavalo para pegar as flores das damas da rua que o chamavam. O irmão mais novo, Jofre, acenou para ela com um sorriso opaco mas feliz.

Atrás deles ela o viu: Giovanni Sforza. Tinha cachos compridos e escuros e barba bem cortada, um nariz fino e compleição mais baixa e atarracada do que seus irmãos. Sentiu-se sem jeito e embaraçada ao vê-lo pela primeira vez, mas quando ele olhou para o balcão, puxou as rédeas do cavalo e saudou-a, ela fez uma reverência de volta, como lhe tinham ensinado.

Em três dias estaria casada, e enquanto a procissão passava a caminho da casa de seu pai, ela mal podia esperar para ouvir o que Adriana e Júlia tinham a dizer sobre seu noivo. Ainda que Adriana fosse consolá-la e dizer que tudo ficaria bem, ela sabia que Júlia diria a verdade.

Assim que entrou de novo no palácio, Lucrécia perguntou às duas:

— O que vocês acham? Acham que ele é um monstro?

Júlia gargalhou.

— Acho que ele é bem bonito, ainda que meio grande... talvez grande demais para você — provocou ela, e Lucrécia soube exatamente o que ela queria dizer. Então Júlia abraçou-a. — Ele vai ser bom. É só pelo Santo Padre, e pelo Pai Celestial, que você deve se casar. Isso tem pouco a ver com o resto de sua vida.

Assim que estabeleceu residência oficial no palácio papal, Alexandre ocupou uma suíte de cômodos vazios construídos e abandonados havia muito, e os transformou nos fabulosos apartamentos Bórgia. As paredes de sua sala de recepção particular, a *Sala dei Misteri*, eram cobertas de grandes murais, pintados por seu artista predileto, Pinturicchio.

Num desses murais o próprio Alexandre estava pintado como parte da Ascensão, um dos poucos escolhidos que assistiam à subida de Cristo aos céus. Vestido em seu grande manto coberto de joias, tinha posto a tiara de ouro no chão ao lado. Ele está de pé com os olhos voltados para cima enquanto é abençoado pelo Salvador, que ascende.

Em outros murais, retratos dos outros Bórgias eram mostrados como os rostos de santos mortos havia muito, mártires e outras figuras religiosas: Lucrécia espantosamente linda como uma esguia e loura Santa Catarina, César como um imperador num trono dourado, Juan como um potentado oriental e Jofre como um querubim inocente. E em todos os murais havia o touro vermelho que era o símbolo da família Bórgia.

Na porta da segunda sala Bórgia, Pinturicchio tinha pintado um retrato da Madona, a Virgem Maria, em toda a sua beleza serena. A madona era a figura predileta de Alexandre, por isso o artista usara Júlia Farnese como modelo, satisfazendo as duas paixões de Alexandre com uma só pintura.

Também havia o Salão da Fé, de trezentos metros quadrados. Este salão era abobadado, com afrescos enchendo as claraboias e os medalhões do teto. Havia um afresco de cada apóstolo lendo um pergaminho para os ansiosos profetas que espalhariam a palavra da divindade de Cristo. Os rostos dos profetas eram Alexandre, César, Juan e Jofre.

Todos esses salões eram ricamente decorados com elaboradas tapeçarias e acabamentos em ouro. No Salão da Fé ficava o trono papal, em que Alexandre se sentava para receber pessoas importantes. Dos lados do trono havia bancos nos quais os nobres se ajoelhavam para beijar seu anel e seus pés, bem como divãs em que os poderosos podiam se sentar para audiências mais longas enquanto faziam planos para futuras cruzadas ou discutiam quem deveria governar as cidades da Itália e como.

O duque de Pesaro, Giovanni Sforza, foi levado aos aposentos do papa. Ele se abaixou para beijar o santo pé e em seguida o anel sagrado do papa. Estava enormemente impressionado com a beleza do Vaticano e com as riquezas que logo iria possuir. Pois com sua jovem esposa vinha um dote de trinta mil ducados, o bastante para ele embelezar boa parte de sua casa em Pesaro e lhe dar outros luxos.

Enquanto o papa Alexandre o recebia em sua família, Giovanni pensava nos irmãos da nova esposa. Dos dois mais velhos, ele era muito mais atraído para Juan do que para César; Jofre era jovem demais para considerar. César não parecia muito receptivo, mas Juan tinha prometido ao duque uma boa diversão na cidade antes do casamento, e assim ele acreditou que a coisa não seria tão ruim quanto havia imaginado. Quaisquer que fossem as circunstâncias, claro, ele nunca teria discutido com o tio, Il Moro, caso contrário Milão tomaria Pesaro de volta e ele perderia o seu ducado tão rapidamente quanto o ganhara.

Naquela tarde, assim que todos tinham chegado ao Vaticano para o início das comemorações, César desapareceu rapidamente. Deixou o palácio a cavalo e galopou para fora de Roma, indo para o campo. Apesar de quase não ter tido contato com Sforza, César já odiava o desgraçado. Ele era um palerma, um fanfarrão, um asno. Mais chato do que Jofre, se é que isso era possível, e mais arrogante do que Juan. O que sua doce irmã faria com um marido assim? E o que ele poderia lhe dizer quando a visse de novo?

TÃO INTENSAMENTE quanto César objetava ao futuro cunhado, Juan sentia-se atraído por ele. Juan tinha poucos amigos na corte; seu único companheiro constante era o príncipe turco Djem, que estava sendo mantido como refém pelo papa a pedido do irmão de Djem, o sultão reinante.

O sultão Bayezid tinha feito um acordo com o papa Inocêncio quando temeu que as cruzadas cristãs estivessem sendo planejadas para derrubá-lo com o pretexto de restaurar seu irmão, Djem. Em troca de manter Djem como refém no Vaticano, o papa recebia quarenta mil ducados por ano. Assim que Inocêncio morreu, o papa Alexandre manteve a promessa, tratando-o como hóspede de honra no palácio. Que modo melhor haveria de encher os cofres da Santa Igreja Católica Romana do que tirando o dinheiro dos turcos infiéis?

Djem, de 30 anos, pele escura e aparência carrancuda para os cidadãos romanos, com o turbante e o bigode escuro e enrolado, insistia em usar suas roupas orientais no Vaticano, e logo Juan, quando não estava em ocasiões oficiais, começou a se vestir como ele. Apesar de Djem ter quase o dobro da idade de Juan, os dois começaram a ir juntos a toda parte, e o príncipe exercia grande influência sobre o mimado e protegido filho do papa. Alexandre tolerava a amizade deles não somente pelos ganhos que Djem trazia ao Vaticano, mas porque a companhia do príncipe parecia trazer um sorriso ao rosto carrancudo de Juan. Mas César achava a companhia deles insuportável.

Na noite anterior ao casamento, Juan convidou Giovanni Sforza para acompanhá-los à cidade de Roma, para visitar as estalagens e se deitar com algumas prostitutas. Giovanni concordou imediatamente. Djem e o duque de Pesaro pareciam estar se dando muito bem, trocando histórias e conversando amigavelmente enquanto bebiam em abundância. Os cidadãos de Roma ficavam o mais longe possível e não convidavam o trio para suas lojas ou casas.

As prostitutas eram coisa diferente. Juan era familiarizado com elas, e muitas faziam pequenas apostas para ver quem podia se deitar com ele mais frequentemente. Havia rumores de que ele era amante de Djem, mas as cortesãs que ganhavam o pão de cada dia deitando-se com homens de alta posição não se importavam porque, quando as visitavam para ganhar prazer, eles lhes pagavam generosamente.

Uma das garotas que Juan mais frequentava tinha uns 15 anos, com cabelos compridos e escuros e cílios curvos. Seu nome era Avalona. Filha de um dos estalajadeiros, gostava realmente de Juan. Mas na noite em que os três jovens do Vaticano vieram à cidade, Juan ofereceu Avalona primeiro ao seu cunhado, depois a Djem. Os dois homens a levaram para o andar de cima para se deitar com ela, enquanto Juan olhava, mas ele estava bêbado demais para considerar como ela se sentia. Em vez disso, quando ele chegou perto esperando o calor e o afeto familiares, ela se virou, recusando-se a beijá-lo. Juan, com sua sensibilidade irritadiça de sempre, ficou furioso com a ideia de que a garota havia gostado mais de seu cunhado do que dele. Deu-lhe um tapa pelo insulto e ela se recusou a falar com ele. Juan ficou carrancudo durante toda a volta ao palácio. Mas tanto Giovanni Sforza quanto o príncipe Djem tiveram uma noite excelente e nem perceberam que Juan estava se sentindo ofendido.

O DIA DO CASAMENTO chegou rapidamente. Lucrécia parecia régia num vestido de veludo vermelho enfeitado com pele, o cabelo louro-claro trançado com ouro e enfeitado com rubis e diamantes. Júlia Farnese usava um vestido de cetim simples, cor-de-rosa, que iluminava sua beleza pálida. E Adriana tinha escolhido um vestido de veludo azul profundo, sem adornos, para não competir com o corpete bordado em rubis do vestido de Lucrécia. Só o noivo, Giovanni Sforza, usando um grosso colar de ouro emprestado, seu irmão Juan e o amigo dele, Djem, estavam vestidos com roupas mais ricas do que a dela. Os três usavam turbantes de cetim creme e estolas de brocado dourado, suficientemente adornados para suplantar não apenas as roupas da noiva, mas também as vestimentas eclesiásticas do papa.

Alexandre tinha escolhido Juan para acompanhar a irmã pelo corredor entre os bancos, e Lucrécia sabia que César estava com raiva. Mas ela achou melhor, porque sabia que César jamais poderia entregá-la graciosamente. Agora imaginava se ao menos ele iria comparecer, ainda que as ordens de seu pai fossem deixá-lo com poucas opções. Se houvesse uma discordância, ela sabia que César sairia galopando de novo para o campo. Mas rezou para que dessa vez ele não fizesse isso, porque era César quem ela mais queria ali; era ele que ela amava acima de todos.

O casamento aconteceu no Grande Salão do Vaticano, contra as objeções dos líderes tradicionais e dos outros príncipes da Igreja, que acreditavam que nos salões sagrados só deveriam entrar os homens preocupados com os negócios oficiais da Igreja. Mas o papa queria Lucrécia casada no Vaticano, e assim foi.

Numa plataforma elevada, posta na frente do salão, estava o trono do papa, com seis cadeiras de veludo cor de vinho de cada lado, para os seus doze cardeais recém-eleitos. Na capela privada do papa, que era menor e mais discreta do que a Capela Principal de São Pedro, ele havia instruído para que fossem colocadas fileiras e fileiras de altas tochas de prata e ouro, para serem queimadas diante de enormes estátuas de mármore representando santos, que enfeitavam os lados do altar.

O bispo que presidiria a cerimônia, com coloridas vestes cerimoniais, a mitra de prata coroando a cabeça, entoou as orações em latim e ofereceu bênçãos sagradas à noiva e ao noivo.

O incenso que queimava durante a bênção parecia especialmente penetrante. Tinha chegado do Oriente havia apenas alguns dias, como presente do irmão do príncipe Djem, o sultão turco Bayezid II. A fumaça branca e densa irritava a garganta de Lucrécia, obrigando-a a esconder uma tosse com o lenço de seda. A visão do Jesus crucificado na enorme cruz de madeira parecia tão agourenta para ela quanto a grande espada da fidelidade que o bispo ergueu sobre sua cabeça enquanto o jovem casal trocava os votos.

Afinal ela captou um vislumbre de César na entrada da capela. Tinha ficado preocupada, porque o lugar dele ao lado dos outros cardeais estava evidentemente vazio.

Lucrécia tinha passado a noite anterior de joelhos, orando à Madona, pedindo perdão, depois de se esgueirar pelo túnel até o quarto do irmão para que ele a reivindicasse de novo. Ela se perguntou por que sentia tanta alegria com ele e tanto pavor ao pensar em outro. Nem mesmo conhecia o homem que seria seu marido. Tinha-o visto uma vez, do balcão, e quando os dois se encontraram na mesma sala na véspera, ele não lhe falara uma palavra nem reconhecera sua presença.

Agora, enquanto se ajoelhavam em pequenos bancos de ouro diante do altar e ela ouvia as primeiras palavras de seu noivo — "Eu aceito esta mulher como minha esposa" —, ela achou sua voz sem graça e desagradável.

Como num transe, Lucrécia concordou em honrá-lo como marido. Mas seu olhar e seu coração estavam fixos em César, vestido num solene preto sacerdotal, agora de pé junto a Juan. Ele jamais a encarou.

Depois, num dos grandes salões do Vaticano — a Sala Reale —, Lucrécia Bórgia sentou-se em esplendor diante da mesa especial, posta em plano elevado. Ao seu lado estavam o noivo, Giovanni, a governanta, Adriana, e Júlia Farnese, a quem tinha escolhido como dama de honra. A neta do falecido papa Inocêncio, Battestina, também compartilhava sua mesa, bem como outras damas de honra, mas seus três irmãos sentavam-se em outra mesa do outro lado do salão. Muitos dos convidados ocupavam as centenas de almofadas postas no chão. No perímetro do salão havia várias mesas enormes cheias de comida e doces; assim que os convidados terminaram de comer, o centro do salão foi liberado para que eles pudessem assistir aos atores. Mais tarde, haveria dançarinos e cantores para diverti-los.

Por várias vezes Lucrécia olhou para o noivo, mas ele a ignorou e passou boa parte do tempo enfiando comida e derramando vinho na boca. Enojada, ela desviava o olhar.

Nesse dia, que deveria ser de grande celebração, Lucrécia, numa das poucas vezes em sua vida, sentiu falta da mãe. Pois, agora que Júlia era amante do papa, não havia lugar para Vanozza no palácio.

Enquanto olhava de novo para o marido, Lucrécia se perguntou se algum dia poderia se acostumar à expressão séria dele. A ideia de deixar sua casa em Roma para viver com ele em Pesaro encheu-a de desespero, e ela sentiu-se grata pela promessa do pai de que, durante um ano, não precisaria ir embora.

Rodeada pela alegria e pelos risos dos convidados, sentia-se incrivelmente solitária. Não estava com fome, mas tomou vários goles do bom vinho tinto que fora servido em sua taça de prata e logo se sentiu tonta. Começou a conversar com as damas de honra e finalmente começou a se divertir. Afinal de contas isso era uma festa e ela estava com 13 anos.

Mais tarde, o papa Alexandre anunciou que haveria um jantar naquela noite em seus apartamentos particulares, onde poderiam ser dados presentes para a noiva e o noivo. Antes de deixar o salão do Vaticano para ir aos seus aposentos, ele instruiu os serviçais a jogar o resto dos doces pelo balcão, para a multidão de cidadãos na praça abaixo, para que eles pudessem compartilhar as festividades.

JÁ PASSAVA BASTANTE da meia-noite quando Lucrécia teve a chance de falar com o pai. Ele estava sentado sozinho à sua mesa, já que a maior parte dos convidados tinha ido embora e somente seus irmãos e alguns dos cardeais esperavam na antecâmara.

Lucrécia se aproximou do papa hesitante, porque não queria ofendê-lo, mas isso era importante demais para esperar. Ajoelhou-se diante dele e curvou a cabeça, esperando a permissão de falar.

O papa Alexandre sorriu e a encorajou.

— Venha, minha filha. Diga ao *papa* o que está na sua mente.

Lucrécia ergueu a cabeça, com os olhos brilhando mas o rosto pálido devido aos acontecimentos do dia.

— *Papa* — falou numa voz quase inaudível. — *Papa*, eu devo ir para a câmara matrimonial com Giovanni esta noite mesmo? O senhor precisa testemunhar o contrato tão cedo?

O papa ergueu os olhos para os céus. Ele também vinha pensando na câmara matrimonial, durante mais horas do que queria admitir.

— Se não for agora, quando será?

— Só um pouquinho mais.

— É melhor resolver as coisas desagradáveis o mais breve possível — disse ele, sorrindo gentilmente para a filha. — Depois você deve continuar sua vida sem a espada pendendo sobre a cabeça.

Lucrécia respirou fundo e suspirou.

— Meu irmão César deve estar presente?

O papa Alexandre franziu a testa.

— O que isso importa? Desde que seu *papa* esteja lá. Para que o contrato seja válido, quaisquer três testemunhas servem.

Lucrécia assentiu e disse com determinação:

— Eu prefiro que ele não esteja lá.

Tanto Giovanni quanto Lucrécia estavam relutantes enquanto iam para a câmara matrimonial: ele porque ainda sentia saudade da primeira mulher que havia morrido; ela porque estava embaraçada por ser observada e odiando permitir que qualquer um, além de César, a tocasse. Agora, estava tão tonta que nada parecia importar. Tinha procurado o irmão, mas ele havia desaparecido, por isso engoliu rapidamente mais três taças de vinho antes de poder juntar a coragem de fazer o que era necessário.

Dentro da câmara, ela e Giovanni se despiram com a ajuda dos serviçais, e os dois entraram sob os lençóis de cetim branco, tendo o cuidado de não deixar que suas carnes se tocassem antes que as testemunhas chegassem.

Quando o papa entrou, sentou-se na cadeira de veludo, virado para uma grande tapeçaria das cruzadas na qual ele poderia se concentrar e rezar. Nas mãos, tinha um rosário de pedras preciosas. O segundo assento foi ocupado pelo cardeal Ascanio Sforza, e o terceiro pelo irmão de Júlia, o cardeal Farnese, que tinha sofrido a humilhação de ser chamado de "cardeal efeminado" depois de ser investido por Alexandre.

Giovanni Sforza não disse uma palavra a Lucrécia; em vez disso, apenas se inclinou, com o rosto perto demais do dela, e agarrou seu ombro com força, puxando-a para ele. Tentou beijá-la, mas ela virou o rosto e o escondeu no pescoço dele. Ele cheirava como um boi. E quando ele começou a passar a mão em seu corpo, ela sentiu-se estremecer de repulsa. Por um instante teve medo de vomitar, e esperava que alguém tivesse pensado em pôr um penico junto da cama. De repente, sentiu uma tristeza avassaladora e achou que iria chorar. Mas, quando ele a montou, ela não sentiu nada. Tinha fechado os olhos e se forçado a partir para longe, para um lugar dentro da mente, onde corria entre juncos altos e rolava numa campina de grama macia e verde... para o Lago de Prata, o único local onde se sentia livre.

NA MANHÃ SEGUINTE, quando correu para se encontrar com César, que andava do palácio do Vaticano para os estábulos, Lucrécia pôde ver imediatamente que ele estava perturbado. Tentou tranquilizá-lo, mas ele não conseguia escutar. Por isso ela ficou quieta e imóvel enquanto o olhava arrear o cavalo para partir.

Passaram-se dois dias antes que César voltasse. Ele lhe disse que tinha passado um tempo no campo, pensando em seu futuro, e no dela. Tinha-a perdoado, disse, mas isso a deixou com raiva.

— O que há para perdoar? Eu fiz o que devia, assim como você. Você vive reclamando de ser cardeal. Mas eu preferiria ser um cardeal a ser mulher!

César contra-atacou:

— Nós dois devemos ser o que o Santo Padre quer que sejamos, porque eu preferiria ser um soldado a ser um cardeal! Então nenhum de nós tem o que quer!

César entendia que a batalha mais importante seria o exercício de seu próprio livre-arbítrio. Pois o amor pode roubar o livre-arbítrio sem usar qualquer arma além de si próprio. E César amava seu pai. No entanto, havia estudado as estratégias do pai por tempo suficiente para saber de que Alexandre era capaz, e sabia que ele próprio nunca se curvaria a tal traição. Na mente de César, tirar as posses, as riquezas e até a vida de um homem era um crime muito menor do que lhe roubar o livre-arbítrio. Pois sem isso ele era uma simples marionete de sua própria necessidade, uma besta de carga cedendo ao chicote de outro homem. E ele jurava que não seria essa besta.

Ainda que entendesse o que o pai tinha feito ao lhe pedir para se deitar com Lucrécia, César achava-se igualmente apto à tarefa de amá-la. Depois daquela primeira reivindicação ele havia se convencido a acreditar que tinha sido escolha sua. No entanto existia uma carta oculta. Lucrécia amava com um coração suficientemente cheio para domar a besta mais selvagem, e assim, sem saber, ela se tornou o chicote usado pelo pai.

Lucrécia começou a chorar, e então César a abraçou e tentou consolá-la.

— Vai ficar tudo bem, Crécia. — E ficou parado longo tempo, alisando seus cachos louros, abraçando-a. Finalmente enxugou as lágrimas da irmã e disse: — Não se preocupe com aquela codorna de três pernas, o Sforza. Apesar de tudo, nós sempre teremos um ao outro.

6

Ludovico Sforza, o homem conhecido como Il Moro, era o poder na grande cidade-estado de Milão. Apesar de ser o regente, e não o duque, ele governava. Tinha reivindicado sua autoridade pela deficiência do sobrinho fraco e sem energia.

Ainda que o nome *Il Moro* (O Mouro) fizesse pensar numa pele escura, ele era um homem alto e elegante, com a aparência loura dos italianos do norte, inteligente e sensível ao mundo da mente e da razão. Poder-se-ia dizer que era mais enamorado pelos mitos antigos do que pela religião. Mostrava-se confiante e senhor de si quando as coisas iam bem, menos confiante durante tempos de adversidade. Exigia o respeito de seus cidadãos e, apesar de algumas vezes ser inescrupuloso e frequentemente trapaceiro nos tratos políticos, era um governante misericordioso cuja compaixão cobrava um imposto dos cidadãos mais ricos, para manter abrigos e hospitais para os pobres.

Os cidadãos de Milão, uma cidade considerada o lar das descobertas, abraçavam a nova cultura do humanismo, e Il Moro e sua esposa, Beatrice d'Este, faziam muitas coisas para melhorar as condições. Eles restauraram e decoraram os castelos, pintaram as casas pobres da cidade com as cores fortes da nova arte e limparam as ruas para tirar o fedor, de modo que o ar pudesse ser respirado sem luvas perfumadas com limão ou meias laranjas mantidas sob os narizes da nobreza. Além disso, ele pagava aos melhores tutores para ensinar nas universidades, porque apreciava a importância da educação.

Foi a mulher de Il Moro — a linda e ambiciosa Beatrice d'Este, de Ferrara — que há muitos anos tinha-o encorajado a reivindicar a coroa do sobrinho, Gian. Pois estava preocupada com que seu herdeiro, assim que ela tivesse um filho, não tivesse direito legal sobre o reino.

Durante treze anos Ludovico governou como regente, sem oposição da parte do sobrinho, o duque, e Milão se transformou numa cidade cheia de arte e cultura. Mas então Gian se casou com uma jovem de temperamento quente e cheia de decisão: Avia de Nápoles, neta do temido rei Ferrante.

Assim que teve dois filhos — que ela jurava serem forçados a viver como cidadãos comuns por causa de Il Moro —, Avia começou a reclamar com o marido, o duque. Mas ele estava bem contente em ter o tio reinando em Milão, e não ofereceu resistência. Agora Avia não tinha opção. Levou o assunto ao seu avô, o rei Ferrante. Escreveu carta após carta e mandou que fossem levadas diariamente por mensageiro a Nápoles. Finalmente Ferrante sentiu-se ultrajado, tanto com o desprezo para com sua família quanto pelo conteúdo e pela frequência irritante das cartas. Afinal de contas, ele era um rei, e um rei não podia tolerar esse insulto à neta. E por isso decidiu se vingar de Milão e colocar Avia no seu lugar de direito, o trono.

Informado da raiva do rei através de seus conselheiros secretos, e temendo as táticas implacáveis de Ferrante, Il Moro reexaminou sua posição. A força militar de Nápoles era lendária — forte e hábil. Milão não teria chance de se defender sem ajuda.

Então, como se mandada dos céus por forças benevolentes, Il Moro recebeu a notícia de que o rei Carlos, da França, estava preparando o exército para uma invasão reivindicando a coroa de Nápoles. Assumindo uma atitude drástica, Il Moro rompeu com a tradição e imediatamente mandou um convite ao rei Carlos, oferecendo a ele e às suas tropas passagem livre por Milão no caminho para o sul, em direção à conquista de Nápoles.

No Vaticano, o papa Alexandre estava reavaliando sua posição política à luz da notícia da invasão francesa e da visão curta de Il Moro. Ele havia chamado César naquela manhã para discutir novas estratégias, quando Duarte Brandão visitou seus aposentos para informar sobre a nova ameaça ao papado.

— Eu fiquei sabendo — explicou ele — que o rei Ferrante de Nápoles mandou uma mensagem ao primo, o rei Fernando da Espanha, falando das preocupações com relação à sua aliança com Il Moro e à posição do Vaticano para com Milão, agora que a França está preparando suas tropas.

César assentiu com sabedoria.

— Ele ouviu falar do noivado de minha irmã com Giovanni Sforza, sem dúvida. E está perturbado com nossa aliança com Milão.

Alexandre assentiu.

— Deve estar mesmo. E qual foi a resposta do bom rei Fernando?

— Ele se recusou a interferir nas nossas questões, por enquanto — disse Duarte.

O papa Alexandre gargalhou.

— Ele é um homem honrado. Lembra-se de que fui eu quem lhe deu a dispensa permitindo que se casasse com sua prima em primeiro grau, Isabel de Castela. E foi por causa dessa proclamação que os países de Espanha e Castela se uniram, expandindo o império aragonês.

— Seria sensato pensar em mandar um embaixador a Nápoles, com uma proposta de conciliação... — sugeriu Duarte. — E para lhe garantir a nossa lealdade à Espanha e à casa de Aragão.

Alexandre concordou.

— Vamos oferecer a Ferrante uma aliança matrimonial também. Por que Milão deveria ter algo que Nápoles não tem?

— Pai, neste ponto devo lamentar que eu não seja de utilidade — disse César, agora gostando muito. — Porque, afinal de contas, sou um cardeal da Santa Igreja Católica Romana.

Mais tarde naquela noite, Alexandre, sozinho em seus aposentos, olhou para o céu escuro e ponderou nos caminhos dos homens. Como

Santo Padre ele chegou a uma conclusão arrepiante: o medo faz os homens agirem mesmo contra seus melhores interesses. Transforma-os de homens racionais em tolos balbuciantes, caso contrário por que Il Moro iria se alinhar com a França, quando para ele não havia chance de vitória? Será que não adivinhava que, uma vez que um exército entrasse na cidade, cada cidadão estava em perigo? As mulheres, as crianças, os homens corriam risco. O papa suspirou. Era nessas horas que encontrava conforto no conhecimento de sua própria infalibilidade.

MESMO NAS OCASIÕES mais traiçoeiras, alguns homens se mostram mais malignos do que outros. A crueldade pulsa em seus corações e veias, trazendo-os à vida e despertando seus sentidos. E assim, quando torturam outro homem, eles sentem a mesma empolgação que a maioria sente ao fazer amor. Eles se agarram a um deus poderoso e punitivo, um deus que eles inventaram, e com deturpado fervor religioso criam a si próprios à luz dessa ilusão. O rei Ferrante de Nápoles era um desses homens. E, numa circunstância infeliz para seus inimigos, ele sentia ainda mais fascínio pela tortura mental do que pela física.

Era um homem de baixa estatura, atarracado e com pele azeitonada, sobrancelhas pretas e desgrenhadas, tão grossas que escondiam os olhos e o faziam parecer totalmente ameaçador. Esse mesmo pelo áspero cobria todo o seu corpo, às vezes emergindo da gola das vestes reais e das mangas como se fosse o pelo de alguma fera primitiva. Quando era jovem, tinha extraído os dois dentes da frente ao contrair uma infecção quase fatal. Mais tarde, por causa da vaidade, ordenara que o ferreiro real forjasse novos dentes de ouro. Ele raramente sorria, mas nessas ocasiões era particularmente sinistro. Corria por toda a Itália o boato de que Ferrante nunca portava arma e que tinha pouca necessidade de guarda-costas, porque com aqueles dentes de ouro ele podia rasgar a carne dos inimigos.

Como governante de Nápoles, o território mais poderoso da Itália, Ferrante inspirava pavor em todo mundo. Quando inimigos caíam em suas mãos ele os acorrentava em jaulas, e passeava por suas masmorras todos os dias, jactando-se de prazer com seu "zoológico". E assim que os corpos rasgados e partidos dos prisioneiros finalmente perdiam a força e liberavam a alma para o céu, Ferrante os mandava embalsamar e recolocar nas jaulas, para lembrar aos que ainda se agarravam à vida que parar o coração não faria parar o seu prazer.

Nem mesmo os servos mais leais escapavam do apetite voraz de Ferrante pela crueldade. O rei tirava deles o que podia, tanto em favores quanto em dinheiro, e depois os retalhava enquanto dormiam, de modo que não tinham um momento de paz em vida.

Para fazer aumentar a impossibilidade da situação, ele era um estadista soberbo, que tinha conseguido impedir que o papado reivindicasse qualquer parte de seu território. Durante muitos anos se recusara a pagar dízimos à Igreja, concordando apenas em mandar o presente tradicional de um cavalo branco para o exército papal em Roma.

Era mais em seu papel como estadista do que no de guerreiro cruel que o rei Ferrante considerava a aliança com o papa. Mas, para ter certeza de que não haveria surpresas e para garantir que teria a ajuda de que precisava em sua conquista, despachou outra carta ao primo, o rei Fernando da Espanha. "Se o papa não me oferecer nada que me satisfaça, e caso se recuse a nos ajudar, nós prepararemos nossas tropas e, no caminho para Milão, tomaremos Roma."

O REI FERNANDO da Espanha, consciente da tensão entre Roma, Milão e Nápoles, sabia que deveria intervir. Precisava da ajuda do papa para manter a paz, que para ele era sempre melhor do que a guerra. Se tudo corresse bem, ele também informaria a Alexandre sobre um engano significativo que tinha chegado ao seu conhecimento através de seu primo Ferrante.

Fernando era um homem alto e imperioso que levava muito a sério o cargo de monarca da Espanha. Era um rei cristão, sem incertezas com relação ao seu Deus, e se curvava à infabilidade do papa sem questionar. Mas sua crença não se alçava ao nível do fervor evangelístico da esposa, a rainha Isabel; ele não tinha necessidade de perseguir os que não acreditavam. Na essência, era um homem razoável e se apegava à doutrina apenas enquanto ela servisse ao império aragonês. Ele e Alexandre se respeitavam, achavam-se mutuamente dignos de respeito — no sentido máximo em que qualquer mortal poderia ser confiável.

Vestido num manto simples de cetim azul-escuro com acabamento de pele, o rei Fernando parecia elegante sentado diante do papa na gigantesca sala de estar. Ele tomou um gole de vinho.

— Num gesto de boa vontade — falou —, o rei Ferrante me pediu para lhe informar de uma circunstância da qual ficou sabendo recentemente, e que pode ajudá-lo, Sua Santidade. Porque ele tem certeza de que a Igreja é uma aliada, não somente da Espanha, mas também de Nápoles.

Alexandre sorriu, mas seus olhos estavam cheios de cautela enquanto dizia:

— O céu sempre recompensa quem é fiel.

Fernando falou em voz baixa:

— Pouco depois do conclave, o comandante geral de Ferrante, Virgínio Orsini, encontrou-se com o cardeal Cibo para executar a compra de três castelos que Cibo herdou de seu pai, o papa Inocêncio.

O papa Alexandre franziu a testa, mas ficou sentado em silêncio durante vários instantes, antes de falar:

— Essa transação aconteceu sem o meu conhecimento? Sem a autoridade da Santa Sé? Essa traição foi cometida por um príncipe da Santa Igreja Católica?

Em verdade, Alexandre estava mais perplexo pela traição de Orsini do que pela do cardeal Cibo; pois o comandante Orsini era não somente o cunhado de Adriana; o papa sempre o havia considerado um amigo. E mesmo nos tempos mais perversos sempre há alguns homens que inspiram confiança. Virgínio Orsini era um deles.

Naquela noite, durante o jantar, o rei Fernando forneceu a peça que faltava.

— O acordo para a compra dos castelos aconteceu em Óstia, no palácio de Giuliano della Rovere.

Ah, agora Alexandre entendia. Era della Rovere que estava por trás desse feito pecaminoso! Quem fosse o dono daqueles castelos — todos eram fortalezas inexpugnáveis ao norte de Roma — teria a segurança de Roma nas mãos.

— Esta é uma dificuldade que deve ser superada — disse Alexandre.

O rei Fernando concordou.

— Eu viajarei a Nápoles para falar com Ferrante em seu nome, para ver o que pode ser feito.

O rei beijou o anel do papa antes de sair, garantindo a Alexandre que iria usar toda a influência para resolver a questão. Depois, quase como um pensamento de última hora, Fernando disse:

— Há mais um problema, Sua Santidade. O Novo Mundo está sob disputa. Portugal e Espanha clamam por novos territórios. Sua mediação seria grandemente apreciada pela rainha e por mim, pois a necessidade de orientação divina é evidente nessa situação.

O rei Fernando da Espanha viajou a Nápoles e falou com seu primo, Ferrante. Logo após a sua chegada começaram a ser mandados despachos de ida e volta entre Roma e Nápoles. Mensageiros cavalgavam dia e noite. Finalmente o rei Ferrante garantiu ao papa que nenhuma mácula à pessoa de Alexandre fora pretendida por Virgínio Orsini; pelo contrário, os castelos em questão poderiam ser mantidos para a segurança de Roma. Eles ficavam perto da cidade e portanto agiriam como proteção no caso de uma invasão francesa.

E assim foi acordado que Virgínio Orsini poderia manter seus castelos, mas ele teria de pagar um imposto ou dízimo de quarenta mil ducados por ano ao Vaticano, como prova de sua sinceridade e lealdade ao papa Alexandre.

Então foi feita a pergunta: o que o papa estaria disposto a oferecer em troca do apoio do rei Fernando e do rei Ferrante?

O rei Ferrante queria César Bórgia como marido de sua neta, Sancia, de 16 anos.

Alexandre recusou, lembrando a Ferrante que seu filho mais velho tinha um chamado no Santo Ofício. Em vez disso, ofereceu o mais novo, Jofre.

Ferrante recusou. Quem quereria o filho mais novo no lugar do mais velho?

Ainda que muitos papas anteriores temessem negar qualquer coisa que Ferrante pedisse, o papa Alexandre se mostrou irredutível. Ele tinha planos para César, e não trocaria seu ouro por metal comum.

Ferrante tinha ouvido muito sobre a habilidade e a inteligência de Alexandre nas negociações, e ficou completamente irritado. Sabia que, se deixasse passar essa oportunidade de aliança, Alexandre logo forjaria outra que colocaria Nápoles em risco. Depois de muita deliberação e pouca esperança de vitória, Ferrante aceitou de má vontade. Só esperava que Jofre, de 12 anos, pudesse se deitar com sua Sancia, de 16, e legitimar o contrato antes que Alexandre encontrasse uma noiva melhor.

Mas cinco meses depois do casamento por procuração, o rei Ferrante, o homem mais temível de Nápoles, morreu. E seu filho Masino, nem de longe tão inteligente ou cruel quanto o pai, foi deixado à mercê do papa Alexandre. Como Nápoles era um território papal e o papa era o seu *suserano*, ou senhor feudal, a coroa só poderia ser entregue por ele, e desagradá-lo poderia forçá-lo a escolher outro.

Nessa época aconteceu que Alexandre também estava comprometido. O jovem rei Carlos VIII, da França, que proclamou Nápoles como seu território, também queria a coroa. Ele mandou uma embaixada para alertar Alexandre, ameaçando desinvesti-lo do poder e nomear outro papa caso ele favorecesse Masino, o herdeiro de Ferrante. Mas o papa sabia que o controle francês sobre Nápoles seria fatal à independência dos estados papais.

Para aumentar a perturbação do papa, uma inquietação cada vez maior começou a surgir entre os que odiavam os espanhóis e os tradicionais inimigos do papado, o que ele sabia que poderia levar ao rompimento da frágil paz que existia por toda a Itália desde que ele assumira o cargo.

Então recebeu a notícia que o ajudou a decidir.

Duarte Brandão voltou aos aposentos do papa para dizer:

— Há boatos de uma nova invasão francesa. O rei Carlos é fervoroso e entusiasmado, e está decidido a ser o maior monarca cristão de seu tempo. Ele planeja liderar outra cruzada para conquistar Jerusalém.

Alexandre entendeu.

— Então esse jovem rei precisa primeiro conquistar Nápoles, porque Nápoles faz fronteira com as terras dos infiéis. E precisa passar pelos estados papais no caminho para Nápoles.

Duarte assentiu.

— Além disso, Carlos deixou claro seu desejo de reformar o papado, e só há um modo de isso ser feito, Sua Santidade.

O papa ponderou no que Duarte dizia.

— Ele precisa me depor para fazer o que deseja...

Agora o papa Alexandre estava decidido a não afastar o filho de Ferrante, Masino, porque precisava que a força militar de Nápoles viesse até Roma para repelir qualquer ataque do rei Carlos.

Logo Alexandre começou a formular outro plano: com o objetivo de proteger sua posição no Vaticano e proteger a própria Roma de uma invasão estrangeira, teve certeza de que precisava unificar as cidades-estados da Itália. Foi então que concebeu o conceito da Liga Santa. Seu plano era unificar e liderar várias das maiores cidades-estados — isso lhes daria mais poder juntas do que cada uma tinha em separado.

Mas no momento em que apresentou esse plano aos governantes dessas cidades-estados, houve dificuldades. Veneza, como sempre, permaneceu neutra; Milão já estava do lado dos franceses; e Florença tinha um exército fraco — bem como o profeta chamado Savonarola, que tinha influência suficiente para desencorajar os Médicis a se juntar ao resto.

Tendo encontrado forte resistência, Alexandre concluiu que deveria coroar Masino rapidamente — ou logo outro homem usaria a Santa Tiara.

QUATRO DIAS DEPOIS de Masino ser coroado rei de Nápoles, Jofre Bórgia se casou com a filha de Masino, Sancia.

No altar da capela do Castel Nuovo, Jofre, de 12 anos, tentou parecer mais velho do que era, perto de sua noiva de 16. Apesar de ser mais alto do que ela e bastante bonito, com os densos cabelos louros e olhos claros, não tinha inteligência nem encanto. Sancia, uma garota bonita e animada, ficou chateada com a escolha do pai. Recusou-se a usar qualquer enfeite novo para o casamento, e durante a cerimônia olhava com impaciência para os convidados na capela apinhada. Quando o bispo perguntou a Jofre "Aceita esta mulher...", não conseguiu terminar a frase antes que o entusiasmado Jofre interrompesse, sem fôlego:

— Aceito...

Os convidados riram alto. Sancia sentiu-se humilhada e sua resposta aos votos foi praticamente inaudível. O que estava fazendo com aquela criança idiota?

Mas na recepção, assim que viu as muitas moedas de ouro e as joias que ele havia trazido e oferecido, a expressão de Sancia se suavizou. E quando ele permitiu que suas damas de companhia escolhessem mais moedas de ouro de seus bolsos, Sancia sorriu para Jofre.

Naquela noite, na câmara matrimonial, com o rei Masino e duas outras testemunhas, Jofre Bórgia montou em sua noiva e cavalgou-a como faria com um pônei novo. Ela ficou ali teimosamente, rígida como um cadáver. De novo e de novo — quatro vezes — ele montou-a, até que o próprio rei mandou parar e concordou com a validade do contrato de casamento.

ALEXANDRE MANDOU chamar César e Juan ao Salão da Fé, onde, segundo o acordo feito com o rei Fernando com relação a Nápoles, ele prometera se encontrar com os embaixadores de Espanha e Portugal para mediar uma disputa sobre novas terras.

Quando César e Juan entraram no salão ornamentado, o pai estava com aparência régia, usando a mitra papal e a capa em vermelho e ouro, ricamente bordada. Ele disse aos filhos:

— Este é um exercício de diplomacia com o qual vocês podem aprender, porque os dois vão participar de muitas negociações nos cargos que terão na Igreja.

O que ele não disse foi que o pedido do rei Fernando para uma arbitragem papal não era um gesto vazio, e sim que refletia a influência papal tanto na religião quanto na política da nova Era das Descobertas. Isso daria ao papa o apoio da Espanha, do qual ele precisava tremendamente para o caso de o rei Carlos da França decidir que invadiria os territórios italianos.

Alexandre ergueu os olhos quando os embaixadores entraram no salão. Cumprimentou-os calorosamente e disse:

— Cremos que os senhores conhecem nossos filhos, o cardeal Bórgia e o duque de Gandia, não é?

— Sim, Santo Padre, conhecemos — respondeu o espanhol, um elegante grande castelhano vestido com uma túnica preta muito brocada. Ele assentiu para César, depois para Juan, como fez o idoso emissário de Portugal.

Alexandre tinha aberto um mapa sobre a grande mesa marchetada. Ele e os dois embaixadores estavam apontando para vários locais.

— Meus filhos, nós resolvemos um problema que vem causando grande preocupação entre as nações desses dois homens importantes.

Os dois assentiram de novo e Alexandre continuou:

— Essas duas grandes nações mandaram bravos exploradores para os rincões mais distantes dos mares desconhecidos. Ambos reivindicam as riquezas do Novo Mundo. Nossa santa igreja, através de Calisto III, decretou que o reino de Portugal tinha o direito a todas as terras não cristãs na costa do Atlântico. Portanto, Portugal afirma que isso lhe garante todo o Novo Mundo. A Espanha, por outro lado, insiste em que Calisto se referia apenas às terras na costa *leste* do grande oceano, e não às terras recém-descobertas a oeste. Para evitar um conflito entre esses grandes povos, o rei Fernando pediu que arbitrássemos suas diferenças. E as duas nações, esperando orientação divina, concordaram em aceitar nossa decisão. Não é isso?

Os dois emissários assentiram.

— Bem, então consideramos a questão cuidadosamente e passamos longas horas ajoelhados, rezando. E chegamos a uma decisão. Devemos dividir o Novo Mundo segundo esta linha longitudinal.

Ele apontou para uma linha no mapa, cem léguas a oeste dos Açores e das ilhas de Cabo Verde.

— Todas as terras não cristãs a leste desta linha, que incluem várias ilhas valiosas, pertencerão ao reino português. Doravante os povos desses lugares falarão português. Todas as terras a oeste da linha pertencerão a suas majestades católicas Fernando e Isabel.

Alexandre olhou para os embaixadores.

— Nós já emitimos nossa bula, *Inter Caetera*, estabelecendo nossa decisão. Plandini, o escrivão do Vaticano, vai dar a cada um de vocês uma cópia, quando partirem. Espero que isto seja satisfatório e que muitas almas se salvem ao invés de serem sacrificadas por nosso acordo. — Ele deu seu brilhante sorriso carismático e os dois homens se curvaram para beijar-lhe o anel enquanto ele os dispensava.

Quando os embaixadores saíram, Alexandre se virou para César.

— O que achou de minha decisão?

— Acho, pai, que os portugueses estão em desvantagem, porque receberam muito menos território.

O rosto de Alexandre se iluminou com um riso lupino.

— Bom, filho, foi o rei Fernando da Espanha que nos pediu para intervir e, no coração de nossa família, nós *somos* espanhóis. Também devemos considerar que a Espanha é provavelmente o país mais poderoso do mundo hoje. Com o rei da França pensando numa invasão e planejando passar suas tropas pelos Alpes, segundo o conselho de nosso inimigo o cardeal della Rovere, talvez precisemos de ajuda espanhola. Os portugueses, por outro lado, tendem a produzir bons navegadores, mas não têm um exército que se preze.

Antes de César e Juan deixarem o papa, ele pôs a mão no ombro de Juan e disse:

— Meu filho, devido à nossa bem-sucedida mediação, seu prometido noivado com Maria Enriquez foi adiantado. De novo, eu digo, prepare-se. Não ofenda o nosso amigo rei Fernando, porque foi necessária muita diplomacia para garantir nossas alianças. Nós agradecemos a Deus todos os dias pela boa sorte de nossa família, pelas oportunidades de espalhar a palavra de Cristo em todo o globo, reforçando o papado para os corpos e as almas dos fiéis.

Dentro de uma semana, acompanhado por uma caravana de vastas riquezas, Juan estava a caminho da Espanha, para um encontro com a família Enriquez em Barcelona.

EM ROMA, O PAPA sentia-se cansado do peso do mundo; o céu e a terra pareciam repousar em seus ombros. Mas um pequeno prazer era capaz de recuperá-lo...

Naquela noite Alexandre se preparou para aparecer com a melhor camisola de seda, uma vez que sua jovem amante, Júlia Farnese, fora convidada a passar a noite em sua cama. Enquanto o lacaio o banhava e lavava seus cabelos com sabão perfumado, ele se pegou sorrindo diante do pensamento do rosto doce da jovem olhando-o com admiração e — ele acreditava — carinho genuíno.

Apesar de deixá-lo perplexo a ideia de uma jovem mulher de tamanha beleza e charme ficar encantada por um homem cujo auge já havia passado, ele aceitava isso como uma das muitas outras perplexidades na vida. Certamente, tinha sabedoria bastante para saber que seu poder e seus favores poderiam inspirar uma certa dedicação. E o relacionamento dela com ele, como o Santo Padre, podia melhorar a condição e a riqueza de toda a família de Júlia, e portanto aumentar seu próprio *status*. Mas havia mais, e ele sabia disso no coração. Pois quando Júlia e ele faziam amor, era um presente sem preço. A inocência dela era cativante; a necessidade de aprender e satisfazer, e a curiosidade por todos os modos de exploração sensual lhe davam um apelo incomum.

Alexandre já estivera com muitas cortesãs belas e de muito mais experiência, que sabiam agradar um homem usando pura habilidade. Mas a reação desinibida de Júlia ao prazer sensual era a de uma criança alegre, e de algum modo, ainda que não pudesse descrevê-lo como o relacionamento mais passional que já tivera, isso lhe trazia imensa satisfação.

Usando um vestido de veludo púrpura, Júlia foi levada ao quarto. Seu cabelo dourado caía pelas costas, e no pescoço ela usava um colar simples, de pequenas pérolas, que ele lhe dera quando fizeram amor pela primeira vez.

Enquanto ele se sentava na beira da grande cama, Júlia começou a desamarrar o vestido. Sem uma palavra, ela se virou de costas e perguntou:

— Minha querida Santidade, pode levantar meu cabelo?

Alexandre ficou de pé, com o corpo enorme perto dela, preenchendo os sentidos com o cheiro de lavanda dos cabelos de Júlia. Segurou os cachos louros nas mãos grandes, as que tinham o destino de tantas almas, enquanto ela tirava o vestido e o deixava cair no chão.

Quando ela se virou para erguer o rosto e aceitar seu beijo, ele teve de se curvar para alcançar os lábios da jovem. Ela nem mesmo era tão alta quanto Lucrécia, e tinha formas mais delicadas. Passou os braços pelo pescoço dele, e quando ele se levantou, ergueu-a do chão.

— Minha doce Júlia, eu estava esperando há tantas horas por sua chegada! Abraçá-la me traz tanto prazer quanto rezar a missa, ainda que fosse um sacrilégio para mim admitir essa verdade em voz alta a qualquer pessoa que não fosse você, minha doçura.

Júlia sorriu para ele e se deitou ao seu lado entre os lençóis de cetim.

— Eu recebi uma mensagem de Orso hoje — disse ela. — Ele quer voltar a Roma, para passar um tempo de visita.

Alexandre tentou não mostrar desprazer, porque aquela era uma noite linda demais.

— É uma infelicidade, mas acredito que a presença de seu jovem marido em Bassanello é importante por mais algum tempo. Talvez eu precise dar a ele a liderança de uma das minhas tropas militares.

Júlia sabia que o papa estava com ciúme, porque cada expressão brilhava em seus olhos. Para tranquilizá-lo, inclinou-se e pôs os lábios sobre os dele, beijando-o com força. Ela possuía os lábios doces e frios de alguém jovem e sem experiência, mas ele tinha o cuidado de tratá-la com gentileza porque, acima de todas as coisas, não queria amedrontá-la. Os dois já haviam feito amor muitas vezes, mas ele punha o próprio prazer de lado para se certificar de estar observando quando ela alcançasse o dela. Não queria se perder completamente e fazer com que a paixão o impulsionasse com força demais, porque ela iria se enrijecer e todo o prazer lhes escaparia.

— O senhor gostaria que eu me deitasse de barriga para baixo? — perguntou ela. — E depois, o senhor viria por cima?

— Temo machucá-la. Prefiro me deitar de costas e você me montar como quiser. Desse modo você pode controlar a quantidade da sua paixão e receber tanto prazer quanto possa suportar.

Ele tinha pensado nisso com frequência, na inocência infantil de Júlia, enquanto ela soltava os cabelos como aquelas deusas dos mitos e da história antiga, aquelas mulheres tentadoras que lançavam um feitiço para manter um príncipe aprisionado contra a vontade para sempre.

A cada vez que se deitava de costas e via o rosto dela com os olhos fechados de prazer, a cabeça jogada para trás em abandono, ele acreditava que o prazer carnal que sentia era um presente de rendição ao Pai Celestial. Pois quem mais, a não ser um Pai Misericordioso, daria tanta graça celestial na terra?

Antes que Júlia deixasse seus aposentos naquela manhã, ele lhe deu uma cruz de ouro filigranado que tinha encomendado a um dos melhores ourives de Florença. Sentada ali, ela parecia a imagem da graça, e na beleza de seu rosto e de seu corpo o papa Alexandre se certificou de novo da existência de um Pai Celestial, pois ninguém na terra poderia conceber tal perfeição.

7

O MÉDICO DO PAPA CORREU PARA O VATICANO COM O RELA-
tório urgente de um surto de peste na cidade de Roma. Sentado
em seu trono, no Salão da Fé, e ouvindo sobre a chegada da Morte
Negra, Alexandre se alarmou. Rapidamente ele chamou a filha aos
seus aposentos.

— Está na hora de você partir para Pesaro, buscar abrigo com seu
marido — falou com simplicidade.

— Mas, *papa* — gritou ela, ajoelhando-se aos seus pés e agarrando
suas pernas. — Como posso deixá-lo? Como posso deixar meus irmãos,
minha querida Adriana e nossa Júlia? Como posso viver naquele lugar
tão longe desta cidade que eu amo?

Sob circunstâncias normais Alexandre teria barganhado para ter
mais tempo com a preciosa filha, mas agora, com essa circunstância
nova e perigosa, achou que devia insistir para que ela fosse.

— *Papa* vai mandar Adriana e a querida Júlia a Pesaro com você. E
nós mandaremos mensagens todos os dias, de modo que nenhuma de
vocês fique solitária, minha doce criança.

Mas Lucrécia ficou inconsolável. Levantou-se, com os olhos, que
normalmente eram doces, chamejando.

— Eu preferiria morrer da Morte Negra em Roma a viver com
Giovanni Sforza em Pesaro. Ele é impossível. Ele nunca me olha, ra-

ramente fala comigo, e quando fala é só sobre si mesmo, ou para me ordenar alguma coisa que eu odeio.

O papa Alexandre puxou-a num abraço afetuoso e tentou consolá-la.

— Nós não já falamos disso antes? Dos sacrifícios que precisamos fazer para manter o bem-estar da família e o poder de Deus no mundo? Nossa querida Júlia me falou de sua admiração por Santa Catarina. Será que ela objetaria, como você está fazendo, ao chamado do Pai Celestial? E o seu *papa* não é a voz do Pai Celestial na terra?

Lucrécia deu um passo atrás e olhou para o pai. Com o lábio inferior ainda fazendo beicinho, falou:

— Mas Catarina de Siena é uma santa; eu sou só uma garota. As garotas não precisam fazer o mesmo que as santas. Ser filha de um papa não me deveria transformar em mártir.

Os olhos do papa Alexandre se iluminaram. Só um homem raro seria capaz de resistir à argumentação apaixonada de sua filha, no entanto ele se pegou encantado e divertido com a relutância dela em deixá-lo.

Segurou a mão delicada de Lucrécia.

— Ah, o seu *papa* também precisa se sacrificar pelo Pai Celestial, pois não há ninguém no mundo que eu ame mais do que você, minha criança.

Lucrécia olhou timidamente para o pai.

— Nem mesmo Júlia?

O papa fez o sinal da cruz sobre o peito.

— Tendo o Senhor como testemunha, eu digo de novo: não há quem eu ame acima de você.

— Ah, *papa* — disse Lucrécia, passando os braços pelo pescoço dele e respirando o perfume de incenso de suas vestes douradas. — O senhor promete mandar uma mensagem depois da outra, sem parar? E promete me mandar buscar quando perceber que eu não estou mais suportando? Caso contrário, vou definhar de desespero, e o senhor nunca mais porá os olhos em mim.

— Prometo. Agora junte suas damas de companhia, e eu informarei ao seu marido que você parte imediatamente para Pesaro.

Ao sair, Lucrécia se curvou para beijar o anel do papa e, quando levantou a cabeça, perguntou:

— Eu digo a Júlia ou o senhor diz?

O papa sorriu.

— Pode dizer — falou, fingindo seriedade. — Agora vá...

NO ÚLTIMO DOS CINCO dias de viagem até Pesaro, a chuva caía forte, encharcando Lucrécia, Júlia e Adriana, além de todos os serviçais e suprimentos.

Lucrécia estava desapontada, porque esperava ter a melhor aparência possível ao chegar; afinal de contas, ela era a duquesa. Com o orgulho e a empolgação de uma criança fingindo, Lucrécia queria receber a admiração e o afeto que esperava ver no rosto daqueles que seriam seus súditos.

Uma caravana de cavalos levava a carga preciosa em carroças seguindo pelo belo campo ao longo da esburacada estrada de terra. Ainda que Michelotto e vários de seus homens armados acompanhassem Lucrécia e sua companhia para protegê-las dos perigos do ataque de bandoleiros ou ladrões, mesmo assim eram forçados a parar todas as noites, quando a escuridão caía. Mas havia poucas acomodações ao longo da estrada de Roma a Pesaro, e algumas vezes eles precisavam montar acampamento.

Várias horas antes de chegarem, Lucrécia pediu a seu séquito que montasse um abrigo, para que ela e Júlia pudessem se preparar. Já estavam na estrada há muitos dias, e seu rosto fresco e jovem e o cabelo limpo tinham-se danificado com o tempo — para não dizer da lama grudada nos sapatos e no vestido. Ela pediu às damas de companhia para soltar seu cabelo, secá-lo com novas toalhas de algodão e aplicar bálsamos nas tranças, para dar um brilho especial ao dourado. Mas quando tirou o vestido e pôs outro, de repente ficou tonta.

— Estou sentindo arrepios — falou à dama e em seguida estendeu a mão para pegar o ombro da garota, para se firmar.

Adriana ficou preocupada, porque as bochechas de Lucrécia estavam vermelhas de febre.

— Você está se sentindo mal? — perguntou.

Lucrécia sorriu, com os olhos mais brilhantes do que o usual.

— Estou bem — mentiu, mas Adriana notou o arrepio em seus braços. — Assim que chegarmos e eu tomar um pouco de chá quente, vou ficar melhor. Mas vamos logo, porque tenho certeza de que há festividades esperando por nós, e não queremos cansar os cidadãos.

Continuaram a viagem até Pesaro, onde, quilômetros antes de chegarem aos portões, viram a multidão de homens, mulheres e crianças reunidos, alguns segurando tábuas ou tecidos sobre a cabeça para se proteger da chuva forte. Mas mesmo assim cantavam ao vê-la e batiam palmas gritando boas-vindas. Jogaram flores e ergueram crianças para ela tocar.

Ao chegarem ao portão, a cabeça de Lucrécia estava girando. E quando Giovanni a recebeu com um sorriso e disse: "Bem-vinda, minha duquesa", ela mal ouviu antes de desmaiar de fraqueza e cair do cavalo.

Um dos serviçais apanhou-a nos braços e carregou-a para o palácio. Espantado com o pouco que ela pesava e impressionado por sua beleza loura, ele a colocou gentilmente na cama de plumas do grande quarto de dormir e voltou para contar aos outros tudo sobre a nova esposa do duque. Adriana e Júlia se agitaram em volta dela, pedindo chá e sopa para ajudar a aquecê-la, mas então Giovanni voltou à multidão, dizendo que a duquesa iria cumprimentá-los formalmente no dia seguinte, assim que descansasse e conseguisse se recuperar.

Naquela noite, no quarto escuro de uma cidade estranha, Lucrécia ficou na cama, fez suas orações e tentou dormir. Sentia uma falta terrível do pai, mas sentia uma falta ainda maior de seu irmão César.

No dia em que ela deixou Roma, César prometeu visitá-la em Pesaro, mas disse que, se por algum motivo isso fosse impossível, mandaria Don Michelotto para acompanhá-la ao seu encontro no Lago de Prata, que ficava a meio caminho entre Roma e Pesaro. Lá eles poderiam ficar um tempo juntos. Conversariam sem que ninguém ouvisse e brincariam nos campos como faziam quando crianças, longe dos olhos curiosos do papa e dos que tinham prestado juramento de salvaguardá-los.

O pensamento em César confortou-a e, finalmente, quando fechou os olhos e imaginou os lábios do irmão sobre os seus, caiu no sono.

Quando acordou na manhã seguinte ela ainda se sentia febril, mas se recusou a ficar na cama, porque não queria desperdiçar outro dia sem ver Pesaro e cumprimentar os cidadãos que, ela sabia, estariam esperando para vê-la. A chuva havia parado, e o sol estava brilhando em seu quarto, fazendo-o parecer quente e aconchegante. Alguns cidadãos tinham ficado durante a noite, e ainda estavam na praça diante do castelo; ela podia ouvi-los cantando, pelas janelas abertas.

Giovanni tinha prometido a Lucrécia que haveria grandes bailes e festas. Ela precisava se preparar. Com Júlia, Adriana e as damas de companhia ela conseguiu escolher um vestido simples e elegante ao mesmo tempo, de cetim rosa com um corpete de fina renda veneziana. Usava um adereço de cabeça feito de ouro e pérolas, com os cabelos presos dos lados, mas deixados longos e soltos atrás. Quando se apresentou a Júlia, girou alegre.

— Estou parecendo uma duquesa?

Com os olhos azuis brilhando, Júlia disse:

— Parece mais uma princesa.

Adriana concordou.

— Um anjo perfeito.

Lucrécia foi até a varanda e acenou para a multidão na praça. Eles bateram palmas e gritaram para ela, jogando coroas de flores. Ela se curvou, pegou uma no chão da varanda e a pôs na cabeça. E a multidão aplaudiu ainda mais.

Então houve música na cidade, com malabaristas, lutadores e cômicos nas ruas, como houvera em Roma, e de novo ela ficou cheia de felicidade diante de toda a atenção. Ela sempre se perguntara por que seu pai e seus irmãos gostavam tanto das marchas pela cidade e do poder do cargo, mas agora achava que entendia. Olhando os rostos de todos os homens, mulheres e crianças que a observavam, Lucrécia sentiu-se muito menos só. Talvez ela também tivesse nascido para isso.

Pesaro era linda; seu campo, pintalgado de oliveiras, era luxuriante e verde. Ao redor, protegendo-a, os enormes e graciosos montes Apeninos aninhavam a cidade. Lucrécia soube que poderia ser realmente feliz ali — mais feliz ainda se achasse um modo de tolerar o marido, Giovanni.

ERA BEM SABIDO em toda a França que o rei Carlos tinha grande fé não somente na Santa Igreja Católica Romana como também no alinhamento das estrelas no céu. Assim, seguia-se que seu conselheiro de maior confiança era o médico e astrólogo Simon de Pavia. Simon tinha lido o mapa celestial na ocasião do nascimento de Carlos, e foi ele quem proclamou o destino futuro do jovem rei como líder da nova cruzada contra os turcos infiéis. Desde criança, Carlos não entrava em qualquer tarefa importante sem o conselho de seu astrólogo.

Foi devido não apenas à grande habilidade, mas também à grande sorte, que Duarte Brandão conseguiu essa informação importante e concebeu uma estratégia notável. Ele estava tão animado que correu aos aposentos do papa para falar com ele.

O papa Alexandre estava sentado à mesa, assinando uma grande pilha de bulas papais. Quando ergueu os olhos e viu Duarte, sorriu amigavelmente e dispensou todos os outros que estavam na sala.

Alexandre se levantou e foi até sua poltrona predileta. Mas quando Duarte se curvou para beijar seu anel, o papa afastou a mão, impaciente.

— Meu amigo, guarde toda essa cerimônia para as ocasiões públicas ou quando estivermos na companhia de outros, porque em particular eu reconheço que confio em você acima de todos, até de meus filhos. E essa responsabilidade impõe uma certa equidade, mesmo ao Vigário de Cristo. Pois eu, Alexandre, o homem, aprecio sua lealdade e valorizo sua amizade.

Ele fez um gesto indicando uma cadeira à sua frente, mas Duarte não conseguia ficar sentado enquanto explicava o que tinha sabido.

O papa Alexandre ouviu atentamente. Depois perguntou:

— Você acredita que as estrelas nos governam?

Duarte balançou a cabeça.

— Sua Santidade, não importa em que eu acredito.

— Importa sim.

— Acredito que as estrelas afetam nossa vida, mas ninguém, a não ser o próprio homem, e nosso Pai Celestial, *governa* nossa vida.

O papa tocou o amuleto de âmbar que vivia pendurado em seu pescoço e o esfregou afetuosamente.

— Cada um de nós acredita que há um encanto sobre a vida, e assim esse Carlos não é muito diferente. — Ele sorriu para Duarte. — Mas você deve ter um plano, porque posso ver em seu rosto, então fale agora.

A voz de Duarte saiu quase num sussurro.

— Deixe-me ir até esse homem, esse Simon de Pavia, antes da invasão, com um "pagamento profissional". Um ato de confiança.

— Quanto?

Duarte hesitou um momento, porque conhecia a natureza frugal do papa ao lidar com qualquer coisa que não fosse o cerimonial do Estado e a família.

— Eu ofereceria vinte mil ducados...

Os olhos de Alexandre se arregalaram e ele tentou controlar a surpresa na voz.

— Duarte? Com essa quantia nós poderíamos fornecer cavalos para um exército. Vinte mil ducados não é um pagamento profissional, é um suborno colossal...

Brandão sorriu.

— Sua Santidade, nós não devemos regatear algumas peças de ouro. Devemos garantir uma leitura favorável da parte desse médico, pois ele mereceu a confiança do rei da França.

O papa ficou quieto, pensando durante alguns minutos, e depois concordou.

— Duarte, como sempre, você está correto. Pague ao *dottore* como você sugere. A astrologia em si nega o livre-arbítrio dado por Deus. É proibida segundo a lei canônica. De modo que não é como se estivéssemos nos opondo a um processo cristão legítimo. Nossa interferência não mancha nossa alma imortal.

Naquela mesma noite Duarte partiu disfarçado, atravessando as linhas francesas. Cavalgou durante vários dias até o seu destino — um pequeno chalé na floresta. Ali chegou a tempo de encontrar Simon de Pavia cabriolando nos braços de uma prostituta muito rotunda. Brandão, sempre um cavalheiro, educadamente convenceu Simon a se desculpar com a dama e juntar-se a ele nos aposentos de estar, pois tinha uma mensagem de grande importância.

Foram precisos apenas alguns instantes para Duarte apresentar o acordo e fazer o pagamento ao médico.

Ainda disfarçado, tendo garantido o sucesso da missão, Brandão montou seu cavalo e voltou para Roma.

AH, SE UM PAPA PUDESSE ao menos ter o coração e a alma de um santo em vez dos desejos mundanos de um homem mortal. Mas, por mais que estivesse envolvido na intriga política, Alexandre agora era constantemente distraído de suas atividades pessoais. A jovem amante, Júlia Farnese, que tinha viajado com Lucrécia até Pesaro, fora forçada a ficar longe algumas semanas a mais do que ele esperava, para cuidar de Lucrécia, por causa da doença. Assim que Lucrécia se recuperou o bastante para Júlia partir de consciência limpa, ela decidiu visitar o marido, Orso, no castelo de Bassanello, por um motivo que Alexandre não pôde compreender. Mas primeiro, implorou ela ao papa, precisava parar e fazer uma visita à mãe e ao irmão doente em Capodimonte.

Quando leu o pedido de Júlia, Alexandre proibiu; o marido dela, Orso, era um soldado, insistiu, e foi mandado para longe a fim de realizar um serviço para o papa. Mas Júlia, jovem e enérgica, se rebelou contra as instruções de voltar a Roma imediatamente. Escreveu uma segunda carta implorando a Alexandre o perdão pela desobediência, mas insistiu em que ainda não podia voltar. E, para aumentar a traição, levou sua sogra, Adriana, para Capodimonte.

Quando Alexandre recebeu a mensagem seguinte, ficou furioso. Se ele não podia suportar a distância de Júlia, como ela podia suportar a distância dele? Garota infiel! O papa entrou numa fúria contra todos que estavam a seu serviço. Ficava acordado à noite, insone, não por causa de alguma ameaça política, mas de desejo do toque da mão de Júlia, do cheiro de seu cabelo, do conforto de seu corpo quente. Finalmente, quando não pôde mais suportar, ajoelhou-se em seu altar e rezou para que o demônio de seus apetites insaciáveis fosse arrancado do coração. Quando o cardeal Farnese tentou conversar com ele — explicando que sua irmã não tinha opção, porque Orso mandara buscá-la e, afinal de contas, ele era o marido —, o papa o descartou com um grito:

— *Ingrazia!*

Alexandre fumegou durante dias. Andava por seus aposentos e repetia longas listas de vícios da amante, do marido dela e de sua prima predileta. Iria excomungá-los. Eles, sem dúvida, seriam mandados para o inferno pela traição.

Mas foi o jovem Orso que finalmente ajudou a aliviar a angústia do papa. Ao saber da perturbação de Alexandre, e temendo por seu próprio cargo, ele proibiu a esposa de ir a Bassanello. Em vez disso instruiu-a a voltar a Roma imediatamente, pois havia perigo nas estradas por causa da invasão dos franceses. E, como ele era seu marido, ela foi obrigada a obedecer.

QUANDO O REI CARLOS atravessou os Alpes com seu poderoso exército até o território italiano, o amargo e irado cardeal della Rovere estava ao seu lado, instigando-o, insistindo que um ataque contra o papa Bórgia era mais importante do que contra os turcos infiéis.

À medida que as tropas francesas iam para o sul em direção a Nápoles, ninguém agiu para impedi-las — nem Milão, nem Bolonha, nem Florença.

Ao saber de sua aproximação, o papa Alexandre se preparou para defender Roma e o Vaticano. Mantinha a confiança no capitão-geral do rei Ferrante, Virginio Orsini, chefe da família Orsini. Virginio tinha convencido o papa de sua boa-fé pagando o imposto necessário sobre seus castelos; Alexandre sabia que Orsini podia reunir mais de vinte mil vassalos, e com sua grande fortaleza, o inexpugnável castelo Bracciano, eles eram quase invencíveis.

Mas as sementes da traição e da avareza podem se esconder no coração dos homens mais corajosos, e nem mesmo o Santo Padre podia prever seu desenrolar.

Duarte Brandão entrou correndo nos aposentos do papa Alexandre.

— Eu recebi notícia, Sua Santidade, de que nosso ex-amigo Virginio Orsini passou para o lado dos franceses.

Ao ouvir a notícia, o papa Alexandre falou:

— Ele deve ter perdido a cabeça...

Duarte, cuja compostura era lendária, pareceu perturbado.

— O que foi, meu amigo? — perguntou o papa. — Só é necessária uma mudança de estratégia. Agora, em vez de lutar com esse rei Carlos, só precisamos ser mais espertos do que ele.

Duarte baixou a cabeça e a voz.

— Há notícias mais perturbadoras, Sua Onipotência. Os franceses capturaram Júlia Farnese e Madona Adriana no caminho vindo de Capodimonte. Elas estão sendo mantidas no quartel-general da cavalaria agora mesmo.

O papa Alexandre ficou pálido de fúria. Durante um longo tempo permaneceu sem fala, a mente sombria de preocupação e medo. Finalmente falou:

— Duarte, a queda de Roma seria uma tragédia, mas se acontecesse alguma coisa com minha querida Júlia, seria uma calamidade completa. Você precisa arranjar para que ela seja solta, porque sem dúvida eles vão pedir resgate.

— Quais são os seus termos?

— Pague o que for preciso. Pois agora Carlos tem nas mãos meu coração e meus olhos.

ALÉM DE SEREM BONS soldados, os franceses também eram conhecidos por seu cavalheirismo. Assim que capturaram Júlia Farnese e Adriana Orsini eles soltaram todos os serviçais que as acompanhavam. Depois tentaram encantar as lindas damas com comida e histórias divertidas.

Mas quando Carlos descobriu quem eram as cativas, imediatamente ordenou que fossem devolvidas ao papa.

— Em troca de que pagamento? — perguntou o chefe da cavalaria.

Carlos sentiu-se generoso.

— Três mil ducados.

O comandante protestou.

— O papa Alexandre pagará cinquenta vezes isso.

— Mas nós estamos aqui para ganhar a coroa de Nápoles — lembrou Carlos —, que vale muito mais.

Três dias depois, Júlia Farnese e Adriana foram devolvidas incólumes a Roma, acompanhadas por quatrocentos soldados franceses. E esperando nos portões, alegre e aliviado, estava Alexandre.

Mais tarde, em seus aposentos, vestido como um cavalheiro, com espada e adaga na cintura, botas pretas brilhantes de Valência e uma capa preta com brocado de ouro, ele fez amor com Júlia. E pela primeira vez desde que ela viajara, sentiu-se em paz.

DADA A ULTRAJANTE traição de Virginio Orsini, o papa Alexandre sabia que resistir aos franceses era impossível. Sem sua fortaleza para guardar a entrada de Roma, não havia como deter Carlos. Precisava de tempo para desenvolver uma estratégia que suplantasse o jovem rei em esperteza, em vez de tentar derrotar os franceses na batalha.

Com sua sagacidade usual, assim que foi feito papa, Alexandre tinha se preparado para a possibilidade de uma invasão estrangeira. Mandara fazer um corredor seguro entre os cômodos do Vaticano e do castelo Sant'Angelo, que poderia lhe fornecer proteção. Mandara pôr comida e água suficiente para ao menos um inverno, e resolveu resistir esse tempo, se fosse necessário.

Sob os olhos atentos de Duarte Brandão e Don Michelotto, Alexandre e César instruíram os serviçais a juntar os objetos de valor — as tiaras de ouro, as joias papais, relíquias, camas, baús e tapeçarias — para o retiro no castelo de Sant'Angelo, uma fortaleza inexpugnável. As famílias foram com eles; até Vanozza abandonou seu palácio em troca da segurança de Sant'Angelo. E com grande sabedoria e sensibilidade o cardeal Farnese retirou sua irmã, Júlia, de Roma, impedindo qualquer oportunidade de desconforto para o papa. O confronto entre a amante do passado e a do presente poderia causar mais perturbação a Alexandre do que a chegada do rei Carlos, porque, ainda que Vanozza aceitasse Júlia — mesmo não a levando muito a sério —, Júlia sentia bastante ciúme da mãe dos filhos do papa.

No Dia de Natal, o papa ordenou que todas as tropas de Nápoles deixassem Roma imediatamente. Elas não eram suficientemente fortes para derrotar os franceses, e Alexandre temia que sua presença na cidade fizesse Roma parecer um lugar hostil. Então Carlos poderia saquear a cidade, pilhando todos os bens enquanto a capturavam — ou, no mínimo, deixando que suas tropas fizessem isso.

— Por favor, mande uma mensagem a Carlos — falou a Duarte. — Diga que Sua Santidade, o papa Alexandre, deseja lhe dar as boas-vindas quando ele passar por nossa cidade a caminho de Nápoles.

Duarte franziu a testa, com os olhos apertados.

— Passar pela cidade?

— É um modo de falar — disse Alexandre, mas ele parecia preocupado quando acrescentou: — Mas não estou certo de que seja isso que o bom rei tenha em mente.

EM DEZEMBRO, enquanto a neve fazia tudo ficar cinza, o perturbado papa Alexandre e seu filho César observavam da janela de sua fortaleza o exército francês, em fileiras organizadas, marchar pelos portões de Roma.

Soldados suíços com lanças mortais de três metros de comprimento, gascões com bestas e as longas armas de pequeno calibre que eles chamavam de arcabuzes, mercenários alemães com machados e lanças curtas e cavalaria ligeira com lanças temíveis encheram a cidade. Eram acompanhados por homens vestidos com armaduras pesadas, espadas e maças de ferro, e na retaguarda vinham fileiras e mais fileiras de artilheiros franceses andando atrás de gigantescos canhões de bronze.

Preparando-se para a chegada do rei, Alexandre tinha escolhido o luxuoso palácio Venezia para Carlos. Ele seria atendido pelo melhor cozinheiro que o papa pudesse contratar, e centenas de serviçais estavam alistados para levar todo tipo de luxo ao monarca francês. Em troca da hospitalidade do papa, Carlos deu às suas tropas instruções rígidas de que não haveria saques ou outro tipo de violência na cidade, sob pena de morte.

Mas enquanto Carlos desfrutava a sua "visita" a Roma, impressionado pelo respeito que o papa demonstrara, o cardeal della Rovere e seus cardeais dissidentes estavam sussurrando nos ouvidos do rei, alertando repetidamente a Carlos sobre a inteligência do papa e insistindo para que ele convocasse um concílio geral.

Alexandre mandou um dos seus muitos cardeais fiéis, e um dos mais persuasivos, falar com o rei para defendê-lo contra a acusação de simonia feita pelo cardeal della Rovere. E Carlos pareceu mais persuadido pelos argumentos do ministro de Alexandre do que pela cupidez do frenético della Rovere.

Nenhum concílio geral foi convocado.

Em vez disso, depois de vários dias, o rei Carlos mandou uma mensagem lacrada ao papa. Enquanto desenrolava o pergaminho, Alexandre se permitiu respirar fundo. Examinou cuidadosamente o documento real e tentou captar o humor do escritor. Era um pedido. O rei Carlos queria uma audiência com ele.

O papa ficou aliviado. Tinha conseguido o que desejava. Sua estratégia estava dando certo; agora parecia que essa situação quase impossível poderia ser negociada em seu favor. Ainda que seu território tivesse sido invadido por Carlos e suas tropas, o papa sabia que tinha de manter um ar de superioridade com esse impetuoso rei francês. Não queria parecer arrogante; mesmo assim tinha consciência de que deveria evitar que o alívio ficasse óbvio.

O papa combinou um encontro nos jardins do Vaticano. Mas a escolha do momento era crucial. Alexandre sabia que não poderia chegar antes do rei e parecer que estava esperando, mas era igualmente importante que o rei não chegasse antes e ficasse esperando. Era aí que o gênio de Alexandre mais se mostrava refinado.

Foi carregado de liteira do castelo Sant'Angelo até o local de encontro no jardim. Mas instruiu seus carregadores a escondê-lo atrás de um grande arbusto, ao lado de uma das construções de pedra. Ali esperou sem emitir um som durante vinte minutos. Então, logo que viram o rei Carlos entrar no jardim e começar a andar pelo longo caminho ladeado de rosas escarlates, os carregadores de Alexandre trouxeram sua liteira.

O papa Alexandre usava uma de suas vestimentas mais imponentes: as três coroas douradas eram um farol luminoso em sua mitra, um grande crucifixo de joias pendia do pescoço.

Carlos, o poderoso rei da França, a nação mais poderosa da cristandade, era um homem minúsculo, quase um anão, que andava em botas de plataforma e parecia esconder sua pessoa em vestimentas volumosas de todas as cores do arco-íris. Ficou obviamente tão espantado com a estatura do papa Alexandre que um fio de saliva escorreu de sua boca.

E foi assim, dentro desse jardim cheio de rosas santas, que o papa Alexandre negociou para salvar Roma.

No dia seguinte, o papa e o rei se encontraram de novo para finalizar o acordo, dessa vez no Salão dos Papas. Alexandre sabia que isso lhe daria vantagem. Carlos iria considerá-lo um local santo. Mais sagrado, impossível.

Alexandre determinou que o preâmbulo fosse redigido de modo a que Carlos nunca agisse para depô-lo.

"Nosso Santo Padre", dizia o documento, "deve permanecer como o bom pai do rei da França, e o rei da França deve permanecer como um dedicado filho de nosso Santo Padre." Então chegou a hora de passar aos outros negócios.

Alexandre daria ao exército romano livre passagem por todos os estados papais, com provisões fartas. Resumindo, se Carlos pudesse vencer Nápoles com armas, Alexandre lhe daria a aprovação da Igreja. Para garantir isso, o papa entregaria seu amado filho César ao rei Carlos como refém. César Bórgia também teria autoridade para coroar Carlos como rei de Nápoles assim que a cidade fosse conquistada.

O príncipe Djem, ainda cativo do papa, também seria entregue a Carlos, mas o papa teria permissão de ficar com os quarenta mil ducados que o sultão da Turquia pagava por ano para manter o irmão em cativeiro. Carlos usaria Djem como um dos líderes da cruzada, para diminuir o vigor dos infiéis que estivessem se defendendo.

O principal desejo do rei Carlos era ser nomeado pelo papa como comandante oficial da cruzada. Alexandre concordou, mas primeiro insistiu em que Carlos lhe jurasse obediência e o reconhecesse como o verdadeiro Vigário de Cristo.

Isso foi acordado, com a exceção de que Carlos só seria nomeado comandante da cruzada *depois* de conquistar Nápoles.

Carlos fez reverências várias vezes, como era necessário, e beijou o anel de Alexandre. Depois disse:

— Juro obediência e reverência a Sua Santidade, como fizeram todos os reis da França. Reconheço-o, Santo Padre, como pontífice de todos os cristãos e sucessor dos apóstolos Pedro e Paulo. Agora ofereço tudo que tenho à Santa Sé.

Alexandre se levantou, apertou Carlos nos braços e disse, como era o costume:

— Eu lhe concederei três favores.

Antes que um vassalo jurasse obediência e reverência a um novo senhor, tinha o direito de pedir favores. Para evitar indignidade ao santo ofício, entendia-se que os favores seriam negociados antecipadamente, para que não parecessem barganha.

Carlos continuou:

— Eu lhe peço que confirme minha família em todos os seus privilégios reais e que decrete que governamos segundo a vontade de Deus. Segundo, que abençoe minha expedição a Nápoles. E, terceiro, que nomeie como cardeais três homens que eu designar, permitindo ao cardeal della Rovere residir na França.

O papa Alexandre concordou com os termos, e assim, com grande júbilo, o rei Carlos chamou de sua companhia um homem alto e fino como junco, de rosto longo e olhos lamentosos.

— Sua Santidade, gostaria de lhe apresentar meu médico e astrólogo, Simon de Pavia. Sua leitura das estrelas influenciou minha decisão mais do que qualquer outro fator, e me levou a rejeitar as insistências do cardeal della Rovere e a pôr minha confiança no senhor.

Assim, de uma posição de desamparo, Alexandre tinha negociado uma paz razoável.

MAIS TARDE naquela noite, Alexandre chamou César a seus aposentos para explicar o acordo da tarde com o rei Carlos.

César sentiu um jorro de raiva ao ouvir, mas baixou a cabeça. Sabia que, como cardeal e filho do papa, era logicamente um refém adequado. Seu irmão Juan, que logo se tornaria capitão-geral do exército do papa, não poderia ser o refém principal. A raiva de César tinha menos a ver com o perigo da situação do que com o modo como a transação o lembrou de que era um peão a ser usado segundo a vontade de outros.

Alexandre sentou-se no baú lindamente esculpido ao pé de sua cama, com a tampa intricadamente entalhada por Pinturicchio. Dentro daquele baú havia taças, muitas camisolas, perfumes e essências — tudo que era necessário quando o papa Alexandre trazia suas amantes aos aposentos de dormir nos apartamentos Bórgia. Ele preferia sentar-se no baú a em qualquer das cadeiras de seus aposentos.

— Meu filho, você sabe que não posso mandar seu irmão Juan como refém, porque ele vai se tornar capitão-geral do exército papal. Portanto, deve ser você — afirmou Alexandre, reconhecendo a irritação de César. — Além disso, Carlos exigiu Djem como refém, de modo que você terá um companheiro. Anime-se! Nápoles é uma cidade agradável para um jovem como você. — Alexandre parou um momento, com os olhos escuros animados. Depois falou: — Você não gosta de seu irmão Juan.

Mas César estava acostumado a esse truque do pai, a jovialidade que mascarava uma intenção séria.

— Ele é meu irmão — disse respeitosamente. — Então eu gosto dele como meu irmão.

César tinha segredos muito mais terríveis a esconder do que esse ódio pelo irmão — segredos que poderiam arruinar sua vida e seu relacionamento com o pai, a Igreja e os outros homens. Por isso ele não tentou esconder demais que não gostava de Juan. Em vez disso, riu:

— Claro, se ele não fosse meu irmão, seria meu inimigo.

Alexandre franziu a testa, incomodado. Sabia que estava deixando de perceber alguma coisa importante.

— Nunca diga isso, nem de brincadeira. A família Bórgia tem muitos inimigos, e só podemos sobreviver sendo fiéis uns aos outros. — Ele se levantou do baú e foi abraçar César. — Eu sei que você preferiria ser soldado a ser padre. Mas, acredite, você é mais importante para os planos da família do que Juan, e sabe como eu amo o seu irmão. E quando eu morrer, tudo vai desmoronar, a não ser que você esteja no lugar para me suceder. Você é o único dos meus filhos que pode realizar isso. Você tem a inteligência, a ousadia e a capacidade de luta. Houve papas guerreiros antes, e sem dúvida você pode ser um deles.

— Eu sou jovem demais — disse César, impaciente. — O senhor teria de viver mais vinte anos...

Alexandre o empurrou.

— E por que não? — E riu para César, aquele riso maroto que o tornava tão querido aos filhos e às amantes. Sua voz profunda de barítono se desenrolou totalmente. — Quem gosta mais de um banquete do que eu? Quem pode caçar durante mais horas num dia do que eu? Quem ama melhor as mulheres? Se não fosse tão estritamente contra a lei canônica um papa ter filhos, quantos outros bastardos eu teria agora? Eu viverei mais vinte anos e você será papa. Eu já planejei.

— Eu preferiria lutar a rezar. É a minha natureza.

— Como você já provou — suspirou Alexandre. — Mas eu digo tudo isso para mostrar meu amor por você. Você é meu filho querido e minha maior esperança. Algum dia *você*, e não Carlos, vai recuperar Jerusalém. — Ele parou um momento, avassalado pela emoção.

A arma mais formidável de Alexandre era a capacidade de inspirar um sentimento de bem-estar — de fazer cada pessoa acreditar que o bem-estar dela era mais importante para ele do que ganhar sua confiança, e de fazê-la acreditar mais nele do que em si mesma. Essa era sua verdadeira insídia.

E assim eram suas relações com a realeza, os filhos e os súditos: pois enquanto ele fosse papa, a totalidade da terra estava sob seu domínio.

Por um momento o encanto de Alexandre deixou César em transe. Mas a referência a outra cruzada quebrou o feitiço. Papas e reis tinham usado frequentemente a esperança de outra cruzada para extrair dinheiro do povo crente; era mais uma fonte de rendimentos. Mas o tempo para uma cruzada havia passado, pois agora o islã era forte demais e ameaçava a própria Europa. Veneza vivia no medo de que seu comércio mundial fosse cortado por uma guerra assim, e que os turcos pudessem atacar a cidade. A França e a Espanha viviam apertando a garganta uma da outra pela coroa de Nápoles, e o próprio papa fazia todo o esforço possível para manter seu poder temporal sobre os estados papais da Itália. E o pai dele era inteligente demais para não saber tudo isso. Mas César também sabia que Juan era o primeiro no coração do pai — e com direito, pensou. Juan tinha o ardil de uma mulher vagabunda e o coração falso de um cortesão. Às vezes ele conseguia encantar ao próprio César, mas César o desprezava porque o considerava um covarde. Comandante do exército papal? Piada!

— Quando eu liderar a cruzada, mandarei tonsurar minha cabeça — disse César. Era uma brincadeira entre ele e o pai. César nunca usara a tonsura sacerdotal.

Alexandre gargalhou.

— Depois de liderar a cruzada, talvez você consiga persuadir a Igreja a acabar com o celibato e a tonsura para os padres. Talvez as duas práticas sejam saudáveis, mas mesmo assim são antinaturais. — Alexandre ficou quieto um momento, perdido em pensamentos. Depois falou: — Deixe-me lembrar-lhe uma coisa. Quando acompanhar o exército francês até Nápoles, você deve guardar a vida de seu companheiro refém,

Djem. Lembre-se, o sultão da Turquia me paga quarenta mil ducados por ano para mantê-lo. Se ele morrer, não haverá mais dinheiro; se ele escapar, não haverá mais dinheiro. E ele me traz mais dinheiro do que um chapéu de cardeal.

— Eu guardarei a ele e a mim mesmo. Imagino que o senhor manterá meu irmão Juan na Espanha. Ele não deve fazer nada para afastar o rei Fernando e com isso colocar em perigo nossa segurança com o rei francês.

— Seu irmão age apenas sob minhas ordens. E minhas ordens vão sempre proteger você. Afinal de contas, você, meu filho, tem nas mãos o futuro dos Bórgias.

— Farei o melhor pelo senhor, como sempre. E pela Igreja.

Sabendo que à tarde seria feito refém e forçado a deixar Roma, César saiu do Vaticano antes do amanhecer e cavalgou para o campo. Tinha apenas um objetivo em mente.

Após cavalgar durante um bom tempo, sobre morros e através de uma floresta cheia da agitação dos animais e dos pios das corujas, chegou perto de um pequeno povoado enquanto o sol se erguia para afastar as sombras da noite. Seu cavalo estava suado pela velocidade e cansado da viagem.

Quando chegou à pequena cabana de pedras, gritou.

— Noni! Noni! — Mas ninguém respondeu. Pelo que podia ver, os campos estavam vazios. Foi até a parte de trás.

Ali, uma velha, quase dobrada pela idade, estava apoiada num cajado de pilriteiro. Ela arrastava os pés andando pelo jardim, segurando um cesto de vime cheio de ervas e flores recém-colhidas. Por um momento ela parou e ficou com a cabeça curvada tão baixa que quase caiu; depois levantou-a devagar e olhou em todas as direções. Mas através dos olhos nublados não o viu. Pôs o cesto no chão molhado, pegou mais um punhado de ervas e colocou cuidadosamente em cima das flores. Em seguida, ergueu o olhar e se persignou. Como se estivesse confusa, ela foi andando devagar, com as sandálias arrastando na lama.

— Noni! — gritou César de novo para a velha enquanto incitava o cavalo até perto dela. — Noni!

A mulher parou ao vê-lo e rapidamente levantou o cajado para acertá-lo. Só então ela sorriu.

— Desça, meu menino — falou, com a voz mostrando o esforço da idade e da emoção. — Desça e me deixe tocá-lo.

César desmontou e abraçou a velha, segurando-a gentilmente, com medo de que seus ossos fracos se partissem.

— O que posso fazer por você, meu filho?

— Preciso da sua ajuda. Uma erva que ponha um homem grande para dormir durante muitas horas, mas que não lhe faça mal. Não deve ter gosto nem cor.

A velha deu um risinho e estendeu a mão para tocar o rosto de César com afeto.

— Um bom menino. Você é um bom menino. Nada de veneno? Não como o seu pai... — murmurou ela. Depois riu de novo, e seu rosto se enrugou como uma folha fina de pergaminho marrom.

César conhecia Noni a vida inteira. Corria o boato em Roma de que ela fora a ama de leite de seu pai na Espanha, e que Alexandre sentia tamanho afeto por ela que a havia trazido para Roma e lhe dado esse pequeno chalé no campo e um jardim onde plantar suas ervas.

Pelo que todo mundo podia se lembrar, ela sempre vivera só, mas ninguém a perturbava — nem mesmo os bandidos da noite ou as gangues de vândalos de rua que algumas vezes vagueavam pelos campos para saquear os aldeãos pobres e desamparados. Era um espanto ela ter sobrevivido tanto tempo. E no entanto, se fosse para acreditar em outros boatos, Noni tinha proteção de alguém maior até mesmo que o Santo Padre. Porque também se dizia que no escuro da noite um estranho uivo podia ser ouvido vindo da casa — e não somente quando a lua estava cheia. E uma coisa César sabia que era verdade: ela nunca precisou caçar ou comprar para comer. Pequenas aves e outros animais pareciam surgir à sua porta ou no jardim, frescos e prontos para a panela.

César raramente ouvia o pai falar dela, e quando isso acontecia era com calor e gentileza. Mas a cada ano, cerimoniosamente, Alexandre vinha a esse chalé no campo para ser banhado por Noni no pequeno poço límpido que havia nos fundos. Os que o acompanhavam ficavam longe, mas todos juravam que ouviam o som de ventos selvagens e asas batendo e viam um grande espiralar de estrelas.

Havia outras histórias também. No pescoço Alexandre usava um amuleto de âmbar que Noni lhe dera quando ele era um jovem cardeal, e uma vez, quando o perdeu, ele ficou frenético. Naquela mesma tarde, durante uma caçada, ele caiu do cavalo, bateu com a cabeça e ficou inconsciente durante horas. Todo mundo pensou que ele iria morrer.

Naquele dia, todos os serviçais de seu castelo e muitos cardeais procuraram o amuleto desaparecido e, depois de muitas promessas e orações fervorosas, o objeto foi encontrado. Alexandre se recuperou e, assim que pôde, mandou um ourives do Vaticano pôr um fecho forte numa grossa corrente de ouro para pendurar o amuleto de âmbar. Mais tarde mandou soldar o fecho, para que nunca pudesse removê-lo. Jurava que aquilo o protegia do mal, e não havia quem o convencesse do contrário.

Noni entrou devagar em casa enquanto César ia atrás. Em vários ganchos pequenos, que se alinhavam nas paredes da cabana escurecida, havia molhos de ervas de todos os tipos, amarrados com fitas. De um desses molhos a velha tirou cuidadosamente algumas folhas e, com os dedos nodosos e tortos em volta do pilão de pedra, ela pôs as folhas num cadinho e as esmagou formando um pó fino. Em seguida, colocou o pó num pequeno saco, que entregou a César.

— Este é o grande segredo da planta de *horielzitel* — disse a velha. — Ela pode induzir um sono sem sonhos. Você só precisa de uma pitada para um homem, mas eu lhe dei o bastante para um exército.

César agradeceu à velha e a abraçou de novo. Mas enquanto ele montava, ela pôs a mão em seu braço e alertou:

— Há morte em sua casa. Alguém jovem. Proteja-se, porque você também corre risco.

César assentiu e tentou tranquilizá-la.

— A morte está sempre por perto, porque vivemos tempos perigosos.

8

VIAJANDO COM A CAVALARIA FRANCESA, CÉSAR VIA AS TRO-pas bem disciplinadas engolirem vastos trechos de território, parando apenas para conquistar castelos hostis enquanto abria caminho em direção a Nápoles com a precisão militar de uma foice gigantesca.

Apesar de César ser oficialmente um refém, era tratado com grande respeito pelos soldados e mantido sob frouxa vigilância à noite. Durante os longos dias seu amor pelo campo era visível, e ele olhava os comandantes franceses planejando táticas militares e estudava suas estratégias. Ali, nos campos de batalha, ele não era um cardeal, mas sim um guerreiro, e pela primeira vez na vida sentia-se em casa.

Se o único interesse de César fosse ele próprio, poderia estar contente em cavalgar com os franceses até que eles conquistassem Nápoles. Mas tanto como filho quanto como príncipe da Santa Igreja, tinha outras questões a considerar. Sabia que, apesar do pacto do papa Alexandre com o rei Carlos, seu pai não queria que os franceses ou que qualquer poder estrangeiro controlassem sequer o menor dos feudos da Itália. Tinha certeza de que, enquanto cavalgava por esses campos a caminho de Nápoles, Alexandre se encontrava com os embaixadores da Espanha, de Veneza, Milão e Florença, tentando montar uma Liga Santa de cidades-estados para resistir à agressão estrangeira contra a Itália.

Também sabia que, ao mesmo tempo que ele cavalgava com os franceses até Nápoles, a Espanha preparava navios e tropas para impedi-los. E se, por algum acaso, as tropas francesas chegassem a Nápoles e o exército de Carlos conseguisse suportar os ataques das ferozes e sanguinárias tropas napolitanas por tempo suficiente para conquistar a cidade e derrubar o rei Masino, o papa Alexandre, apoiado pelo rei Fernando da Espanha, com a ajuda de Veneza, poderia recuperar a coroa e forçar os franceses a recuar.

Mas havia uma consideração muito difícil. Tudo isso poderia ser conseguido se — e era um *se* perturbador — a vida de César não estivesse em risco. Agora que ele era um refém, sentia que seu pai poderia hesitar, poderia até mesmo se recusar a considerar uma atitude contra os franceses por causa dele. Claro, a solução era óbvia. Ele precisava escapar. Mas a questão de Djem permanecia. Será que poderia levá-lo? Será que ele concordaria em ir?

Nos últimos dias, o próprio Djem parecia estar gostando da condição de refém dos franceses. De fato, na véspera, mesmo César tinha-o ouvido conversar com os soldados, bebendo com eles e planejando empolgado ajudar a derrubar o próprio irmão, o sultão. Não seria uma tarefa fácil convencer Djem a voltar para Roma, e seria um perigo confiar nele.

César examinava suas opções: uma fuga dupla dobraria o perigo, e ele não podia se dar ao luxo de fracassar. Djem não corria perigo com os franceses, já que, vivo, ele tinha valor como um meio de prejudicar o papa, e, se o plano de Alexandre e da Espanha fracassasse, ele certamente seria de ajuda para Carlos em sua cruzada. Morto, claro, não teria valor algum. E assim César tomou a decisão.

Perto da meia-noite, saiu de sua barraca. Dois guardas — jovens com os quais ele estava familiarizado, porque tinham passado muitas noites juntos — estavam sentados no chão perto de uma fogueira pequena.

César cumprimentou-os.

— Está uma noite linda. Clara e limpa, não é? — Quando eles concordaram, ele fingiu estudar o céu. — Lua cheia, e no entanto não estou escutando uivos... — Depois riu para que eles entendessem que era brincadeira.

Um dos rapazes estendeu um odre e lhe ofereceu. Mas César balançou a cabeça.

— Tenho uma coisa melhor — falou. E voltou a entrar na barraca, retornando com uma garrafa de fino vinho tinto e três taças de prata.

Os olhos dos soldados brilharam ao luar enquanto ele entregava uma taça a cada um e servia uma para si.

Os homens brindaram no escuro, do lado de fora da barraca, olhando juntos para as estrelas. Mas em pouco tempo os dois rapazes começaram a bocejar. César lhes deu boa-noite e entrou para a barraca, onde escondeu de novo o saquinho marrom que Noni tinha lhe dado e se sentou para esperar.

Depois, totalmente vestido, passou em silêncio pela comprida fila de barracas até o lugar onde os cavalos ficavam amarrados. Ali havia outro guarda, de costas para César, vigiando os soldados adormecidos. César chegou atrás dele silenciosamente e pôs a mão em cima de sua boca, para que nenhum som escapasse. Depois aplicou uma rápida chave de cabeça, e com o antebraço fez pressão na garganta do soldado. Dentro de instantes o rapaz perdeu a consciência.

César encontrou seu cavalo, um garanhão preto e ágil, e cuidadosamente levou-o até a borda do acampamento. Ali montou no animal, cavalgando em pelo como tinha feito tantas vezes no Lago de Prata. Assim que chegou à estrada, voou pela noite em direção a Roma.

No DIA SEGUINTE, após tomar banho e trocar de roupa, César foi levado ao escritório do pai. Alexandre se levantou para recebê-lo com lágrimas nos olhos. E quando o papa o abraçou, foi com tanta força que César ficou surpreso.

Alexandre tinha um afeto verdadeiro na voz.

— César, meu filho, você não pode imaginar minha tortura nesses últimos dias. Você me salvou da escolha mais terrível de minha vida. Assim que reuni os membros da Liga Santa eu soube que Carlos consideraria isso um rompimento de nosso acordo, por isso temi pela sua segurança. Foi uma das poucas vezes na vida em que fiquei atormentado pela indecisão. Será que deveria parar com os planos da liga e sacrificar nossos territórios e o papado? Ou deveria ir em frente, arriscando a vida de meu filho?

César raramente vira o pai tão perturbado, e achou divertido.

— E o que o senhor decidiu? — perguntou brincalhão.

— Agora não importa, filho — respondeu Alexandre, sorrindo com gentileza. — Porque você está vivo e resolveu meu dilema.

A REAÇÃO DO REI CARLOS à fuga de César foi mais amena do que o papa havia esperado. E assim que Alexandre ficou sabendo do resultado da campanha do rei em Nápoles, entendeu o motivo.

As tropas francesas tinham obtido sucesso em ocupar Nápoles; o rei Masino havia abdicado e fugido sem luta. O rei Carlos vencera. Tinha superado o primeiro obstáculo à conquista de Jerusalém e à derrota dos infiéis. E sentia pouco interesse em estragar o humor, preocupando-se com a fuga de César. Agora só queria desfrutar a beleza, a comida, as mulheres, o vinho de Nápoles.

Mas, com César livre, Alexandre agiu rapidamente para pôr em movimento os planos para a Liga Santa. Agora que o rei Ferrante estava morto, e não havia mais ameaças de Nápoles invadir Milão, Il Moro estava disposto a se alinhar de novo com Roma. Tropas de Milão e Veneza começaram a se reunir no norte: tinham planos de se juntar aos espanhóis, cujos navios atracariam abaixo de Nápoles, e subir pela península italiana.

Sentado no trono, Alexandre convocou César e Duarte Brandão aos seus aposentos para rever a estratégia militar e os planos para a Liga Santa.

— O senhor não está preocupado, pai — perguntou César —, com a hipótese de o rei Carlos considerar uma ofensa terrível o senhor ter faltado à palavra com relação a Nápoles?

Alexandre ficou perplexo um momento, depois franziu a testa.

— Faltado à palavra? De que você está falando, César? Eu prometi não interferir com a conquista de Nápoles. Nenhuma vez eu disse que permitiria que ele *mantivesse* a cidade.

Duarte sorriu.

— Duvido que o jovem rei seja capaz de entender essa sutileza.

César continuou:

— Então o seu plano é que as forças da Liga Santa devam cortar a rota de fuga, para que o exército francês fique esmagado entre os espanhóis no sul e as tropas de Veneza e Milão no norte? Pai, isso é o mesmo que ser apanhado entre o martelo e a bigorna.

Duarte perguntou:

— E se o exército francês passar pelas tropas espanholas e napolitanas, chegando a Roma?

Alexandre ficou pensativo.

— Se eles escaparem de nossas tropas no sul e chegarem à nossa cidade, ainda que por alguns dias, poderiam causar danos consideráveis. Eles certamente saqueariam a cidade.

— Ah, Santo Padre — disse Duarte —, dessa vez eu duvido que o rei Carlos os impeça...

César pensou um momento, depois fez uma sugestão.

— Carlos deve perceber que, se quiser reivindicar Nápoles, deve convencer o senhor a romper a aliança com a Liga Santa. Além disso, ele deve ser coroado pelo senhor e receber suas bênçãos, pois o senhor é o suserano.

Alexandre ficou impressionado com a análise do filho, mas sentia que havia algo que César não estava dizendo.

— E, meu filho, a sua estratégia seria...?

César deu um sorriso maroto.

— Se o rei francês encontrar Sua Santidade aqui em Roma enquanto recuar, ele pode aproveitar a oportunidade para forçá-lo a fazer concessões. Mas se o senhor estiver em outro lugar...

Quando a vanguarda do exército francês entrou na cidade, informou a Carlos que o papa tinha ido para o norte, para Orvieto. O rei Carlos, decidido a convencer o papa de seus direitos, ordenou que o exército passasse por Roma, indo até Orvieto. Mas quando os batedores de Alexandre viram a guarda avançada dos franceses se aproximando de Orvieto, Alexandre estava preparado. Em pouco tempo ele e seu séquito estavam na estrada, correndo para Perugia, onde iria se encontrar com Lucrécia.

De Orvieto, Alexandre já havia mandado Don Michelotto para acompanhar sua filha de volta atravessando as montanhas, pois ele não a via havia vários meses e precisava se tranquilizar de que ela estava bem, e falar com ela sobre seu marido. O papa achava que seria agradável ter a companhia de Lucrécia; ajudaria a passar o tempo enquanto ele esperava o resultado da invasão francesa.

O rei Carlos entrou em Orvieto ansioso para convencer Alexandre a assinar outro tratado. Mas, frustrado pela notícia de que o papa tinha ido para Perúgia, Carlos, furioso, ordenou que seu exército saísse de Orvieto e fosse para Perúgia.

De repente, na estrada, ele reconheceu um dos seus guardas avançados. O soldado, sem fôlego, gaguejou com a notícia de que tropas da Liga Santa, em grande número, estavam concentradas ao norte. Carlos tinha de mudar os planos. Então recebeu outra má notícia. Seu novo aliado, Virginio Orsini, fora capturado por tropas espanholas. Agora elas estavam se movendo ao sul, logo atrás de Carlos.

Carlos não podia perder mais tempo perseguindo esse papa esquivo. A armadilha que ele temera estava para ser acionada, e seu exército era a presa. Sem um momento a perder, pressionou as tropas impiedosamente na direção dos Alpes, numa série de marchas forçadas. Elas chegaram na última hora. Suas tropas ainda tiveram de lutar contra a infantaria da Liga Santa, para atravessar a fronteira até a segurança.

O rei Carlos da França, abalado e derrotado, estava voltando para casa.

9

AGORA QUE ROMA ESTAVA TEMPORARIAMENTE CALMA, O papa viajou ao Lago de Prata para um descanso necessário. E imediatamente mandou chamar os filhos para uma comemoração familiar.

Lucrécia veio de Pesaro; Juan, da Espanha, sem sua Maria; Jofre e Sancia deixaram Nápoles para fazer parte das festividades. A família Bórgia estava reunida de novo. Júlia Farnese e Adriana chegariam durante a semana, pois Alexandre planejara passar os primeiros dias com os filhos e não queria distrações.

No Lago de Prata, Rodrigo Bórgia tinha construído uma majestosa *villa* de pedra, um chalé de caça com estábulos para seus cavalos valiosos e vários chalés menores para abrigar as mulheres e crianças que frequentemente o acompanhavam quando ele fugia do verão sufocante da cidade. O papa Alexandre adorava se rodear de mulheres belas, vestidas com roupas finas, e ouvir o som daquelas criaturas delicadas rindo felizes. E assim, com os maridos em lugares distantes, muitas daquelas beldades da corte o acompanhavam, algumas com os filhos. Os rostos luminosos das crianças, tão novos e imaculados, enchiam-no de um sentimento de esperança.

O séquito de nobres com as esposas, homens e damas de companhia, serviçais e cozinheiros para preparar as refeições luxuosas, com os membros de sua corte, totalizava mais de cem pessoas. Havia músicos e atores, malabaristas e cômicos, todos para atuar nas comédias e nas apresentações que tanto agradavam ao papa.

O papa Alexandre passava muitos dias sentado junto ao lago com os filhos. Durante aqueles tempos pacíficos, costumava regalá-los com histórias dos grandes milagres que ocorriam quando os pecadores de Roma vinham se banhar nas águas do lago, lavando seus desejos pecaminosos.

Anos antes, na primeira vez em que contou essas histórias, César tinha perguntado:

— O senhor também se banhou nas águas, *papa*?

O cardeal sorriu.

— Nunca. Afinal, que pecados eu cometi?

César gargalhou.

— Então eu, como meu pai, não tenho desejo de me banhar.

Lucrécia olhou os dois e disse, com ar maroto:

— Será que nenhum de vocês dois precisa de um milagre?

Rodrigo Bórgia tinha jogado a cabeça para trás e rido de pura alegria.

— Pelo contrário, minha filha. — E então, com a mão na boca, sussurrou: — Mas no momento eu tenho uma necessidade maior de meus desejos terrenos, e vivo no horror de que eles sejam lavados muito cedo. Chegará a hora. Mas não enquanto a fome de plenitude de vida que sinto na barriga for maior do que a fome de salvação que sinto na alma... — Em seguida ele se abençoou, como se temesse o sacrilégio.

Agora, cada dia começava com uma caçada matinal. Ainda que, pela lei canônica, o papa fosse proibido de caçar, ele citava seus médicos, dizendo que precisava de exercício. Para si próprio, raciocinava em silêncio, ele fazia outras coisas proibidas, a maioria das quais lhe agradava mais do que a caça. Quando censurado por seu ajudante porque estava usando botas que tornavam impossível os súditos mostrarem respeito beijando seu pé, ele brincou, dizendo que pelo menos isso impedia que os cães de caça mordessem seus dedos.

Ao redor do chalé de caça, quarenta hectares tinham sido isolados por cercas feitas com estacas de madeira e grosso tecido de vela, formando um enclave em que os animais se congregavam naturalmente. Antes de cada caçada, quilos e quilos de carne crua eram empilhados perto do grande portão do cercado, para incitar os animais ao seu destino.

Assim que o dia ia rompendo, os caçadores se reuniam. Depois de beber um copo do forte vinho Frascati, para engrossar o sangue e se fortificar, Alexandre baixava a bandeira papal. Com trombetas soando e as batidas dos tambores, os portões do cercado de caça eram abertos. Uma dúzia de homens corria para dentro, para espalhar uma trilha de carne crua, e os animais disparavam pelos portões para o que esperavam fosse a liberdade. Cervos, lobos, javalis, lebres, porcos-espinhos — todos eram recebidos pelos caçadores. Com lanças e espadas — até mesmo machados de batalha para os mais sanguinários —, os caçadores perseguiam as presas.

Lucrécia e Sancia, com suas damas de companhia, ficavam em segurança numa plataforma elevada, para que pudessem assistir à matança. Nas caçadas as mulheres se destinavam a inspirar e encorajar os caçadores, mas Lucrécia, enojada, escondia os olhos e se virava para outro lado. Alguma coisa dentro dela se encolhia diante da semelhança entre o destino daqueles animais presos numa armadilha e o dela. Sancia, por outro lado, não via significado mais profundo naquilo; adorava o espetáculo, como era esperado de sua parte, e até deu seu lenço de seda ao cunhado, Juan, para ser mergulhado no sangue de um javali morto. Ainda que não fosse tão hábil quanto César com as armas, Juan tinha um gosto pela crueldade e uma necessidade de impressionar que o levava a ser o caçador mais dedicado da família. Ele fez uma demonstração de coragem ficando firme quando um javali enorme atacou, e depois matou-o com uma lança e o golpeou com seu machado de batalha.

César cavalgava pela área de caça com seus dois galgos favoritos, Urze e Cânhamo. Embora fingisse caçar, na verdade ele gostava mesmo era de correr com os galgos, e nesse dia estava ocupado com seus pensamentos. Sentia inveja de Juan. Seu irmão podia levar uma vida integral, uma vida normal, e pensar numa carreira militar, enquanto o próprio César estava comprometido com a Igreja, uma carreira que não tinha escolhido e não queria. Enquanto a bile negra subia em sua garganta ele sentia um ódio cada vez maior pelo irmão. Não apenas isso era antinatural, não somente isso deixaria seu pai infeliz, mas era também perigoso. Juan, como capitão-geral do exército papal, tinha mais poder do que qualquer cardeal da Igreja Católica. E outra verdade permanecia: até mesmo depois de todos esses anos e de todos os seus esforços para agradar e se superar, ainda era Juan, e não ele, o predileto do pai.

Imerso em pensamentos, César foi chamado rapidamente à atenção pelos ganidos altos de um de seus galgos. Enquanto ia em direção ao som de dar pena, viu o animal magnífico preso ao chão por uma lança. Quando desmontou para ajudar o cão ferido, viu o rosto bonito de seu irmão Juan desfigurado por um feroz riso de desprezo. E de repente ele soube o que tinha acontecido. Juan tinha errado o cervo e acertado seu galgo. Por um momento César achou que poderia ter sido intencional, mas então o irmão cavalgou até ele e disse, desculpando-se:

— Irmão, eu compro um par, para substituí-lo.

Ainda segurando a lança que tinha arrancado, César olhou para o galgo abatido e, por um instante, sentiu uma raiva assassina.

Então viu o pai cavalgando até onde havia um javali emaranhado numa rede de cordas, esperando o golpe fatal de sua lança. O papa passou gritando:

— O trabalho do caçador já foi feito com esse animal, eu devo encontrar outro...

Em seguida, esporeou com força o cavalo para seguir outro grande javali. Outros caçadores, preocupados com a imprudência e a velocidade do papa, partiram para protegê-lo; mas nesse momento o papa, ainda um homem forte, tinha enfiado sua lança no costado do javali, infligindo-lhe um ferimento mortal. O papa enfiou a lança mais duas vezes, rasgando o coração do animal. O javali parou com os tremores frenéticos, e o resto dos caçadores caiu sobre a carcaça e partiu-a em pedaços.

Enquanto César olhava aquela demonstração de coragem e se maravilhava com a força daquele homem, sentiu orgulho do pai. Se ele próprio não fazia o que queria na vida, pelo menos estava fazendo o que o pai desejava, e sabia que isso era uma fonte de alegria para Alexandre. E enquanto olhava o animal caído, pensou que era uma sorte ele ser o homem que seu pai queria que ele fosse.

NO CREPÚSCULO, César e Lucrécia caminhavam de mãos dadas junto à água brilhante do lago. Formavam um casal muito bonito, aquele irmão com a irmã; a beleza alta e morena dele fazia muito contraste com os cabelos dourados e os olhos amendoados dela, que frequentemente brilhavam de inteligência e diversão. Mas naquela noite ela estava perturbada.

— Foi um erro, César — disse Lucrécia —, *papa* me forçar a casar com Giovanni. Ele não é um bom homem. Mal fala comigo, e, quando fala, é mal-humorado e grosseiro. Não sei o que eu esperava. Sabia que nosso casamento era por interesse político, mas não fazia ideia de que seria tão infeliz.

César tentou ser gentil.

— Crécia, você sabe que Ludovico Sforza ainda é o homem mais poderoso de Milão. Giovanni ajudou a cimentar nosso relacionamento com a família num momento crucial.

Lucrécia assentiu.

— Eu entendo. Mesmo assim eu pensei que, de algum modo, ia me sentir diferente. Mas já na hora em que nós nos ajoelhamos naquelas ridículas banquetas de ouro naquele casamento obscenamente luxuoso, e eu olhei o homem que seria meu marido, soube que havia algo terrivelmente errado. Não podia decidir se ria ou chorava quando vi todos aqueles cardeais vestidos de púrpura e os acompanhantes do noivo com roupas turcas, de brocado de prata. Deveria ser uma celebração, no entanto eu me sentia totalmente arrasada.

— Não houve nada que lhe agradasse? — perguntou ele, sorrindo.

— Sim. Você vestido de preto. E as gôndolas venezianas feitas com as vinte mil rosas.

César parou e encarou a irmã.

— Eu não pude suportar, Crécia. Não pude suportar a ideia de você estar nos braços de outro homem, não importando o motivo. Se eu pudesse ficar longe e não fazer parte daquele fiasco, teria ficado. Mas *papa* insistiu em que eu estivesse presente. Naquele dia meu coração estava tão negro quanto minha roupa.

Lucrécia beijou o irmão suavemente nos lábios.

— Giovanni é um fanfarrão arrogante. E é um amante péssimo. Eu mal escapei das garras dele, a não ser chorando como um salgueiro. Nem posso tolerar o cheiro dele.

César tentou esconder o sorriso.

— Deitar-se com ele não é um júbilo igual a se deitar comigo?

Lucrécia deu um risinho, mesmo contra a vontade.

— Meu querido amor, para mim, é a diferença entre o céu e o inferno.

Começaram a andar de novo, atravessaram uma pequena ponte e entraram na floresta.

— Seu marido me faz lembrar meu irmão Juan — disse César.

Lucrécia balançou a cabeça.

— Juan é jovem. Talvez cresça e melhore. Para ele não é a bênção que é para mim ter você como irmão.

César ficou quieto um tempo, mas quando falou foi numa voz muito séria.

— Na verdade, eu acho que nosso irmão Jofre é mais uma praga para a família do que Juan. Eu aceitei a estupidez dele, mas o lar que ele estabeleceu com Sancia é um escândalo. Mais de cem serviçais só para os dois? Pratos de ouro e taças cravejadas de joias para cem convidados sempre que eles querem? É loucura, e isso se reflete mal em nossa família. Mais importante, é perigoso o filho do papa viver com tanta extravagância.

Lucrécia concordou.

— Eu sei, Cés. *Papa* também está incomodado, ainda que raramente admita. Mas ele ama Jofre menos do que o resto de nós e, conhecendo sua fraqueza e falta de compreensão, perdoa mais.

César parou de novo para olhar Lucrécia à luz da lua. Sua pele de porcelana clara parecia mais luminosa do que o normal. Ele ergueu gentilmente o rosto dela, para ver seus olhos. Mas viu tanta tristeza que foi forçado a desviar o olhar.

— Crécia, você quer que eu fale com *papa* sobre você se divorciar de Giovanni? *Papa* adora você. Ele pode concordar. Giovanni consentiria?

Lucrécia sorriu para o irmão.

— Não duvido de que meu marido poderia viver facilmente sem mim; é do meu dote que ele sentiria falta. Foi o ouro em suas mãos, e não o ouro dos meus cabelos, que capturou o afeto dele.

César sorriu daquela sinceridade.

— Vou esperar a hora certa e então apresentarei o problema a *papa*.

ENQUANTO A NOITE baixava lentamente sobre o Lago de Prata, Juan saiu para mostrar à mulher de Jofre, Sancia, o antigo chalé de caça de seu pai. Era raramente usado, agora que o novo e mais elegante estava pronto.

Sancia tinha a mesma idade de Juan, apesar de parecer muito menos madura. Era linda, de um modo aragonês clássico, com olhos verdes-escuros, cílios compridos e cabelo preto e lustroso. Todo o seu porte era leve e ousado, dando a todo mundo a impressão de espirituosidade jocosa. Na verdade era um fingimento raso, um ardil usado com exagero para encantar os inocentes.

Juan pegou a mão de Sancia enquanto levava-a pelo caminho coberto de mato até uma clareira na floresta. Ali ela viu o chalé de pinheiro rústico com uma chaminé de pedra.

— Não é o lugar apropriado para uma princesa — disse Juan, sorrindo para ela. Afinal de contas, ela era filha do rei Masino de Nápoles e, portanto, uma princesa de verdade.

— Acho encantador — respondeu Sancia, ainda segurando a mão dele.

Assim que entrou, Juan acendeu o fogo enquanto Sancia andava pelo cômodo, examinando os muitos troféus de cabeças de animais nas paredes. Ela parou e acariciou a cômoda feita de macieira, a cabeceira da cama acolchoada de penas e as outras peças da mobília campestre, com a pátina dourada refletindo anos de uso e polimento cuidadoso.

— Por que o seu pai deixa este lugar com os móveis se ele não é mais usado?

Juan, que estava ajoelhado diante da lareira, ergueu os olhos e sorriu.

— *Papa* ainda o usa de vez em quando, quando tem uma visita com quem deseja ficar a sós... como eu, agora. — Juan se levantou e atravessou o cômodo até ela. Rapidamente puxou-a para perto, abraçando-a. Em seguida, beijou-a. Por um momento ela ficou quieta, mas logo se afastou, murmurando:

— Não, não, não posso. Jofre vai...

O desejo de Juan forçou-o a puxar Sancia ainda mais para perto, enquanto dizia num sussurro rouco:

— Jofre não fará nada. Ele não é capaz de nada!

Juan podia não gostar de César, mas respeitava sua inteligência e suas habilidades físicas. Mas pelo frívolo Jofre ele sentia apenas desdém.

Juan puxou de novo a mulher do irmão. Passando a mão por baixo da saia branca que ela usava, acariciou o interior de suas coxas, subindo os dedos lentamente até sentir sua reação. Em seguida, empurrou-a para a cama ali perto.

Em segundos os dois estavam juntos. Iluminados apenas pelo brilho tremulante do fogo, os cabelos compridos e negros de Sancia espalhados no travesseiro faziam-na parecer exótica, e sua saia levantada acendia o desejo de Juan, que se moveu rapidamente para cima dela. Quando ele a penetrou, e depois recuou lentamente, ouviu-a gemer. Mas ela não resistiu; em vez disso, beijou-o com força nos lábios abertos, de novo e de novo, bebendo de sua boca como se tivesse uma sede implacável. Juan começou a pressionar com mais força, um golpe após o outro, indo cada vez mais fundo dentro dela, afastando da cabeça de Sancia todos os pensamentos em "não" e em Jofre — lançando-a numa espiral de esquecimento insensato.

NAQUELA NOITE O PAPA e sua família jantaram tarde ao ar livre às margens do Lago de Prata. Lanternas coloridas pendiam das árvores e tochas acesas tremulavam em altos mastros de madeira ao longo da margem. A caça que tinham apanhado rendeu um grande festim, o suficiente para alimentar os mais de cem membros do séquito papal, com sobras bastantes para os pobres das cidades vizinhas. E depois que os malabaristas e músicos os divertiram no banquete, Juan e Sancia se levantaram e cantaram um dueto.

César, sentado perto de Lucrécia, se perguntou quando os dois tinham arranjado tempo para ensaiar juntos, porque cantavam muito bem. Mas o marido de Sancia pareceu satisfeito e aplaudiu. César se perguntou se Jofre seria tão idiota quanto parecia.

O papa Alexandre gostava tanto da boa conversa quanto da caça, da comida e das mulheres belas. Depois do banquete noturno, quando começou a comédia de atores e dançarinos, Alexandre discursou para os filhos. Um dos atores, num ataque de ousadia comum àquelas pessoas excêntricas, tinha dito um diálogo em que um nobre pobre e sofredor questionava como um Deus misericordioso podia infligir o infortúnio aos homens fiéis. Como Ele podia permitir enchentes, incêndios, pestes? Como podia deixar crianças inocentes sofrer crueldades terríveis? Como podia permitir que o homem, criado à Sua imagem, fizesse tanto mal contra outros homens.

Alexandre aceitou o desafio. Como estava com amigos, optou por não usar palavras da Escritura para defender seu ponto de vista. Em vez disso, respondeu como o faria um filósofo grego ou um mercador florentino.

— E se Deus prometesse um céu alcançado tão facilmente, e sem dor, aqui na terra? O céu não pareceria um preço muito grande. Que razão testaria a sinceridade e a fé do homem? Sem purgatório não há céu. Então, que mal inextinguível o homem engendraria? Os homens sonhariam tantos meios de se extinguir mutuamente que não haveria uma terra. O que se alcança sem sofrimento não vale a pena. O que se alcança facilmente não conta. O homem seria um trapaceiro, jogando o jogo da vida com dados viciados e cartas marcadas. Não seria melhor do que os animais que criamos. Sem todos esses obstáculos que chamamos de infortúnio, que prazer seria o céu? Não, esses infortúnios são a prova de Deus, de seu amor pela humanidade. Quanto ao que os homens fazem uns aos outros, não podemos culpar Deus. Devemos culpar a nós mesmos e cumprir nosso tempo no purgatório.

— Pai — perguntou Lucrécia, porque, dos filhos, ela era a mais preocupada com questões de fé e bondade. — Mas então o que é o mal?

— O poder é o mal, minha filha. E é nosso dever apagar esse desejo do coração e da mente dos homens. Isso a Santa Igreja pode fazer. Mas nunca podemos apagar o poder da sociedade, na sociedade. Portanto, nunca podemos apagar o mal de uma sociedade civilizada. Ela sempre será injusta, será sempre cruel para o homem comum. É possível que dentro de quinhentos anos os homens não traiam nem assassinem uns aos outros, ah, que dia feliz!

Em seguida ele olhou direto para Juan e César e continuou:

— Mas está na própria natureza da sociedade com o objetivo de manter um povo unido para o seu Deus e seu país, um rei precisar enforcar e queimar os súditos com o objetivo de dobrar suas vontades. Pois a humanidade tem natureza intratável e alguns demônios não temem água benta.

Alexandre ergueu a taça num brinde.

— À Santa Madre Igreja e à nossa família. Que possamos florescer enquanto disseminamos a palavra de Deus por todo o mundo.

Todos ergueram as taças e gritaram:

— Ao papa Alexandre! Que Deus o abençoe com riqueza, felicidade e a sabedoria de Salomão e dos grandes filósofos.

Logo a maior parte do grupo se retirou para seus aposentos, acomodando-se em chalés à beira do lago, em cada um dos quais tremulava o touro vermelho do estandarte dos Bórgias. Fogueiras davam luz, e muitas tochas presas em arcos de madeira brilhavam nas margens do Lago de Prata.

EM SEUS APOSENTOS Jofre andava de um lado para o outro.Sancia não tinha voltado com ele naquela noite. Quando a havia procurado mais cedo na festa, requisitando que ela o acompanhasse de volta ao chalé, ela se recusou com um risinho superior e o dispensou. Enquanto examinava os rostos na multidão em volta, ele sentiu o jorro quente do embaraço tingir suas bochechas e arder nos olhos.

Aquele dia no Lago de Prata tinha sido uma humilhação para ele, ainda que todos os outros parecessem estar bebendo, rindo e se divertindo tanto que ele duvidava de que tivessem percebido. Ele havia aplaudido, claro, e sorrido — como era exigido pelo protocolo real —, mas a visão de sua mulher e seu irmão arrogante, Juan, cantando um dueto fez seus dentes se trincarem e destruiu qualquer alegria que ele pudesse encontrar no som doce da canção.

Jofre tinha voltado sozinho para o chalé. Depois de tentar dormir e descobrir que não conseguia, saiu para aplacar a inquietação. O zumbido das criaturas noturnas no bosque fez com que se sentisse menos só. Sentou-se no chão, sentindo o seu frescor, que o acalmou. E pensou no pai, o papa, e nos irmãos e irmãs...

Ele sempre soubera que não era tão inteligente quanto o irmão César, e não podia se comparar em força física com Juan. Mas nos recessos profundos da alma ele entendia algo que os irmãos não entendiam. Que os pecados que ele cometia — da glutonaria e do excesso — não eram tão negros quanto a crueldade de Juan e a ambição de César.

Quanto à mente aguçada, qual poderia ser a importância disso em determinar a direção de sua vida? Sua irmã Lucrécia era muito superior a ele em habilidade mental, mas não teve mais escolha na vida do que ele. Refletindo na condição da família, Jofre concluiu que inteligência era muito menos importante que o conselho de um coração puro e uma boa alma.

Juan sempre fora o menos gentil de seus irmãos, chamando-o de nomes feios desde que ele era muito pequeno, e só consentindo em participar de jogos em que sabia que poderia vencer com facilidade. César algumas vezes era levado, por sua obrigação como príncipe da

Santa Igreja Católica Romana, a repreender Jofre por seus excessos; mas fazia isso com uma gentileza firme, e não com a crueldade e o apetite pela humilhação que Juan mostrava com tanta frequência. Sua irmã, Lucrécia, era a predileta, pois o tratava com um afeto doce e gentil, e sempre parecia estar feliz em vê-lo. Seu pai, o papa, mal parecia notá-lo.

Agora, sentindo-se inquieto de novo, Jofre resolveu procurar Sancia. Iria persuadi-la a voltar com ele ao chalé dos dois. Levantou-se e começou a andar pelo caminho estreito entre as árvores, o que serviu para acalmá-lo por um momento. Mas logo que saiu da área central, sob o escuro céu noturno, viu duas sombras. Sentiu-se tentado a chamar, a cumprimentá-los, mas alguma coisa o fez parar.

Ouviu-a rir antes de vê-la com clareza. Então a lua brilhante iluminou seu irmão Juan e sua esposa, Sancia, andando de braço dado. Sem fazer um som ele se virou e seguiu-os de volta para o chalé. Ali ficou olhando enquanto Juan e Sancia paravam para se abraçar. Jofre sentiu seu lábio se torcer, cheio de desdém. Ficou rígido e imóvel enquanto via seu irmão se curvar para beijar Sancia apaixonadamente na despedida.

Naquele momento, Jofre achou Juan desprezível. Mais do que isso, porém, viu em Juan alguma coisa infernal. E assim, com resolução completa, condenou-o em seu coração e prometeu desconsiderá-lo como irmão. De repente ele pôde ver com uma claridade total; não havia mais dúvida. Assim como a semente de Cristo fora semeada no útero da Virgem Mãe pelo Espírito Santo, o poço do mal também pode ser plantado — sem que se saiba ou se reconheça — até a hora da descoberta, quando o fruto do ventre é exposto.

Seu irmão começou a se afastar, e num raro momento de animação Juan tirou sua adaga da bainha e balançou-a num giro rápido. Em seguida ele riu enquanto alardeava, alto, para Sancia:

— Logo eu serei capitão-geral do exército papal e então você verá o que farei!

Jofre balançou a cabeça e tentou conter a fúria. Depois de algum tempo, conseguiu se acalmar. Então, com uma imparcialidade incomum, tentou raciocinar: batalhas insensatas em troca de ganho político não lhe interessavam; elas não eram agradáveis e, de fato, entediavam-no. Usar uma arma para tirar a vida de outro, arriscando-se à condenação eterna em troca de algum objetivo militar, não fazia sentido. Para arriscar isso, pensou, o prêmio teria de ser muito mais precioso e pessoal.

César também estava inquieto. Sua conversa com Lucrécia pesava no coração, e ele descobriu que não conseguia dormir. Quando ele perguntou, ficou sabendo que o papa já havia se retirado para seus aposentos. Mesmo assim sentia que precisava falar com o pai.

Em sua suíte o papa estava sentado à mesa, lendo e assinando papéis oficiais apresentados por dois secretários, que foram dispensados sumariamente quando César entrou nos aposentos. Maravilhado com a energia do pai, César avançou para ele para receber um abraço. Um fogo de troncos ardia na lareira enorme.

O papa já estava com a roupa de dormir: uma comprida camisola de lã coberta por um roupão de seda ricamente bordado e com acabamento de pele, que, segundo ele, mantinha o calor do corpo e o protegia contra os ventos da malária de Roma. Na cabeça havia uma pequena *biretta* cor de rubi, sem adornos. Alexandre costumava dizer que, apesar de um papa, por motivos de Estado, dever mostrar sempre a riqueza da Igreja em público, poderia pelo menos dormir com a simplicidade de um camponês.

— E o que minha filha confidenciou ao seu irmão *predileto*? — perguntou o papa. — Ela reclama do marido?

César captou a ironia sagaz na voz do pai; mesmo assim, ficou surpreso com o conhecimento dele sobre os sentimentos de Lucrécia. Respondeu:

— Ela está infeliz com ele.

Alexandre ficou pensativo um momento.

— Devo admitir que não estou mais feliz com o casamento da minha filha. Ele não tem a serventia política que eu esperava. — Alexandre parecia contente pela chance de falar sobre isso. — De que nos serve aquele garoto Sforza? Eu nunca gostei dele realmente, e ele foi inútil como soldado. E agora Il Moro não é tão valioso para nós, já que sua lealdade é fraca e não se pode confiar sempre nele. É um homem que devemos respeitar, certamente, porque precisamos dele na Liga Santa. Mas ele pode ser imprevisível. Mesmo assim, devemos considerar também os sentimentos de sua irmã. Não concorda?

César pensou em como Lucrécia ficaria feliz e isso o deixou satisfeito. Ela iria considerá-lo um herói.

— Como devemos agir?

Alexandre prosseguiu:

— O rei Fernando me pediu para tornar a casa real de Nápoles uma amiga. Sem dúvida, ainda que o casamento de Jofre com Sancia já o tenha posto no campo napolitano, isso não nos serve necessariamente. De fato, pode nos ter feito mal. A não ser... — O papa sorriu antes de continuar. — Nós podemos consertar essa brecha com alguma aliança nova.

César franziu a testa.

— Pai? Não entendo.

Os olhos de Alexandre brilharam e ele pareceu se divertir com sua inspiração mais recente.

— O irmão de Sancia. Alfonso. *Isso* poderia ser muito mais recompensador para Lucrécia. É sempre ruim insultar os Sforza, mas pode valer a pena pensar a respeito. Diga a sua irmã que estou considerando alterar a situação dela.

Alexandre empurrou a cadeira para trás e se levantou, atravessando a sala para atiçar o fogo com um dos ganchos de ferro fundido que repousavam no chão de pedra à sua frente.

Quando voltou ao filho, disse:

— César, você entende que nós precisamos controlar os estados papais. Os vigários papais são como generais cobiçosos, sempre lutando uns contra os outros, lutando contra a infalibilidade do papa, sugando e oprimindo o povo. Precisamos fazer alguma coisa para colocá-los de volta na linha.

— O senhor tem um plano?

— Os reis da França e da Espanha estão unindo seus territórios sob uma autoridade central. Nós devemos fazer o mesmo. É imperativo para o povo e o papado. Mas também devemos fazer isso por nossa família. Porque se não criarmos um governo unificado e controlado pelos Bórgias, o que forçará as pessoas a reconhecer a autoridade de Roma e do papa, você e o resto da família estarão correndo sério perigo.

Ele ficou quieto.

— Precisamos de fortalezas bem guarnecidas — disse César com determinação. — Para impedir os levantes locais e impedir os invasores estrangeiros que querem tomar os territórios centrais.

Alexandre ficou quieto; parecia imerso em pensamentos.

César baixou a cabeça.

— Estou a seu serviço, pai. Sou um cardeal da Igreja.

O papa Alexandre falou com grave intensidade enquanto se sentava de novo em sua cadeira de couro predileta.

— Não preciso lhe dizer como será perigoso para todos vocês se eu morrer e um papa hostil como della Rovere for eleito. Nem posso pensar no que aconteceria com sua irmã. O inferno de Dante não se compara ao inferno que ela enfrentaria...

— Pai — disse César —, por que está me contando isso? Nós ainda não precisamos nos abalar, porque o senhor não começou ainda as boas obras que deve fazer pela Santa Igreja, e portanto tenho certeza de que viverá muitos anos mais.

Alexandre baixou a voz.

— Não importa o perigo, só há dois homens em que você pode confiar totalmente nesta corte. Um é Don Michelotto...

— Isto não é surpresa, pai, pois o seu afeto por ele não escapou à percepção de ninguém. E para mim não é difícil confiar nele, porque confio desde que era criança. — Ele fez uma pausa. — Ainda assim, a vida dele é um mistério para mim. Eu nunca lhe perguntei, pai: como é que um valenciano fica tão entranhado nas coisas de Roma?

E assim Alexandre contou ao filho a história de Miguel Corello, agora conhecido como Don Michelotto.

— Mas ele também é conhecido como o estrangulador — disse César.

— Sim, meu filho, ele é chamado de o estrangulador, mas é muito mais do que isso. Ele é um notável líder de tropas, um guerreiro feroz. E, mais importante, ele morreria protegendo nossa família. Sua lealdade é tão feroz quanto sua fúria. De modo que não se engane, ele não é apenas um matador. Ele é totalmente de confiança.

— E o outro?

— O segundo homem é Duarte Brandão. Sobre o passado dele posso lhe dizer pouco, porque foi capturado e trazido a mim como prisioneiro há muitos anos, quando requisitei um tradutor de inglês e o meu não estava disponível. Mas ele tinha sido maltratado por suas próprias tropas, e jurou que não se lembrava de nada do passado.

— E mesmo assim o senhor o manteve?

Alexandre sentou-se, lembrando.

— Na primeira vez em que o vi ele estava imundo e desgrenhado, como qualquer prisioneiro que tivesse sido trancado nas masmorras, mas assim que tomou banho e recebeu roupas adequadas, foi-me trazido de novo. Naquele dia alguma coisa em sua postura me trouxe uma lembrança de Edward Brampton, um judeu convertido que prestou grande serviço a Eduardo IV da Inglaterra. Eu o tinha visto uma vez, há muito tempo, mas prestei atenção nele, porque foi o primeiro judeu a receber o título de cavaleiro. Dizem que ele serviu ao irmão do rei, Ricardo III, que, como você sabe, foi morto pelos homens de Henrique Tudor. Brampton lutou em grandes batalhas de terra e mar por Eduardo IV, e literalmente salvou toda a frota inglesa para Ricardo III. Foi então que Brampton desapareceu da Inglaterra e, mais ou menos nessa época, Duarte Brandão foi capturado em Roma. Os Tudors teriam-no matado se o pegassem, e mesmo agora ele corre perigo com os agentes dos Tudors.

— E isso explica a mudança do nome, pai? Mas Brandão é judeu?

— Se for, foi convertido à Santa Igreja Católica, porque eu o vi tomar a comunhão. E nos últimos sete anos ele me serviu, e à Santa Madre Igreja, mais religiosamente do que qualquer outra pessoa que eu conheço. Ele é o homem mais corajoso e inteligente que já encontrei, um excelente soldado e, estranhamente, um hábil marinheiro também.

— Não estou objetando ao fato de ele ser judeu, pai — disse César, com expressão divertida. — Só estou imaginando o que os outros pensarão quando descobrirem que o senhor, o chefe da Santa Igreja Católica Romana, está sendo aconselhado por um homem que nem mesmo é cristão.

Alexandre sorriu.

— Fico feliz por você não objetar, filho — falou sarcasticamente. Em seguida sua voz assumiu um tom mais sério. — Você sabe quais são meus pontos de vista sobre a situação dos judeus, César. Quando Fernando e Isabel da Espanha pediram que eu prendesse, torturasse e matasse judeus que ousassem praticar sua religião em segredo, eu recusei. Eu lhes disse que achava a Inquisição espanhola uma abominação, assim como o tratamento dado aos judeus em seu país. Afinal de contas, aquelas pessoas nos deram a lei e nos deram Jesus. Será que eu deveria matá-las porque não acreditam no Filho de Deus? Não farei isso! Não posso sempre impedir nossos cidadãos, e até mesmo nossas autoridades, de atacá-los ou de abusar deles, mas esta certamente não é a minha política.

César sabia que, quando os papas eram eleitos, parte da cerimônia era que o novo papa recebesse o livro das leis hebraicas do chefe da comunidade judaica de Roma. Todos os outros papas tinham recebido o livro e jogado no chão, cheios de repulsa. Apenas seu pai não tinha feito isso. Alexandre VI também o havia rejeitado — mas devolvera-o com respeito.

César perguntou:

— Qual é a sua política, pai?

— Não vou fazer mal a eles. Mas vou cobrar pesados impostos.

10

O papa Alexandre fora traído por Virginio Orsini, um de seus chefes papais, um homem em quem ele confiava, no momento de sua maior necessidade, e não recebeu essa traição tranquilamente. O demônio tinha reivindicado outra alma, pensou, e o demônio precisava ser destruído. O fato de o próprio Virginio ter sido capturado, torturado e morto numa das mais notórias masmorras de Nápoles não retirou de Alexandre a necessidade de vingança.

Para o papa esta se tornou uma batalha muito real entre o Vigário de Cristo na Terra e o próprio Satã. Como líder dos estados papais, ele sabia que precisava agir contra os chefes locais, aqueles guerreiros cobiçosos que viviam lutando entre si — e, de modo ainda mais desastroso, lutando contra os ditames da Santa Igreja Católica. Pois se a palavra do Santo Padre não fosse honrada e obedecida, a autoridade da própria Igreja se enfraqueceria. Então quem salvaria as almas dos bons para Deus?

Alexandre achava que o poder espiritual deveria ser sustentado pela força temporal. Ainda que o exército francês tivesse se retirado, e que as poucas tropas remanescentes fossem conquistadas pelos exércitos da Liga Santa, Alexandre sabia que precisava pensar numa punição adequada para que tal traição nunca mais acontecesse.

Depois de muita consideração, raciocinou que deveria transformar Orsini num exemplo, para desencorajar para sempre a rebelião dos outros chefes sob seu comando. Para fazer isso, deveria usar a arma mais mortífera de seu arsenal espiritual: a excomunhão. Infelizmente não tinha outra escolha. Devia banir publicamente toda a família Orsini da Santa Igreja Católica Romana.

A excomunhão era a mais extrema das proclamações e o mais forte implemento do poder papal. Pois era uma punição não apenas desta vida, mas se estendia à outra. Assim que a pessoa fosse exilada da Igreja, não podia mais obter a graça dos santos sacramentos. Sua alma não poderia ser limpa dos pecados através da confissão; as manchas negras deveriam permanecer sem ser perdoadas, a oportunidade de absolvição era negada. Um casamento não podia mais ser santificado, uma criança não podia ser batizada, abençoada e protegida do demônio pela água benta. Ah, dia triste! Nenhuma extrema-unção podia ser realizada para trazer paz no fim da vida, pois o enterro em solo sagrado era proibido. Era a mais terrível de todas as ações; no âmago, era um julgamento que mandava a alma para o purgatório ou mesmo para o inferno.

Tendo exilado os Orsini do céu, Alexandre se concentrou em destruir seu poder terreno. Chamou Juan de volta da Espanha para atuar como capitão-geral do exército papal — apesar da oposição da mulher dele, Maria Enriquez, que estava grávida de novo. Seu filho e herdeiro, Juan II, tinha apenas um ano, argumentou ela, e precisava do pai.

Mas o papa Alexandre insistiu em que Juan deixasse a Espanha imediatamente para liderar as tropas papais — já que, após a traição de Virginio, ele não confiava mais em nenhum dos mercenários, os *condottieri*. Seu filho devia retornar logo para tomar todas as cidades e castelos dos Orsini. Enquanto isso o papa também mandou uma mensagem ao seu genro, Giovanni Sforza, em Pesaro, com ordens para trazer todos os soldados que tivesse, e se ofereceu para pagar um ano inteiro de salários se ele fizesse isso com rapidez.

DESDE QUE SEU IRMÃO fora mandado para a Espanha, o cardeal César Bórgia esperava que o pai considerasse uma mudança de papel para ele. Afinal de contas, fora César quem estivera ao lado do papa, trabalhando em questões de Estado. Ele entendia a Itália. Juan pertencia à Espanha. E não importa o quanto seu pai insistisse em sua posição na Santa Madre Igreja, César esperava constantemente que ele reconsiderasse.

Agora, sentado nos aposentos do papa, Alexandre contou a César sobre seus planos para Juan — ele deveria conquistar e manter os castelos dos Orsini.

César ficou furioso.

— Juan? Juan? — perguntou, incrédulo. — Mas, pai, ele não sabe nada sobre liderar tropas. Não sabe nada de estratégia. Sua única preocupação é consigo mesmo. Sua força está em seduzir mulheres, em dilapidar a fortuna da família e em sua própria vaidade. Como irmão eu lhe devo aliança, mas, pai, eu poderia liderar tropas vendado e o senhor teria a garantia de maior sucesso.

O papa Alexandre estreitou os olhos e olhou para o filho.

— Concordo, César. Você tem mais inteligência e capacidade de estratégia. Mas você é um cardeal, um príncipe da Igreja, e não um guerreiro dos campos de batalha. E com quem eu vou ficar? Seu irmão Jofre? Infelizmente ele guiaria o cavalo para trás. Nem posso imaginar uma arma na mão dele. Portanto, qual é minha escolha? Um Bórgia deve aparecer no comando dessa força, caso contrário perderemos o impacto da punição para a traição dos Orsini sobre os outros chefes papais.

César ficou pensativo um momento, antes de responder:

— O senhor realmente espera que Juan nos traga uma vitória? Depois do comportamento ridículo na Espanha, apesar de nossos avisos para não jogar, não dormir com prostitutas e prestar o respeito devido à esposa e à família Enriquez, primos do rei Fernando? Ainda assim o senhor o escolhe?

A profunda voz de barítono de Alexandre soou baixa e tranquilizadora.

— O verdadeiro comandante será Guido Feltra. Ele é um experiente *condottiere*, conhecido pela habilidade e pelo domínio militar.

César tinha ouvido histórias sobre Feltra. Que era um homem bom, um homem leal, não havia dúvida; ele era um famoso patrono da literatura e das artes, e era o amado duque de Urbino. Mas, na verdade, sua reputação era a de ser filho de um verdadeiro *condottiere*, um soldado profissional, que tinha recebido o ducado como recompensa pelos serviços militares. O jovem Guido tinha travado muito poucas batalhas, e as havia vencido com muita facilidade, para desafiar a experiência dos implacáveis soldados dos Orsini. Especialmente na principal fortaleza deles, em Bracciano. Certamente, se as tropas papais quisessem tomar Óstia, o lar do cardeal della Rovere, havia um perigo real para seu pai e para Roma. Mas César não disse nada disso ao papa, porque sabia que, quando se tratava de Juan, seu pai se recusava a ouvir a razão.

QUANDO LUCRÉCIA CHEGOU ao chalé, César estava esperando-a. Ela usava um vestido de cetim azul que destacava suas tranças douradas e acentuava o azul dos olhos. Fora uma longa cavalgada, de mais de um dia e meio, e suas bochechas estavam ruborizadas pelo calor e pela empolgação. Ela entrou correndo no chalé e abraçou o pescoço do irmão.

— Senti tanta saudade! — disse ela. Mas quando recuou para olhá-lo, viu a angústia em seus olhos. — O que há de errado, Cés? O que está perturbando você?

César sentou-se num dos grandes assentos de couro e deu um tapinha na banqueta à frente. Lucrécia sentou-se, segurando sua mão, tentando consolá-lo.

— Crécia, é pura loucura. Papai ordenou que Juan voltasse para casa para liderar as tropas como capitão-geral, e eu estou tão cheio de inveja que seria capaz de matá-lo...

Lucrécia se levantou, foi para trás dele e começou a esfregar sua testa para tranquilizá-lo.

— Cés, você precisa aceitar seu destino. Não é só Juan que lhe causa tanta tristeza. Você também tem culpa. É como se vocês dois ainda fossem crianças lutando pelos bolos de Natal de mamãe Vanozza. Eu entendo como você se sente, mas isso só pode lhe fazer mal, porque papai fará o que sempre fez. Só o que ele quer.

— Mas eu sou um soldado melhor do que Juan, muito mais adequado a liderar tropas, e eu garantiria uma vitória para a Santa Igreja e para

Roma. Por que papai prefere ter um comandante que é um fanfarrão arrogante, um idiota que só *parece* estar liderando seu exército?

Lucrécia se ajoelhou diante de César e olhou em seus olhos.

— Cés, por que é que papai também deve ter uma filha que *parece* estar casada e feliz com o ignorante duque de Pesaro?

César sorriu.

— Venha — falou, puxando-a para perto. — Preciso de você agora. Porque você é o que há de real na minha vida. Eu *pareço* ser um homem de Deus, mas, pelo chapéu de cardeal e pelo amor de meu pai, eu juro, Crécia, temo ter vendido minha alma ao diabo. Eu não sou o que aparento ser e acho isso insuportável.

Quando ele a beijou, tentou ser gentil, mas tinha esperado tanto que não conseguia. Enquanto a beijava de novo e de novo, ela começou a tremer e em seguida a chorar.

César parou e levantou a cabeça para olhá-la. Havia lágrimas nos olhos de Lucrécia.

— Desculpe — disse ele. — Eu fui brutal.

— Não é a dor de seus beijos que você vê. Essas lágrimas são de meu desejo. Esse tempo em Pesaro me fez sonhar com a glória de Roma, e você faz parte desses sonhos.

Depois de fazerem amor, ficaram longo tempo na cama. César parecia relaxado e Lucrécia podia sorrir de novo. Ela repousou a cabeça em seu ombro e perguntou:

— Você acredita, como papai, que é a vontade de Deus que os filhos dele devam viver sem amar de verdade?

— É isso que papai pensa? — disse César, brincando com o cabelo da irmã. — Não dá para imaginar, pelo comportamento dele.

— Bem, eu sou casada com um homem que certamente não amo. E nosso irmão Juan não se casou por amor. Jofre ama com facilidade, de modo que talvez seja o felizardo, por mais estranho que isso pareça. Apenas o chapéu de cardeal salvou você de um destino como o meu.

— É um chapéu pesado.

— Mas não sem benefício.

Assim que se vestiram, sentaram-se à pequena mesa de madeira para comer. César serviu para a irmã um bom vinho que tinha trazido e ergueu sua taça para brindar:

— À sua felicidade, minha querida irmã — falou, sorrindo. Ele sempre se sentia seguro com Lucrécia, amado e aceito. Não podia imaginar a vida sem ela.

Tinha trazido de Roma um pão recém-assado e com a casca crocante — do tipo que ele sabia ser o predileto da irmã —, que estava ao lado de várias rodelas de queijo fresco. Enquanto partia o pão e cortava queijo para servi-la César disse:

— Espero conseguir controlar meus sentimentos quando Juan aparecer de novo em Roma. Pois é necessário todo o controle que possuo para tratá-lo como irmão.

Com um sorriso tímido, Lucrécia falou:

— Ele pode ter o que você *quer*, Cés, mas não tem o que você *tem*...

— Eu sei, meu doce — disse César, beijando o nariz dela. — Eu sei disso, e essa é minha salvação.

JUAN BÓRGIA CHEGOU a Roma e foi recebido com grande comemoração. Atravessou as ruas montado numa égua baia ataviada com uma manta de tecido de ouro; nas mãos, segurava rédeas cravejadas de finas joias. Usava uma rica vestimenta de veludo marrom e uma capa bordada com esmeraldas preciosas. Seus olhos escuros brilhavam de poder, e os lábios estavam fixos no sorriso insolente de um herói que já estivesse realizando conquistas.

Quando chegou ao Vaticano, o papa o abraçou, cumprimentando-o calorosamente.

— Meu filho, meu filho — repetia Alexandre, indo para o Salão dos Papas, onde havia convocado uma reunião para mapear a estratégia do exército papal.

Longas horas foram gastas em discussões de táticas militares com Guido Feltra, Alexandre, Juan, César e Duarte Brandão.

As reuniões continuaram durante três dias. Nessas reuniões, César percebia que Duarte raramente falava com Juan diretamente; se tivesse uma sugestão, dirigia-se ao papa e usava o título de Juan, "capitão-geral", em vez de seu nome. Era a primeira vez que César suspeitava do desprazer de Duarte Brandão, e era uma coisa tão sutil que provavelmente ele era o único a perceber.

Mas naquela noite, depois da última sessão, quando se sentou a sós com Duarte Brandão, Alexandre perguntou:

— Você acha um erro ter meu filho comandando nossas tropas contra os Orsini?

Duarte respondeu com inteligência e respeito:

— Acho uma pena que, por acidente da ordem de nascimento, um príncipe por natureza precise se tornar um guerreiro e que um verdadeiro guerreiro tenha de se tornar um cardeal.

— Mas, meu amigo — perguntou Alexandre —, você não acredita no destino? Nos planos do Pai Celestial? Na infalibilidade do papa?

Duarte Brandão disse, bem-humorado:

— Quem pode saber dos planos do Pai Celestial, e nós, como mortais, não estamos sujeitos a um erro de interpretação ocasional? Até mesmo os mais honrados e virtuosos entre nós?

— Duarte — disse Alexandre —, Pedro Luís, que sua alma seja abençoada, foi meu primogênito. César é meu segundo filho. É o costume que o segundo filho seja chamado a servir à Santa Igreja. O plano não tem erro de interpretação, pois mantém sob controle o poder das famílias reais e lhes permite a vantagem de benefícios especiais de nosso Santo Padre. E o destino do homem não é sempre um presente e um fardo ao mesmo tempo? Pois quem de nós não deve lutar contra o próprio livre-arbítrio quando reza "Seja feita a vossa vontade, querido Senhor, e não a minha"?

O riso bem-humorado de Duarte ressoou no grande salão.

— Perdão, Sua Santidade. E é com espanto e admiração que apresento meu ponto de vista. Como podemos ter certeza de que seu jovem guerreiro, César, é apenas o seu segundo filho? Sua atração para as mulheres é lendária, e seu vigor tem proporções heróicas. Para mim é difícil acreditar que não haja outros, escondidos pelas mães, e escondidos do senhor...

Diante disso, Alexandre começou a rir.

— Você é um conselheiro brilhante, além de diplomata. E se o destino do jovem cardeal é ser guerreiro, chegará o tempo em que seu argumento nos servirá. Mas por enquanto o capitão-geral é Juan, e ele deve liderar nossas tropas. E então, por ora, devemos nos ajoelhar e rezar pela vitória.

Aos 21 anos, César, parado do lado de fora do Salão dos Papas e usando as vestimentas de cardeal, entreouviu essa conversa. E pela primeira vez em que podia se lembrar sentiu uma certa esperança. Seria possível que, acima de toda a traição do mundo, houvesse realmente um céu e um Pai que tinha ouvido? Voltou aos seus apartamentos, com a cabeça cheia de imagens, pela primeira vez ousando prever o dia em que poderia ser chamado a liderar as tropas de Roma.

O CAPITÃO-GERAL JUAN BÓRGIA e o *condottiere* Guido Feltra lideravam o exército papal para o norte, indo de Roma em direção ao primeiro castelo dos Orsini. Ainda que os soldados dos Orsini fossem ferozes, nesse primeiro bastião eles ficaram pasmos com o simples número das tropas papais e, assim, os dois primeiros castelos caíram sem batalha.

Quando a notícia foi trazida a Duarte, ele se encontrou com Alexandre.

— Suspeito de que isso seja um plano dos Orsini para fazer nossos comandantes acreditarem que a vitória será fácil. Só então eles mostrarão suas verdadeiras habilidades.

Alexandre assentiu.

— Então você tem pouca confiança em Feltra?

— Eu já vi os Orsini em batalha...

Então César foi chamado por Alexandre, pois seu pai conhecia sua habilidade na estratégia. E o papa lhe perguntou:

— Pode falar a verdade. Qual você acha que é o maior perigo nesta situação?

Com cuidado para manter as emoções sob controle, César respondeu com cautela:

— Temo que Feltra não seja mais hábil em questões militares do que o capitão-geral. E antecipo que esta vitória fácil deixe os dois de guarda baixa, o que levaria ao desastre em Bracciano, pois lá os Orsini vão reunir seus melhores guerreiros. E lá della Rovere vai inspirá-los a pensar nesta como uma guerra santa, o que os tornará ainda mais fortes.

O papa se maravilhou com a avaliação do filho, mas ainda não sabia até que ponto César era acurado. Pois não se passaram mais de alguns dias antes que a resistência dos Orsini se enrijecesse, e della Rovere, o mais perigoso inimigo do papa, convocou o notável comandante de artilharia Vito Vitelli para levantar um exército e resgatar os Orsini.

O exército de Vitelli se movimentou rapidamente e caiu sobre o exército papal em Soriano. Lá, tanto Juan quanto Guido Feltra se mostraram lamentavelmente incapazes, e as forças papais sofreram uma derrota espantosa. Guido Feltra foi capturado, feito prisioneiro e jogado numa masmorra num dos castelos dos Orsini. Juan fugiu, escapando de ferimentos sérios com apenas um corte no rosto.

Ao saber disso, e se tranquilizando porque o filho não se havia ferido muito, Alexandre chamou de novo César e Duarte para o Salão dos Papas.

— A guerra não está perdida — garantiu Duarte — porque temos outros recursos disponíveis.

César acrescentou:

— E se o Santo Padre determinar que estamos correndo perigo sério, ele sempre pode convocar as experientes tropas de Gonsalvo de Córdoba, que estão em Nápoles...

Mas, depois de se encontrar com os embaixadores da Espanha, da França e de Veneza — todos insistindo pela paz —, o papa Alexandre, sempre um diplomata, concordou relutantemente em devolver aos Orsini os castelos que se haviam rendido. Claro, eles deveriam ser obrigados a pagar um preço por esse arranjo. Depois de muita negociação, o papa aceitou cinquenta mil ducados. Pois, afinal de contas, tal compensação era necessária para encher os cofres da Santa Igreja Católica.

O resultado pareceu uma vitória para o papa. Mas, quando voltou, Juan reclamou amargamente de que tinha sido impedido de suas conquistas futuras e privado das propriedades que manteria pelos acordos de Alexandre. Portanto, argumentou, era ele quem merecia os cinquenta mil ducados em troca do embaraço. Para perplexidade de César, Alexandre cedeu.

Mas havia um problema mais sério na mente de César. Com o objetivo de reparar sua reputação, Juan insistiu em receber a tarefa de retomar Óstia do exército francês que fora deixada pelo rei Carlos.

César correu aos aposentos do pai para argumentar com ele.

— Pai, restam apenas uns poucos soldados franceses, eu sei disso. Mas, se houver um modo de perder, Juan perderá, e com a derrota virá a danação do papado e da família Bórgia. Porque della Rovere está preparando uma armadilha, esperando por uma tolice dessas.

Alexandre suspirou.

— César, nós já passamos por isso muitas vezes. Você acha que seu pai é tão idiota a ponto de não ver o que você vê? Desta vez eu vou garantir a vitória. Vou convocar Gonsalvo de Córdoba, porque não há melhor capitão no mundo.

A voz de César se encheu de frustração.

— Isso não vai impedir meu irmão. Ele vai interferir. Vai lutar com Gonsalvo de Córdoba, o senhor sabe que vai. Imploro, Santo Padre, que reconsidere sua posição.

Mas Alexandre foi inflexível.

— Juan não fará tal coisa. Eu mandei instruções explícitas. Ele simplesmente sairá de Roma como chefe das forças papais. Quando a batalha estiver terminada e nós vencermos, ele voltará vitorioso, acompanhado pela bandeira dos Bórgias. Entre essas duas demonstrações de esplendor ele não dará ordens nem sugestões.

JUAN OBEDECEU AO PAI. Saiu da cidade num fogoso garanhão preto, acenando com o chapéu para as multidões romanas que ladeavam as ruas à sua passagem, e, como fora ordenado, não representou nenhum papel na bem dirigida batalha de Óstia.

Os homens de Gonsalvo de Córdoba dominaram rapidamente a guarnição francesa e conquistaram a cidade de Óstia sem qualquer interferência. E Juan voltou para a cidade de Roma como tinha saído, dessa vez para receber os aplausos e os gritos de vitória dos incontáveis cidadãos romanos que enchiam as ruas.

Três noites depois, no palácio Bórgia, o cardeal Ascanio Sforza deu um baile gigantesco para o qual convidou muita gente importante, inclusive os filhos de Alexandre. Também estavam em Roma na ocasião os irmãos Médicis, Piero e Gio, amigo de César da Universidade; os Médicis tinham sido expulsos de seus lares em Florença pelos franceses e pelas pregações de Savonarola.

O enorme palácio do cardeal Sforza fora o lar dos Bórgias enquanto Rodrigo ainda era cardeal, mas fora dado de presente a Ascanio quando ele se tornou papa. Todo mundo concordava que era o mais belo palácio de toda a Roma.

Naquela noite César voltou à antiga casa de seu pai com os amigos, com quem tinha passado a noite anterior comendo, jogando e bebendo na cidade.

As paredes do vasto saguão de entrada estavam cobertas de elaboradas tapeçarias de fios ricos que traziam à vida muitos grandes momentos da história. Ligadas a esse saguão havia muitas salas também enfeitadas com tapeçarias, os pisos cobertos por tapetes orientais caríssimos em cores que combinavam com os estofados de veludo e cetim e complementavam os armários, as cômodas e as mesas de madeira entalhada.

Mas naquela noite o grande saguão fora transformado em salão de baile, com uma pequena orquestra tocando no mezanino para acompanhar os belos casais de jovens que dançavam.

César, que estava na companhia de uma cortesã bela e popular, tinha acabado de dançar quando Gonsalvo de Córdoba o abordou. Córdoba, um homem forte e sempre sério, parecia particularmente perturbado naquela noite. Baixou a cabeça, cumprimentando, e depois perguntou a César se podiam conversar em particular.

César pediu licença e levou o capitão espanhol até uma das varandas abertas onde tinha brincado na infância. A varanda ficava acima de um pátio privativo; sob ele vários convidados se reuniam e bebiam os vinhos tintos e densos oferecidos em brilhantes bandejas de prata pelos serviçais.

Mas a alegria da noite foi estragada pelo humor de Gonsalvo de Córdoba, cujo rosto, geralmente agradável, estava contorcido de raiva.

— César, estou mais furioso com seu irmão do que você pode imaginar. Mais do que qualquer um pode imaginar.

César pôs a mão no ombro do capitão num gesto de amizade, tentando tranquilizá-lo.

— O que meu irmão fez agora?

A voz do capitão estava rouca, de tão tensa.

— Você sabe que seu irmão não participou da luta em Óstia?

César deu um sorriso aberto.

— Sim, eu presumi isso, caro capitão. Porque nós vencemos.

— E sabe que Juan está recebendo o crédito, reivindicando a vitória por essa conquista? — César ouviu com expressão simpática enquanto o capitão fumegava. — Juan descreve a luta em todo lugar aonde vai, dizendo que foi *ele*, e nem mesmo *nós*, que fez os franceses fugirem.

— Ele é um fanfarrão de cabeça vazia, e suas afirmações são ridículas. Não há ninguém em Roma que acredite nele. Mas deixe-me pensar no que pode ser feito para corrigir essa injustiça terrível.

Gonsalvo, ainda furioso, não queria se acalmar.

— Na Espanha eu certamente o desafiaria a um duelo. Mas aqui... — E ele parou para recuperar o fôlego. — Você sabia que aquele idiota arrogante encomendou que fosse fundida uma medalha de bronze para ser distribuída em sua homenagem?

César franziu a testa.

— Uma medalha? — repetiu, surpreso. Ele não tinha ouvido falar disso.

— Terá o perfil dele. Embaixo, em letras esculpidas elaboradamente, haverá a inscrição "Juan Bórgia — Vencedor de Óstia".

César sentiu-se tentado a rir do absurdo do irmão, mas se conteve para não inflamar Gonsalvo ainda mais. Depois falou:

— Não há sequer um soldado no exército papal, e certamente nenhum das tropas francesas, que não saiba a verdade. Que você, Gonsalvo de Córdoba, e só você, é o vencedor de Óstia.

Mas o capitão espanhol não se consolava. Em vez disso, virou-se para César com um olhar de fúria.

— Juan Bórgia? Vencedor de Óstia? Veremos! Eu deveria matá-lo. Talvez ainda mate... — Em seguida ele se virou e saiu da varanda, voltando ao interior do palácio.

César permaneceu por longo tempo depois da partida de Gonsalvo, olhando para o céu escuro, e se perguntou como foi que ele e esse que chamavam de seu irmão tinham saído do mesmo útero. Era um truque do destino, tinha certeza. Mas, antes de se voltar para entrar no quarto, alguma coisa no pátio chamou sua atenção.

Embaixo, parados perto de uma fonte central e falando em voz baixa, César viu seu irmão Jofre conversando com o capitão espanhol e um homem mais jovem, alto e magro. Gonsalvo de Córdoba estava ouvindo com atenção, totalmente envolvido, enquanto o rapaz parecia estar olhando o pátio em volta, como se procurasse alguém. Mas era Jofre, geralmente tão amável e apático, que mais espantava César. Pois em seu rosto havia uma expressão de ferocidade que ele nunca tinha visto.

César pensou em chamá-los, até que sentiu uma mão em seu braço. Parado atrás dele, com o dedo nos lábios, Don Michelotto puxou-o da beira da varanda para um lugar onde não seriam vistos. Escondidos nas sombras, vigiaram por vários instantes até virem o capitão sorrir e apertar a mão do jovem Jofre. Quando Jofre estendeu a mão para o outro rapaz, Michelotto viu um grande anel de topázio azul, de forma irregular, que soltava brilhos nítidos refletidos da luz da lua. Ele o apontou.

— Observe, César. Aquele homem é Vanni, sobrinho de Orsini. — E então, tão rapidamente quanto tinha aparecido, Michelotto sumiu.

Dentro do palácio de novo, César andou pelas salas tentando achar Jofre, mas ele parecia ter sumido. Acenou para a irmã Lucrécia, que estava dançando com aquele marido idiota, Giovanni; perto, completamente inconsciente do caos que causava, Juan estava dançando com a cunhada, Sancia. Os dois estavam rindo e se divertindo muito. Mas o que mais preocupou César foi Gonsalvo de Córdoba ao sair do baile — porque de repente ele parecia em paz.

11

LUCRÉCIA TINHA VINDO SE JUNTAR AO PAI E AOS IRMÃOS PARA as festividades da Páscoa no Vaticano, por isso estava em seus apartamentos no palácio de Santa Maria in Portico quando o camareiro de Giovanni Sforza procurou-a com uma mensagem urgente. Seu marido tinha requisitado que ela o acompanhasse de volta a Pesaro, segundo o sujeito, porque estava achando a estada em Roma opressiva e desejava escapar à vigilância do papa.

Lucrécia ouviu, perturbada, enquanto Júlia começava a escolher algumas coisas suas para a aia guardar para a viagem. Ela estivera incrivelmente solitária em Pesaro; aqui, em Roma, sentia-se bem de novo.

— O que vou fazer? — perguntou em voz alta enquanto andava de um lado para o outro. — Em Pesaro, como em Roma, o duque não liga a mínima para mim; quando me olha, é com qualquer coisa, menos afeto. Mas agora parece que quer ir embora, comigo ao lado.

Júlia foi consolá-la.

O camareiro pigarreou para juntar coragem e pediu permissão de falar. Quando recebeu, continuou:

— O duque de Pesaro indica que gosta muito da duquesa. Ele gosta de sua companhia; se não para conversa, pelo menos para estar com ele em seu ducado, onde ele é livre para governar como quer.

— Ora, meu bom homem — disse Lucrécia —, esse é o desejo dele, e ele quer as coisas do seu jeito. Mas o que será de mim se eu retornar? Vou definhar e morrer de solidão. Não há nada de interessante para mim em Pesaro.

Impaciente com Lucrécia, porque sabia do tormento que isso provocaria em Alexandre, Júlia pediu licença e saiu do quarto.

De repente houve uma batida na porta, e Lucrécia ouviu a voz de seu irmão chamando:

— Crécia? É Cés. Posso entrar?

Rapidamente ela ordenou que o camareiro se escondesse atrás da cortina de se vestir. Alertou para que ele não se mexesse nem fizesse qualquer som, pois seu descuido poderia lhe custar a vida. A raiva do irmão pelo duque tinha-o enfurecido ultimamente, e ela não queria outra cena.

O homenzinho passou em silêncio para trás da cortina e se cobriu com um dos mantos de Lucrécia, pondo outras roupas sobre a cabeça para se esconder completamente, caso César andasse perto demais ou quisesse revistar os aposentos da irmã.

Quando entrou, a primeira coisa que César fez foi beijar Lucrécia. Ele parecia satisfeito.

— Papai decidiu conceder seu desejo de se divorciar. Ele tem bastante certeza de que aquele suíno do Giovanni Sforza não nos trouxe vantagem. E agora que Milão está alinhada de novo com os franceses ele não é de mais utilidade para nós. Além disso, e ainda mais importante, papai está insatisfeito por não ter feito você feliz.

Lucrécia sentou-se no divã e ofereceu um lugar ao lado. Mas César recusou e, em vez disso, ficou andando pelo quarto.

— Mas o que você vai contar a Giovanni? — perguntou ela. — Como o divórcio vai ser feito? Ele não é herege, e não se comprometeu com nenhuma traição, a não ser para me causar infelicidade.

César sorriu.

— E isso não é crime suficiente?

Os olhos de Lucrécia se iluminaram, divertidos.

— Ainda que eu o considere o mais odioso, temo que não seja visto do mesmo modo pelos olhos dos outros.

César ficou mais sério.

— Papai não vai se arriscar a um divórcio legal. Isso causaria um escândalo grande demais. Ele ordenou que Giovanni deve desaparecer.

Lucrécia se levantou e franziu a testa para o irmão.

— Cés, você não pode permitir isso. Giovanni é um bruto e um chato, sem dúvida. Mas boa parte da minha infelicidade com ele é ele não ser você! E apesar de isso também ser crime, não é um crime que mereça a punição que você sugere.

— E você escolheria dizer ao Santo Padre que se recusa a obedecer às ordens dele? Você atrairia os fogos do inferno por Giovanni, que age como um porco tão grande?

Lucrécia examinou o irmão.

— Alguém perguntou ao duque de Pesaro se ele consideraria de livre vontade dissolver este casamento antes de vocês pensarem nas medidas extremas de uma adaga ou de veneno?

— Papai perguntou e Giovanni recusou. Não resta o que falar.

A voz de Lucrécia estava cheia de determinação.

— Então fale de novo com o Santo Padre, e com o seu pai também, para dizer que não concordarei em pôr minha alma em perigo com uma ação dessas. Pois o inferno é eterno, e apesar de muitos dos meus pecados, tenho a esperança de um Deus misericordioso e de uma eternidade no céu.

César baixou a cabeça e esfregou os olhos, resignado.

— Crécia, alguma coisa tem de ser feita para acabar com essa farsa, e rapidamente.

— Não há nada que eu deseje mais do que me livrar do duque. E isso não é segredo para você, meu irmão. Mas é a sua alma e a de papai que me preocupam, bem como a minha. Não posso tomar parte em tirar a vida de outro ser humano apenas em troca de vantagens mundanas.

César tivera certeza de que a irmã ficaria satisfeita quando ele trouxesse a notícia da decisão do papa sobre seu casamento, e a reação dela o desapontou. Ele tinha pretendido livrá-la do monstro que os mantinha separados e se tornar seu salvador. Agora estava com raiva. Antes de sair tempestuosamente dos aposentos, gritou:

— Ser apanhado entre você e papai, minha cara irmã, é estar nas garras de metal de um torno. Não há como escapar. Então eu pergunto: o que quer que eu faça?

— Não se traia, meu caro irmão, para não trair o outro — alertou Lucrécia.

Assim que teve certeza de que César tinha ido embora, Lucrécia foi para trás da cortina resgatar o camareiro de Giovanni, que estava tremendo tanto que os estertores podiam ser vistos por baixo das roupas que tinha jogado sobre si. Enquanto começava a descobrir o pobre homem, ela sussurrou:

— Você ouviu o que foi dito?

Com os olhos arregalados de pavor, ele respondeu rapidamente:

— Nenhuma palavra, duquesa. Nem uma única palavra.

— Meu Deus, você é uma vagem sem sementes? Vá depressa. Conte ao duque tudo que ouviu. Diga para ele se apressar. Eu, de minha parte, não quero ter o sangue dele nas mãos. Agora vá...

E com isso ela guiou o camareiro para fora através de uma porta lateral.

QUANDO O CAMAREIRO ofegante chegou aos apartamentos dos Bórgias, onde Giovanni estava hospedado, e contou-lhe o que tinha entreouvido, Giovanni Sforza foi rapidamente até o papa. Pediu que o papa o liberasse das vésperas naquela tarde, porque tinha de ir até a igreja de Santo Onofre, fora de Roma, para se confessar.

Isso Alexandre aceitou, porque era a semana santa e era bem sabido que durante essa época, naquela igreja em particular, um pecador podia receber uma indulgência especial que livraria sua alma de todos os pecados. Tanto César quanto o papa, sabendo o que estava sendo planejado para Giovanni, achavam ser sua obrigação permitir que ele se confessasse na igreja de sua escolha, por isso ele teve permissão de ir.

Mas, no momento em que chegou à igreja, Giovanni montou num valioso cavalo turco que fora posto lá pelo comandante de suas tropas em Pesaro. Impulsionado pelo medo, chicoteou a montaria violentamente e cavalgou sem parar durante 24 horas, até chegar a Pesaro. Ali, nos portões, o animal — exausto da viagem, com espuma brotando da boca — caiu de joelhos e morreu.

Giovanni Sforza, que gostava mais de animais do que dos homens, ficou penalizado. Instruiu seu mestre dos estábulos para que enterrasse o cavalo com grande cerimônia, e durante dias ficou em seus aposentos sem comer nem falar com ninguém. Nenhum dos cidadãos de Pesaro podia decidir se ele estava mais desolado pela falta da esposa ou do cavalo.

LUCRÉCIA FICOU COM raiva do pai por ele não ter falado diretamente com ela sobre seus planos e, assim, negado a oportunidade de tornar conhecidas as suas preocupações. Logo que descobriu que o papa havia mandado um advogado a Pesaro para exigir de Giovanni uma anulação em termos que um comitê aceitasse — o da impotência —, Lucrécia decidiu o que deveria fazer. Apesar de não sentir amor pelo duque, somente a razão ditaria que, se fosse forçado a admitir uma fraqueza ao mesmo tempo embaraçosa e inverídica, ele resistiria com a verdade que devia suspeitar a respeito dela e do irmão. E especialmente nesse momento ela não queria deixar que isso acontecesse.

Porque era ela que, por causa de César, se tinha recusado a dormir na cama dele depois daquela primeira noite, e raramente cumprira o dever de esposa. Mesmo que a admissão de impotência fosse menos letal do que o veneno ou uma adaga, ainda era um golpe mortal para alguém tão arrogante. Ele seria forçado a retaliar e isso poria em perigo o papa, além de toda a família Bórgia.

Na manhã seguinte ela acordou ao alvorecer e juntou várias de suas damas de companhia para acompanhá-la ao convento de São Sisto — porque sabia que um convento era o único refúgio para mulheres que desejavam escapar da autoridade do marido e do pai. A escolha foi ao mesmo tempo simples e virtuosa.

Mas Júlia e Adriana tentaram convencê-la a agir de outro modo.

— O Santo Padre não vai descansar enquanto você estiver longe — disse Adriana. — E não vai aceitar sem resistência o seu plano de ir embora.

Lucrécia estava decidida.

— Ele não vai me impedir, porque só saberá muito depois de eu estar a caminho.

Júlia implorou, porque sabia como o papa ficaria infeliz.

— Irmã querida, dê ao Santo Padre a chance de dissuadi-la. Dê ao nosso pai a oportunidade de explicar seus motivos. Você sabe como ele sofre quando você está ausente do Vaticano...

Mas Lucrécia se virou para ela, irritada.

— Eu não vou mudar meus planos. E, Júlia, se você deseja que o Santo Padre, e que meu pai também, não fique infeliz, sugiro que o entretenha como ele espera. Eu não tenho mais necessidade de satisfazê-lo, porque ele não considerou minha posição nem o Pai Celestial em suas decisões.

Adriana tentou mais uma vez.

— Lucrécia, você disse com tanta frequência que era infeliz! E no entanto, agora que o pai que a ama tenta conseguir o divórcio ou a anulação do casamento que você tanto desprezou, você vira as costas e rejeita seu pai também. Onde está a razão?

Os olhos de Lucrécia se encheram de lágrimas, mas ela não podia se dar ao luxo da dúvida, porque então perderia tudo que amava. Sem uma palavra, abraçou Adriana e Júlia e lhes deu instruções.

— Não diga uma palavra ao Santo Padre durante metade de um dia. Se ele perguntar, diga que estou na capela, ajoelhada em orações e não quero ser perturbada.

Em seguida ela se virou para uma de suas damas de companhia mais leais e lhe entregou uma carta que tinha escrito na véspera.

— Por favor, leve isto para o meu irmão, o cardeal. Certifique-se de entregar nas mãos dele, de ninguém mais.

Em todas as questões da Igreja e do Estado o papa Alexandre era um homem razoável. Nas questões do coração e nos tratos com os filhos era muito menos razoável. Assim, quando foi informado da partida da filha de seu palácio e da intenção de ela ficar dentro das paredes do convento de São Sisto, ele ficou ao mesmo tempo arrasado e furioso.

O que importava um homem ser papa se não podia comandar sequer a própria filha? Como é que essa criança que já fora doce podia se ajoelhar diante do Santo Padre e com verdadeiro respeito beijar seu anel e seu pé santo, e ainda assim desobedecer ao próprio pai sem consideração?

Chamou César e Duarte Brandão. Depois mandou buscar Michelotto.

Quando eles estavam reunidos em seus aposentos, perguntou:

— O que eu fiz com minha filha, de quem tanto gosto, para que ela me abandone desse jeito?

César, de cabeça baixa, não disse nada.

Duarte, com os olhos escuros cheios de compaixão, falou:

— Pode ser um chamado para o serviço do Pai Celestial, Sua Santidade.

— Duarte, por favor — disse o papa. — Não seja condescendente comigo, como se eu fosse um velho idiota e frágil. Há alguma coisa que eu não sei, alguma coisa que escapou à minha compreensão.

Duarte assentiu.

— Minha intenção não era ser condescendente com o senhor, Santo Padre, porque não pretendo ser desrespeitoso, e sim dissuadi-lo de se culpar pelas ações dessa sua filha. Pois, em verdade, ela não é mais uma criança. E está correndo para uma promessa maior ou fugindo de uma ameaça maior.

— E qual poderia ser? — perguntou Alexandre enquanto se virava para César.

O olhar de César encontrou o do pai. E naquele momento o fogo nos olhos do pai rasgou os dele. Durante todos aqueles anos eles nunca haviam falado da questão amorosa que mais interessava a César, pois ele temia que isso interessasse ainda mais ao seu pai. E, em qualquer batalha de amor e poder com Alexandre, César tinha certeza de que perderia. Porque o papa esperava que a lealdade dos filhos para com ele estivesse acima de todas as coisas na terra. Revelar a verdade do relacionamento entre ele e a irmã atearia um inferno espiritual.

César não havia falado disso com ninguém; conseguia segurar a língua mesmo quando estava bêbado e se deitava com cortesãs. Os serviçais da corte certamente nunca falariam, por medo de ser decapitados. Mas será que seu pai, como o Santo Padre, divinamente inspirado, poderia ver a alma do filho?

De repente a máscara feroz do papa se suavizou e ele sorriu.

— Meu amigo, Don Michelotto. Escolha para mim um mensageiro para ir diariamente ao convento. Não tenho dúvida de que minha filha cederá. Certifique-se de que o rapaz seja de bom caráter e inteligente. Ele deve se vestir bem e ser bonito, para que minha Lucrécia aceite as mensagens e consequentemente se convença de voltar para casa.

DON MICHELOTTO FEZ o que foi mandado. Escolheu como mensageiro um rapaz chamado Perotto, que ele sabia ser favorecido por Alexandre. Músico e poeta, o jovem servia ao papa como mensageiro em troca do sustento e da salvação. Mais bem-educado do que muitos outros na corte, viera da Espanha passar um tempo em Roma depois de ouvir falar na beleza da cidade. Era honesto e profundamente dedicado à Igreja, e Alexandre confiava nele totalmente.

Quando Alexandre pôs na mão de Perotto a primeira mensagem para Lucrécia, fez isso sabendo que, se Perotto não pudesse entregá-la, seria porque fora trucidado nos morros a caminho. Para ver a confiança que tinha no rapaz.

QUANDO LUCRÉCIA se encontrou com Perotto pela primeira vez no jardim do convento, tentou recusar a mensagem do papa.

— Não desejo entrar em qualquer desacordo com o Santo Padre — disse ela. — E o modo de fazer isso é jamais começar.

Perotto, com o cabelo louro e comprido amarrado na nuca, os olhos claros brilhando, apenas assentiu, animado.

— Entendo, duquesa. Só me imponho à sua boa vontade porque acredito que esta mensagem se refira a um assunto importante.

Lucrécia olhou-o, balançou a cabeça e se virou para ir embora. Sentou-se num dos bancos de pedra no lado mais distante do jardim e pensou no que fazer.

Mas, em vez de partir ou de deixar a mensagem onde ela pudesse pegá-la, Perotto desapareceu por alguns instantes e em seguida voltou com um violão. Pediu permissão a Lucrécia para se sentar na grama e tocar sua música.

Lucrécia ficou surpresa ao descobrir que, quando Perotto cantava, sua voz era tão agradável quanto a canção. Fazia tanto tempo que não estava em companhia masculina que se pegou sorrindo.

Quando a música terminou, ela se sentiu animada e perguntou pela mensagem. Sorrindo, Perotto entregou-a.

A mensagem era bastante formal. Seu pai dizia que as negociações para a anulação do casamento ainda estavam acontecendo e que algum progresso fora feito. Que Giovanni estava considerando os benefícios e a compensação que fora oferecida. Alexandre dizia que, se ela tivesse alguma preocupação, deveria escrevê-la, pois o mensageiro voltaria no dia seguinte com outras notícias.

Ela entrou em seus aposentos no convento, sentou-se à mesa e escreveu uma resposta curta e formal ao papa. Nela, dizia esperar que ele estivesse bem e agradecia pelos esforços em seu favor. Mas assinou apenas "Lucrécia Bórgia". Assim, quando a recebeu e leu, o papa soube que a filha estava com raiva dele.

No DIA SEGUINTE, Alexandre acordou determinado a resolver a questão do divórcio de Lucrécia. Os negócios do papado iam razoavelmente bem, e logo que terminou as orações da manhã ele estava livre para dedicar o resto do dia a resolver os problemas da família.

César também acordou de bom humor. Quando foi se juntar ao pai, falou:

— Talvez esteja na época de pensar em outro festival, pois as pessoas da cidade estão inquietas e precisam de algo para comemorar antes que causem problemas.

— Sim. Eu mesmo gostaria de um carnaval, porque os negócios da Igreja me levaram a ficar sério demais.

Nesse momento, Plandini, o escriturário-chefe, anunciou a chegada de Ludovico Sforza e seu sobrinho, Giovanni.

Todos se sentaram ao redor de uma pequena mesa de mármore e foram servidos pratos de queijo, frutas e vinho. Após trocar algumas amenidades, Alexandre se virou para Sforza com uma expressão séria.

— Ludovico, eu não posso mais fazer rodeios. Convidei vocês aqui para finalizar os planos do divórcio.

Ludovico, com a taça de vinho imóvel no meio do movimento, pareceu surpreso. Mas demorou apenas instantes para se recuperar.

— Sua Santidade, não há necessidade de divórcio, se está falando de Giovanni e de sua doce filha, Lucrécia.

Giovanni assentiu, mas não disse nada.

Então Alexandre se levantou da mesa e começou a andar pela sala.

— *Há* necessidade de divórcio, Ludovico. Giovanni deixou a cidade durante meses, para ficar em Pesaro. Lucrécia foi deixada sozinha em Roma.

Ludovico se levantou e foi para a área de estar. Giovanni seguiu-o.

— Meu sobrinho deixou Roma por causa de ameaças feitas por seu filho, Excelência — explicou Ludovico em tom de desculpas.

César não tinha deixado a mesa; permaneceu sentado, tomando seu vinho.

Alexandre se virou para ele.

— Isso é verdade, filho? Ameaças?

César respondeu com compostura total.

— Eu nunca faço ameaças. Se um homem me enraivece, eu o desafio a um duelo. — Agora ele balançou a cabeça. — Não me lembro de tê-lo desafiado, Giovanni. Desafiei? — Ele olhou para o cunhado, com os olhos sombrios e gélidos.

Os dois se desgostavam enormemente.

— Você deve admitir que não foi um cunhado gentil — disse Giovani com arrogância.

Ludovico, ficando nervoso, dirigiu-se ao papa num tom cheio de mel.

— Sua Santidade, Giovanni voltou para Roma. Os dois jovens poderiam viver felizes em Pesaro, como um casal casado. Mas Lucrécia... não, Lucrécia recusou. Ela queria Roma.

Agora todos estavam sentados no escritório do papa.

Alexandre ficou impaciente.

— Ludovico, meu amigo. Nós poderíamos discutir o dia inteiro, mas ambos temos o que fazer. Só pode haver uma conclusão aqui.

Giovanni e Lucrécia devem se divorciar. Nós simpatizamos com suas preocupações e com os sentimentos de seu sobrinho. Mas, pelo bem da Igreja, isso deve ser feito.

— Da Igreja? — perguntou Ludovico, perplexo.

Ele e Alexandre se levantaram e começaram a andar pela sala, juntos.

— Santo Padre — sussurrou Ludovico. — Tenho certeza de que Giovanni concordaria com o divórcio, se pudesse ser feito baseado em que o casamento nunca tenha sido válido. — Ele pigarreou antes de acrescentar. — Porque Lucrécia já era noiva do espanhol.

Alexandre se virou e pôs a mão no ombro de Ludovico.

— Ludovico, Ludovico. Ah, se essa coisa pudesse ser resolvida com tanta facilidade! Mas o corpo decisório, a santa comissão, discorda.

A voz de Ludovico baixou ainda mais.

— O senhor poderia emitir uma bula.

Alexandre assentiu.

— Você está correto, meu amigo. Eu poderia. Se ela fosse filha de outro homem. — Em seguida o papa se virou para encarar Ludovico e falou numa voz de autoridade. — A única base possível é a impotência. A admissão de que o casamento não foi consumado. Isso será entendido tanto pela comissão quanto pelos cidadãos. E nós temos a declaração escrita por Lucrécia.

Giovanni saltou de pé, com o rosto vermelho.

— Ela mente. Eu não sou impotente, e nunca confessarei que sou.

Ludovico se virou para ele e, numa voz séria, ordenou que ele se contivesse.

— Sente-se, Giovanni. Nós precisamos de um modo de conciliar o Santo Padre. — Il Moro sabia que precisava do papa, porque temia que Milão fosse engolida a qualquer momento pelo exército francês, e um dia poderia precisar dos exércitos papais e do apoio espanhol.

César falou com palavras de pedra:

— Acho que há uma solução. Crécia diz uma coisa, Giovanni diz outra. E eu proponho um teste. Podemos reunir os membros das duas famílias numa grande sala de recepção. E nessa sala colocamos uma cama grande. Nessa cama, poremos uma cortesã atraente, uma cortesã saudável e entusiasmada. Então Giovanni se deitará na cama com ela e provará sua hombridade. Ou não.

Giovanni ficou pasmo.

— Diante das duas famílias? Não farei isso. Não concordarei com uma coisa dessas!

O papa se aproximou de Ludovico.

— Bom, então a questão está resolvida. Giovanni recusou a oportunidade de provar o que diz, e assim devemos concluir, como faria qualquer tribunal, que a declaração de Lucrécia é verdadeira. Claro, vamos tratar Giovanni generosamente, porque ele fez o que pôde como marido, e nós não estamos aqui para culpar ninguém.

Giovanni tentou falar, mas seu tio impediu, empurrando-o para o lado.

— Toda a nossa família vai renegá-lo se você não concordar. Você perderá seu título e suas terras. Neste momento, mesmo não sendo mais um marido, você ainda é um duque. E isso não é pouca coisa.

MAIS TARDE, naquele dia, César sentou-se à mesa em seus aposentos e releu a mensagem que a irmã tinha mandado na véspera. Seu rosto bonito refletia a tristeza sentida, já que estar separado de Lucrécia o deixava com uma dor e uma saudade profundas. Mas havia mais uma coisa que o preocupava. Sua mão tremia ligeiramente enquanto ele lia a mensagem repetidamente.

Uma linha parecia se destacar na página: "Eu não tenho liberdade, neste momento, para discutir a questão que é de importância absoluta para nós."

Era a formalidade da carta, a insistência em não lhe dar qualquer informação, que atraía sua atenção. Era tudo que ela não dizia. E ele conhecia a irmã bem demais para entender que ela tinha um segredo que, uma vez contado, poderia pôr todos em sério perigo.

12

OS CONVIDADOS DE VANOZZA CATTANEI ESTAVAM SENTADOS nas coloridas mesas de banquete e olhavam o sol chamejante baixar sobre as ruínas de pedra vermelha do Fórum Romano. Ela havia convidado vários amigos, além dos filhos, à sua propriedade no campo para uma reunião comemorando a partida de César para Nápoles na semana seguinte, como delegado papal.

O Vinhedo de Vanozza, como os filhos chamavam afetuosamente a propriedade, ficava no quase deserto monte Esquiline, diante da imponente igreja de São Pedro, do século V.

Juan, Jofre e César sentaram-se juntos, rindo e divertindo-se. Depois César notou sua mãe, do outro lado do pátio, conversando bastante intimamente com um jovem guarda suíço. Sorriu consigo mesmo, porque ela ainda era muito bonita. Apesar de alta, tinha compleição delicada, com pele azeitonada clara e um denso cabelo castanho-avermelhado que ainda não mostrara tons de prata. Estava esplêndida num vestido de seda preto adornado com um único fio de pérolas do mar do Sul, um presente especial de Alexandre.

César adorava a mãe, tinha orgulho de sua beleza, inteligência e da habilidade óbvia nos negócios. Pois ela era a pessoa mais bem-sucedida em Roma com suas hospedarias. Ele olhou de novo para o jovem guarda, e no coração desejou o bem da mãe, pois, se ela ainda podia desfrutar do amor ativo, era isso que ele desejava para ela.

Nessa noite Vanozza trouxe dois cozinheiros-chefes de suas hospedarias na cidade para elaborar uma grande variedade de pratos apetitosos. Eles prepararam fígado de ganso com maçãs cortadas e passas, cozinharam lagostas frescas num delicado molho de tomate, manjericão e molho de creme, e fritaram macios escalopes de vitela com trufas tiradas da terra e azeitonas verdes frescas arrancadas maduras das árvores próximas.

Alguns dos cardeais mais jovens, inclusive Gio Médici, gritavam com entusiasmo quando cada prato era servido. O cardeal Ascanio Sforza permanecia sossegado, mas conseguia se servir de mais de uma porção de cada novo prato, como fazia o primo de Alexandre, o cardeal de Monreal.

Grandes jarras de porcelana com vinho, feito das gordas uvas borgonha dos vinhedos de Vanozza, foram servidas durante a refeição, e Juan bebia cada taça que lhe era servida, mal esperando que a primeira fosse esvaziada para levar a próxima aos lábios. Durante a refeição, um jovem muito magro usando máscara preta sentou-se ao lado dele e sussurrou algo em seu ouvido.

César tinha visto o homem mascarado no Vaticano várias vezes no último mês, em companhia de seu irmão, mas, quando havia perguntado sobre o estranho, ninguém parecia conhecê-lo. E quando perguntou a Juan, este apenas riu sardônico e se afastou. César presumiu que o jovem fosse um artista excêntrico de um dos guetos da cidade, onde Juan costumava ir se deitar com prostitutas e esbanjar dinheiro.

Com a túnica desabotoada e o cabelo emplastado de suor, Juan se levantou trêmulo — porque estava bastante bêbado — e se preparou para fazer um brinde. Ergueu a taça e a sustentou diante do corpo, virando-a de modo que o vinho começou a se derramar. Jofre estendeu a mão para ajudar a segurá-la, mas Juan o empurrou com grosseria. Depois, com fala engrolada, virou-se para César e disse:

— À fuga de meu irmão dos franceses. À sua habilidade de evitar o perigo sempre que surge. Seja através de um chapéu de cardeal ou fugindo dos franceses. Alguns chamam isso de ousadia... eu chamo de covardia. — E começou a rir alto.

César saltou de pé, com a mão na espada. Partiu para cima de Juan, mas seu velho amigo Gio de Médici o agarrou, e, com a ajuda de Jofre e os rogos de Vanozza, conseguiram contê-lo.

Vanozza implorou ao filho:

— Ele não sabe o que está dizendo, César. Ele não falou a sério.

César respondeu com olhos chamejantes e o queixo tenso.

— Ele sabe, mamãe, e, se não estivéssemos em sua casa, eu mataria esse desgraçado insolente neste momento, mesmo sendo meu irmão e seu filho.

Ainda abalado pela fúria, César permitiu que Gio o guiasse de volta ao seu lugar. Os convidados, tendo o entusiasmo diminuído pela discórdia dos irmãos, sentaram-se agora, conversando em voz baixa.

Então o mascarado se levantou, e de novo sussurrou alguma coisa para Juan, que, contido diante da raiva do irmão, se levantou com mais firmeza e anunciou:

— Peço licença a vocês, pois tenho outro compromisso que devo honrar.

Ajudado por seu pajem a vestir a capa de veludo azul-escuro, ele deixou a festa rapidamente, acompanhado por um de seus guardas e pelo homem alto e mascarado.

Logo depois o resto dos convidados debandou, e César partiu com Jofre, Gio e Ascanio Sforza. Enquanto se afastavam a cavalo, ele acenou se despedindo da mãe, que ficou com o jovem guarda suíço como companhia.

Cavalgaram rapidamente para a cidade. Quando passaram pelos portões de Roma — na encruzilhada diante do palácio Bórgia —, conversaram um tempo sobre o incidente com Juan. César deixou claro que não podia tolerar a arrogância bêbada e a falta de lealdade familiar do irmão. Estava decidido a falar com Juan de novo, para deixar clara a seriedade do incidente na casa de Vanozza. Queria argumentar com ele primeiro, mas, se fosse necessário, iria desafiá-lo a um duelo para resolver as coisas de uma vez por todas. Sabendo que, num duelo, César era o mais hábil, Juan seria forçado a se desculpar da conduta ridícula — não somente com César, mas com todos os que havia magoado, trazendo o escândalo para a família Bórgia.

César também sabia que o covarde era Juan, e não ele, apesar das acusações imprudentes. Em qualquer batalha, fosse de vontades ou de espadas, César venceria.

O cardeal Ascanio Sforza reclamou também — porque havia apenas algumas noites, quando Juan também estava bêbado, tinha matado o mordomo de Ascanio, sem ser provocado. Ascanio ainda estava incomodado com isso, e jurou que, se não estivesse usando o chapéu vermelho de cardeal e se não temesse a retaliação do papa, ele próprio teria resolvido o problema com Juan.

Jofre, de 16 anos, não disse uma palavra contra Juan, mas César sabia que ele estava com raiva do irmão, porque não ignorava o relacionamento de Sancia com Juan. Ele era um enigma, esse irmão mais novo. Em princípio, como sua expressão era tão amena, ele parecia menos do que inteligente. Mas César tinha testemunhado a transformação na presença de Gonsalvo de Córdoba naquela noite no jardim, e nunca mais o veria como antes.

Depois de se despedirem de Ascanio, e de Gio Médici ter partido para o seu palácio, Jofre disse a César:

— Acho que vou fazer uma visita ao gueto e passar algumas horas com uma mulher que reaja aos meus afetos.

César sorriu e lhe deu um tapa encorajador no ombro.

— Você não receberá censura da minha parte, irmãozinho — falou rindo. — Tenha uma noite agradável.

Ficou olhando o irmão se afastar. Foi então que testemunhou uma coisa que provocou sua preocupação. Enquanto o jovem Jofre virava a esquina em direção ao gueto, três homens a cavalo saíram dos edifícios de pedra atrás dele e pareceram segui-lo. Um dos homens, mais alto do que o resto, montava um garanhão branco.

Depois de esperar alguns instantes para que não percebessem o galope de seu cavalo, César cavalgou para a praça acima do gueto. Diante dele, várias ruas à frente, estendiam-se as sombras dos quatro homens a cavalo, com seu irmão Jofre entre eles. Dava para ouvi-los falando, com as vozes amigáveis e animadas. Convencido de que o irmão não corria perigo, César virou o cavalo e voltou sozinho para o Vaticano.

ESTAVA DORMINDO havia horas quando um pesadelo medonho o acordou. Seria o som de cavaleiros? Tentou despertar, mas a lamparina apagara, e o quarto estava numa escuridão de piche.

Suando, com o coração batendo depressa, tentou se acalmar, mas nada parecia aliviar o pânico. Levantou-se às cegas e procurou uma mecha para acender, mas as mãos estavam trêmulas e a mente cheia de temores irracionais. Aterrorizado, gritou por seu valete. Mas ninguém veio.

Finalmente, sem explicação, a lamparina se acendeu e havia luz de novo. Ainda meio adormecido, sentou-se na cama. Mas agora sombras escuras o rodeavam, partindo das paredes para agarrá-lo. César se enrolou com um cobertor, porque se sentia frio como gelo e não podia controlar o tremor do corpo. Então, vindo do nada, ouviu a voz de Noni nos ouvidos: *"Há morte na sua casa..."*

Tentou afastar o sentimento, desconsiderar a voz, mas sua mente estava cheia de pavor. Será que Crécia poderia estar correndo perigo? Não, disse a si mesmo. Um convento era um lugar seguro para ela — seu pai havia se certificado disso, mandando Don Michelotto montar uma guarda ao redor do convento, cuidadosamente discreta para não alarmar ou enfurecer Lucrécia ainda mais. Em seguida pensou em Jofre. Mas, ao se lembrar da voz dele com os companheiros, tranquilizou-se.

Juan? Deus sabe, se houvesse alguma justiça no céu, o perigo para Juan não lhe causaria pesadelos. Mas então César foi tomado por uma preocupação com o pai. O que seria dele se algo acontecesse a Juan?

Vestiu-se rapidamente e foi até os aposentos do papa. Parados diante do quarto de seu pai, dois soldados da Guarda Santa estavam em posição de sentido, um de cada lado da pesada porta de metal.

— O Santo Padre está descansando bem? — perguntou César, lutando para manter a compostura.

Foi Jacamino, o valete preferido de seu pai, quem respondeu da antessala.

— Ele estava dormindo há alguns instantes. Está tudo bem.

César voltou aos seus aposentos. Mas a inquietação persistia, e não lhe restava nada a não ser cavalgar até o campo, como sempre fazia quando as batidas do coração ameaçavam romper sua pele. Correu até os estábulos e já ia montar seu garanhão predileto quando viu o cavalo de Jofre sendo esfregado por um dos cavalariços. Notou a argila vermelha do rio nas ferraduras do animal.

— Então meu irmão Jofre voltou em segurança?

— Sim, cardeal — disse o garoto.

— E meu irmão Juan? Ele voltou?

— Não, cardeal. Ainda não.

CÉSAR DEIXOU A CIDADE com um sentimento premonitório. Não sabia o que estava procurando, mas mesmo assim cavalgava como se estivesse possuído por um demônio. Tudo em volta parecia um sonho. Foi nesse estado alterado de mente que cavalgou pelo campo ao longo do rio, procurando seu irmão Juan.

A noite estava fresca e úmida, e o cheiro de sal do Tibre limpou sua cabeça e o acalmou. Ele procurou pelas margens, buscando alguma evidência de desordem, mas não encontrou. Depois de algumas horas cavalgando, chegou à argila vermelha junto ao rio. Do outro lado de uma das grandes docas de pesca ficava o palácio do conde Mirandella e um hospital com lampiões tremulando nas janelas. Mesmo assim tudo parecia quieto.

César desmontou, procurando alguém que pudesse ter visto seu irmão. Mas tanto a doca quanto a margem pareciam desertas, e o único som que ele ouvia era o dos peixes saltando pela superfície vítrea do rio.

Foi até o fim da doca e ficou olhando a água. Havia alguns barcos de pesca ancorados, e as tripulações estavam numa das tavernas do povoado ou então dormindo nas entranhas das embarcações. Pensou em como seria viver como pescador, quando a única coisa a fazer a cada dia era jogar a rede e esperar a chegada dos peixes convidados. Então sorriu, sentindo-se mais em paz.

Já ia se virar e partir quando percebeu um pequeno barco ancorado junto a uma pilha de madeira, com um homem dormindo dentro.

— *Signor? Signor?* — gritou César.

Enquanto ele ia para o barco, o homem sentou-se, olhando-o cauteloso.

— Sou o cardeal Bórgia — disse César. — Estou procurando meu irmão, o capitão-geral. O senhor observou alguma coisa que poderia lhe causar suspeitas mais cedo?

Enquanto falava com o pescador, César ficou girando um ducado de ouro entre os dedos.

Vendo a moeda, o homem, cujo nome era Giorgio, foi persuadido a falar livremente.

Depois de meia hora, antes de se afastar do pescador, César agradeceu e entregou a moeda de ouro.

— Ninguém deve saber que nós conversamos. Conto com o senhor para isso.

— Eu já esqueci, cardeal — prometeu Giorgio.

César cavalgou de volta ao Vaticano. Mas não disse a ninguém o que tinha sabido.

O PAPA ALEXANDRE acordou mais cedo do que o usual, com um sentimento de inquietação. Tinha convocado uma reunião para rever a estratégia militar que seria usada nas próximas batalhas, e estava convencido de que o desconforto poderia decorrer de sua ansiedade com o resultado das mesmas.

Depois de se ajoelhar para as orações matinais, rezando pela orientação divina, chegou à reunião e encontrou apenas Duarte Brandão.

— Onde estão meus filhos, Duarte? — perguntou o papa. — Está na hora de começarmos.

Duarte estava apavorado com o que precisaria contar a Alexandre. Tinha sido acordado antes do alvorecer por um valete do capitão-geral, que disse a Duarte que o seu senhor não voltara do jantar no vinhedo. De modo ainda mais agourento, o guarda que o acompanhava também estava desaparecido.

Duarte tinha tranquilizado o serviçal, instruindo-o a voltar aos apartamentos do capitão-geral e informar-lhe quando o filho do papa chegasse. Mas sentiu algo estranho no ar e não conseguiu voltar a dormir. Depois de ficar acordado por longo tempo, finalmente saiu da cama, vestiu-se rapidamente e, antes que a luz dourada do dia atravessasse o negro céu noturno, cavalgou pelas ruas de Roma, perguntando no gueto se alguém tinha visto Juan Bórgia. Mas ninguém tinha visto.

Quando voltou ao Vaticano, Duarte acordou César imediatamente para perguntar quando Juan tinha sido visto pela última vez.

— Ele saiu da festa com seu guarda e o homem mascarado — disse César. — Devia estar voltando ao Vaticano. O guarda foi instruído para se certificar de que ele chegasse, porque ainda estava muito bêbado.

— Eu não pude encontrar o guarda que o acompanhou — disse Duarte. — E eu mesmo revirei toda a cidade procurando Juan.

— Vou me vestir imediatamente — disse César. — Para o caso de meu pai precisar de mim.

Mas Duarte notou, enquanto saía dos apartamentos de César, que as botas dele ainda estavam molhadas e cobertas de lama vermelha e fresca.

DEPOIS DE VÁRIAS HORAS, Alexandre ficou cada vez mais perturbado com a ausência de Juan. Andava de um lado para o outro dentro de seus aposentos, com o rosário de ouro na mão.

— Aquele garoto é impossível — disse a Duarte. — Nós precisamos encontrá-lo. Ele tem muito a explicar.

Duarte tentou tranquilizar o papa.

— Ele é jovem, Sua Santidade, e a cidade está cheia de mulheres bonitas. Ele pode ter dormido em algum quarto que nós ainda não descobrimos em Trastevere.

Alexandre assentiu, mas então César entrou com notícias sinistras.

— Pai, o guarda de Juan foi encontrado, com um ferimento mortal, e parece que os ferimentos são tão terríveis que ele não pode falar.

— Eu irei a esse homem e perguntarei pelo meu filho — disse o papa — porque se esse homem puder falar com alguém, será comigo.

A cabeça de César estava baixa, e sua voz soou grave.

— Não sem a língua, pai.

O papa sentiu os joelhos enfraquecerem.

— E ele está ferido demais para escrever a informação? — perguntou o papa.

— Ele não pode, pai. Porque está sem dedos.

— Onde esse guarda foi encontrado? — perguntou o papa.

— Na Piazza della Giudecca. E deve ter ficado lá durante horas, diante de centenas de passantes, que por medo não informaram sobre o incidente.

— E ainda não há notícia de seu irmão? — perguntou Alexandre, agora sentando-se.

— Não, pai. Não há nada.

DEPOIS DE CAVALGAREM por Roma juntando informações dos capitães da guarda santa, do comandante da força espanhola, da guarda suíça, além da polícia da cidade, César e Duarte retornaram ao Vaticano.

Alexandre ainda estava sentado em silêncio, com as contas de seu rosário de ouro agarradas com força entre os dedos. Quando eles entraram nos aposentos do papa, César olhou para Duarte Brandão. Achou que seria melhor que seu pai ouvisse as notícias mais recentes da boca de um amigo de confiança.

Duarte sentou-se perto do papa e pôs a mão forte em seu ombro, para ajudá-lo a se reconfortar.

— Há pouco foi trazido ao meu conhecimento, Sua Santidade, que o cavalo do capitão-geral foi encontrado, vagueando com um estribo cortado, aparentemente, por uma espada.

O papa sentiu o fôlego lhe faltar, como se tivesse recebido um soco no estômago.

— E o cavaleiro? — perguntou em voz baixa.

— Nenhum cavaleiro foi encontrado — disse César.

O papa Alexandre levantou a cabeça, com os olhos nublados, e se virou para César.

— Convoque a guarda santa e mande revistar as ruas e o campo ao redor de Roma. Diga que estão proibidos de voltar enquanto não encontrarem meu filho.

César partiu para instruir as tropas. No corredor para o palácio passou por seu irmão Jofre.

— Juan sumiu — disse César — e papai está desolado. Eu falaria com muito cuidado, se fosse você, e sob nenhuma circunstância permita que ele saiba de seu paradeiro ontem à noite.

Jofre assentiu para o irmão e disse:

— Entendo.

Mas não falou mais nada.

Boatos se espalharam em Roma sobre Juan, o filho do papa: que estava desaparecido, e que o papa estava seriamente perturbado, ameaçando séria punição se descobrisse quem lhe tinha feito mal.

Lojas foram fechadas enquanto os soldados espanhóis corriam pelas ruas com as espadas à mostra. Os inimigos de Alexandre, inclusive os Orsini e os Colonna, temendo levar a culpa, também tomaram armas. Homens foram mandados a todos os becos de Roma para procurar, e todos os soldados foram ameaçados de morte caso Juan não fosse encontrado.

Cedo, na manhã seguinte, a polícia acordou um pescador que dormia em seu barco. Seu nome era Giorgio Schiavi, e ele disse que na noite da festa tinha visto quatro cavaleiros, um deles mascarado.

Ele havia olhado do barco enquanto um quinto cavalo era trazido — com um corpo jogado em cima — e levado ao lugar do Tibre em que a imundície da cidade era lançada. Ali o corpo foi levantado do cavalo e jogado no rio.

A polícia perguntou:

— Como eram esses homens? O que você pode nos dizer?

— Estava muito escuro... — disse Giorgio.

Sob mais interrogatório ele admitiu ter ouvido a voz de um, o chefe, ordenando que os outros jogassem várias pedras sobre o cadáver quando sua capa de veludo azul flutuou na superfície. E disse, claro, que um dos cavalos era branco.

Mas ele manteve a promessa ao cardeal e não descreveu o homem que tinha falado, o homem que estivera lá. Quando a polícia ficou mais agressiva, perguntando por que ele não havia informado esse acontecimento, Giorgio respondeu, chateado:

— Eu já vi centenas de corpos serem jogados no Tibre nos últimos anos. Informar a cada vez à polícia não me deixaria tempo para pescar, nem para comer!

AO MEIO-DIA, mergulhadores procuravam no leito do rio, de uma margem à outra, com redes de arrasto e ganchos enormes. Mas já eram três horas quando um dos ganchos lançados por um pescador se agarrou em algo estranho, e um corpo inchado flutuou até a superfície, de rosto para cima, com uma capa de veludo azul redemoinhando na correnteza.

Ainda estava com as botas e as esporas. As luvas estavam enfiadas no cinto, e a bolsa continha trinta ducados, de modo que o motivo não era roubo. Mas, logo que foi tirado da água e examinado, descobriu-se que ele tinha nove ferimentos a faca, fundos, no corpo, e a garganta fora cortada.

Duarte Brandão foi identificar o corpo. Não havia dúvida. Era o filho do papa, Juan Bórgia.

IMEDIATAMENTE O CORPO de Juan foi levado para o castelo Sant'Angelo. Ao ver o cadáver de seu filho predileto, Alexandre caiu de joelhos, perturbado e desvairado com o sofrimento. Soluçava sem parar, de modo que os gritos ao seu Deus podiam ser ouvidos por todo o Vaticano.

Quando foi capaz de se conter, Alexandre ordenou que o enterro fosse realizado naquela mesma noite. O corpo de Juan foi preparado com esmero, vestido no rico uniforme de brocado de capitão-geral da Santa Igreja Católica Romana.

Às seis horas daquela tarde, Juan, bonito como se estivesse dormindo, foi posto num ataúde magnífico e carregado pelos nobres de sua casa, atravessando a ponte enquanto o papa permanecia sozinho, olhando da torre do castelo Sant'Angelo.

A procissão era liderada por 120 tocheiros e porta-estandartes, seguidos por centenas de funcionários da Igreja e eclesiásticos, chorando e em grande desordem.

Naquela noite, acompanhada por milhares de pessoas seguindo as tochas, passando através das linhas de soldados espanhóis com as espadas desembainhadas diante do corpo, a procissão chegou à igreja de Santa Maria del Popolo, onde Juan foi sepultado na capela que sua mãe, Vanozza, preparara como seu próprio túmulo.

ALEXANDRE AINDA ESTAVA nas garras de grande sofrimento quando, logo depois do funeral, convocou César aos seus aposentos.

Ansioso para ajudar o pai, César foi imediatamente.

Ao entrar no escritório particular do papa, encontrou Alexandre sentado à sua mesa, com o rosto pálido, os olhos vermelhos de chorar. César só o vira assim uma vez — quando era criança e a vida de Juan corria perigo. Naquele momento ele se perguntou se as orações podiam mudar o destino ou apenas adiavam o inevitável.

Quando Alexandre viu o filho, na escuridão de sua sala mal iluminada, aproximou-se de César, posicionando o corpo enorme a centímetros dele. Estava fora de si, de tanto sofrimento e raiva. Sempre soubera que César não sentia amor pelo irmão; entendia que Juan tomara a vida que

César queria para si. Tinha ouvido dizer que os dois haviam discutido seriamente há duas noites, na casa de Vanozza, a noite em que Juan tinha desaparecido. Agora queria a verdade de César. E falou num tom áspero, impositivo:

— Jure que você não matou seu irmão. Jure por sua alma imortal. E saiba que, se não me contar a verdade, queimará para sempre no inferno.

O choque da acusação do pai quase retirou seu fôlego. Na verdade, ele não estava lamentando a morte do irmão. Mas também era verdade que não tinha matado Juan. E no entanto não podia culpar o pai por suspeitar.

César chegou ainda mais perto, travando o olhar com o do pai. Pôs a mão no peito e se dirigiu a Alexandre com sinceridade.

— Pai, eu não matei meu irmão. Juro. E se não estiver falando a verdade, de boa vontade queimarei para sempre no inferno. — Ele viu a confusão na face do papa, por isso repetiu as palavras. — Eu não matei Juan.

Foi o papa quem desviou o olhar primeiro. Em seguida ele se sentou de novo, pareceu desmoronar em sua grande poltrona de couro, com as mãos sobre os olhos. Quando falou, a voz saiu fraca e triste.

— Obrigado. Obrigado, meu filho. Como pode ver, eu estou desolado pela perda do meu menino. E estou enormemente aliviado pelo que você disse. Porque devo lhe dizer, e estas não são as palavras de um pai sofredor, que podem ser descartadas, que se você tivesse matado seu irmão eu mandaria arrancar os membros do seu corpo. Agora deixe-me, pois preciso rezar e tentar descobrir algum consolo em meu sofrimento.

HÁ UM MOMENTO na vida de cada homem em que a decisão que ele toma ajuda a abrir o caminho para o seu destino. É nessa encruzilhada, sem saber o que há na frente, que é feita uma escolha capaz de influenciar todos os acontecimentos seguintes. E foi assim que César optou por não contar ao pai sobre o pescador que encontrou o anel de topázio azul — e que ele sabia que seu irmão Jofre tinha matado seu irmão Juan. De que adiantaria contar?

Juan tinha atraído o destino. O fato de Jofre ter sido usado como instrumento de justiça parecia um resultado justo para a vida patética de Juan. Ele não havia contribuído em nada para a família Bórgia; pelo contrário, tinha-a posto em perigo. E assim o assassinato perpetrado por Jofre parecia uma penitência adequada para os muitos pecados dos Bórgias.

Não que tivesse ficado surpreso ao descobrir que o pai suspeitava dele, ainda que o impacto da dúvida de Alexandre quanto a sua fidelidade e seu amor tenha ferido César mais do que ele imaginava possível.

Mas, se Alexandre optava por culpá-lo, era assim que devia ser, pois golpear seu pai com a verdade só iria feri-lo mais. Como Santo Padre, o papa devia ser infalível, pois era essa infalibilidade que mantinha seu poder. Nesse caso, pensou César, a verdade negaria a própria qualidade que era o principal esteio do papado.

César sabia que o pai duvidava dele, mas de que adiantaria se o pai duvidasse de si mesmo? Não, isso iria enfraquecê-lo. E enfraqueceria toda a família Bórgia. O que César jamais permitiria.

E foi assim, com a morte de Juan e com sua decisão, que César assumiu o manto de guardião de Roma, bem como da família.

LUCRÉCIA ESTAVA rezando diante da grande estátua de mármore na capela do convento de São Sisto quando foi chamada por uma das jovens freiras, uma garota nervosa de uma das famílias reais de Nápoles. Havia tantas garotas jovens e ricas das famílias aristocráticas da Europa sendo mandadas aos conventos para conseguir abrigo quanto havia pobres garotas camponesas que tinham uma verdadeira vocação religiosa. Todas serviam à Igreja. As famílias das garotas ricas pagavam grandes quantias, e as camponesas rezavam pela salvação dos ricos.

A jovem gaguejou enquanto contava a Lucrécia que alguém estava esperando por ela com uma mensagem importante.

Com o coração já disparando de apreensão, Lucrécia andou o mais rápido possível, os sapatos ecoando nas pedras dos corredores vazios.

Estava usando um vestido simples, de lã cinza e cintura alta, e sobre ele um avental de algodão. Graças a Deus, pensava a cada manhã enquanto se vestia, porque as roupas eram largas e suficientemente pouco lisonjeiras para esconder sua barriga, que estava ficando mais cheia a cada dia.

Mil pensamentos corriam por sua cabeça nos minutos que demorou para chegar ao saguão de entrada. Seu pai estaria bem? Seu irmão César? Será que ele não conseguira viver sem ela durante esses muitos meses, e se fora de uma vez por todas? Ou seria apenas outra mensagem do Santo Padre, seu pai, implorando que ela voltasse a Roma e reocupasse seu lugar na corte?

Tinha aberto apenas uma daquelas mensagens que o jovem pajem, Perotto, lhe trouxera. Depois disso, temia que fosse sempre a mesma coisa: o pai exigindo a obediência, e a própria Lucrécia sendo incapaz de obedecer, mesmo que quisesse. Decerto não seria bom para ninguém se ela aparecesse em tal estado, especialmente porque sabia, pelo jovem Perotto, que seu pai havia insistido na anulação do casamento com Giovanni argumentando impotência. Ela deu um tapinha na barriga enquanto andava.

— E agora, como ele vai explicar você a todo mundo?

O saguão de entrada era severo e frio, com pisos de mármore despidos, janelas cobertas por cortinas escuras e vários crucifixos pendurados nas paredes sem adornos. Quando chegou, Lucrécia parou espantada pelo que viu. Seu irmão César, vestido com as roupas eclesiásticas, esperava sozinho no saguão.

Ficou tão feliz em vê-lo que correu, jogando-se sobre ele, sem se importar que alguém visse. Mas César a afastou, segurou-a à sua frente e a encarou sério, com o rosto bonito fechado numa carranca.

— Cés? — disse ela, quase chorando. — O que foi? — Ela não podia acreditar que ele tivesse percebido tão cedo, ou que tivesse ouvido falar sobre seu estado. Mas, enquanto ela permanecia diante do irmão, com mil pensamentos disparando pela mente, ele baixou a cabeça e disse:

— Juan morreu. Foi assassinado à noite.

Sentindo os joelhos fraquejarem, Lucrécia caiu para a frente, quase batendo no chão de mármore duro antes que César a apanhasse. Ajoelhando-se junto dela, percebeu a palidez de sua pele, os pequenos vasos em suas pálpebras fechadas estavam mais proeminentes do que nunca. Ele a chamou gentilmente.

— Crécia, Crécia... — Mas ela não acordava. Então retirou sua capa de veludo, colocou-a no chão e pousou a cabeça da irmã em cima.

Os olhos de Lucrécia tremularam e começaram a se abrir no momento em que César passava a mão sobre sua barriga para tranquilizá-la, para acordá-la. E quando seus olhos começaram a focalizar, ela só podia ver os dele.

— Está se sentindo melhor? — perguntou César.

— É um pesadelo terrível. Juan está morto? E papai? Papai está conseguindo suportar?

— Não muito bem — disse César. Mas em seguida ele pôs a mão sobre a barriga dela e franziu a testa. — Há uma mudança em seu estado que eu não tinha percebido.

— Sim.

— Com papai buscando uma anulação, isso não chegou no momento mais adequado. Agora ninguém vai acreditar que aquele porco do Giovanni é impotente, e a anulação não vai ser dada.

Lucrécia sentou-se depressa. Havia um tom cortante na voz do irmão; ele estava insatisfeito com ela. Ela ainda estava abalada pela notícia da morte de Juan, e agora ter César com raiva a deixava confusa.

— Minha condição não tem nada a ver com Giovanni — falou com frieza. — Eu me deitei com ele uma vez, e foi numa cama de casamento.

César ficou irado.

— Agora, que bandido eu devo matar?

Lucrécia estendeu a mão para tocar o rosto dele.

— Esta criança é sua, meu doce. E será que isso poderia ser mais amargo?

Ele a encarou em silêncio e pensativo durante longos instantes.

Depois disse:

— Devo me livrar do chapéu de cardeal. Porque nenhum filho meu será bastardo.

Lucrécia cobriu os lábios dele com o dedo.

— Mas nenhum filho seu poderia ser meu.

— Nós precisamos pensar, precisamos planejar. Mais alguém sabe?

— Nenhuma alma. No dia em que tive certeza eu deixei Roma.

O PAPA SE TRANCOU após a morte de Juan. Apesar dos rogos de Duarte, Don Michelotto, César e todos os que o amavam, ele se recusou a comer ou a falar com qualquer pessoa durante dias — até mesmo Júlia. Do lado de fora de seus aposentos podiam ser ouvidos as orações e os gritos de remorso enquanto ele implorava perdão.

Mas primeiro ele sacudiu o punho e gritou contra Deus.

— Pai Celestial, de que serve salvar as almas de milhares quando a perda desta única me causa tanta dor? — Alexandre gritava sem parar. — Punir-me pela perda da virtude com a morte de meu filho é injusto. O homem está sujeito à fragilidade humana, mas *um Deus deve ser misericordioso!* — Parecia que a loucura tinha tomado conta dele.

Os cardeais a quem ele favorecia se revezavam batendo na porta de seus aposentos, implorando para entrar, para ajudá-lo no sofrimento. Mas ele recusava. Finalmente um grito foi ouvido pelo Vaticano:

— Sim, sim, Pai Celestial, eu sei. Seu Filho foi martirizado também... — E houve silêncio por mais dois dias.

Quando Alexandre afinal abriu as portas de seus aposentos, estava magro e pálido, mas parecia em paz. Anunciou a todos que esperavam:

— Fiz à Madona uma promessa de reformar a Igreja, e começarei imediatamente. Reúnam o consistório para que eu possa me dirigir a ele.

O papa proclamou em público seu amor pelo filho e disse aos cardeais presentes que daria sete tiaras para tê-lo de volta. Mas, como não era possível, em vez disso ele iniciaria uma reforma da Igreja, porque o assassinato de Juan o havia acordado e deixado cônscio demais de seus próprios pecados.

Sua angústia era aparente enquanto falava do sofrimento, e, enquanto confessava a própria maldade e a maldade de sua família, jurou consertar isso. Disse a todos os cardeais e embaixadores reunidos que sabia ter ofendido a Providência e pediu que fosse estabelecido um comitê para sugerir mudanças.

No dia seguinte o papa escreveu aos governantes cristãos contando sua tragédia e sua nova compreensão da necessidade de reforma. Todo mundo ficou tão convencido da intenção de Alexandre que houve discursos de simpatia por toda Roma, e tanto o cardeal della Rovere quanto o profeta Savonarola, dois dos maiores inimigos do papa, mandaram cartas de condolências.

E assim parecia que uma nova era estava para começar.

II

13

ALEXANDRE AINDA ESTAVA DE LUTO POR JUAN, E NESSA ÉPO-ca Duarte procurou César para sugerir que, assim que tivesse coroado o rei de Nápoles, ele deveria visitar a cidade de Florença, que tinha sido virada de cabeça para baixo durante a invasão dos franceses. Agora, com o objetivo de cimentar o relacionamento entre o maior corpo legislador da cidade — a Signoria — e o papa, para tentar recolocar os Médicis no poder e avaliar o perigo do profeta Savonarola, alguém de confiança deveria ser mandado para avaliar a verdade dos boatos que estavam chegando a Roma.

— Estão falando — disse Duarte a César — que o frade dominicano, Savonarola, ficou ainda mais inflamado e influente nos últimos meses, e que está pondo o povo de Florença contra o papa; a não ser que haja reformas importantes.

Alexandre já havia mandado uma interdição a Florença, proibindo o frade de pregar caso planejasse continuar minando a fé do povo no papado. Tinha ordenado que Savonarola não pregasse de novo enquanto não fosse a Roma falar com o próprio papa; tinha até mesmo imposto sanções aos mercadores de Florença para impedi-los de ouvir os sermões do frade. Mas nada fizera com que o zeloso profeta parasse.

A arrogância de Piero Médici tinha afastado os cidadãos de Florença, bem como alguns membros de sua corte. E agora, dos púlpitos e nas praças, os discursos inflamados de Girolamo Savonarola contra os Médicis tinham posto as multidões num fervor pela reforma. O crescente poder dos plebeus ricos, que se ressentiam dos Médicis e achavam que seu dinheiro lhes dava o direito de ter voz nas questões de Florença, fez aumentar o clamor e ameaçava solapar o poder do papa.

César sorriu.

— Você pode garantir, meu amigo, que eu mesmo não serei trucidado se visitar Florença? Talvez eles queiram fazer de mim um exemplo. Ouvi dizer que, segundo o profeta e os cidadãos de Florença, eu sou quase tão maligno quanto o Santo Padre.

— Você tem amigos lá, além de inimigos. E até mesmo alguns aliados. O brilhante orador Maquiavel é um deles. Durante esse tempo de enfraquecimento do papado é necessário um olho afiado para separar a verdade dos falsos perigos para a família Bórgia.

— Aprecio sua preocupação, Duarte. E, se eu puder, você tem minha palavra, visitarei Florença quando terminar em Nápoles.

— O chapéu de cardeal irá protegê-lo. Mesmo de alguém tão zeloso quanto o profeta. E pode ser bom ouvirmos diretamente de que ele está acusando o papa, para que possamos refutar adequadamente.

Temendo que, com a perda da família governante dos Médicis, e com a eleição de uma nova Signoria, o papa corresse maior perigo, César consentiu em ir a Florença ver como poderia alterar a situação em favor de Roma.

— Assim que for possível — disse ele —, farei o que você pede.

EM FLORENÇA, Nicolau Maquiavel tinha acabado de voltar de Roma, aonde tinha ido como emissário da Signoria para investigar o assassinato de Juan Bórgia.

Maquiavel estava no enorme salão do Palazzo della Signoria, rodeado por extraordinárias tapeçarias e pinturas inestimáveis. Giottos, Botticellis e muitos outros tesouros doados pelo falecido Lourenço, o Magnífico, decoravam o espaço.

Sentado numa grande poltrona de veludo entre os oito membros da Signoria, e se remexendo nervoso, o idoso presidente ouvia com atenção enquanto Maquiavel se preparava para informar o que tinha descoberto.

Todos os membros temiam a perspectiva do que iriam descobrir, tanto sobre Florença quanto sobre eles próprios. Pois, apesar de frequentemente se impressionarem com a capacidade desse jovem de apresentar uma argumentação, também estavam preocupados com o grau de concentração que necessitariam para entender totalmente suas palavras. Eles não poderiam descansar os olhos sequer por um momento.

Maquiavel era pequeno; parecia ter ainda menos do que seus 25 anos. Com o corpo dramaticamente envolto numa capa preta e comprida, andava de um lado para o outro diante deles enquanto falava:

— Roma inteira acredita que foi César Bórgia quem assassinou o próprio irmão. Mas eu não creio. O próprio papa pode acreditar, mas mesmo assim eu discordo. Certamente César tinha um motivo, e todos nós sabemos que o relacionamento entre os irmãos era no mínimo tenso. Dizem que eles quase tiveram um duelo na noite do assassinato. Mas ainda digo que não.

O presidente balançou com impaciência a mão encarquilhada.

— Não me importa a mínima o que Roma pensa, meu jovem. Em Florença nós formamos nossas opiniões. Você foi mandado para avaliar a situação, não para trazer de volta fofocas que podem ser ouvidas numa rua de Roma.

Maquiavel permaneceu incólume ao ataque do presidente. Com um sorriso maroto, continuou:

— Não creio que César Bórgia tenha matado o irmão, excelência. Há muitos outros com fortes motivos. Os Orsini, para começar, que ainda estão irritados com a morte de Virginio e o ataque à fortaleza deles. Giovanni Sforza, devido aos procedimentos do divórcio da filha do papa, Lucrécia.

— Depressa, meu jovem — disse o presidente. — Caso contrário, eu morro de velhice antes que você termine sua fala.

Maquiavel não se abalou. Falava apaixonadamente, apesar de ter sido interrompido.

— Há o duque de Urbino, Guido Feltra, que foi preso nas masmorras dos Orsini por causa da incompetência do capitão-geral; e foi deixado lá durante meses porque, em consequência de sua cobiça, Juan Bórgia não quis pagar o resgate. E não vamos deixar de lado o comandante espanhol Gonsalvo de Córdoba, que teve roubado o dinheiro e a glória da conquista dos Orsini. Mais do que qualquer outro, porém, há o conde Mirandella. Sua filha de quatorze anos foi seduzida e usada por Juan, que logo depois alardeou isso à multidão em praça pública. Dá para entender a vergonha do pai. E é seu palácio que fica do lado oposto do Tibre, em frente ao lugar onde Juan Bórgia foi jogado no rio.

O presidente começou a cochilar e Maquiavel levantou a voz para retomar sua atenção:

— Mas ainda há mais inimigos... O cardeal Ascanio Sforza poderia ter feito isso, porque seu mordomo foi morto na semana anterior. E não vamos deixar de lado o homem cuja mulher ele seduziu... — Maquiavel fez uma pausa bem coreografada, depois continuou numa voz que os outros tiveram de se esforçar para ouvir: — Seu irmão mais novo, Jofre...

— Chega, chega — disse o presidente, entediado. Depois, com uma clareza notável para a sua idade, argumentou: — Nós só estamos preocupados com a ameaça de Roma a Florença. Juan Bórgia, o capitão-geral do exército do papa, foi assassinado. Há a questão de quem o assassinou. Alguns dizem que seu irmão, César, pode ser culpado. É razoável presumir que se César Bórgia *é* culpado, Florença corre perigo. Pois se essa for a verdade, ele é um patriota cheio de ambição, e segue-se que um dia tentará reivindicar Florença como sua. Colocando de modo simples, jovem, o que achamos necessário saber é a resposta à pergunta: César Bórgia assassinou o irmão?

Maquiavel balançou a cabeça. Depois, numa voz passional e sincera, argumentou:

— Não acredito que ele seja culpado, excelência. E vou dizer quais são minhas razões. A evidência mostra que Juan Bórgia foi esfaqueado nove vezes... pelas costas. Esse não é o estilo de César Bórgia. Ele é um guerreiro, e forte, que requer apenas um golpe contra o inimigo. Para um homem como César Bórgia reivindicar a vitória, a batalha deve ser cara a cara. Assassinos à meia-noite em ruas escuras e corpos jogados no Tibre são atos que não combinam com sua natureza. É isso, acima de tudo, que me persuade de sua inocência.

Durante meses após a morte de Juan, Alexandre caiu repetidamente em crises de depressão profunda. Quando o sofrimento o tomava, ele se retirava para seus aposentos e se recusava a ver qualquer um, ou até mesmo a realizar os serviços papais. Depois, de novo inspirado, saía dos aposentos cheio de energia, decidido a continuar a missão de reformar a Igreja.

Finalmente Alexandre convocou seu principal escrivão, Plandini, e ditou a requisição de que a comissão de cardeais fosse reunida para trazer seus conselhos.

Alexandre chamou Duarte e confessou que a reforma não poderia parar apenas na Igreja. Que ele estava preparado para reformar sua própria vida, e também a de Roma. Não precisava de autorização, pois nessa questão precisaria apenas da orientação divina.

Certamente Roma precisava de reforma. Em todas as áreas de comércio, a fraude e o roubo eram comuns. Assaltos, devassidão, homossexualismo e pedofilia grassavam nas ruas, em cada loja e beco. Até os cardeais e bispos desfilavam pelas ruas com seus jovens catamitas prediletos vestidos em luxuosas roupas orientais.

Seis mil e oitocentas prostitutas percorriam as ruas da cidade, gerando uma nova ameaça médica, além de moral, ao povo. A sífilis estava se tornando comum; tendo começado em Nápoles, foi espalhada pelas tropas francesas, seguiu para o norte até Bolonha e então foi levada pelo exército através dos Alpes. Os romanos mais ricos, infectados pela "erupção francesa", pagavam vastas quantias aos vendedores de óleo de oliva para que os deixassem ficar durante horas dentro dos barris de azeite para aliviar a dor das feridas. Mais tarde o mesmo óleo era vendido em lojas elegantes como "puro extravirgem". Que piada!

Mas Alexandre sabia que precisava mudar as práticas da própria Igreja, e para isso precisava do trabalho da comissão. A Santa Igreja Católica Romana era um empreendimento grande e rico, com um número enorme de contas. Somente a chancelaria mandava mais de dez mil cartas por ano. O cardeal encarregado do ramo financeiro, a Câmara Apostólica, era responsável pelo pagamento de milhares de contas, bem como de coletar pagamentos em ducados, florins e outras moedas. O grande número de funcionários da cúria, que crescia a cada ano, era assalariado, e havia cargos valiosos a serem vendidos e negociados, legitimamente ou não.

Muitas coisas, porém, tinham de ser consideradas. No correr dos anos, tanto o papa quanto os cardeais lutavam pelo controle. A reforma significaria que o poder do papa seria enfraquecido enquanto o poder do colégio de cardeais seria reforçado. Esse fora o motivo de tensão entre eles durante mais de um século.

Logo, era de pensar que uma das áreas de desacordo seria o número de cardeais ordenados. Inundando o colégio com membros da família, um papa podia aumentar seu poder. Na verdade podia, através deles, controlar futuras eleições papais, garantir e proteger o interesse de uma família e aumentar sua riqueza.

Claro, limitando o número de cardeais, qualquer papa poderia dar a cada cardeal existente mais poder individual, além de mais rendimentos — já que os benefícios do colégio de cardeais em si eram divididos igualmente.

E foi assim que, cinco semanas depois de seu trabalho começar, o comitê que Alexandre havia convocado para investigar a reforma se reuniu no Grande Salão do Vaticano para informar suas descobertas e oferecer recomendações ao papa.

O cardeal Grimani, um veneziano baixo e louro, se levantou para falar pelo grupo. Falou cuidadosamente, com uma voz bem modulada:

— Nós exploramos as sugestões de reforma dos comitês papais anteriores e consideramos as que são necessárias no momento atual. Começaremos com a reforma para os cardeais. Foi decidido que devemos reduzir nossos prazeres terrenos. Devemos limitar o número de jantares onde a carne é servida. A Bíblia deve ser lida em cada refeição...

Alexandre esperou, pois não havia nada de impressionante.

O cardeal Grimani continuou, propondo proibir toda a simonia e os presentes de propriedades da Igreja, bem como limitar os ganhos dos cardeais — ainda que não o ganho pessoal de fontes particulares ou de família, somente o de certos benefícios da Igreja. Como a maioria dos cardeais era rica, isso não causaria dificuldades.

Ah, mas então as recomendações de Grimani ficaram mais agressivas, como Alexandre sabia que ficariam.

— Deve haver limites aos poderes dados ao papa — começou Grimani em voz baixa. — Os cardeais terão de aprovar a nomeação de bispos. O papa é proibido de vender ou barganhar qualquer cargo administrativo sem o consentimento do colégio de cardeais. Na morte de qualquer cardeal que esteja em serviço, nenhum cardeal novo será nomeado.

Alexandre franziu a testa enquanto ouvia.

Grimani, com a voz tão baixa que o papa foi obrigado a se inclinar para a frente e se esforçar para ouvir, falou:

— Nenhum príncipe da Igreja deve ter mais de oitenta serviçais, não mais do que trinta cavalos, nem malabaristas, cômicos ou músicos. Nenhum deve empregar garotos como valetes. E, independentemente do cargo, todo o clero deve abrir mão de ter concubinas, caso contrário todos os benefícios serão perdidos.

Agora o papa passava entre os dedos as contas de seu rosário enquanto ouvia impassivelmente. Aquelas eram sugestões sem valor, a maioria não acrescentava nada para o bem da alma ou da Igreja. Mesmo assim ele permaneceu em silêncio.

Quando terminou, Grimani perguntou com cortesia:

— O Santo Padre tem alguma pergunta?

O fervor de Alexandre pela reforma tinha diminuído no último mês; agora, tendo ouvido a proposta da comissão, havia desaparecido por completo.

O papa se levantou do trono e encarou o comitê:

— Não tenho o que dizer no momento, Grimani. Mas, claro, desejo agradecer a sua diligência. Agora vou estudar os relatórios cuidadosamente, e meu escrivão-chefe, Plandini, notificará a comissão quando eu estiver preparado para discutir as questões apresentadas.

Alexandre fez o sinal da cruz, abençoou o comitê e rapidamente se virou, deixando o salão.

Um dos outros cardeais venezianos, Sangiorgio, se aproximou de Grimani, que ainda estava no pódio.

— Bem, Grimani, duvido que devamos correr para fazer os arranjos de uma viagem de volta a Roma. Creio que a reforma sugerida pelo papa está pronta para a extrema-unção.

DE VOLTA AOS SEUS aposentos, Alexandre chamou Duarte Brandão. Estava tomando uma taça de vinho forte quando Duarte entrou, e insistiu para que ele se sentasse, para que discutissem os acontecimentos da tarde.

Duarte aceitou o vinho e se sentou com atenção.

— É inacreditável — disse Alexandre — que a natureza humana vá constantemente contra si própria quando se trata de princípios mais elevados.

— Então o senhor não encontrou nada que valesse à pena no relatório da comissão?

Alexandre se levantou e começou a andar de um lado para o outro, com uma expressão divertida no rosto.

— Ultrajante, Duarte. As sugestões deles vão contra todos os prazeres terrenos. Ser moderado é uma coisa, mas ser ascético? Que alegria Deus sentirá se nós não sentirmos nenhuma?

— Entre as recomendações deles, Sua Santidade, qual o senhor achou mais censurável?

Alexandre se levantou e encarou Duarte.

— Meu amigo, eles sugeriram: nada de "concubinas". Como papa eu não posso me casar, e portanto minha cara Júlia não teria lugar na minha cama nem ao meu lado. Eu nunca poderia permitir isso. E, ainda mais traiçoeiro, nenhuma propriedade para os meus filhos? Nenhuma diversão para os cidadãos? É absurdo, Duarte, puro absurdo, e acho preocupante que nossos cardeais tenham se tornado tão indiferentes às necessidades do povo.

Duarte sorriu.

— Devo presumir, então, que o senhor não aceitará as sugestões do comitê?

Alexandre sentou-se de novo, mais relaxado.

— Eu devia estar louco de sofrimento, meu amigo. Pois uma reforma da Igreja desse modo distanciaria o papa de seus filhos, de seu amor e de seu povo. E portanto menos almas seriam salvas. Vamos esperar mais um mês, depois toda a conversa sobre reforma deve cessar.

Duarte esfregou o queixo, pensativo.

— Então o senhor ficou surpreso com o relatório?

Alexandre balançou a cabeça.

— Horrorizado, meu amigo, horrorizado.

NO CAMPO, perto de Roma, os boatos cresciam como erva daninha. E diziam que a Providência havia cobrado o preço da vida de Juan porque os malignos irmãos Bórgias, bem como o papa, tinham todos dormido com Lucrécia.

Giovanni Sforza havia concordado com o divórcio, mas não de graça, por isso começou a lutar contra os boatos sobre os motivos da anulação com acusações de incesto contra a família Bórgia. Não somente Lucrécia havia dormido com o irmão, César, segundo ele, mas também com o pai, o papa. Os boatos eram tão escandalosos que animaram as ruas de Roma, e finalmente também as de Florença. Savonarola começou a pregar com um novo fervor sobre o "mal que cairá sobre os seguidores do falso papa".

Aparentemente sem se abalar com tudo que diziam, o papa Alexandre estava pensando em vários pretendentes para a filha. Entre todos, Alfonso de Aragão, filho do rei de Nápoles, parecia o mais desejável.

Alfonso era um jovem bonito, alto e louro, com modos agradáveis e tranquilos. Como a irmã Sancia, era ilegítimo, mas seu pai tinha concordado em torná-lo duque de Bisceglie, para lhe dar mais rendimentos e *status*. Ainda mais importante, o relacionamento da família de Alfonso com Fernando uniria o papa ao rei espanhol, dando a Alexandre uma vantagem tática em suas disputas com os barões e os tiranos ao sul de Roma.

Enquanto Alexandre fazia planos para Lucrécia, o jovem Perotto levava mensagens diárias, relativas ao divórcio e às negociações matrimoniais, entre o convento de São Sisto e o Vaticano.

Durante esse tempo Lucrécia e o gentil Perotto ficaram bons amigos. A cada dia compartilhavam histórias e música, e andavam juntos pelos jardins do convento. Ele a encorajava a explorar sua liberdade, já que esta era a primeira vez na vida em que ela não estava sob o domínio do pai, e portanto podia ser ela mesma.

Lucrécia — ainda tão jovem — e o encantador Perotto se davam as mãos e contavam segredos, e frequentemente, depois de terem almoçado juntos sobre a grama, Perotto passava as tardes trançando flores coloridas no cabelo louro e comprido de Lucrécia. Ela começou a rir, a viver de novo, a se sentir jovem.

No dia em que Perotto fez o anúncio de que Lucrécia deveria voltar ao Vaticano para participar da cerimônia de anulação de seu casamento diante da Rota Romana — o mais alto tribunal eclesiástico —, ela estava morrendo de medo. Enquanto segurava o pergaminho nas mãos trêmulas, começou a chorar. Perotto, que nessa época estava totalmente apaixonado por ela — apesar de não lhe ter falado isso —, abraçou-a para lhe dar consolo.

— O que é, meu doce? — perguntou, rompendo sua formalidade usual. — O que pode lhe causar tanta dor?

Ela o abraçou com força, com a cabeça enterrada em seu ombro. Não tinha contado a ninguém, além de César, sobre seu estado, mas ser chamada a se declarar virgem agora parecia um feito impossível. Se seu pai, ou qualquer outra pessoa, descobrisse seu verdadeiro estado, a nova aliança com o príncipe Alfonso da Casa de Aragão em Nápoles estaria em perigo; pior ainda, ela e o irmão poderiam ser condenados à morte por seus inimigos, porque teriam posto o próprio papado em perigo.

E foi assim que, não tendo mais em quem confiar, Lucrécia confessou sua dificuldade ao jovem Perotto. E ele, um cavalheiro honrado, sugeriu que, em vez de admitir seu relacionamento com o irmão, ela deveria afirmar que ele, Perotto, era o pai da criança por nascer. Ainda haveria algumas consequências para seu ato, mas certamente não com a seriedade resultante de uma acusação de incesto.

Lucrécia sentiu-se tocada e apavorada com a sugestão.

— Mas papai vai mandar torturar você, já que colocar em perigo a aliança que ele planejou enfraquecerá a posição do papado na Romanha. Claro que os boatos já são suficientemente ruins sem prova, mas agora... — Ela deu um tapinha na barriga e suspirou.

— Eu estou disposto a dar minha vida por você e pela Igreja — disse Perotto simplesmente. — Não tenho dúvida de que, com a bondade de minhas intenções, o Pai Celestial vai me recompensar, não importando o que o Santo Padre decrete.

— Eu preciso contar ao meu irmão, o cardeal — pensou Lucrécia em voz alta.

Perotto, com seu temperamento tranquilo e a boa índole, falou:

— Diga a ele o que achar necessário, e eu sofro as consequências que todo amor verdadeiro deve suportar. Pois um presente de tamanha maravilha como o que tive nos últimos meses vale qualquer coisa.

Ele fez uma reverência e saiu. Mas não antes de ela lhe dar uma carta para ser entregue ao irmão.

— Certifique-se de que seja ele quem receberá essa mensagem, e só ele. Você sabe o perigo caso ela caia na mão de qualquer outra pessoa.

PEROTTO CHEGOU a Roma e imediatamente se encontrou como papa para informar que Lucrécia estava grávida de seis meses, e que ele era o pai da criança. Implorou o perdão de Alexandre pela traição da confiança e prometeu compensar de qualquer modo que ele decretasse.

Alexandre ouviu atentamente o que Perotto tinha a dizer. Pareceu perplexo por um momento, depois ficou quieto; mas, para surpresa de Perotto, não pareceu sentir raiva. Simplesmente deu ordens ao jovem espanhol. Instruiu Perotto a não falar com ninguém sobre a situação; não poderia haver exceções. Explicou que Lucrécia continuaria no convento, onde teria a criança ajudada pelas noivas de Cristo que haviam jurado aliança à Igreja e que portanto seriam confiáveis para proteger seus segredos.

Mas o que fazer com o bebê? Certamente Alfonso e sua família nunca poderiam saber da verdade. E ninguém mais, além de Alexandre, Lucrécia e, claro, César. Até mesmo Jofre e Sancia correriam perigo se isso fosse descoberto. E estava claro que, nem mesmo sob tortura, Perotto trairia essa verdade.

Enquanto Perotto se preparava para deixar o papa, Alexandre perguntou:

— Imagino que você não tenha contado isso a ninguém.

— A nenhuma alma — admitiu Perotto. — Pois meu amor por sua filha impôs silêncio aos meus lábios.

Alexandre abraçou o jovem e o dispensou.

— Cuidado — gritou para Perotto. — Aprecio sua honestidade e sua coragem.

Depois da visita ao papa, Perotto parou para encontrar o cardeal e entregar a mensagem de Lucrécia. César empalideceu enquanto lia o pergaminho, depois olhou Perotto com surpresa.

— Qual é o propósito dessa admissão? — perguntou ao jovem espanhol.

Com o violão pendurado no ombro, Perotto sorriu e disse:

— O amor é sua própria recompensa.

O coração de César estava disparado.

— Você contou a alguém?

Perotto assentiu.

— Só a Sua Santidade.

César achou difícil manter a postura.

— E a reação dele?

— Foi bastante gentil.

César ficou alarmado. Sabia que seu pai ficava mais silencioso quando estava com mais raiva.

— Então vá rapidamente a algum lugar no gueto de Trastevere e fique escondido. E, se tiver algum amor pela vida, não mencione isso a mais ninguém. Eu vou pensar no que fazer e, no momento em que voltar de Nápoles, chamo você.

Perotto baixou a cabeça enquanto saía da sala, mas César o chamou.

— Você é uma alma nobre, Perotto. Vá com minha bênção!

EM ROMA, Lucrécia se levantou diante dos doze juízes, com sete meses de gravidez. E, mesmo disfarçada pelas roupas largas, a mudança em sua aparência era visível. Mas ela havia se certificado de amarrar o cabelo louro com uma fita e de esfregar o rosto rosado. Com os meses passados no convento, comendo modestamente, rezando com frequência e dormindo muitas horas por noite, ela parecia bastante jovem e inocente.

Ao vê-la, três dos juízes sussurraram e se inclinaram para conferenciar. Mas o vice-chanceler, o gorducho cardeal Ascanio Sforza, balançou a mão para silenciá-los. Quando pediu a Lucrécia para falar, o discurso dela, escrito por seu irmão César, feito em latim, hesitante e com extremo recato, foi tão eficaz que cada um dos cardeais se viu encantado pela doce e jovem filha do papa.

Ainda sentada diante deles, enquanto conferenciavam entre si, Lucrécia levou o lenço de linho aos olhos e começou a derramar lágrimas sentidas.

— Perdoem-me, excelências, se eu lhes pedir mais uma indulgência. — Ela baixou a cabeça; quando a levantou de novo para olhar os cardeais, seus olhos ainda estavam brilhantes de lágrimas. — Por favor, considerem o que será minha vida sem bebês para abraçar e cuidar. E os senhores vão me sentenciar a viver sem conhecer a paixão do amor de um marido? Imploro, em toda a sua bondade e misericórdia, por favor, poupem minha vida, anulando este casamento infeliz, que por sua própria natureza permanece sem amor.

Nenhuma objeção foi levantada quando Ascanio, virando-se para Lucrécia, pronunciou em alto e bom som: *Femina intacta!* Virgem. Naquela noite, ela voltou ao convento para esperar o nascimento de seu filho.

QUANDO PEROTTO chegou a São Sisto para trazer a Lucrécia a notícia de que o divórcio fora finalizado e que as negociações para o casamento com Alfonso, duque de Bisceglie, tinham sido concluídas, ela sentiu lágrimas encherem os olhos.

— Depois do nascimento, meu bebê será tirado de mim — disse Lucrécia a Perotto com tristeza enquanto os dois se sentavam no jardim do convento. — E eu não terei permissão de ver você novamente, porque dentro de muito pouco tempo vou estar casada de novo. De modo que este é um dia ao mesmo tempo feliz e triste para mim. Por um lado, não estou mais casada com um homem de quem não gosto e, por outro, vou perder meu filho e meu amigo mais querido.

Perotto passou o braço em volta dela para confortá-la e tranquilizá-la.

— Até o dia em que eu chegar ao céu, terei você no coração.

— E eu terei você no meu, meu bom amigo.

ENQUANTO SE PREPARAVA para ir a Nápoles, César se reuniu com Alexandre nos aposentos papais para discutir a situação de Lucrécia e do bebê.

César falou primeiro:

— Acredito, pai, que resolvi o problema. Imediatamente após o nascimento, o bebê pode ser trazido para viver nos meus apartamentos, já que os seus ou os de Lucrécia estão fora de questão. Eu declararei que o filho é meu, e que a mãe é uma cortesã casada cujo nome prefiro não revelar. As pessoas vão acreditar, porque combina com os boatos sobre o meu caráter.

Alexandre olhou para o filho com admiração e deu um sorriso largo.

— Por que está sorrindo, pai? — perguntou César. — É tão engraçado não ser digno de crédito?

Os olhos do papa brilharam de diversão.

— É bem engraçado *e* digno de crédito. Estou sorrindo porque eu, também, tenho uma reputação que se ajusta à situação. E hoje assinei uma bula, que ainda não foi a público, referindo-se à criança como "*Infans Romanus*" e declarando que *eu* sou o pai. Também com uma mãe desconhecida.

Alexandre e César se abraçaram, ambos ainda rindo.

E Alexandre concordou que declarar César pai da criança era uma solução melhor. Em seguida ele prometeu que, no dia do nascimento do bebê, emitiria outra bula, declarando César o pai do "*Infans Romanus*". E a bula original, declarando Alexandre como pai, seria escondida numa gaveta do Vaticano.

No mesmo dia em que Lucrécia deu à luz um menino saudável, Alexandre mandou que o bebê fosse levado imediatamente do convento de São Sisto para a casa de César, enquanto Lucrécia foi deixada no convento para se recuperar. Ficou estabelecido que Lucrécia iria chamá-lo de sobrinho e criá-lo como filho. Mas permanecia uma perigosa ponta solta para Alexandre — mais um detalhe que exigia atenção cuidadosa.

Mesmo sentindo algum arrependimento, ele sabia o que precisava fazer. Mandou chamar Don Michelotto. Uma hora depois da meia-noite, o homem baixo e forte, com um peito que parecia um barril, parou à porta de seu escritório.

O papa abraçou Michelotto como irmão e lhe contou da crise que caíra sobre eles.

— É o rapaz que declara ser pai dessa criança — disse o papa. — Um bom jovem espanhol, um rapaz nobre... e no entanto...

Don Michelotto olhou para Alexandre e pôs os dedos nos lábios.

— Não é necessário dizer mais uma palavra. Eu estou a serviço do Santo Padre. E se essa boa alma é tão excelente como parece, não há dúvida de que o Pai Celestial vai recebê-lo com grande alegria.

— Eu pensei em exilá-lo — disse Alexandre. — Porque foi um servidor leal. Mas não há como saber se alguma tentação na vida irá soltar sua língua e causar a queda de nossa família.

A expressão de Don Michelotto era de simpatia.

— É dever do senhor mantê-lo longe da tentação, e é o meu ajudar como puder.

— Obrigado, meu amigo. — Em seguida, hesitando, Alexandre acrescentou: — Seja o mais gentil possível, pois ele é realmente um bom garoto, e é compreensível ser seduzido pelos ardis de uma mulher.

Don Michelotto se curvou para beijar o anel do papa e em seguida saiu, garantindo-lhe que podia considerar a tarefa como realizada.

MICHELOTTO DESLIZOU para a noite e cavalgou às pressas pelo campo, sobre caminhos ásperos e morros, até chegar às dunas de Óstia. De lá podia ver uma pequena fazenda, com seus minúsculos retalhos de plantações, as fileiras de legumes e vários canteiros com ervas estranhas, altos arbustos cheios de frutinhas púrpuras e negras e flores de aparência exótica.

Michelotto foi até os fundos, atrás do pequeno chalé. Ali encontrou a velha, dobrada ao meio, apoiando-se, pesada, num cajado de pilriteiro.

— Noni — gritou ele em voz tranquilizadora. — Vim pegar uns remédios.

— Vá embora — disse a velha. — Não conheço você.

— Noni — disse ele chegando mais perto. — As nuvens estão densas esta noite. Eu fui mandado pelo Santo Padre...

Então ela sorriu, uma máscara enrugada.

— Ah, então é você, Miguel. Você ficou mais velho...

— Verdade, Noni — disse ele, dando um risinho. — Verdade. E vim pedir sua ajuda para salvar outra alma.

Parado junto dela agora, muito mais alto do que a velha, ele estendeu a mão para carregar o cesto de vime, mas ela o puxou de volta.

— É um homem mau que você deseja mandar para o inferno ou um homem bom que está no caminho da Igreja?

Os olhos de Don Michelotto ficaram suaves quando ele falou:

— É um homem que, de qualquer modo, verá o rosto de Deus.

A velha assentiu e o chamou para acompanhá-la até a cabana. Ali examinou várias das ervas penduradas na parede e, finalmente escolheu com cuidado uma que estava enrolada na seda mais pura.

— Isto vai colocá-lo num sono suave e sem sonhos. Ele não vai lutar. — Antes de entregar a Michelotto, ela borrifou as folhas com água benta. — É uma bênção.

Enquanto o via se afastar, a velha baixou a cabeça e fez o sinal da cruz sobre o peito.

No gueto de Trastevere, o dono de uma taverna imunda tinha dificuldade para acordar um freguês bêbado na hora do fechamento. A cabeça loura do rapaz estava repousada sobre os braços, e ele se encontrava nessa posição desde que seu companheiro tinha saído há uma hora. O proprietário tentou acordar o sujeito, sacudindo-o mais vigorosamente dessa vez, e a cabeça dele caiu de cima dos braços. Ao ver isso, o dono da taverna recuou horrorizado. O rosto do rapaz estava inchado e azul, com os lábios roxos e os olhos arregalados, vermelhos de sangue, mas o mais chocante era a língua, tão inchada que saía da boca, tornando seu rosto bonito parecido com uma gárgula.

Dentro de minutos a polícia chegou. O dono da taverna se lembrava pouco do companheiro do rapaz, só que era baixo e tinha o peito largo. Havia centenas de cidadãos romanos com essa descrição.

Mas não o rapaz. Vários cidadãos da cidade o identificaram. Seu nome era Pedro Calderón, e era chamado de "Perotto".

14

NO DIA EM QUE COROOU O REI DE NÁPOLES, CÉSAR BÓRGIA recebeu uma mensagem urgente da irmã. Tinha sido trazida por seu
mensageiro secreto e entregue quando ele estava andando sozinho pelo
terreno do castelo. Ele deveria encontrá-la no Lago de Prata dentro de
alguns dias, porque ela deveria lhe falar antes que qualquer dos dois
voltasse a Roma.

César passou aquela noite na luxuosa cerimônia de coroação. Toda a
aristocracia de Nápoles estava ali para vê-lo, inclusive muitas mulheres
lindas que o rodeavam apesar das vestes de cardeal, fascinadas por sua
boa aparência e pelo charme.

Ele visitou seu irmão Jofre e a cunhada Sancia, e percebeu que Jofre
parecia andar com um passo diferente, mais seguro, desde a morte de
Juan. Imaginou se mais alguém teria notado. Sancia, também, tinha
mudado. Continuava flertando, mas parecia mais disposta a agradar,
um pouco menos animada do que antes.

Foi Jofre quem, durante a noite, o apresentou a um jovem alto e
bonito que impressionaria César com sua inteligência e cordialidade.

— Meu irmão, o cardeal Bórgia, este é o duque de Bisceglie, Alfonso
de Aragão. Vocês já se conhecem?

Quando Alfonso estendeu a mão para César, este ficou intrigado
pela aparência do jovem. Tinha corpo atlético, mas as feições eram tão

finas e o sorriso tão radiante que era quase tão difícil deixar de olhá-lo quanto de examinar uma bela pintura.

— É minha honra conhecê-lo — disse Alfonso, fazendo uma reverência, e sua voz era tão agradável quanto a aparência.

César assentiu. E nas próximas horas os dois pediram licença à multidão para andar pelos jardins e se familiarizarem mutuamente. A inteligência de Alfonso era equivalente à de César, e seu senso de humor era revigorante. Discutiram teologia, filosofia e, claro, política. Quando César se despediu, sentiu um certo apreço pelo rapaz e, enquanto se separavam, falou:

— Não tenho dúvida de que você é digno de minha irmã. E tenho certeza de que ela será feliz com você.

Os olhos azuis de Alfonso brilharam.

— Farei tudo ao meu alcance para garantir isso.

César ficou ansioso para se encontrar com a irmã no Lago de Prata. Há meses ele e Lucrécia não ficavam juntos a sós e, agora que a irmã havia se recuperado do parto, ele se pegou pensando em fazer amor com ela de novo. Imaginou, enquanto cavalgava o mais rápido possível, o que ela teria a lhe dizer. Como não havia recebido sequer uma palavra de seu pai ou de Duarte nas últimas semanas, suspeitava que fosse algo mais pessoal do que político.

Chegando ao lago antes dela, parou um momento para esperar e olhar o azul-claro do céu, desfrutando a paz do campo antes de entrar no chalé. Ali, depois de tomar banho e trocar de roupa, sentou-se, bebendo uma taça de vinho e refletindo sobre a vida.

Tanta coisa acontecera ultimamente, e no entanto ele sabia que ainda mais aconteceria no futuro próximo. Estava decidido, assim que voltasse de Florença para Roma, a pedir que o Santo Padre o liberasse dos deveres de cardeal. Não podia mais suportar a hipocrisia que o chapéu de cardeal lhe impunha. Sabia que convencer o Santo Padre seria uma tarefa formidável, que isso faria aumentar a tensão do relacionamento já complicado entre os dois. Desde a morte de Juan, em vez de ficar mais próximo, o pai parecia estar se afastando dele.

César era cheio de ambição e paixão; queria viver a vida ao máximo. No entanto, ele se sentia embaraçado. Agora que a irmã iria se casar de novo, pegou-se lutando. Alfonso era um homem honrado, um homem de quem ele gostava, e, mesmo querendo o melhor para Lucrécia, sentiu ciúme. Agora sua irmã teria filhos que poderia amar e dizer que eram dela. Como cardeal, seus filhos seriam negados — ou, pior ainda, seriam bastardos, como ele. Tentou se acalmar, convencer-se a afastar esses sentimentos, censurando-se pela visão curta. Lembrou-se de que o noivado de Lucrécia com o filho do rei de Nápoles era uma grande aliança para a Igreja e para Roma. Mas estava impaciente e cheio de frustração porque o caminho de sua vida fora decidido por um mero acidente de nascimento.

O papa, também, sempre havia desfrutado a vida; sentia-se realizado pela missão na Igreja e pela salvação das almas da humanidade. Mas César lutava com a crença e não sentia essa paixão. Passar as noites com cortesãs raramente lhe trazia prazer; de repente ele descobriu que queria mais. Jofre e Sancia pareciam felizes, com o luxo material e os compromissos da vida na corte. E mesmo seu irmão Juan tivera uma vida boa — de liberdade, riqueza e distinção — até que finalmente foi derrotado pela morte que merecia.

Quando Lucrécia chegou, César estava carrancudo. Mas, assim que ela correu para seus braços e ele sentiu de novo o cheiro de seu cabelo e sentiu o corpo quente de encontro ao seu, todo o descontentamento começou a desaparecer. Somente quando a afastou para olhá-la, para ver seu rosto, ele percebeu que ela estivera chorando.

— O que foi? O que é, meu amor?

— *Papa* matou Perotto. — Ela não o chamava de *papa* há anos, desde que era criança.

— Perotto está morto? — perguntou César, pasmo com a notícia.

— Eu o instruí para se esconder até eu voltar. — Ele respirou fundo e perguntou em voz baixa: — Onde ele foi encontrado?

Lucrécia se agarrou com força ao irmão.

— No gueto. Numa taverna no gueto. Um lugar aonde ele nunca iria.

E César percebeu que, mesmo quando tentara ajudá-lo, já era tarde demais. Em seguida, conversaram sobre a doçura de Perotto, sobre sua disposição de se sacrificar por amor.

— Ele era realmente um poeta — disse Lucrécia.

— A bondade dele me deixa envergonhado. Porque, se fosse eu, não sei se faria a escolha que ele fez, mesmo amando você.

Lucrécia falou com uma certeza límpida:

— Há justiça no céu, não tenho dúvida. E a coragem dele será honrada.

Horas se passaram enquanto os dois andavam junto ao lago, e mais horas enquanto conversavam junto ao fogo crepitante no chalé.

Mais tarde fizeram amor. E foi melhor do que nunca. Ficaram juntos durante longo tempo, antes que qualquer um quisesse romper o laço do silêncio, e então foi Lucrécia quem falou primeiro.

— Nosso bebê é o querubim mais lindo que eu já vi — disse sorrindo. — E se parece exatamente...

César se apoiou no braço e olhou nos olhos azuis-claros da irmã.

— Exatamente com quem?

Lucrécia riu.

— Exatamente... conosco! — falou e riu de novo. — Acho que nós seremos felizes juntos, mesmo que ele seja seu filho e nunca possa ser meu.

— Mas nós somos mais importantes. E nós sabemos a verdade.

Então Lucrécia se sentou, enrolando-se num roupão de seda, e saiu da cama. Numa voz ao mesmo tempo dura e fria, perguntou:

— César, você acha que o Santo Padre é maligno?

César sentiu um tremor atravessar o corpo.

— Há ocasiões em que não sei ao certo o que é o mal. Você sempre tem certeza?

Lucrécia se virou e o encarou.

— Sim, tenho, meu irmão. Eu conheço o mal. Ele não pode se disfarçar diante de mim...

Na manhã seguinte, Lucrécia partiu de volta para Roma, mas César não podia fazer o mesmo. Era cedo demais para encarar o pai, porque estava cheio de raiva e culpa. E, agora que o jovem Perotto estava morto, não havia motivo para correr.

DISFARÇADO COM AS ROUPAS simples de um camponês, César cavalgou até os portões de Florença. Parecia fazer muito tempo desde que estivera nessa cidade. Enquanto seguia sozinho, tendo deixado o séquito fora dos portões, lembrou-se da primeira visita. Tinha ido da escola para lá, quando era apenas um garoto, com Gio Médici. E foi muito diferente...

Houve um tempo em que Florença era uma república orgulhosa, tão orgulhosa que proibia a qualquer pessoa de sangue nobre participar do governo. Mas a família Médici, com sua grande casa bancária e seu dinheiro, governava Florença de fato através da influência sobre as autoridades eleitas. Fazia isso tornando ricos os que formavam os comitês governantes eleitos pelos cidadãos. E assim o pai de Gio, Lourenço o Magnífico, tinha cimentado o poder da família Médici.

Para o jovem César Bórgia, era uma nova experiência viver numa grande cidade em que o governante era quase que universalmente amado. Lourenço era um dos homens mais ricos do mundo, e um dos mais generosos. Dava dotes às garotas pobres para que pudessem se casar. Dava aos pintores e escultores dinheiro e instalações para trabalhar. O grande Michelangelo viveu no palácio Médici durante a juventude, e era tratado como filho.

Lourenço Médici comprava livros de todo o mundo, e mandava traduzi-los e copiá-los a grande custo, para que estivessem disponíveis aos estudiosos da Itália. Patrocinava cadeiras de filosofia e grego nas universidades italianas. Escrevia poemas que eram aclamados pelos críticos mais severos, e composições musicais a serem tocadas nas grandes festividades. Os melhores eruditos e poetas, artistas e músicos costumavam ser hóspedes à mesa dos Médicis no palácio.

Quando César esteve lá como hóspede, mesmo sendo apenas um garoto de 15 anos, foi tratado com cortesia exótica por Lourenço e pelos outros homens de sua companhia. Mas as melhores lembranças de Florença para César eram as histórias que ele ouviu sobre a ascensão da família Médici ao poder — especialmente a história que Gio lhe contou sobre seu pai ter escapado por pouco de uma grande conspiração quando era jovem.

Aos vinte anos, quando seu pai morreu, Lourenço se tornou chefe da família Médici. Nessa época os Médicis atuavam como banqueiros do papa e de vários reis, eram a instituição financeira mais poderosa do mundo. Mas Lourenço viu que, se não quisesse prejudicar essa posição, teria de consolidar seu poder pessoal.

Fez isso patrocinando grandes festividades como diversão para o povo. Encenou batalhas marinhas no rio Arno e financiou dramas musicais na grande Piazza de Santa Croce; patrocinou desfiles das relíquias santas da catedral, como um espinho da coroa de Jesus, um cravo da cruz e um fragmento da lança que tinha sido cravada em seu corpo por um soldado romano. Todas as lojas de Florença foram decoradas com o estandarte dos Médicis, com suas três bolas vermelhas reconhecíveis por toda a cidade.

Lourenço era ao mesmo tempo obsceno e religioso. Nos dias de carnaval, carros alegremente decorados levavam as prostitutas mais bonitas da cidade pelas ruas; na Sexta-feira Santa, as Estações da Cruz — retratando a vida e a morte de Cristo — eram encenadas. Figuras de tamanho real mostrando Cristo, a Virgem Maria e vários santos eram carregadas à catedral, e pombas brancas eram soltas e cortavam o céu como anjos. Havia belos cortejos para mulheres jovens das famílias respeitáveis e processões de monges para alertar o povo com relação ao inferno.

Provavelmente o homem mais feio de Florença, Lourenço, graças à sua inteligência e ao charme, tinha muitos casos amorosos. Seu irmão mais novo e melhor companheiro, Giuliano, por outro lado, foi aclamado como o homem mais bonito da cidade durante um festival realizado em sua homenagem, quando fez 22 anos em 1475. Foi pouca surpresa ele ter vencido: sua roupa para a ocasião foi desenhada por Botticelli e o elmo por Verrocchio, ao custo de vinte mil florins. O povo de Florença se deliciou ao ver o feio, mas generoso, Lourenço abraçar o irmão sem um traço de inveja.

O problema começou quando Lourenço se recusou a fazer um empréstimo enorme exigido pelo papa anterior, a ser usado para comprar a estratégica cidade de Ímola, na Romanha. O papa Sisto ficou furioso com a recusa. Esse papa também era dedicado à sua família; já tinha dado o chapéu de cardeal a sete sobrinhos, e queria a cidade de Ímola para seu filho natural, Girolamo. Quando Lourenço recusou o empréstimo, o papa, em retaliação, se voltou para a família Pazzi, os grandes rivais dos Médicis.

A família Pazzi e seu banco deram os cinquenta mil ducados ao papa com presteza total, e em seguida se candidatou a outras contas com o papado, especialmente a das minas de alume no Lago de Prata, perto de Roma. Mas isso o papa não estava querendo fazer, talvez porque Lourenço lhe tivesse mandado ricos presentes para aplacá-lo. No entanto, o atrito entre Lourenço e o papa continuava infeccionando.

Quando o papa nomeou Francisco Salviata como arcebispo de Pisa, uma possessão florentina — violando um acordo de que esses postos seriam sujeitos à aprovação das autoridades de Florença —, Lourenço impediu que o arcebispo ocupasse o cargo.

A família Pazzi tinha raízes muito mais antigas em Florença, uma linhagem mais longa de fama do que os Médicis. E seu líder, Jacopo, um homem muito mais velho e mais sério, odiava o jovem Lourenço.

O arcebispo Salviata e Francisco Pazzi ardiam de ambição e ódio. Esses dois homens marcaram um encontro com o papa Sisto e o convenceram de que poderiam derrubar os Médicis. Ele deu a aprovação. Isso persuadiu o velho, Jacopo Pazzi, um homem implacável e de espírito maldoso, a se juntar à conspiração.

O plano era matar Lourenço e seu irmão, Giuliano, enquanto eles estivessem na missa dominical; depois, pessoas que apoiavam os Pazzi e tropas escondidas fora da muralha invadiriam e tomariam a cidade.

Para pegar todo mundo na igreja ao mesmo tempo, foi combinado que o insuspeito cardeal Raphael Riario, o sobrinho-neto do papa, de 17 anos, faria uma visita a Lourenço. Como esperado, Lourenço planejou um grande banquete em homenagem ao cardeal e o acompanhou à missa de manhã. Atrás deles estavam dois padres chamados Maffei e Stefano, que, sob as vestimentas, tinham adagas escondidas.

Ao ouvir o sino da sacristia tocando para a elevação da hóstia — quando todos os fiéis na igreja baixariam os olhos —, os padres deveriam sacar suas adagas e começar o ato profano. Mas o irmão de Lourenço, Giuliano, não estava lá, e os conspiradores tinham recebido ordens de matar os dois. Francisco Pazzi correu até a casa de Giuliano para chamá-lo à igreja; na viagem palmeou o corpo de Giuliano, como se fosse de brincadeira, para confirmar que não havia uma arma escondida em sua roupa.

Na igreja, Lourenço estava em pé do lado mais distante do altar. Ele viu seu irmão Giuliano entrar na igreja com Francisco Pazzi atrás e em seguida ouviu o sino da sacristia tocar. Para seu horror, viu Francisco pegar uma adaga e mergulhá-la no corpo de Giuliano. Nesse momento ele sentiu uma mão agarrar seu ombro. Encolheu-se ao sentir o aço frio tocar sua garganta, tirando sangue. Mas instintivamente seu corpo se desviou, e então ele tirou a capa e a usou para repelir o golpe da adaga do outro padre.

Lourenço desembainhou a espada e em seguida lutou com os dois, pulando sobre o corrimão do altar e correndo para a porta lateral. Três de seus amigos se juntaram em volta. Ele os guiou para a sacristia e fechou as portas pesadas depois de entrar. Por ora, estava seguro.

Enquanto isso, do lado de fora, o arcebispo Salviata e o assassino, Francisco Pazzi, saíam correndo da catedral para gritar que os Médicis estavam mortos e Florença estava livre. Mas o povo da cidade correu para pegar as armas. As tropas do arcebispo na praça foram dominadas e trucidadas.

Lourenço saiu da sacristia recebendo aplausos de seus amigos e dos que o apoiavam. Primeiro certificou-se de que nenhum mal fosse feito ao jovem cardeal Riario, mas não fez nada para impedir a execução do arcebispo e de Francisco, que foram enforcados nas janelas da catedral.

Os dois padres, Maffei e Stefano, foram castrados e decapitados. Jacopo Pazzi foi caçado, despido e enforcado junto ao arcebispo. O palácio da família Pazzi foi saqueado e todos os membros do clã Pazzi foram banidos de Florença para sempre.

AGORA, VOLTANDO TANTOS anos depois, no lugar daquela cidade de justiça e luxo, César encontrou uma Florença completamente diversa.

As próprias ruas estavam numa desordem total, com sujeira e esgoto correndo livremente. Nos becos havia animais mortos e apodrecendo; o cheiro era pior do que o de Roma. Era verdade que a peste fora encontrada em Florença — mas apenas alguns casos; mesmo assim, o próprio espírito do povo parecia dominado pela doença. Enquanto seguia pelas ruas, César ouvia brigas ferozes e via lutas violentas, com paus, enquanto gritos furiosos, em vez de sinos de igrejas, enchiam seus ouvidos.

Quando parou na estalagem mais respeitável para arranjar um quarto onde pudesse descansar até o anoitecer, ele se sentiu tranquilo porque o estalajadeiro não o reconheceu — até mesmo tentou dispensá-lo — e César teve de forçar um ducado de ouro em sua mão.

Assim que ele o fez, o estalajadeiro se mostrou educado e indulgente. Levou César até um quarto que, apesar da mobília esparsa, era limpo e de boa qualidade. Da janela dava para ver a praça na frente da igreja de São Marcos e o mosteiro do profeta Savonarola. Decidiu esperar até a noite antes de andar pelas ruas para ver o que descobriria.

Instantes depois o estalajadeiro voltou com uma grande jarra de vinho e um enorme prato de frutas frescas e queijo. E assim César descansou na cama, e sonhou...

Foi um sonho perturbador, um pesadelo em que cruzes e cálices, vestimentas sagradas e objetos religiosos redemoinhavam em volta dele, fora de seu alcance. Uma voz trovejante o instruía a pegar um cálice de ouro, mas quando ele o agarrava descobria uma pistola na mão. Mesmo tentando controlá-la, ela pareceu disparar por vontade própria.

Então, como em todos os sonhos, o cenário mudou, e ele estava numa comemoração, sentado diante do pai, da irmã e do noivo recente dela, o príncipe Alfonso. O sorriso em seu rosto se transformou numa careta, e a pistola dourada disparou, despedaçando o rosto de sua irmã ou o de Alfonso — ele não podia mais ver direito para dizer.

Acordou encharcado de suor, ouvindo as vozes e os gritos dos cidadãos na praça abaixo da janela. Saiu da cama, ainda trêmulo, e olhou para fora. Ali, num precário púlpito de madeira, estava o pregador, Savonarola. Ele começou com uma oração fervorosa ao Senhor, com a voz tremendo de paixão, e seguiu com um hino de louvor. Na praça, as vozes dos cidadãos erguiam-se em adoração. Mas em pouco tempo o pregador começou sua invectiva feroz contra Roma.

— O papa Alexandre é um falso papa — gritou o frade, e sua voz era rica e cheia de paixão. — A mente dos humanistas pode retorcer a verdade e transformar o absurdo em verdade. Mas, assim como existem o preto e o branco, existem o bem e o mal, e diz a razão: o que não é bom é mau!

César observou o sujeito. Magro, ascético e vestido com o manto e o capuz da Ordem Dominicana; feições ásperas, mas não desagradáveis. A cabeça tonsurada movia-se com convicção e as mãos falavam parábolas enquanto ele as movia para pontuar as palavras.

— O papa tem cortesãs — gritou. — Ele mata e envenena. O clero de Roma mantém garotos e rouba dos pobres para encher de plumas as camas dos ricos. Eles comem em pratos de ouro e montam nas costas dos que vivem na pobreza.

Os cidadãos continuaram a se reunir, e César se pegou estranhamente fascinado por esse homem, em transe, como se não conhecesse as pessoas contra quem o frade vituperava.

À medida que uma grande multidão se formava, surgiam gritos furiosos, mas no momento em que o frade começou a falar de novo houve tal silêncio que uma estrela poderia ser ouvida caindo do céu.

— O Deus do céu lançará suas almas no inferno por toda a eternidade, e os que seguem aqueles padres pagãos serão condenados. Abandonem seus bens materiais e sigam os passos de São Domingos.

Alguém gritou da multidão:

— Mas no mosteiro a comida de vocês é doada pelos ricos! Seus pratos não são de madeira e suas cadeiras têm almofadas fofas. Vocês dançam a música do violino de quem paga!

Savonarola estremeceu e fez uma promessa:

— Todo o dinheiro dos ricos será recusado de hoje em diante. Os frades em São Marcos só comerão o que os bons cidadãos de Florença derem. Uma refeição por dia é suficiente. Qualquer coisa a mais será dada aos pobres que se juntarem na praça a cada noite. Ninguém ficará com fome. Mas isso cuidará apenas do corpo! Para preservar a alma vocês precisam renunciar ao papa de Roma. Ele é um fornicador; sua filha é uma prostituta que dorme com o pai e o irmão — e também com poetas.

César tinha visto o suficiente. Assim que o papa ouvisse isso, não somente iria excomungar Savonarola — iria acusá-lo de heresia.

Sua reação ao sujeito era confusa. Acreditava que o homem tinha visão, mas também que era maluco. Quem iria se martirizar desse jeito, sabendo do resultado? Mesmo assim, pensou, quem sabe que imagens e ícones falam dentro do cérebro dos outros? Apesar de toda a sua lógica, ele sabia que o sujeito era perigoso, e alguma coisa tinha de ser feita com relação a ele. Pois a nova Signoria de Florença poderia ser influenciada. E se eles proibissem a cidade de se juntar à Liga Santa, os planos de seu pai para unir a Romanha seriam prejudicados.

Isso não poderia ser permitido.

César se vestiu rapidamente. Do lado de fora, enquanto andava entre a multidão na rua indo em direção à praça, um rapaz pálido e magro, de capa preta, uma cabeça mais baixo do que ele, chegou por trás.

— Cardeal? — sussurrou o jovem.

César se virou, com a mão já posta na espada escondida debaixo do manto.

Mas o rapaz baixou a cabeça, cumprimentando.

— Meu nome é Nicolau Maquiavel. E nós devemos conversar. Há perigo nas ruas de Florença para o senhor neste momento. Venha comigo.

Os olhos de César se suavizaram. Maquiavel pegou-o pelo braço e o guiou até seu apartamento, longe da praça.

Os cômodos bem mobiliados estavam atulhados de livros, as mesas cobertas e havia papéis espalhados nas cadeiras e no chão. Um pequeno fogo ardia na lareira de pedra.

Maquiavel esvaziou uma das poltronas e a ofereceu a César, que olhou o cômodo em volta, sentindo-se estranhamente confortável. Maquiavel serviu uma taça de vinho para cada um e sentou-se numa poltrona diante de César.

— O senhor corre perigo, cardeal. Savonarola acredita que tem uma missão, uma missão sagrada. Para ele realizar seu papel nela o papa Bórgia precisa ser destronado, a família Bórgia tem de ser destruída.

— Tenho consciência das objeções dele aos nossos modos pagãos — disse César, ironicamente.

— Savonarola tem visões. Primeiro houve um sol caindo do céu, e Lourenço o Magnífico morreu. Depois a espada rápida do Senhor, vinda do norte, atacou o tirano e seguiu-se a invasão francesa. Ele tem poder sobre nossos cidadãos; eles temem por si próprios e por suas famílias, e acreditam que o profeta tem o dom da visão. Ele diz que a única misericórdia virá com anjos vestidos de branco, depois da destruição das iniquidades malignas, quando as almas dos bons se curvarem ao domínio de Deus e se arrependerem.

César reconhecia em Savonarola essa fagulha de verdade. Mas nenhum homem poderia suportar as visões que esse frade afirmava ter e continuar vivendo no mundo. Assim que optasse por falar, se ele tivesse uma visão, deveria ser capaz de prever seu destino. Para César essas visões jamais poderiam ser sua verdade, porque negariam o livre-arbítrio. Se o destino estava sempre na mão vencedora, que papel o homem representaria? Era um jogo fixo, em que ele não tomaria parte.

César voltou a atenção a Maquiavel.

— O papa já excomungou o frade. Se ele continuar inflamando o populacho, será levado à morte, pois não restará mais nada ao Santo Padre para silenciá-lo.

Mais tarde naquela noite, de volta ao seu quarto na hospedaria, César ainda podia ouvir a voz de Savonarola atravessando a janela. A voz do frade continuava forte.

— Alexandre Bórgia é um papa pagão que busca inspiração nos deuses pagãos do Egito! Ele se enche de prazeres pagãos, enquanto nós, da fé verdadeira, suportamos o sofrimento. A cada ano, para encher seu baú de riquezas, os cardeais de Roma impõem fardos cada vez mais pesados aos nossos cidadãos. Nós não somos asnos, para ser usados como bestas de carga!

Enquanto começava a cair no sono, César ouvia a voz apaixonada do frade e suas palavras de maldição:

— Na Igreja antiga os cálices eram de madeira, mas a virtude do clero era de ouro. Nesta época sombria, com o papa e os cardeais de Roma, os cálices são de ouro, e a virtude de nosso clero é de madeira!

15

No momento em que entrou na confortável casa de campo de Vanozza Catanei, Alexandre se lembrou dos anos que os dois tinham passado juntos, de todos os tempos que tinham compartilhado. Das muitas noites que haviam passado jantando à luz de velas, as quentes noites de verão que tinha compartilhado com ela no luxuoso quarto do andar de cima, os sentidos vivos com o cheiro de jasmim que vinha pela janela aberta enchendo o quarto escuro. O sentimento de paz e de amor, o conforto e o calor da carne dela de encontro à sua. Era naquelas noites de completo êxtase, refletiu ele, que sua crença em Deus estava no auge, que ele fizera seus maiores e mais sinceros votos de servir à Santa Madre Igreja.

Vanozza o recebeu com o calor habitual. E o papa, sorrindo, recuou para olhá-la com carinho e admiração.

— Você é um dos milagres de Deus — falou. — Fica mais bonita a cada ano.

Vanozza o abraçou e riu.

— Mas não sou nova o bastante para você, Rodrigo, não é?

A voz de Alexandre foi suave e tranquilizadora.

— Agora eu sou o papa. É diferente de quando nós éramos jovens.

— E é "diferente" com La Bella? — provocou. O rosto de Alexandre ficou vermelho, mas Vanozza lhe deu um sorriso largo. — Não seja tão sério, Rigo, eu estou brincando. Você sabe que eu não tenho ressentimentos contra Júlia, ou qualquer uma das outras. Nós éramos bons como amantes, mas somos ainda melhores como amigos, já que amigos de verdade são mais raros de achar do que amantes, em qualquer época.

Vanozza levou-o até a biblioteca e serviu uma taça de vinho para cada um.

Foi Alexandre quem falou primeiro.

— Então, por que me mandou chamar? Os vinhedos ou as estalagens não estão indo bem?

Vanozza sentou-se diante do papa e falou em tom agradável:

— Pelo contrário, as duas coisas estão indo muito bem. E rendendo dinheiro. Praticamente não se passa um dia em que eu não me sinta agradecida por sua generosidade. Mas eu o teria amado mesmo que não tivesse me comprado nada. E teria coberto você de presentes, se pudesse.

Alexandre falou com afeto:

— Eu sei. Mas se não é isso o que a preocupa, como posso ajudar?

Os olhos de Vanozza ficaram sombrios e sérios.

— É o nosso filho, Rigo. É César. Você deve enxergá-lo como ele é.

Alexandre franziu a testa enquanto explicava:

— Eu o vejo com bastante clareza. Ele é o mais inteligente de nossos filhos. E um dia será papa. Na minha morte ele será eleito; caso contrário, a vida dele, e talvez até a sua, vai correr perigo.

Vanozza ouviu enquanto o papa falava, mas assim que ele terminou, insistiu:

— César não quer ser papa, Rigo. Nem quer ser cardeal. Você deve saber disso. Ele é um soldado, um amante, um homem que deseja uma vida plena. Nem toda a riqueza e as amantes que você lhe dá enchem seu coração; todos os benefícios e as propriedades continuam deixando-o vazio. Ele quer *lutas*, Rigo, e não bulas.

Alexandre ficou quieto, pensativo. Depois disse:

— Ele lhe disse isso?

Vanozza sorriu e foi se sentar mais perto do papa.

— Eu sou a mãe dele. Ele não precisa me dizer. Eu sei, como você deveria saber.

De repente a expressão de Alexandre se endureceu.

— Se eu fosse pai dele tanto quanto você é mãe, é possível que isso fosse claro para mim.

Vanozza Catanei baixou a cabeça um momento, como se rezasse. Quando a levantou de novo, seus olhos estavam límpidos, e a voz, forte.

— Rigo, só vou dizer isso uma vez, porque não sinto necessidade de me defender. No entanto, eu acho que você tem o direito de saber. Sim, é verdade que Giuliano della Rovere e eu fomos amantes antes que nós dois nos conhecêssemos. Na verdade, até que meu coração saltasse ao vê-lo pela primeira vez. E não vou ser condescendente com você fingindo que era virgem na época, porque você sabe que não era verdade. Mas, por minha honra, e sob o olhar limpo da Madona, juro que César é seu filho, e não de outro homem.

Alexandre balançou a cabeça e seus olhos se suavizaram.

— Eu nunca pude ter certeza antes. Você sabe. Nunca pude sentir certeza. E por isso não podia confiar no que sentia pelo garoto, ou no que ele sentia por mim.

Vanozza estendeu a mão para a de Alexandre.

— Nós nunca pudemos falar disso antes. Porque, para proteger você e nosso filho, eu tive de deixar que Giuliano acreditasse que César era filho dele. Juro por Cristo que era mentira. Fiz isso para manter Giuliano à distância, porque o coração dele não é tão bom nem tão capaz de perdoar como o seu. A única proteção contra a traição era acreditar que seu filho era dele.

Alexandre lutou consigo mesmo durante um tempo.

— E como é que algum de nós pode acreditar no que é verdade? Como cada um de nós pode ter certeza?

Vanozza pegou a mão do papa e segurou-a diante dos olhos dele. Virou-a lentamente.

— Quero que você estude esta mão, Rigo. Quero que a examine com cuidado, cada ângulo e cada forma. E depois quero que examine a mão de seu filho. Desde o momento em que ele nasceu, eu vivi com o medo de que mais alguém visse o que era tão aparente para mim, e que então tudo se perderia.

De repente Alexandre entendeu a hostilidade de Giuliano della Rovere para com ele, entendeu seu ciúme e seu ódio. Porque ele tinha tudo que della Rovere acreditava ser dele — o papado, a amante, o filho.

Não era segredo entre os cardeais que della Rovere só tinha amado uma vez, que Vanozza era o grande amor de sua vida. Ele sentiu uma humilhação considerável quando ela o deixou por Rodrigo Bórgia. Até então ele tivera um brilho de alegria nos olhos e um riso sempre pronto. Somente depois de Vanozza ter-se afastado ele ficou tão amargo, irado e zeloso. Não o ajudou o fato de nunca ter tido um filho; só filhas. Como Deus o havia testado!

Alexandre sentiu uma onda de alívio varrê-lo, porque entendia tanto mais agora que admitia para si mesmo o que sempre havia suspeitado — que ele nunca tivera certeza sobre César. Se não amasse Vanozza com tal paixão, e se não a admirasse também, poderia ter feito a pergunta antes e poupado grande sofrimento a si mesmo e a César. Mas viver sem ela, arriscar-se a perdê-la, era um preço alto demais, por isso nunca a fizera.

— Vou pensar no que você sugeriu sobre o nosso filho — disse Alexandre. — E falarei com César sobre a vocação que ele escolher. Se ele algum dia falar comigo.

A voz de Vanozza estava cheia de compaixão.

— Nosso filho Juan está morto, Rigo. Sem ele a vida nunca mais será a mesma. Mas nosso César está vivo, e você precisa dele para liderar seus exércitos. Se não for ele, quem será? Jofre? Não, Rigo. Tem de ser César, porque ele é um guerreiro. Deixe outro ser papa. Nós tivemos vidas felizes.

Enquanto se levantava e depois se curvava para beijar o rosto de Vanozza, Alexandre captou seu perfume. E quando ele se virou para partir, não foi sem lamentar.

Vanozza ficou parada na porta e sorriu enquanto acenava.

— Olhe as mãos dele, Rigo. Fique em paz.

No dia em que voltou de Florença, César foi imediatamente conferenciar com seu pai e Duarte Brandão. Eles se retiraram para um aposento interno, cheio de tapeçarias e decorado com os baús intricadamente esculpidos que guardavam os adereços do cargo. Ali não havia formalidades. Alexandre abraçou o filho, mas naquele abraço havia um calor que deixou César cauteloso.

Duarte falou primeiro:

— Você acha que o profeta é tão perigoso para nós quanto dizem os boatos?

César sentou-se numa poltrona almofadada diante de Duarte e do pai.

— Ele é um orador apaixonado, e os cidadãos se reúnem aos montes, como num carnaval, para ouvi-lo falar.

Alexandre pareceu interessado.

— E ele fala sobre o quê?

— Reforma. E as indulgências da família Bórgia. Ele nos acusa de todo tipo de malfeitos e leva as pessoas a acreditar que, se seguirem a Santa Igreja de Roma e se honrarem o papado, sofrerão a danação eterna.

Alexandre se levantou e começou a andar de um lado para o outro.

— É uma infelicidade que uma mente tão brilhante como a dele tenha sido invadida por tais demônios. Frequentemente eu desfrutei seus escritos. E ouvi dizer que ele admira o mundo da natureza; que, nas noites claras, ele acorda todo mundo no mosteiro e os chama ao pátio para olhar as estrelas.

César interrompeu Alexandre:

— Pai, agora ele é um perigo para nós. Ele insiste numa reforma profunda. Está alinhado com os franceses. E insiste em que o papado seja devolvido a alguém virtuoso. Sem dúvida, esse alguém seria Giuliano della Rovere.

Alexandre se eriçou. Virou-se para Duarte e disse:

— Eu hesito em forçar um homem a confessar seus pecados quando serviu bem à Igreja, mas creio que isso precisa ser feito. Duarte, veja se há um modo de resolver isso logo, pois é necessário que alguma ordem seja levada a Florença antes que aconteçam mais danos.

Duarte fez uma reverência e saiu.

Finalmente Alexandre se reclinou num divã e fez um gesto para César ocupar um banco estofado de veludo. Seu rosto estava impassível, mas os olhos tinham aquele ar de esperteza que ele jamais mostrava em público.

— Agora está na hora de me dizer o que há em seu coração. Você ama a Santa Igreja como eu? Continuaria a dedicar a vida a ela como eu fiz?

Isso estava indo na direção que César esperava. Ele havia mostrado clara e deliberadamente ao pai que era um soldado, e não um padre. Considerou a resposta com cuidado. O papa deveria confiar nele absolutamente. César sabia que seu pai não o amava tanto quanto amara Juan, mas tinha certeza do amor do pai em certa medida. Também sabia que deveria ser cauteloso com a inteligência dele, uma arma usada até mesmo contra os mais amados e cultuados. E assim sentiu-se compelido a guardar seus segredos mais terríveis.

— Pai — disse afinal —, devo confessar que tenho muitos apetites pouco santos para servir à Igreja como o senhor deseja. E não desejo condenar minha alma ao inferno.

Alexandre se empertigou no divã para olhar diretamente os olhos de César.

— Eu era como você na juventude. Ninguém sonhava que eu me tornaria papa. Mas trabalhei durante quarenta anos e me tornei um homem melhor, e um sacerdote melhor. O mesmo poderia acontecer com você.

— Eu não o desejo — disse César em voz baixa.

— Por que não? Você ama o poder; ama o dinheiro. Neste mundo os homens precisam trabalhar para sobreviver. E, com seus dons, você pode elevar a Igreja à altura adequada. — Ele parou um momento. — Há algum grande crime em sua consciência, que o faça acreditar que não pode servir à Igreja?

Naquele momento César adivinhou tudo. Seu pai queria que ele confessasse a verdade sobre seu relacionamento carnal com Lucrécia. Mas, se o fizesse, ele sabia que o pai jamais iria perdoá-lo. Mesmo achando difícil esconder a verdade, percebeu que seu pai queria que ele mentisse, mas de modo convincente.

— Sim. Há um grande crime. Mas confessá-lo iria me condenar em seu coração.

Alexandre se inclinou para a frente. Seus olhos estavam duros, penetrantes, sem nada que parecesse perdão. Naquele momento, ainda que César tivesse certeza de que o pai adivinhava que ele permanecera como amante de Lucrécia durante todos aqueles anos, não pôde deixar de sentir um jorro de triunfo ao se mostrar mais esperto do que ele.

— Não há nada que Deus não perdoe — disse Alexandre.

César falou baixo, porque sabia o impacto que suas palavras teriam:

— Eu não acredito num Deus. Não acredito em Cristo, na Virgem Maria ou em qualquer dos santos.

Alexandre pareceu espantado um momento, depois se recuperou.

— Muitos pecadores dizem isso porque temem a punição depois da morte. Assim tentam negar a verdade. Há mais alguma coisa?

César não pôde conter o sorriso.

— Sim. Fornicação. Amor pelo poder. Assassinato, mas apenas de inimigos perigosos. Mentiras. Mas o senhor já conhece todos. Não há mais nada a confessar.

Alexandre segurou as mãos de César. E as examinou com cuidado.

— Ouça, meu filho. Homens perdem a fé; quando as crueldades do mundo se tornam demasiadas para eles, questionam um Deus eterno e amoroso. Questionam Sua misericórdia infinita. Questionam a Santa Igreja. Mas a fé precisa ser revivida com ação. Até os próprios santos eram pessoas de ação. Eu não tenho consideração por aqueles homens santos que se flagelam e ponderam os caminhos misteriosos da humanidade durante anos e anos enquanto vivem em seus mosteiros. Eles não fazem nada pela Igreja viva; não a ajudam a permanecer no mundo temporal. São homens como você, e como eu, que devem cumprir seu dever particular. Ainda que — e aqui Alexandre ergueu um autoritário dedo papal — nossas almas possam ficar um tempo no purgatório. Pense em quantas almas de cristãos ainda não nascidos salvaremos nas próximas centenas de anos. Os que encontrarão a salvação numa Santa Igreja Católica. Quando eu rezo, quando confesso meus pecados, este é o meu consolo para algumas das coisas que fiz. Não importa que nossos humanistas, aqueles crentes nos filósofos gregos, acreditem que a humanidade é tudo que existe. Existe um Deus Todo-Poderoso, e Ele é misericordioso e compreensivo. Esta é a nossa fé. E você deve acreditar. Viva com seus pecados, confesse-os ou não, mas jamais perca a fé. Porque não existe nada além.

O discurso não comoveu César. A fé não resolveria seus problemas. Ele tinha de lutar com o poder nesta terra, caso contrário sua cabeça decoraria as muralhas de Roma. Queria uma mulher e filhos, de modo que deveria levar uma vida de poder e riqueza, e não se tornar membro do rebanho sem poder. E para isso ele precisava cometer atos pelos quais o Deus de seu pai iria fazê-lo sofrer. Por que deveria acreditar num Deus assim? E ele estava muito vivo, era um homem de 23 anos: o gosto do vinho, da comida e das mulheres era tão forte em seu sangue que ele não podia acreditar na possibilidade da própria morte, mesmo que ela tenha se provado vezes e vezes na morte dos outros.

Mas César baixou a cabeça.

— Eu acredito em Roma, pai. Darei minha vida por ela, se o senhor me der os meios para lutar.

Alexandre suspirou de novo. Por fim ele não podia lutar mais contra esse filho, porque reconhecia que César poderia ser seu instrumento mais poderoso.

— Então precisamos fazer nossos planos. Eu vou nomeá-lo capitão-geral do exército papal, e você recuperará os estados papais e se tornará duque da Romanha. Algum dia uniremos todas as grandes cidades da Itália, por mais que pareça impossível: Veneza, com seu povo vivendo na água como serpentes; aqueles sodomitas astuciosos de Florença; a orgulhosa Bolonha tão ingrata para com a Madre Igreja. Mas precisamos começar do início. Você deve ser senhor da Romanha, e para isso precisa primeiro se casar. Vamos nos reunir com o consistório de cardeais dentro de alguns dias, e você vai lhes devolver o chapéu vermelho. Então irei torná-lo capitão-geral. O que você perder dos benefícios da Igreja irá compensar com a guerra.

César baixou a cabeça. Agradecendo, tentou beijar o pé do papa, mas foi suficientemente lento para Alexandre mover o corpo com impaciência, dizendo:

— Ame mais a Igreja, César, e menos o seu pai. Mostre a obediência a mim com feitos, e não com esses gestos formais. Você é meu filho e eu perdoo todos os seus pecados; como faria um pai natural.

Pela primeira vez em mais tempo do que podia se lembrar, César se encheu da certeza de que era senhor de seu próprio destino.

NA NOITE EM QUE FOI assinado o contrato final de casamento entre a filha do papa e o príncipe Alfonso, Alexandre falou com Duarte:

— Quero ver Lucrécia rindo de novo. Ela ficou solene durante tempo demais.

Não lhe escapara o quanto tinha sido difícil este último ano para a sua filha, e ele esperava compensar para garantir sua lealdade continuada. Sabendo que diziam que Alfonso de Aragão era "o homem mais bonito da Cidade Imperial", o papa quis surpreender a filha, por isso insistiu em que a chegada de Alfonso a Roma fosse secreta.

O jovem Alfonso entrou na cidade de Roma de manhã cedo, acompanhado apenas por sete pessoas de seu séquito. As outras cinquenta que tinham viajado com ele de Nápoles foram deixadas fora dos portões, em Marino. Ele foi recebido por emissários do papa, que imediatamente o levaram ao Vaticano. Assim que Alexandre se certificou de sua boa aparência e dos modos corretos, Alfonso foi levado a cavalo ao palácio de Santa Maria in Portico.

Lucrécia estava em sua varanda, cantando baixinho consigo mesma, enquanto olhava algumas crianças brincarem de pega-pega na rua abaixo. Era uma linda manhã de verão e ela estava pensando no homem com quem iria se casar, porque seu pai lhe tinha informado que ele deveria chegar antes do fim da semana. Ela se pegou ansiosa para conhecê-lo, porque nunca houvera alguém de quem seu irmão César falasse com tamanha extravagância.

De repente Alfonso veio cavalgando e estava diante dela. O olhar de Lucrécia caiu sobre o jovem príncipe, e seu coração começou a disparar como só acontecera uma vez antes. Seus joelhos fraquejaram e, para não desmaiar, ela teve de ser apoiada por Júlia e uma de suas damas de companhia, que tinham vindo anunciar a chegada dele.

— Glória a Deus — disse Júlia, sorrindo. — Não é a criatura mais bonita que você já viu?

Lucrécia ficou em silêncio. Nesse momento Alfonso ergueu os olhos e a viu lá, e ele também pareceu pasmo e num transe, como se enfeitiçado.

Nos seis dias que antecederam a cerimônia de casamento, Lucrécia e Alfonso compareceram a festas e passaram longas horas caminhando pelo campo. Exploraram as melhores lojas e ruas de Roma, ficavam acordados até tarde e acordavam cedo.

Como uma criança, Lucrécia correu de novo aos aposentos do pai e o abraçou cheia de alegria.

— Papai, como posso agradecer? Como o senhor pode saber como me fez feliz?

O coração de Alexandre ficou cheio de novo. Ele disse à filha:

— Eu quero para você tudo que você quer... e tesouros ainda maiores do que você pode imaginar.

A cerimônia de casamento foi parecida com a primeira, cheia de pompa e cerimônia. Mas dessa vez ela aceitou seus votos de boa vontade, e mal percebeu a espada mantida sobre sua cabeça pelo capitão espanhol Cervillon.

Naquela noite, depois da comemoração, Lucrécia e Alfonso cumpriram alegremente seu contrato de casamento diante do papa, de outro cardeal e de Ascanio Sforza. E assim que o protocolo permitiu, o jovem casal se retirou rapidamente para Santa Maria in Portico para passar os três dias e as três noites seguintes juntos. Eles não precisavam de nada, apenas um do outro. E pela primeira vez na vida Lucrécia sentiu a liberdade de um amor permitido.

DEPOIS DA CERIMÔNIA de casamento, César caminhou solitário por seus aposentos no Vaticano. Sua cabeça estava girando com pensamentos e planos para si próprio como capitão-geral, mas seu coração tinha virado pedra.

Ele se havia conduzido com grande contenção durante o casamento da irmã, até mesmo colaborado para a bem-humorada cerimônia usando uma fantasia de unicórnio mágico — representando os símbolos míticos de castidade e pureza — na peça que Alexandre requisitou depois de assistir Lucrécia e Sancia dançarem à sua frente. O papa adorava olhar moças em roupas coloridas, enquanto giravam nas rápidas danças espanholas que ele recordava da infância, ouvindo o som dos pés batendo céleres no piso de mármore.

César tinha bebido demais, mas o vinho tornava a noite suportável. Agora que seu efeito diminuía, ele se viu solitário e agitado.

Lucrécia estava mais linda do que nunca naquele dia. Seu vestido de casamento, vermelho-escuro e cheio de joias, bordado em veludo preto e com barra de pérolas, fazia com que ela parecesse uma imperatriz. Ela parecia régia, não era mais uma criança. Desde o último casamento ela havia se tornado senhora de sua própria casa, tinha um filho e estava à vontade na sociedade. Até aquele dia César mal percebera a mudança na irmã. Vestido de cardeal, ele a havia abençoado e desejado seu bem, mas no coração tinha consciência de uma raiva crescente.

Várias vezes depois da cerimônia ela havia captado seu olhar e sorrido para tranquilizá-lo. Mas depois, à medida que a noite prosseguia, tornou-se cada vez menos acessível. A cada vez que ele se aproximava para falar, ela estava entretida conversando com Alfonso. Animada e sorrindo, por duas vezes chegou a não notá-lo. E quando saiu do salão para realizar seu contrato de casamento, ela nem mesmo pensou em lhe dar boa-noite.

César disse a si mesmo que com o tempo se esqueceria de como estava se sentindo naquela noite. Assim que abandonasse o púrpura e tivesse uma vida própria, assim que tivesse se casado e tido filhos, assim que se tornasse capitão-geral e lutasse grandes batalhas como sempre havia sonhado, pararia de sonhar com ela.

Sua mente tentou lhe pregar uma peça. Ele se convenceu de que o casamento de Lucrécia com Alfonso era apenas um ardil feito por seu pai para alinhar Roma com Nápoles, para que César pudesse se casar com uma princesa napolitana. Ele sabia que Rosetta, filha do rei, serviria. Tinha ouvido dizer que ela era bem bonita e sorria com facilidade. E assim que estivesse estabelecido e com propriedades em Nápoles, ele poderia começar a guerra contra os vigários e barões e conquistar o resto da Romanha para o papa e a família Bórgia.

Tentou dormir naquela noite com visões de glória na cabeça, mas acordava de novo e de novo sentindo saudade da irmã.

16

FRANCIS SALUTI, INTERROGADOR DO CONSELHO FLORENTINO dos Dez, sabia que esta seria a tarefa mais importante de sua vida oficial, o interrogatório, através de tortura, de Girolamo Savonarola.

O fato de Savonarola ser um sacerdote, e um sacerdote importante, não diminuía seu sentimento de objetivo. Ele ouvira com frequência os sermões do sujeito e se sentira comovido com eles. Mas Savonarola tinha atacado o próprio papa e desafiado a classe governante de Florença. Tinha conspirado com os inimigos da república. Por isso ele deveria ser julgado. A verdade da traição deveria ser arrancada de seu corpo.

Na câmara especial, guardada por soldados, Saluti dirigiu seu pessoal. O ecúleo estava pronto; o artesão tinha verificado os mecanismos, as várias rodas, tiras, polias e pesos. Estavam em ordem. Um pequeno fogão, com a barriga vermelha e a abertura de onde se projetavam várias pinças, aquecia a sala a ponto de fazer Saluti suar. Ou talvez fosse porque ele tinha consciência de que esse era um dia em que mereceria um pagamento generoso.

Saluti tinha orgulho profissional, mas não gostava de seu trabalho. Não gostava do fato de que sua ocupação era um segredo oficial mantido para sua própria proteção. Florença era uma cidade cheia de gente vingativa. Ele sempre ia armado para casa, que era rodeada pelas casas dos membros de sua família que correriam em sua defesa se ele fosse atacado.

Seu emprego era muito desejado. Pagava sessenta florins por ano, duas vezes o de um caixa nos bancos florentinos, além de um bônus de vinte florins por cada serviço que o conselho lhe designasse.

Saluti vestia calças justas de seda e uma blusa cor de pimpinela, uma cor azul, quase negra, feita apenas em Florença. A cor dignificava o cargo, mas não era tão severa a ponto de ofender seu gosto pessoal. Porque Saluti, apesar dos constantes problemas de estômago e insônia, era um homem alegre e sensato. Frequentava palestras sobre Platão na universidade. Nunca perdia um sermão de Savonarola, e regularmente visitava os estúdios dos grandes artistas para ver as mais novas pinturas e esculturas. Tinha até mesmo sido convidado uma vez para percorrer os jardins mágicos de Lourenço Médici, quando o Magnífico ainda estava vivo. Fora o maior dia de sua vida.

Jamais gostara do sofrimento das vítimas. Ressentia-se daquelas acusações. Mesmo assim nunca era atormentado por dores de consciência. Afinal de contas, o infalível papa Inocêncio tinha publicado uma bula dizendo que a tortura era justificada na busca à heresia. Com certeza, os gritos de seus interrogados eram de rasgar o coração. Com certeza, as noites de Francis Saluti eram longas, mas ele sempre bebia uma garrafa inteira de vinho antes de se recolher, e isso o ajudava a dormir.

O que realmente o incomodava era a teimosia inaceitável das vítimas. Por que se recusavam a admitir a culpa imediatamente? Por que esperavam e faziam todo mundo sofrer com isso? Por que os homens se recusavam a ouvir a razão? Em especial em Florença, onde a beleza e a razão floresciam mais do que em qualquer outro lugar, exceto talvez na antiga Atenas.

Era uma pena, realmente uma pena, que o próprio Francis Saluti fosse um instrumento do sofrimento delas. Mas não era verdade, como dissera Platão, que na vida de cada pessoa, não importa o quanto suas intenções fossem boas, havia pessoas neste mundo mortal que elas fariam sofrer?

Mais objetivamente ainda: os documentos legais eram impecáveis. Na grande república de Florença, nenhum cidadão podia ser submetido a tortura a não ser que houvesse prova de sua culpa. Os documentos tinham sido assinados pelas autoridades responsáveis da Signoria, o conselho governante. Ele os lera com cuidado, mais de uma vez. O papa Alexandre tinha aprovado, e mandara dignitários da Igreja como observadores oficiais. Havia até mesmo boatos de que o grande cardeal César Bórgia estava em Florença secretamente para observar. Nesse caso não havia esperança para o frade santo. Em silêncio, o homem que deveria torturar rezava para que o santo homem fosse libertado rapidamente desta terra.

Com a mente e a alma preparadas, Francis Saluti esperou junto à porta aberta da câmara de tortura pelo derrotado Martelo de Deus, o frade Girolamo Savonarola. Finalmente o famoso orador foi arrastado para a sala. Parecia que ele já fora espancado, fato que desapontou Saluti. Isso era um insulto à sua habilidade.

Como profissionais que eram, Saluti e seu assistente prenderam Savonarola com firmeza no ecúleo. Não querendo deixar para um subordinado a tarefa crítica, o próprio Saluti girou as rodas de ferro que moviam as engrenagens que, por sua vez, esticavam lentamente os membros do torturado. Durante todo esse processo, nem Saluti nem Savonarola disseram uma palavra. Isso agradou a Saluti. Ele considerava aquela sala uma igreja, um local de silêncio, oração e, finalmente, confissão, e não de conversa fiada.

Logo Saluti ouviu o estalo familiar, enquanto os antebraços do sacerdote se partiam nos cotovelos. O cardeal-chefe de Florença, que estava sentado perto, ficou pálido, chocado com o som medonho.

— Você, Girolamo Savonarola, confessa que suas mensagens verbais eram falsas e heréticas, um desafio ao Senhor? — perguntou Saluti.

O rosto de Savonarola estava pálido como a morte, os olhos virados para o céu como os dos santos mártires nos afrescos religiosos. Mesmo assim ele não respondeu.

O cardeal assentiu para Saluti, que girou a roda de novo. Depois de um instante houve um som rasgado, feroz, acompanhado por um grito agudo e animalesco, enquanto os ossos e os músculos dos braços de Savonarola eram deslocados dos ombros.

De novo Saluti fez a pergunta:

— Você, Girolamo Savonarola, confessa que suas mensagens verbais eram falsas e heréticas, um desafio ao Senhor?

As palavras sussurradas foram praticamente inaudíveis quando Savonarola sussurrou:

— Eu confesso.

Tinha acabado.

Savonarola tinha admitido sua heresia, e assim o fim foi predeterminado. Não houve protestos dos florentinos. Eles o haviam adorado, mas agora estavam satisfeitos por se livrar dele. Dentro de uma semana o Martelo de Deus foi enforcado, com o corpo partido se retorcendo nas cordas até ele estar quase morto. Então foi cortado e queimado na estaca, na praça em frente à igreja de São Marcos, onde havia cuspido seu fogo e enxofre — onde quase havia levado o próprio papa à morte e à destruição.

EM SUA MANHÃ de trabalho o papa Alexandre pensava nas coisas do mundo, nas artimanhas das nações, nas traições das famílias e nas coisas estranhas e satânicas escondidas no coração de cada indivíduo da terra. Mesmo assim, ele não se desesperava. Nas coisas de Deus ele nunca precisava pensar, já que era o Vigário de Cristo na Terra e sua fé era incomensurável. Sabia que, acima de tudo, Deus era misericordioso e perdoaria todos os pecadores. Esta era a pedra fundamental de sua fé. Ele jamais duvidava de que o propósito de Deus era criar felicidade e alegria neste mundo temporal.

Mas os deveres de um papa são diferentes. Acima de tudo ele tinha de tornar a Santa Igreja mais forte para levar a palavra de Cristo a todas as partes do mundo — e, ainda mais importante, sobre as vastidões do tempo até o futuro. A maior calamidade para o homem seria ter silenciada a voz de Cristo.

Nesse sentido o seu filho César poderia servir. Mesmo não sendo mais cardeal, tinha certeza de que ele uniria os estados papais, porque era um excelente estrategista militar e patriota. A única questão era:

será que ele possuía o caráter para suportar as tentações do poder? Será que conhecia a misericórdia? Caso contrário, poderia salvar as almas de muitos e perder a sua própria. Isso perturbava Alexandre.

Mas agora havia outras decisões a tomar. Detalhes de seu cargo, tediosas decisões administrativas. Hoje havia três, e só uma lhe causava conflito verdadeiro. Tinha de decidir sobre a vida ou a morte de seu principal secretário, Plandini, que fora condenado por vender bulas papais. Em seguida, teria de decidir se um dos membros de uma família grande e nobre deveria ser canonizado como santo da Igreja. E, terceiro, junto com seu filho e Duarte, tinha de repassar os planos e as verbas que havia alocado para começar uma nova campanha destinada a unir os estados papais.

Alexandre estava vestido em estilo formal, mas com simplicidade — como um papa que dispensaria favores, e não os exigiria. Seu manto branco era simples, apenas com um acabamento de seda vermelha, e na cabeça usava a leve mitra de linho. Na mão, trazia apenas o anel de São Pedro, o anel papal, para ser beijado. Nada mais.

Hoje, para justificar as ações que ia tomar, representaria a Igreja como misericordiosa. E para isso usava a sala de recepção cujas paredes eram adornadas com pinturas da Virgem Maria, a Madona que intercede com Deus por todos os pecadores.

Chamou César para sentar-se ao seu lado, porque achava que alguns homens deviam aprender a aplicação virtuosa da misericórdia.

O primeiro a ser atendido foi seu mais leal servidor durante vinte anos, Stiri Plandini, que tinha sido descoberto falsificando bulas papais. César o conhecia bem, porque ele estava na corte desde que César era uma criança.

O homem foi empurrado para a sala numa cadeira de prisioneiro — uma cadeira estofada em que era imobilizado por correntes, coberto com mantos por respeito aos olhos ternos do papa.

Alexandre ordenou que as correntes nos braços dele fossem retiradas imediatamente, e em seguida ordenou que lhe fosse dada uma taça de vinho. Porque Plandini tinha tentado falar, mas só conseguiu grasnar rouco.

Então o papa disse com compaixão:

— Plandini, você foi condenado e sentenciado. Você me serviu com fidelidade nesses muitos anos, entretanto não posso ajudá-lo agora. Mas você pediu uma audiência e eu não podia lhe recusar. Então fale.

Stiri Plandini era um escrivão típico. Seus olhos eram franzidos, de tanto ler, e o rosto tinha aquela frouxidão do homem que jamais caçou ou usou armadura. Seu corpo era tão magro que ocupava apenas um pequeno espaço na cadeira. Quando falou, sua voz saiu muito fraca.

— Santo Padre. Tenha piedade de minha mulher e de meus filhos. Não deixe que eles sofram por meus pecados.

— Garantirei que eles não sofram nada — disse Alexandre. — Agora, você abandonou todos os seus conspiradores? — O papa esperava que Plandini citasse um dos cardeais de quem ele desgostava especialmente.

— Sim, Santo Padre. Eu me arrependo de meu pecado e imploro, em nome da Virgem Maria, por minha vida. Deixe-me viver e cuidar de minha família.

Alexandre pensou nisso. Um perdão para esse homem encorajaria outros a violar sua confiança. Mas sentiu pena. Em quantas manhãs ele tinha ditado cartas para Plandini, trocado pilhérias ou perguntado pela saúde de seus filhos? O sujeito tinha sido um secretário perfeito e um cristão devoto.

— Você é bem pago. Por que cometeu um crime tão sério?

Plandini estava apoiando a cabeça nas mãos, com o corpo inteiro se sacudindo enquanto ele era rasgado por soluços.

— Meus filhos. Meus filhos. Eles são jovens, desregrados, e eu tinha de pagar suas dívidas. Tinha de mantê-los perto de mim. Tinha de trazê-los de volta à fé.

Alexandre olhou para César, mas sua expressão permaneceu impassível. Verdadeira ou não, a resposta de Plandini era inteligente. O amor do papa pelos filhos era bem conhecido em Roma. O sujeito o havia tocado.

Parado ali, na luz forte do sol que atravessava as janelas de vitrais, rodeado por retratos da Madona, que sempre perdoava, Alexandre sentiu-se esmagado pela responsabilidade. Neste dia mesmo, este homem à sua frente estaria pendurado num cadafalso na praça pública, cego e surdo para sempre aos prazeres da terra — com os cinco filhos e três filhas despedaçados de sofrimento. E certamente os três conspiradores deveriam morrer, mesmo que ele perdoasse este homem. Seria justo matá-lo também?

Alexandre tirou da cabeça a mitra de linho; por mais leve que fosse, ele não podia suportar mais o peso. Ordenou que os guardas papais soltassem o prisioneiro e o deixassem ficar de pé. Depois viu o tronco dobrado de Plandini, seus ombros torcidos pelo ecúleo durante o interrogatório.

Esmagado não tanto de tristeza por este único pecador, quanto por todo o mal do próprio mundo, ele se levantou e abraçou Plandini.

— A Santa Mãe da Compaixão falou comigo. Você não morrerá. Eu o perdoo. Mas você deve deixar Roma e deixar sua família. Viverá o resto da vida num mosteiro longe daqui e dedicará a vida a Deus para merecer sua misericórdia.

Gentilmente, ele empurrou Plandini de volta para a cadeira e fez um gesto para que ele fosse levado. Tudo ficaria bem; o perdão seria envolto em segredo, os outros conspiradores seriam enforcados e tanto a Igreja quanto Deus seriam servidos.

De súbito ele teve uma alegria que raramente sentia — nem mesmo com os filhos, com as mulheres que amava, com os tesouros que contava para as cruzadas. Sentiu uma crença tão pura em seu Cristo que toda a pompa e todo o poder desapareceram, e parecia que ele era todo feito de luz. À medida que esse sentimento ia sumindo, ele se perguntava se seu filho César algum dia sentiria esse êxtase de misericórdia.

O PRÓXIMO PRISIONEIRO era de um tipo totalmente diverso, pensou Alexandre. Teria de ser inteligente com ele e não ser brando. Um acordo difícil precisava ser feito, e ele não deveria enfraquecer. Este não inspiraria uma gota de misericórdia. Recolocou a mitra na cabeça.

— Devo esperar na antessala? — perguntou César, mas o papa pediu que ele o acompanhasse.

— Você vai achar isso interessante.

Para essa reunião Alexandre escolheu outra sala de recepção que não era tão clemente. Suas paredes eram pintadas com retratos de papas guerreiros, golpeando os inimigos da Igreja com espada e água benta. Representações de santos sendo decapitados pelos infiéis, Cristo na cruz com a coroa de espinhos e corredores pintados de vermelho vivo. Era o Salão dos Mártires, mais adequado a essa entrevista.

O homem que se apresentou ao papa era o chefe da nobre e rica família veneziana dos Rosamundi. Era dono de cem navios que comerciavam por todo o mundo. Como um verdadeiro veneziano, sua riqueza era um segredo muito bem guardado.

Baldo Rosamundi, homem de mais de 70 anos, estava vestido respeitosamente em preto e branco, mas usava pedras preciosas no lugar dos botões. E no rosto tinha o ar de alguém preparado para realizar negócios sérios, como os dois tinham feito juntos quando Alexandre era cardeal.

— Então você acha que sua neta deveria ser canonizada — disse Alexandre com animação.

Baldo Rosamundi falou com respeito:

— Santo Padre, isso seria presunçoso da minha parte. Foi o povo de Veneza que deu início à petição para torná-la santa. Foram as santas autoridades de sua Igreja que investigaram a reivindicação e a levaram adiante. Sei que apenas o senhor, o Santo Padre, pode dar a aprovação final.

Alexandre fora posto em dia pelo bispo designado como Protetor da Fé, cujo papel era investigar pedidos de canonização. Era um caso bastante comum. Doria Rosamundi seria uma santa branca, e não uma santa vermelha. Isto é, ela seria elevada à santidade baseada numa vida impecavelmente virtuosa: uma vida de pobreza, castidade e boas obras, com um ou dois milagres improváveis para ajudar. Havia centenas de pedidos assim por ano. Alexandre não tinha afeto pelos santos brancos; preferia os que morriam como mártires pela Santa Igreja — os santos vermelhos.

A documentação mostrava que Doria Rosamundi havia rejeitado a boa vida de sua família rica. Tinha cuidado dos pobres e, como não havia muitos pobres em Veneza — uma cidade que não permitia sequer a liberdade da pobreza —, tinha viajado pelas pequenas cidades da Sicília, juntando crianças órfãs para cuidar. Havia sido casta, tinha vivido na pobreza, e, mais importante, sem temor, cuidara das vítimas das pestes que constantemente atacavam a população. E depois tinha morrido de uma dessas pestes aos 21 anos. Estava morta há apenas dez anos quando a família deu início ao processo de canonização.

Claro que, como prova, houvera milagres. Durante a última peste algumas vítimas tinham sido dadas como mortas e postas nas pilhas de cadáveres que eram queimados. Mas, quando Doria rezou perto, elas voltaram milagrosamente à vida.

Após a sua morte, as orações em seu túmulo produziram algumas curas para doenças mortais. E nas águas azuis do Mediterrâneo os marinheiros viam seu rosto pairando acima dos navios nas grandes tempestades. Muitos documentos atestavam esses milagres. Tudo tinha sido investigado, e nada fora negado. E era de grande ajuda o fato de que a enorme riqueza dos Rosamundi ajudava a levar a petição em todos os níveis da Igreja.

— O que você pede é muito — disse Alexandre — e minha responsabilidade é ainda maior. Uma vez que sua neta seja santificada, por definição ela residirá no céu, sentada ao lado de Deus, e portanto poderá interceder por todos os seus entes amados. Os relicários dela estarão na igreja de vocês; peregrinos virão de todo o mundo para prestar culto. É uma decisão de peso. O que você pode acrescentar a todas estas evidências?

Baldo Rosamundi baixou a cabeça em reverência.

— Minha experiência pessoal. Quando ela era apenas uma menina, eu estava no auge de minha boa fortuna e, no entanto, isso nada significava para mim. Era tudo cinzas. Mas quando Doria tinha apenas sete anos, ela viu minha tristeza e implorou que eu rezasse a Deus por minha felicidade. Eu fiz isso e fiquei feliz. Ela nunca foi uma criança egoísta; nunca foi uma moça egoísta. Eu adorava lhe comprar joias caras, mas ela nunca as usava. Vendia todas e dava o dinheiro aos pobres. Depois de sua morte eu fiquei muito doente. Os doutores me sangraram até eu ficar branco como um fantasma, mas eu continuava definhando. Então uma noite eu vi o rosto dela e ela falou comigo. Disse: "O senhor deve viver para servir a Deus."

Alexandre levantou as mãos numa bênção respeitosa e depois tirou a mitra da cabeça. Colocou-a sobre a mesa entre eles.

— E você viveu para servir a Deus?

— O senhor deve saber que sim. Construí três igrejas em Veneza. Mantive uma casa para crianças enjeitadas, em memória de minha neta. Renunciei aos prazeres mundanos inadequados aos homens da minha idade, e encontrei amor renovado por Cristo e pela abençoada Madona. — Ele parou um momento e em seguida encarou o papa com um sorriso benigno que Alexandre recordava bem. — Santo Padre, o senhor só precisa ordenar como devo servir à Igreja.

Alexandre fingiu pensar nisso, depois falou:

— Você deve saber que, desde que fui eleito para este santo ofício, minha maior esperança era liderar uma outra cruzada. Liderar um exército cristão para ir a Jerusalém para capturar o local de nascimento de Cristo.

— Sim, sim — disse Rosamundi ansioso. — Usarei toda a minha influência em Veneza para que o senhor tenha a melhor frota de navios. Pode contar comigo.

Alexandre deu de ombros.

— Veneza é unha e carne com os turcos, como você sabe. Não pode prejudicar suas rotas de comércio e suas colônias dando apoio a uma cruzada para a Santa Igreja. Eu sei disso, como certamente você sabe. O que realmente necessito é de ouro, para pagar os soldados e fornecer provisões. O fundo sagrado não está cheio. Mesmo com os ganhos do jubileu, o imposto extra que cobrei de todos os membros do clero, alto e baixo, e o imposto de dez por cento para a cruzada cobrado de todos os cristãos. Aos judeus de Roma eu pedi vinte por cento. Mas o fundo sagrado continua um pouco baixo. — Ele sorriu e em seguida acrescentou: — E assim você pode servir.

Baldo Rosamundi assentiu, pensativo, como se isso fosse uma surpresa para ele. Até mesmo ousou erguer as sobrancelhas ligeiramente. Depois falou:

— Santo Padre, dê alguma ideia do que o senhor requer e eu obedecerei, ainda que tenha de hipotecar minha frota.

Alexandre já havia pensado um pouco na quantia que poderia arrancar de Rosamundi. Ter uma santa na família tornaria os Rosamundi bem-vindos em todas as cortes do mundo cristão. Iria, em grande parte, protegê-los de inimigos poderosos. Não importava que houvesse quase dez mil santos na história da Igreja Católica; apenas algumas centenas tinham o certificado do papado em Roma.

Alexandre falou devagar:

— Sua neta foi certamente abençoada pelo Espírito Santo. Ela esteve além de qualquer censura como cristã, acrescentou glória ao reino de Deus na terra. Mas talvez seja muito cedo para canonizá-la. Há muitos outros candidatos esperando, alguns há cinquenta ou cem anos. Eu não quero me apressar. É um ato irrevogável.

Baldo Rosamundi, que tinha irradiado esperança e confiança há apenas alguns instantes, pareceu se encolher na cadeira. Falou, num sussurro quase inaudível:

— Eu quero rezar no templo dela antes de morrer, e não vou viver muito mais. Quero que ela interceda por mim no céu. Eu sou um verdadeiro crente em Cristo e realmente acredito que minha Doria é uma santa. Desejo venerá-la enquanto ainda estou na terra. Imploro, Santo Padre, peça o que o senhor deseja.

Naquele momento Alexandre viu que o sujeito era sincero, que ele realmente acreditava. Assim, com a alegria de um jogador, pediu o dobro do que tinha planejado.

— Nosso fundo para a cruzada precisa de quinhentos mil ducados. Em seguida o mundo cristão poderá navegar para Jerusalém.

O corpo de Baldo Rosamundi pareceu saltar, como se tivesse sido acertado por um raio. Por um momento ele apertou os ouvidos com as mãos como se não quisesse ouvir, mas estava concentrando a mente e tentando responder. Depois ficou calmo, e uma bela serenidade transformou seu rosto.

— Obrigado, Santo Padre. Mas o senhor deve ir pessoalmente a Veneza para consagrar o templo dela e realizar as cerimônias necessárias.

Alexandre respondeu em voz baixa:

— Esta é minha intenção. Uma santa é maior do que qualquer papa. E agora rezemos juntos para pedir que ela interceda por nós no céu.

17

NAQUELA MANHÃ CÉSAR ACORDOU COM UMA EMPOLGAÇÃO crescente. Já podia sentir a mudança em si mesmo. Hoje era o dia em que se apresentaria diante do consistório dos cardeais escolhidos pelo papa para "avaliar" a liberação de seus votos e permitir que ele renunciasse ao *status* de cardeal.

Uma comissão de quinze foi nomeada, e apenas dois não estavam presentes. Um cardeal espanhol tinha adoecido de malária e um dos cardeais italianos tinha caído do cavalo.

Nenhum dos outros cardeais já havia enfrentado um pedido assim, já que ser cardeal era o sonho da maioria dos homens em toda a Itália. Ser escolhido era ascender nas fileiras da Igreja e ser alvo da maior estima, porque cada um deles estava em posição de ser considerado como futuro papa. A maioria dos cardeais presentes havia se comprometido com longos anos de trabalho exaustivo, orações — e pecados ocasionais — para chegar ao cargo, de modo que o pedido de César era considerado ao mesmo tempo um enigma e uma impertinência. Abandonar voluntariamente o papado era uma afronta à honra deles.

Cada membro da comissão sentava-se rigidamente numa cadeira de espaldar alto, de madeira elaboradamente entalhada, no Salão da Fé. Vestidos com suas roupas formais, a longa fila de chapéus vermelhos parecia uma fita enorme pendurada diante do retrato do Juízo Final, os rostos dos cardeais como máscaras contorcidas pela descrença: nítidas, brancas e fantasmagóricas.

César se levantou para dirigir-se a eles.

— Estou aqui diante de vocês para que entendam por que vou pedir sua indulgência nesta questão. Devo confessar que nunca desejei uma vida na Igreja. Meu pai, Sua Santidade Alexandre VI, fez a escolha por mim com a melhor das intenções. Mesmo assim esta nunca foi minha escolha e nunca será minha vocação.

Os cardeais se entreolharam nervosos, surpresos com sua honestidade. César explicou:

— Minha escolha é liderar o exército papal, para defender a Igreja e Roma. E, para fazer isso, devo acrescentar que quero me casar e ter filhos legítimos. Como esta é minha verdadeira vocação e minha maior convicção, peço humildemente que me liberem dos votos e me permitam renunciar.

Um dos cardeais espanhóis protestou:

— Se isso for permitido, pode haver um perigo. E se um cardeal se tornar príncipe e depois se sentir capaz de formar novas alianças, servir a um novo rei e se tornar inimigo da Igreja e da Espanha?

Alexandre estava imóvel diante deles, sem se abalar. Os cardeais tinham sido informados de seus desejos, mas agora cada um deles o encarava, pedindo confirmação dessa decisão importante. Ele falou:

— É apenas pelo bem de sua alma que meu filho faz esse pedido. Pois, como ele confessou, sua verdadeira vocação é se casar e ser um soldado, não usar as vestes eclesiásticas. Seus apetites temporais e seu jeito mundano causaram escândalo universal ao papado, já que ele parece incapaz de conter as paixões. E devemos concordar que ele não serve à Santa Madre Igreja ou a Roma. Devemos considerar também que, com a renúncia do cardeal, mais de trinta e cinco mil ducados em territórios e benefícios ficarão vagos e voltarão para nós. Em vista dos benefícios da ação, e como estamos comprometidos em salvar almas, devemos honrar esse pedido.

A eleição foi unânime, já que a quantidade dos benefícios afastava qualquer dúvida.

Numa curta cerimônia o papa Alexandre dispensou seu filho dos votos e o autorizou a se casar, dando-lhe uma bênção papal especial.

E foi assim que César Bórgia tirou cuidadosamente a grande capa púrpura e o chapéu vermelho diante do consistório, curvando-se para os cardeais do comitê e do Santo Padre. Depois, de cabeça erguida, saiu da sala para a luz dourada do sol de Roma. Agora era um homem do mundo, e não da Igreja, e sua nova vida podia começar.

MAIS TARDE ALEXANDRE teve um sentimento de tristeza, porque tinha construído sua vida na esperança de que o filho César se tornaria papa. Mas, agora que Juan estava morto e ele precisava de um comandante em quem confiasse para liderar o exército papal, resolveu se curvar à vontade do Pai Celestial e aceitar a decisão do filho.

Sentiu-se em depressão, coisa bastante incomum para um homem de sua natureza animada, por isso achou que precisava de algum prazer para levantar o espírito e aplacar o coração pesado. Decidiu submeter-se a uma massagem, porque os prazeres do corpo sempre ajudavam a alegrá-lo.

Chamou Duarte e informou que realizaria qualquer reunião de emergência em seu salão particular. Como fazia em situações que lhe traziam prazer mas seriam censuradas pelos outros, mandou Duarte dizer aos seus funcionários que uma longa massagem à tarde fora prescrita como medida de saúde por seu médico particular.

Estava no salão havia menos de uma hora quando Duarte entrou e anunciou:

— Há uma pessoa que deseja vê-lo, senhor. Ele diz que é uma questão de grande importância.

O papa, deitado de barriga para baixo, coberto apenas por uma leve toalha de algodão, falou, sem levantar a cabeça:

— Ah, Duarte, você deve deixar que essas jovens o relaxem quando terminarem comigo. Isso tira o demônio do corpo e traz uma nova luz à alma.

— Há outros modos que considero mais eficazes — disse Duarte, rindo.

— Quem quer essa audiência?

— O embaixador francês, Georges d'Amboise. O senhor quer que eu peça para ele esperar até que esteja vestido?

— Diga que, se for muito importante, ele terá de falar comigo como estou, pois não tenho vontade de terminar esta sessão mais rapidamente do que havia planejado. Afinal de contas, Duarte, até um papa precisa de um momento para honrar o templo de seu corpo. Ele não é uma criação de Deus?

— A teologia não é o meu forte, Sua Santidade. Mas mandarei que ele entre. Os franceses raramente se horrorizam com os prazeres da carne.

E foi assim — deitado despido numa mesa alta, com duas jovens atraentes massageando-lhe as costas e esfregando suas pernas musculosas — que o embaixador francês, Georges d'Amboise, encontrou o papa. Foi levado ao salão por um divertido Duarte, que rapidamente deixou os dois.

Apesar de cínico e muito sofisticado, Georges d'Amboise ficou perplexo com a visão. Mas seu rosto, treinado na diplomacia, não revelou coisa alguma.

— É seguro falar, embaixador — disse o papa. — Estas moças não prestam atenção.

Mas d'Amboise recusou. Disse a Alexandre:

— As instruções do rei são de que apenas Sua Santidade deve ouvir isso.

O papa Alexandre fez um gesto impaciente para que as garotas se retirassem, saiu da mesa e se levantou. O embaixador tentou desviar os olhos.

— D'Amboise, vocês franceses fazem tanta questão de segredo, no entanto todos os boatos correm no vento e nada nos escapa. Pode falar.

Georges d'Amboise achava difícil abordar uma questão de tamanha importância com o papa nu à sua frente. Na tentativa de manter a compostura, começou a tossir e a soltar perdigotos.

Alexandre olhou para si mesmo e sorriu.

— E dizem que os franceses são tão livres... — falou com algum sarcasmo. — Vou me vestir para que você pare de gaguejar e vá ao ponto.

Pouco depois, em roupas formais, o papa se juntou ao francês em seu escritório. D'Amboise começou:

— O rei Carlos está morto. Num incidente infeliz, em que bateu a cabeça numa trave de um teto, ele logo ficou inconsciente e, dentro de horas, apesar dos médicos e das atenções da corte, morreu. Nada pôde ser feito. Seu parente, Luís XII, ascendeu ao trono como rei. Sob seu governo eu estou sendo mandado com informações: a situação com Nápoles e Milão mudou, pois o rei reivindica as cidades. Elas são dele por direito.

Alexandre pensou um momento e franziu a testa.

— Devo entender que seu novo rei reivindica *os dois* reinos?

— Sim, Sua Santidade. Um deles fica na região de onde vieram os antepassados dele, o outro na região de onde vieram os antepassados do rei Carlos. Mas esteja tranquilo, ele não deseja mal ao senhor ou à Santa Madre Igreja.

O papa fingiu surpresa.

— Verdade? E como podemos estar certos?

O embaixador pôs a mão no coração, num gesto de sinceridade.

— Eu esperava que o senhor aceitasse minha palavra e a palavra do rei.

Alexandre sentou-se em silêncio, pensativo por um momento.

— O que o seu rei deseja de mim? Para me procurar com esta informação e oferecer uma garantia, ele deve desejar algo importante.

— Bom, ele tem um desejo que apenas Sua Santidade pode conceder. E tem a ver com o casamento dele com Joana da França. Ele pediu para lhe dizer que não está contente, Santidade.

— Meu caro d'Amboise — disse Alexandre com um ar divertido. — Não está contente em ter se casado com a deformada e desfigurada filha de Luís XI? Que surpresa! Apesar de me desapontar, porque eu esperava mais da parte dele, ele não é tão caridoso quanto eu presumia.

A voz do embaixador ficou fria e mais formal. Estava afrontado com as observações de Alexandre.

— Não é uma questão de beleza, Santo Padre, eu garanto. O casamento dos dois nunca foi consumado e o jovem rei deseja ardentemente um herdeiro.

— Ele tem outra esposa em mente? — perguntou Alexandre, já suspeitando da resposta.

O embaixador assentiu.

— Ele deseja se casar com Ana da Bretanha, viúva de seu falecido primo, Carlos VIII.

O papa riu, bem-humorado.

— Ah. Agora fica mais claro para mim. Ele quer se casar com a cunhada, por isso pede uma dispensa ao Santo Padre. Em troca ele oferecerá um tratado protegendo nossas terras.

O corpo de d'Amboise pareceu se dobrar sobre si mesmo, de alívio.

— Em substância, Santo Padre, ainda que eu colocasse a coisa de modo mais delicado...

A voz sonora do papa Alexandre ressoou no salão.

— Esta é uma questão séria para ser trazida a mim. Pois está escrito nos Dez Mandamentos: "Não cobiçarás a mulher de teu irmão."

O embaixador gaguejou:

— Mas com sua dispensa, Sua Santidade, até um mandamento pode ser alterado em certa medida.

O papa se recostou na cadeira e relaxou, e sua voz assumiu um tom muito mais casual.

— Verdade, embaixador. Mesmo assim, antes que eu possa concordar, há mais uma coisa que desejo, além da segurança de nossas terras, já que o seu rei está reivindicando uma grande indulgência. — D'Amboise ficou quieto e Alexandre continuou: — Você deve saber que meu filho, César Bórgia, abdicou do chapéu de cardeal. Por isso é imperativo que ele se case logo. A filha do rei Federigo de Nápoles, a princesa Rosetta, parece uma noiva adequada, uma noiva que seria grandemente influen-

239

ciada pelo seu rei, não concorda? Presumo que possamos contar com o apoio dele, não é?

— Farei o máximo possível, Sua Santidade, para que o rei entenda os seus desejos e consiga um acordo. Até nos falarmos de novo, imploro que Sua Santidade considere o pedido do rei, pois ele esperou pacientemente por isso.

O papa olhou com ar maroto para o embaixador.

— Vá, d'Amboise, leve minha mensagem a Luís. Talvez a França e o papado possam comemorar, se de fato houver dois casamentos.

CÉSAR TINHA MANDADO várias mensagens para Lucrécia em Santa Maria in Portico, pedindo que ela o recebesse em particular, mas em todas as vezes ela respondeu que tinha outros compromissos prementes, mas que viria o mais rápido possível. Em princípio ele se sentiu ofendido, mas depois ficou com raiva.

A irmã não era apenas sua amante, mas sua amiga mais querida. Agora que havia tantas coisas mudando em seus planos e em sua vida, queria dividi-las com ela. Mas durante meses Lucrécia não fez nada, além de passar cada minuto do dia e da noite com o novo marido, o príncipe Alfonso, dando festas, recebendo poetas e artistas, fazendo passeios ao campo. Seu palácio tinha se tornado um local de reunião de artistas, atraindo visitantes de longe.

César se obrigou a parar de imaginar o jovem casal fazendo amor, porque tinha ouvido boatos na noite do casamento dela, e nesse caso — diferentemente da experiência de Lucrécia com Giovanni Sforza — ele ouvira dizer que ela estava cheia de júbilo e entusiasmo.

Agora que não era mais cardeal, César tinha pouca coisa a fazer. Para passar o tempo ficava horas estudando estratégia militar e tentando decidir qual seria a melhor aliança matrimonial que poderia formar para ajudar o pai a expandir os territórios papais. E queria falar do assunto com a irmã, para obter conselho não somente de seu pai e dos conselheiros mas também dela — afinal, quem o conhecia melhor?

Sem o estorvo dos mantos de cardeal, começou a passar dias e noites bebendo na cidade com cortesãs, conseguindo contrair sífilis em vários contatos incautos. E pagou caro pelas indiscrições. Seu médico usou-o como cobaia para testar uma cura, forçando-o a passar semanas encharcando as pústulas que cobriam o corpo com todo tipo de ervas e cataplasmas ferventes. Foi cortado, esfregado e encharcado até que finalmente as feridas desapareceram, deixando-o com uma quantidade de pequenas cicatrizes redondas escondidas debaixo das roupas. E o médico teve o crédito da cura.

Assim que ficou bom, César tentou se comunicar com Lucrécia. E durante dois dias não recebeu resposta. Então, num momento em que estava enfurecido em seu quarto, decidido a ir ao palácio dela e insistir num encontro, ouviu uma batida na porta da passagem secreta. Sentou-se alerta na beira da cama.

De repente Lucrécia estava à sua frente, radiante e mais linda do que nunca. Correu para ele, que se levantou para beijá-la, para abraçá-la com toda a paixão reprimida, mas seus lábios só se encontraram por um momento antes que ela se afastasse. Foi um beijo doce, um abraço afetuoso, mas completamente sem luxúria.

— É isso que você me traz? — perguntou César. — Agora que tem outro para encantar?

Ele se virou antes que ela respondesse, e ficou de costas. Ela implorou que ele se voltasse e a encarasse, mas ele recusou, e ela se pegou implorando.

— César, meu irmão querido, meu amor, por favor, não fique com raiva de mim. Todas as coisas mudam. E, agora que não é mais cardeal, você vai encontrar um amor tão completo quanto o que eu tenho.

César se virou para ela de novo, com o peito pesado. Seus olhos brilharam de raiva.

— É isso que você sente depois de todos os anos que passamos juntos? Em apenas alguns meses você deu o coração a outro? E o que ele lhe deu?

Ela tentou se aproximar de novo, dessa vez com lágrimas nos olhos.

— Cés, ele me cobre de gentileza, conversa e afeto. É um amor que enche meu coração e minha vida; mais do que isso, porém, é um amor que eu não preciso esconder. Não é proibido, é abençoado, e isso é uma coisa que você e eu nunca poderíamos ter.

César deu um riso de desprezo.

— Todas as suas promessas de que nunca amaria alguém como me amava, tudo isso mudou em tão pouco tempo? Só porque ganhou uma bênção, pôde se entregar totalmente a outro? Seus lábios podem ser beijados como eu beijei? Sua carne responde com o mesmo fogo?

A voz de Lucrécia tremeu.

— Para mim nunca haverá alguém como você, porque você foi meu primeiro amor. Foi com você que eu compartilhei pela primeira vez os segredos do meu corpo, além dos segredos da minha alma e os pensamentos mais íntimos da minha mente. — Lucrécia foi até ele e César permitiu. Ela segurou seu rosto com as duas mãos, e ele não se afastou quando ela o encarou nos olhos. A voz de Lucrécia saiu baixa, mas forte, quando continuou: — Mas, meu querido Cés, você é meu irmão. E nosso amor sempre foi manchado pelo pecado, pois, apesar de o Santo Padre tê-lo sancionado, o Pai Celestial não sancionaria. Não é preciso ser cardeal ou papa para saber a verdade do pecado.

Ela cobriu o rosto enquanto ele gritava:

— Um pecado? Nosso amor, um pecado? Nunca aceitarei isso. Era a única coisa verdadeira na minha vida, e eu proíbo que você faça pouco dele. Eu vivia e respirava por você. Poderia suportar que papai amasse mais Juan do que a mim; poderia suportar que papai amasse mais você do que a mim, porque sabia que você me amava acima de todas as coisas. Mas agora que seu amor por outro é maior do que por mim, como vou poder viver com isso?

César começou a andar de um lado para o outro.

Lucrécia sentou-se na cama dele e balançou a cabeça.

— Eu não amo outro mais do que amo você. Amo Alfonso de um modo diferente. Ele é meu marido. Cés, sua vida apenas começou. Papai vai nomeá-lo capitão-geral do exército papal, e você terá grandes batalhas a lutar, como sempre sonhou. Vai se casar e ter filhos que poderá reivindicar como seus. Será o senhor de sua casa. César, meu irmão, toda a sua vida está à sua frente, porque enfim você está livre. Não deixe que eu seja a causa de sua infelicidade, porque você é mais importante para mim do que o próprio Santo Padre.

Então ele se curvou para beijá-la, um beijo suave, o beijo de um irmão para a irmã... e alguma parte dele ficou rígida e fria. O que faria sem ela? Até aquela noite, sempre que pensava em amor, pensava nela; sempre que pensava em Deus, pensava nela. Agora temia que, sempre que pensasse em guerra, pensaria nela.

18

CÉSAR PASSOU AS SEMANAS SEGUINTES VESTIDO NUM PRETO solene, andando pelos salões do Vaticano, carrancudo e raivoso, enquanto esperava impaciente o começo da vida nova. A cada dia marcava o tempo com ansiedade enquanto esperava um convite de Luís XII, rei da França. Estava inquieto e queria escapar da paisagem familiar de Roma, deixar para trás todas as lembranças da irmã e sua vida como cardeal.

Durante essas semanas seus terrores noturnos voltaram, e ele ficava relutante em dormir, por medo de acordar suando frio e com um meio grito nos lábios. Não importando o quanto tentasse banir a irmã do coração e da mente, ele estava possuído por ela. E a cada vez que fechava os olhos para tentar descansar, imaginava-se fazendo amor com ela.

Quando o papa, com grande prazer, informou-lhe que Lucrécia estava grávida de novo, ele passou todo o dia cavalgando pelo campo, quase louco de ciúme e raiva.

Naquela noite, enquanto se revirava no sono, uma chama amarela e brilhante se acendeu em seu sonho. De repente o rosto doce de sua irmã apareceu, e ele o viu como um sinal, um símbolo do amor dos dois. Naquela noite escura César estabeleceu o compromisso de que usaria aquela chama como insígnia pessoal e iria colocá-la ao lado do touro dos Bórgias. A partir desse dia, em paz ou na guerra, a chama de seu amor incendiaria sua ambição.

O cardeal Giuliano della Rovere fora o maior inimigo do papa Alexandre durante muitos anos. Mas depois de seu exílio na França — depois da tentativa fracassada e humilhante de destronar o papa e se alinhar com o desafortunado Carlos VIII — della Rovere descobriu que a atitude belicosa só havia lhe trazido sofrimento. Um homem como ele ficava muito mais confortável nas passagens apinhadas e atulhadas do Vaticano, onde poderia fazer planos sutis para o futuro e avaliar sua posição enquanto falava diretamente com os amigos e os inimigos. Ali, na expressão de um rosto ou na inflexão de uma voz, ele poderia descobrir mais do que em todos os acordos escritos.

Assim que della Rovere decidiu que sua postura contra o papa não lhe era mais vantajosa, tentou rapidamente uma conciliação. A oportunidade chegara com a morte do filho do papa, Juan, quando ele escreveu uma carta de condolências para Alexandre. O sofrimento do papa e sua decisão de se reformar, bem como à Igreja, tinham-no levado a aceitar de bom grado a mensagem do cardeal. Quando o papa escreveu de volta, ele o fez com apreço e com um convite para o cardeal della Rovere atuar como delegado papal na França. Pois, mesmo em sua desolação, o papa sabia da importância de della Rovere na corte e imaginava que um dia poderia pedir sua assistência.

Quando finalmente César recebeu o convite para visitar o rei Luís em Chinon, tinha duas missões importantes a cumprir: primeiro devia levar a dispensa papal requisitada pelo rei — e depois deveria convencer a princesa Rosetta a ser sua esposa.

Alexandre o chamou aos seus aposentos antes de ele partir para a França. Depois de abraçar o filho, entregou-lhe o pergaminho com o selo papal em cera vermelha.

— Esta é a dispensa para o rei, anulando o casamento e permitindo que ele se case com a rainha Ana da Bretanha. É extremamente importante, já que este não é simplesmente o caso de um homem que deseja uma esposa mais bonita, e sim uma delicada questão política. Pois se o rei não puder se casar com Ana, ela retirará a Bretanha do controle francês, o que será um golpe sério nos planos de Luís para "la grandeur de la France".

— Ele não pode simplesmente se divorciar de Joana ou provar uma base para a anulação?

Alexandre sorriu.

— Parece uma questão simples, mas não é. Ainda que Joana seja baixa e aleijada, ela tem verdadeira estatura e uma mente inteligente. Ela conseguiu testemunhas que juram ter ouvido Luís declarar publicamente que a montou mais de três vezes na noite do casamento. Acrescente-se a isso que ele afirma que tinha menos de quatorze anos, a idade do consentimento, mas não se pode encontrar quem jure sobre a data em que ele nasceu.

— E como o senhor resolverá esse problema? — perguntou César em tom maroto.

— Ah — disse Alexandre, suspirando. — Ser um papa, e infalível, é uma verdadeira bênção. Eu simplesmente colocarei a idade dele onde acho que ela deva estar, e declararei que qualquer prova em contrário é falsa.

— Há algo mais que eu deva levar à França para garantir minhas boas-vindas?

A voz de Alexandre ficou séria.

— O chapéu vermelho de cardeal para o nosso amigo Georges d'Amboise.

— D'Amboise quer ser cardeal, mas ele é um excelente embaixador — disse César.

— Ele o quer desesperadamente, mas só sua amante tem certeza dos motivos.

O papa abraçou César com afeto.

— Vou me sentir perdido sem você, meu filho. Mas me certifiquei de que você seja bem-tratado. Nosso legado papal na França, o cardeal della Rovere, estará lá para recebê-lo e protegê-lo de qualquer perigo invisível. Eu lhe dei instruções claras para guardá-lo com grande cuidado e para tratá-lo como filho.

E FOI ASSIM QUE em outubro, quando César chegou por mar a Marselha, acompanhado por um séquito enorme, o cardeal della Rovere e sua embaixada estavam lá para recebê-lo. César vestia veludo preto e brocado dourado, cada peça da vestimenta luxuosamente decorada com delicadas joias e diamantes. Seu chapéu era bordado com ouro e encimado por plumas brancas. Até os cavalos tinham ferraduras de prata, já que o tesouro papal fora saqueado para equipá-lo.

O cardeal della Rovere abraçou-o e disse:

— Meu filho, estou aqui para me dedicar ao seu conforto e à sua honra. Se houver alguma coisa que você deseje, esteja certo de que providenciarei. — Della Rovere tinha conseguido convencer o conselho de Avignon a levantar um empréstimo para montar uma recepção adequada para o dignitário que chegava.

No dia seguinte, num importante castelo francês, a apresentação de César foi ainda mais escandalosa. Ele usava um gibão branco sobre o veludo preto, incrustado com pérolas e rubis. Seu cavalo era um garanhão cinza pintalgado, e a sela, o bridão e as rédeas eram cravejados de ouro. Ele era precedido por vinte trombeteiros vestidos de escarlate, montados em cavalos brancos, e atrás vinha uma tropa de cavalaria suíça com uniformes papais em carmim e ouro. Por sua vez eles eram seguidos por trinta cavalheiros que o serviam, que vinham diante de seus numerosos auxiliares, pajens e outros serviçais, todos muitíssimo bem vestidos. Por fim vinham músicos, malabaristas, acrobatas, ursos, macacos e setenta mulas com as riquezas de seu guarda-roupa e os presentes para o rei e membros da corte. Uma parada grandiosa e vistosa.

Antes de ele deixar Roma, Duarte o acautelou contra esses excessos, dizendo que os franceses não ficariam impressionados com uma demonstração assim. Mas César achava que sabia mais.

Della Rovere e seu assessor levaram César pela cidade cheia de estandartes e arcos de triunfo decorados, a um grande custo, para a sua chegada. Segundo as instruções do cardeal, todo mundo tratava o filho do papa como um príncipe real. Ele foi recebido com presentes de pratos e placas de prata, depois levado à Maison de la Ville para participar de uma grande celebração.

Della Rovere tinha convidado muitas das jovens mais lindas e as damas elegantes da cidade, porque era bem sabido que César gostava da companhia das mulheres. Seguiram-se vários dias com banquetes suntuosos e peças teatrais elaboradas, e as noites passavam enquanto eles bebiam vinhos finos em meio a diversões e espetáculos de dança para César e sua companhia.

E durante os dois meses seguintes foi assim em cada povoado, em cada cidade. Não havia uma feira à qual César não comparecesse, uma corrida de cavalos em que não apostasse, um jogo de cartas do qual estivesse ausente.

Naquele outono a França estava fria, com ventos cortantes e granizo, mas em cada municipalidade as multidões surgiam e a chegada de César atraía grande atenção. A humildade nunca fora uma de suas virtudes, e agora, em vez de ver a curiosidade do povo por um filho do papa, ele via aquela atenção como sinal de que o adoravam, e sua cabeça se encheu de um novo poder. Tornou-se arrogante e confiante demais, afastando os franceses que realmente poderiam ajudá-lo.

FINALMENTE CÉSAR chegou à corte da França em Chinon, e o rei estava furioso. Vinha esperando ansiosamente a notícia da anulação do casamento, e não recebera qualquer notícia de que o papa havia concedido sua solicitação.

No dia em que chegou, César foi acompanhado por uma grande cavalgada e uma comprida fila de mulas carregadas de muitos adornos luxuosos. Cada animal estava coberto por tecidos ricos, em amarelo e vermelho, com o touro dos Bórgias e a nova insígnia de César, a chama amarela. O séquito estava luxuosamente coberto de joias, e em várias mulas havia baús imensos, que encheram a imaginação dos cidadãos. Alguns disseram que eles continham joias preciosas para a futura esposa de César; outros diziam que eram relicários sagrados e relíquias que trariam grandes bênçãos. Mas ninguém da aristocracia ficou impressionado. Na Itália essa demonstração espalhafatosa contaria a história de grande riqueza e poder, mas na França inspirava desprezo.

O próprio rei tinha uma tendência à parcimônia, e a corte seguia seu exemplo. Em pouco tempo César enfrentou risos nas ruas. Cheio de um novo sentimento de importância, e sem a sabedoria do pai ou o bom senso da irmã para equilibrá-lo, permaneceu sem perceber as reações deles.

À primeira visão de César, o rei Luís sussurrou a um conselheiro:

— Isso é demais.

Mas mesmo assim ele recebeu o filho do papa com grande entusiasmo, e teve de se conter para não perguntar imediatamente pela esperada dispensa da parte de Alexandre.

Enquanto César, acompanhado por Georges d'Amboise, passava pela fila formal de recepção para ser apresentado a membros importantes da corte, ele não parecia se preocupar com as expressões de diversão da parte deles. Podiam gargalhar se quisessem, mas o rei precisava tratá-lo bem, porque ele estava de posse de uma decisão que era crítica para o soberano.

Os jovens aristocratas suficientemente idiotas para zombar de César receberam um alerta do rei tão severo que os surpreendeu. Obviamente, pensavam, este Bórgia era alguém com quem o rei se importava.

Depois das apresentações, César, Luís e o embaixador Georges d'Amboise se retiraram para uma sala agradável e íntima nos aposentos do rei. As paredes eram cobertas com painéis de seda amarela e carvalho. Altas janelas com balcões davam para um lindo jardim, cuja fonte delicada estava cheia de pássaros coloridos cujas doces canções enchiam a sala.

O rei Luís começou tranquilizando César.

— Você sabe, meu caro amigo, que os soldados franceses que entrarem na Itália não vão desafiar os direitos ou os territórios papais. Além disso, se houver alguma dificuldade para desapossar os senhores locais ou os vigários na Romanha, posso lhe garantir que um número considerável de soldados franceses estará pronto para ajudá-lo.

— Obrigado, alteza — disse César. Satisfeito com a generosidade do rei, César entregou imediatamente a dispensa formal do papa.

O rei não pôde esconder o deleite e, quando César passou o pergaminho lacrado com cera para Georges d'Amboise e este o leu, o rosto dele irradiou um prazer perplexo ao ver que estava sendo nomeado cardeal e aceito como príncipe da Santa Madre Igreja.

Agora o próprio Luís estava num humor expansivo. À luz da generosidade do papa, ele iria tornar oficial: César seria duque de Valentinois. Com o título iriam alguns dos melhores castelos e algumas das propriedades mais lucrativas da França. César ficou enormemente aliviado, porque tinha gastado demais com seu séquito e sabia que precisaria contratar tropas para a campanha na Romanha. O presente do rei garantia que ele jamais precisaria se preocupar de novo com dinheiro.

Os três brindaram um ao outro. E então César perguntou:

— E como vai a aliança matrimonial?

De repente Luís pareceu inquieto.

— Há um problema com a princesa Rosetta. Apesar de estar na França, como dama de companhia de minha amada rainha Ana, ela não é uma de minhas súditas, e sim filha do rei de Nápoles, de ascendência espanhola, e portanto súdita da casa de Aragão. E é uma garota com vontade própria. Simplesmente não posso ordenar que ela se case com você.

César franziu a testa, mas depois perguntou:

— Será que eu posso falar com a dama, majestade?

— Claro — disse o rei. — D'Amboise vai arranjar isso.

NAQUELA TARDE César e a princesa Rosetta sentaram-se juntos num banco de pedra no jardim, rodeados pela fragrância das laranjeiras.

Rosetta era uma jovem alta, não a mais bonita que César já vira, mas tinha porte régio. Seu cabelo escuro, preso na nuca, fazia-a parecer severa. Mas tinha uma abordagem agradável e direta, e não se mostrou relutante em discutir a proposta de casamento.

Rosetta deu um sorriso gentil, mas falou com firmeza:

— Não desejo ofender o duque de modo algum, já que até este momento eu não o tinha visto. Mas a verdade infeliz é que estou desesperadamente apaixonada por um nobre bretão e, portanto, não tenho amor para dar a outro.

César tentou persuadi-la.

— Frequentemente um amor desesperado não é o motivo mais confiável para uma vida juntos.

Mas Rosetta o encarou sem se abalar.

— Devo falar honestamente, porque acho que o senhor é digno de minha confiança. O senhor é filho do papa, e a opinião do papa, além dos exércitos papais, é importante para o meu pai. Acho que as duas coisas são de tamanha importância que, se o senhor insistisse, meu pai me forçaria a casar com o senhor. Mas imploro que não faça isso. Eu nunca poderia amá-lo, pois meu coração já foi dado. — Os olhos dela se encheram de lágrimas.

César admirou a jovem, porque ela defendia a própria verdade. Entregou-lhe seu lenço.

— Nem por um momento eu desejaria forçá-la ao casamento. Se meu encanto não pode ganhá-la, não irei tê-la como noiva. — Ele sorriu então. — Mas a senhora tem um verdadeiro valor como amiga... e, se algum dia eu cair vítima dos tribunais, pediria que a senhora se apresentasse como advogada para me defender.

Rosetta riu, divertida e aliviada. E a princesa e César passaram a tarde juntos, desfrutando a companhia mútua.

NAQUELA NOITE César se apresentou ao rei, explicando o que tinha acontecido. Luís não pareceu surpreso com a resposta de Rosetta, mas ficou satisfeito com a reação de César.

— Obrigado por sua gentileza e compreensão — disse ele.

— Nós temos outra princesa que não esteja apaixonada? — perguntou César num tom agradável.

Ainda embaraçado por não conseguir realizar sua promessa ao papa, o rei falou:

— Eu planejei lhe oferecer um título adicional, de duque de Dinois, e dar de presente duas propriedades de grande importância, além das duas que já concedi.

César baixou a cabeça, agradecendo; depois, com um brilho os olhos, perguntou:

— Agradeço, claro. Mas isto vai me garantir uma esposa?

Luís ficou obviamente perturbado.

— Com a recusa da princesa Rosetta, e com sua permissão, vamos imediatamente começar uma busca ampla. Vamos revirar as casas reais da França em busca da princesa correta.

César se levantou para sair.

— Vou estender minha permanência e visitar os campos de seu país, até que ela seja encontrada.

EM ROMA, o papa não podia pensar em outra coisa além do casamento do filho. Chamou o cardeal Ascanio Sforza e pediu que ele voltasse a Nápoles para fazer de novo o pedido ao rei.

Mas semanas depois o cardeal voltou sem sucesso, porque Rosetta continuou a recusar, e ele não tinha encontrado uma noiva disponível entre as outras jovens. E, durante a estada em Nápoles, o cardeal Sforza descobriu mais coisas perturbadoras. No sul havia notícias de que o rei Luís XII estava planejando outra invasão francesa para reivindicar seus direitos ancestrais sobre Milão e Nápoles.

— Isso é verdade? — perguntou Ascanio Sforza a Alexandre. — E o que o senhor pretende fazer com relação a isso?

O papa ficou furioso ao ser questionado assim por Ascanio. Mas não podia mentir nem dizer a verdade. Em vez disso, falou:

— Eu agiria se meu filho, César, não estivesse refém na própria corte da França.

— Um refém bem vestido, bem mantido e voluntário, que leva consigo os cofres da Santa Madre Igreja cheios de riquezas para o seu prazer. Ou para seduzir uma esposa com o objetivo de formar uma aliança que ameaçará a própria Roma.

O papa Alexandre ficou ultrajado e trovejou:

— Meu caro cardeal, foi seu irmão, Il Moro, você deve recordar, que convidou a primeira invasão francesa. E Roma é que é traída, porque nenhum dos membros da casa de Aragão quer oferecer uma aliança matrimonial. Eles me dão pouca escolha.

— Então é verdade que o senhor se alinhou com a França contra Aragão? — perguntou Ascanio, um tanto satisfeito.

Alexandre lutou para se recompor. Em seguida ele ficou de pé e apontou para a porta de seus aposentos, dizendo:

— Saia imediatamente, porque o que você falou é uma heresia. E sugiro que reze, pedindo perdão por essa calúnia, caso contrário eu irei lhe dar a extrema-unção e mandarei jogá-lo nas águas escuras do Tibre ainda esta noite.

O cardeal Ascanio Sforza saiu rapidamente, mas o som da invectiva feroz e da voz trovejante do papa o fez correr tão depressa escada abaixo que o coração martelava em seu peito. Ele tropeçou uma vez, mas conseguiu se equilibrar, decidido a deixar Roma e ir para Nápoles assim que pudesse.

Durante os meses que se seguiram, o papa deixou de lado todos os negócios da Igreja. Não conseguia se concentrar em nada além da nova aliança. Recusava-se a receber embaixadores de Veneza, Florença, Milão e Nápoles — qualquer um que não viesse oferecer uma esposa a seu filho César.

NA FRANÇA, depois de vários meses, o rei Luís chamou César aos seus aposentos e anunciou, alegre:

— Trago uma notícia muito boa. Se você e o Santo Padre concordarem, encontrei uma noiva esplêndida: Charlotte d'Albret, uma mulher linda e inteligente, irmã do rei de Navarra.

Satisfeito e aliviado, César mandou imediatamente uma mensagem ao pai, pedindo permissão para se casar e estender sua permanência na França.

Após celebrar a missa na catedral de São Pedro, Alexandre estava profundamente perturbado. Tinha recebido uma mensagem do filho e, enquanto se ajoelhava no altar da basílica sob o olhar vigilante da Santa Madona, tentou raciocinar...

Durante seus trinta e cinco anos como vice-chanceler de papas, durante os seis anos como papa, e em todos os anos de sua vida, Alexandre nunca estivera diante de um dilema tão terrível. A aliança com a Espanha sempre fora a sua força, como homem de Deus e do mundo. Tinha conseguido equilibrar os poderes estrangeiros da Espanha e da França, e manter apoio para o papado nos dois países.

Mas depois da morte de Juan, a viúva dele, Maria Enriquez, tinha convencido a rainha Isabel, e portanto o rei Fernando, de que César Bórgia fora o verdadeiro assassino do irmão. Por isso, não havia uma família da casa de Aragão — nem na Espanha, em Nápoles ou em Milão — que permitisse que uma de suas filhas se casasse com o filho do papa.

Alexandre tinha procurado em todas as cidades, tinha falado com incontáveis embaixadores e oferecido grandes benefícios, mesmo assim não pudera encontrar uma noiva adequada e uma aliança forte para César. Mas devia encontrar, caso contrário os Bórgias cairiam.

Precisava de apoio para o papado, e precisava da ajuda dos exércitos de Nápoles e da Espanha para unificar as terras e impedir os levantes dos cobiçosos senhores locais. Até mesmo o casamento de sua filha Lucrécia com Alfonso de Nápoles, sob a casa de Aragão, repousava secretamente sobre essa intenção de garantir a aliança de César com a irmã de Alfonso, a princesa Rosetta.

Mas agora ela havia recusado, e o filho que ele mandara para se casar com uma princesa espanhola recebera em vez disso a oferta de uma princesa francesa. Será que ele estava perdendo o controle sobre o papado?

Cruzou as mãos, baixou a cabeça diante da grandiosa estátua de mármore da Madona e implorou seu conselho.

— Como a senhora já deve saber, Mãe Santa, meu filho César pergunta se pode tomar como esposa uma filha da França. E Sua Majestade

Católica, Luís XII, se oferece para ajudá-lo a reivindicar as terras devidas à Igreja. Ele mandará soldados franceses para acompanhá-lo na batalha.

Alexandre lutou com os pensamentos e ponderou as opções. Se consentisse no casamento de César com Charlotte, será que deveria se separar não somente da Espanha e de Nápoles, mas também de sua filha amada? Porque o esposo dela, Alfonso, era príncipe de Nápoles, e sem dúvida uma aliança com a França destruiria o casamento de Lucrécia. Mas o que aconteceria com sua família se ele recusasse a França? Certamente esse rei invadiria Roma com ou sem sua permissão — e instalaria o cardeal della Rovere como papa.

Se os franceses viessem através de Milão, Alexandre tinha certeza, Ludovico fugiria sem lutar. Mas, o mais importante, assim que Nápoles tivesse de pegar em armas, o que seria de seu filho Jofre e da mulher dele, Sancia?

O papa procurava desesperadamente ao menos um motivo para escolher a Espanha e não a França, para negar a César uma esposa francesa. Mas depois de se ajoelhar, rezando, e de andar de um lado para o outro durante horas, Alexandre não encontrou nenhum. Por outro lado, se os bem treinados soldados franceses cavalgassem com César para tomar os territórios agora dominados por barões e senhores locais, ele poderia ser coroado duque da Romanha. A família Bórgia estaria garantida e o papado, seguro.

Ficou acordado a noite inteira, olhando as velas tremulantes e implorando a inspiração divina. E, quando deixou a capela nas primeiras horas da manhã, tinha chegado a uma decisão, ainda que relutante.

Duarte Brandão estava esperando nos aposentos do papa, porque entendia a luta de Alexandre.

— Duarte, meu amigo. Eu considerei isso do modo mais cuidadoso que pude. E cheguei a uma conclusão. Preciso de um pedaço de pergaminho para redigir minha resposta, para que possa deitar a cabeça num travesseiro e finalmente descansar.

Duarte olhou o papa se sentar à mesa, e pela primeira vez ele parecia idoso e cansado. Entregou a pena ao papa.

A mão de Alexandre estava firme, mas sua mensagem a César foi curta. Dizia apenas: "Meu filho querido. Excelente noivado. Prossiga."

A CIDADE SANTA de Roma fez grandes festividades no dia do casamento de César com Charlotte d'Albret na França. O papa ordenou uma gigantesca demonstração de fogos de artifício, um enorme jorro de luzes para iluminar o céu e fogueiras para serem acesas nas ruas. Ah, que júbilo!

Lucrécia, em casa com o príncipe Alfonso em Santa Maria in Portico, olhava horrorizada enquanto uma das maiores fogueiras era acesa diante de seu palácio. Não que não estivesse feliz pelo irmão, pois o amava muito — mas o que seria de seu querido esposo, para quem essa nova aliança política só poderia significar o desastre?

Quando chegou a notícia de que o cardeal Ascanio Sforza tinha fugido da cidade, acompanhado por vários outros cardeais alinhados com Nápoles, Alfonso ficou cheio de medo e confusão quanto ao futuro.

Abraçou Lucrécia enquanto olhava os fogos crepitando.

— Minha família corre perigo se houver uma invasão dos franceses — falou em voz baixa. — Eu preciso ir a Nápoles para comandar tropas. Meu pai e meu tio precisarão de mim.

Lucrécia apertou-o com força.

— Mas o Santo Padre me garantiu que nós não correremos perigo, pois ele jamais deixará que a discórdia política interfira com nosso amor.

Apesar de ter apenas 18 anos, Alfonso olhou para Lucrécia com uma tristeza profunda. Em seguida ele afastou o cabelo dela de cima dos olhos.

— E você acredita nisso, minha doce Lucrécia?

Naquela noite, depois de fazerem amor, ficaram acordados longo tempo antes que Lucrécia conseguisse adormecer. E assim que Alfonso ouviu o som suave da respiração da esposa, saiu da cama e foi cuidadosamente até os estábulos. Ali montou seu cavalo e foi para o sul, até o castelo de Colonna; de lá, pela manhã, partiria para Nápoles.

Mas Alexandre mandou a polícia papal atrás dele, e ele foi forçado a ficar no castelo ou voltar a Roma, caso contrário seria carregado de volta. Dia após dia, Alfonso escrevia a Lucrécia, implorando que ela se juntasse a ele, mas suas cartas não a alcançavam, porque caíam nas mãos dos mensageiros do Vaticano e eram trazidas ao papa.

Lucrécia estava mais infeliz do que nunca. Não podia entender por que Alfonso não escrevia, porque sentia falta dele desesperadamente. Se não estivesse grávida de seis meses ela o teria seguido até Nápoles. Mas agora não ousava fazer uma viagem tão extenuante, porque já havia perdido um bebê naquele ano, quando caiu de um cavalo. E até mesmo tentar uma jornada assim significaria se esgueirar à noite passando pelos guardas do pai — já que eles cercavam o palácio.

CÉSAR FICOU NA FRANÇA — não somente o tempo para se casar com Charlotte, mas para passar meses com ela num pequeno castelo no lindo vale do Loire.

Charlotte era bela e inteligente como o rei tinha prometido, e César finalmente sentiu alguma paz. Ela irradiava uma serenidade notável, e o amor que faziam acalmava César. Mas a cada dia ele lutava consigo mesmo, pois no coração ainda sentia saudade de Lucrécia.

Durante um tempo a presença de Charlotte na vida de César equilibrou sua ânsia de ter sucesso, de realizar, de conquistar. O jovem casal passava dias fazendo longas caminhadas, andando de barco no rio plácido, lendo juntos. E riam muito enquanto César tentava ensinar Charlotte a nadar e a pescar.

Uma noite, nessa época, Charlotte confessou:

— Eu realmente o amo como nunca amei outro homem.

Apesar de seu cinismo usual, César descobriu que acreditava — e no entanto as palavras dela não importavam tanto quanto deveriam. Era perturbador: mesmo tentando se apaixonar de novo, alguma coisa parecia ficar no caminho. Enquanto passavam as noites juntos, fazendo amor junto à lareira e se abraçando, César começou a se perguntar se fora amaldiçoado, como a irmã tinha sugerido. Será que seu pai realmente o havia sacrificado à serpente naquela primeira vez no jardim do Éden?

Na mesma noite em que Charlotte disse que estava grávida, ele recebeu uma mensagem urgente do papa.

"Volte a Roma imediatamente para cumprir seus deveres. Os vigários estão conspirando e os Sforza convidaram a Espanha para a Itália."

CÉSAR DISSE A CHARLOTTE que deveria voltar a Roma, para liderar os exércitos papais, reivindicar os territórios na Romanha e estabelecer um forte governo central para o papado. Enquanto ele não garantisse o poder tão completamente aos Bórgias a ponto de durar além de sua vida e da vida do papa, ela e seus filhos correriam perigo. Enquanto isso, ele lhe disse que ela e a criança em seu ventre deveriam permanecer na França.

No dia em que César partiu, Charlotte tentou ser graciosa, mas no fim se agarrou feroz e lacrimosamente ao marido enquanto ele montava em seu cavalo. Ele desceu, abraçou-a e sentiu o corpo dela tremer.

— Minha querida Lotte, vou mandar buscar você e o bebê assim que puder. E não tenha medo, porque não há um italiano vivo que possa me matar. — Ele se curvou e beijou-a suavemente.

Em seguida, montou em seu esguio cavalo branco e, com um último aceno para Charlotte, partiu pelo portão do castelo.

19

ALEXANDRE NÃO SUPORTAVA AS LÁGRIMAS DE LUCRÉCIA. E ainda que ela se mantivesse composta em público, a cada vez que os dois ficavam sozinhos ela falava pouco, e apenas nos termos mais educados. Nem mesmo o convite que ele fez a Júlia e Adriana, que trouxeram o primogênito de Lucrécia para ficar com ela, não pareceu aliviar seu desespero. Agora, na maioria das noites, ficavam todos sentados em silêncio. Ele sentia falta das conversas animadas da filha — a ausência delas era um peso.

De novo Lucrécia se sentia incapaz de mudar seu destino e, embora não culpando o pai pela nova aliança com a França, entendia a necessidade de o marido ajudar a família dele. Mesmo assim lamentava a verdade — por causa de diferenças políticas ela e seu filho não nascido eram forçados a se virar sem Alfonso. Parecia um compromisso impossível. Tentava argumentar com seu coração, mas ele recusava qualquer raciocínio. E ela se perguntava cem vezes por dia por que seu querido esposo não lhe mandava uma mensagem.

Depois de várias semanas testemunhando o desespero da filha, Alexandre não suportava mais. Assim, imaginou um plano que ele achava poder ajudar. Lucrécia era uma mulher inteligente, graciosa e abençoada com muitas das qualidades de liderança que ele próprio possuía. Ela havia herdado seu charme, mesmo que isso não estivesse visível ultimamente.

Ainda assim, em seu plano mais amplo, ele sempre tinha pensado em conceder a ela alguns territórios na Romanha — e logo que César os conquistasse — e por isso achava que algum treino na arte de governar iria lhe dar uma vantagem no futuro e tiraria sua mente da perturbação imediata. Aquele marido idiota ainda estava no castelo de Colonna, teimosamente se recusando a voltar a Roma. Não havia dúvida de que ele sentia falta da esposa, mas, não tendo notícias dela há meses, achava que ela o havia abandonado. O papa foi obrigado a mandar Cervillon, o capitão espanhol que segurara a espada sobre eles durante a cerimônia de casamento, para pedir a ajuda do rei de Nápoles para recuperar Alfonso.

Alexandre estava impaciente com todas essas emoções. Apesar de não ser absolutamente estoico na vida amorosa, seu sofrimento parecia mais digno do que o daqueles dois jovens. Pois Deus sabia quantos outros amantes os dois teriam durante uma vida inteira! Se sofrêssemos no mesmo nível por todos, não restaria tempo para fazer o nosso trabalho, ou o de Deus.

E assim, depois de muita deliberação e discussão com Duarte, Alexandre decidiu que mandaria Lucrécia governar a terra chamada de Nepi, um lindo território que ele reivindicara do cardeal Ascanio Sforza assim que este fugiu para Nápoles.

Como Lucrécia estava nos últimos estágios da gravidez, Alexandre sabia que deveriam tomar um cuidado especial e permitir mais tempo para a viagem. Ofereceria um grande séquito para acompanhá-la e uma liteira coberta de ouro, para o caso de o cavalo se tornar muito desconfortável. Mandaria Michelotto guardá-la nas primeiras semanas e se certificar de que o território estava seguro. Claro, ela também deveria ter um conselheiro ao chegar a Nepi, para ensinar-lhe a governar.

O papa Alexandre sabia que algumas pessoas da Igreja iriam objetar, porque, afinal de contas, ela era mulher. Mas Lucrécia fora nascida e criada para ser uma estadista, e não havia motivo para deixá-la desperdiçar os dons só porque não nascera homem. O sangue Bórgia corria em suas veias, e assim seus dotes deviam ser utilizados.

Ele não sentia o mesmo apreço pelo filho mais novo, Jofre, e na verdade estava com raiva da mulher dele, Sancia. Claro que sabia que parte da má vontade era devida ao extremo desprazer que sentia pelo tio dela, o rei de Nápoles, cuja filha Rosetta se recusara a se casar com o filho do papa. Era uma arrogância inacreditável. Que desplante! Além disso, Alexandre não se enganava. Sabia que o rei poderia ordenar que a filha se casasse com César, e ele não fizera isso. Portanto, concluiu, foi o rei quem rejeitou seu filho.

Sancia, a princesa de Nápoles com quem seu filho mais novo tinha se casado, sempre fora uma garota teimosa e cheia de vontades; e, pior, ela ainda não tinha dado um herdeiro a Jofre. Além de ser uma sedutora. Todos eles ficariam muito melhor se Jofre tivesse se tornado o cardeal e César o marido de Sancia — já que ele, sem dúvida, poderia tê-la domado.

Alexandre chamou Jofre, de 17 anos, aos seus aposentos. O filho entrou com um sorriso largo no rosto agradável, e, mesmo não reclamando, estava mancando muito.

— O que aconteceu? — perguntou Alexandre, sem a preocupação usual e nem mesmo um abraço rápido.

— Nada, papai — respondeu Jofre de cabeça baixa. — Eu me feri na coxa enquanto lutava esgrima.

Alexandre tentou não parecer impaciente, mas a incompetência o deixava irritado.

Jofre era louro e tinha uma expressão aberta. Seus olhos não possuíam a inteligência luminosa da irmã, o brilho escuro de esperteza do irmão Juan ou a ambição feroz que era possível ver nos olhos de César. Na verdade, quando olhava nos olhos desse filho, o papa não via nada e achava isso desconcertante.

— Desejo que você acompanhe sua irmã a Nepi. Ela precisará da companhia de alguém de quem gosta, e de alguma proteção. Ela é uma mulher sozinha, em vias de ter um filho, e precisa de um homem em quem possa confiar.

Jofre sorriu e assentiu.

— Gostarei disso, Sua Santidade. E minha esposa gostará, pois ela sente grande apreço por Lucrécia e precisa de uma mudança de paisagem.

Alexandre procurou ver se a expressão no rosto do filho mudaria quando ele lhe desse o próximo golpe, mas estava disposto a apostar que não.

— Eu não disse nada sobre sua esposa, como você a chama, acompanhá-lo. Ela não irá, pois tenho outros planos para ela.

— Eu lhe direi — disse Jofre obedientemente —, mas tenho certeza de que ela não ficará satisfeita.

Alexandre sorriu, pois não havia esperado nada do filho e ele não o desapontou.

Mas não se poderia dizer a mesma coisa com relação a Sancia. Naquela tarde, assim que soube da notícia, ela se enfureceu com Jofre.

— Você nunca vai ser mais meu marido e menos filho de seu pai? — gritou.

Jofre examinou-a, perplexo com as palavras.

— Ele não é só meu pai. É também o Santo Padre. Há mais coisas em risco caso eu recuse.

— Há mais coisas em risco se ele me forçar a ficar e você a ir, Jofre — alertou Sancia e em seguida começou a chorar de frustração. — Eu odiei me casar com você quando fui obrigada, mas agora comecei a gostar, e mesmo assim você deixa seu pai me separar de você?

Jofre sorriu, mas pela primeira vez era um sorriso esperto.

— Houve ocasiões em que você esteve mais do que disposta a ficar longe de mim... ocasiões que você passou com meu irmão Juan.

Sancia ficou perfeitamente imóvel e enxugou as lágrimas.

— Você era uma criança e eu estava solitária. Juan me consolou; não foi nada além disso.

Jofre permaneceu calmo.

— Acho que você o amava, porque chorou mais do que ninguém no enterro dele.

— Não seja idiota, Jofre. Chorei porque estava com medo por mim. Nunca acreditei que seu irmão morreu nas mãos de um estranho.

Jofre ficou alerta. Seus olhos assumiram um ar de inteligência fria e ele pareceu mais alto, com os ombros mais largos, a postura mais forte.

— E está sugerindo que sabe quem matou meu querido irmão?

Naquele momento, Sancia reconheceu que alguma coisa tinha mudado em seu marido. Agora ele parecia alguém totalmente diferente do garoto que ela conhecia. Foi até ele e passou os braços por seu pescoço.

— Não deixe que ele o afaste de mim — implorou. — Diga que eu preciso ficar com você.

Jofre acariciou o cabelo de Sancia e deu-lhe um beijo no nariz.

— Você pode dizer a ele — falou, percebendo que, depois de todo aquele tempo, ainda estava com raiva da relação dela com Juan. — Diga o que for preciso, e vejamos se vai se sair melhor do que outros que tentaram argumentar com o Santo Padre.

E assim Sancia foi até os aposentos do papa e pediu uma audiência.

Alexandre estava sentado em seu trono quando ela entrou, tendo acabado uma discussão com o embaixador de Veneza, que o deixara num humor péssimo.

Sancia parou diante dele, depois de uma reverência minúscula e sem o beijo de respeito no anel ou no santo pé. Mas, pelo que estava para fazer, ele podia lhe perdoar aqueles pequenos deslizes.

Falou sem pedir permissão, já que, afinal de contas, era filha e neta de reis. Nesse dia em particular ela se parecia mais com o avô, o rei Ferrante, do que com qualquer outra pessoa; seus cabelos pretos estavam soltos, desalinhados. Seus olhos verdes estavam penetrantes, a voz acusadora, quando falou:

— O que foi isso que eu soube? Não vou ser mandada com meu marido e a irmã dele para Nepi? Devo ficar no Vaticano sem a companhia daqueles de quem gosto?

Alexandre bocejou deliberadamente.

— Você, minha cara, deve fazer o que lhe pedem, o que aparentemente é uma coisa que não lhe vem facilmente.

Sancia bateu o pé, numa raiva que não conseguia controlar. Dessa vez ele tinha ido longe demais.

— Jofre é meu marido e eu sou a mulher dele. Meu lugar é com ele, pois é a ele que eu devo minha lealdade.

O papa gargalhou, mas seus olhos eram de aço.

— Minha cara Sancia. Você pertence a Nápoles. Com aquele seu tio imbecil, na terra daquele animal que era o seu avô, Ferrante. E vou mandá-la para lá se você não controlar a língua.

— O senhor não me amedronta, Sua Santidade. Pois acredito num poder maior do que o seu. E é para o meu Deus que eu rezo.

— Cuidado com as palavras, criança. Pois eu posso mandar enforcá-la ou queimá-la por heresia, e então sua reunião com seu caro marido vai demorar ainda mais.

O queixo de Sancia estava rígido, e ela estava furiosa a ponto da imprudência.

— Eu vou causar um escândalo e você pode me queimar, se quiser, mas isso não vai me impedir de dizer a verdade. Pois nada em Roma é o que parece, e a verdade deve ser sabida.

Quando Alexandre se levantou, era uma figura tão imponente que Sancia recuou por instinto. Num momento ela recuperou a compostura, juntou a coragem e manteve o terreno. Mas quando se recusou a baixar os olhos, a ser intimidada pelo olhar sagrado do papa, ele ficou furioso. Se seu filho não podia domá-la, ele faria isso.

— Você partirá para Nápoles amanhã. E vai levar uma mensagem minha ao rei. Diga a ele que, se não quer nada de mim, eu não quero nada dele.

Antes de partir, com uma escolta minúscula e quase sem dinheiro para a viagem, ela disse a Jofre:

— Seu pai tem mais inimigos do que você imagina. Um dia isso vai acabar mal. Só rezo para estar aqui para ver.

O rei Luís, vestido com ricos brocados bordados com abelhas de ouro, entrou cavalgando em Milão com César ao lado. Eram acompanhados pelo cardeal della Rovere, pelo cardeal d'Amboise, pelo duque de Ferrara, Ercole d'Este, e por uma força de quarenta mil soldados ocupantes.

Ludovico Sforza, Il Moro, tinha se reduzido à pobreza contratando soldados mercenários, mas eles não eram páreo para as hábeis tropas francesas. Sabendo que a derrota estava próxima, Ludovico tinha mandado os dois filhos e o irmão, Ascanio, à Alemanha, para que fossem postos sob a proteção do marido de sua irmã, o imperador Maximiliano.

E foi assim que, depois de uma vitória fácil, o rei Luís da França foi declarado o verdadeiro duque de Milão. E pela ajuda nessa invasão o rei agradeceu as bênçãos do papa — bem como a ajuda de seu filho César.

Durante a inspeção da cidade, o primeiro lugar que o rei visitou foi o grande castelo Sforza. Ali procurou os baús de carvalho com as trancas especiais desenhadas por Leonardo da Vinci, que, segundo boatos, estavam cheias de joias preciosas e ouro. Ao abri-los, o rei viu que estavam vazios. Parecia que Ludovico tinha levado as melhores joias, e mais de 240 mil ducados, ao fugir. Mas ainda havia valores suficientes na fortaleza para impressionar o rei Luís com a grandeza da corte de Ludovico — desde os estábulos dos Sforza, com seus impressionantes e detalhados retratos de cavalos valiosos, até a pintura mural de Leonardo mostrando a Última Ceia no mosteiro de Santa Maria.

Mas o rei não se importou quando seus arqueiros usaram a maravilhosa estátua de barro de um cavalo, feita por Leonardo, para treinar tiro ao alvo, destruindo-a completamente. Os cultos cidadãos de Milão acharam que os soldados franceses eram bárbaros, porque cuspiam no chão dos castelos e jogavam lixo nas ruas.

Se os territórios da Romanha tivessem sido unificados, a invasão de Luís à Itália poderia ter parado ali. Mas não foram. E então Alexandre soube que essa era a hora de reivindicá-los, porque, afinal de contas, eram estados papais, e somente graças à sua generosidade e indulgência seus cobiçosos tiranos tinham podido governá-los durante tanto tempo.

Agora César só precisava derrotar aqueles príncipes risíveis para conquistar o resto do território dos estados papais, com o objetivo de unificar a Itália e trazer glória e riquezas para sua família e para Roma.

Em Nepi, Lucrécia se entregou de coração aos deveres administrativos. Estabeleceu um corpo legislador e uma força policial para implementar as leis e manter a paz nas ruas. Como seu pai tinha feito em cada quinta-feira em que estava em Roma, ela convidava os cidadãos ao castelo para verbalizar seus descontentamentos, e fazia o máximo para remediar essas situações. Parecia ter talento para governar, e seus cidadãos passaram a lhe ter grande apreço.

Durante esse tempo Jofre era um consolo para Lucrécia quando ela sentia saudade de Alfonso, e ela era um consolo para ele. Porque Jofre estava melancólico por causa de Sancia, por mais que ela fosse difícil algumas vezes. À medida que Lucrécia aprendia a governar, Jofre caçava e cavalgava pelas belas paisagens do campo, e os dias foram ficando mais fáceis para os dois.

Como recompensa por sua excelência e por seus serviços, um mês depois de Lucrécia chegar a Nepi o papa conseguiu convencer Alfonso a se juntar a ela. Para isso, ele generosamente concedeu ao jovem casal a cidade, o castelo e as terras ao redor de Nepi. Os jovens amantes ficaram tão cheios de êxtase por estarem juntos de novo que nenhum dos dois perguntou o que o papa queria em troca.

Alexandre deu várias semanas a Lucrécia e Alfonso antes de lhes fazer uma visita. Ele não podia lhes dar mais tempo, porque não havia tempo a dar. No segundo dia em Nepi, durante um suntuoso jantar em família, o papa perguntou se Lucrécia estaria disposta a voltar a Roma para ter seu filho. Foi extremamente convincente ao explicar que estava ficando velho e ter um neto iria lhe trazer grande prazer. Cheia de felicidade por estar com o marido de novo, e aliviada com a perspectiva de encontrar Júlia e Adriana, ela concordou. Tendo prometido que nunca mais se separariam, Alfonso concordou em ir junto.

Lucrécia voltou a Roma com o marido Alfonso e o irmão Jofre, e descobriu que o papa tinha mandado uma banda de música, mímicos e malabaristas recebê-los nos portões.

Enquanto ela estava fora, seu palácio em Santa Maria in Portico tinha sido decorado com ricas cortinas de seda e tapeçarias complexas. O próprio papa não perdeu tempo em vir cumprimentá-la e dar as boas-vindas.

— Que dia feliz! — exclamou, abraçando-a até levantá-la do chão, mesmo em seu estado delicado. — Minha querida filha retorna, e em pouco tempo meu filho César chegará como um herói conquistador. — Ele até mesmo deu um abraço relutante em Jofre, porque mal conseguia se conter. Nesse dia, ele achou que todas as suas orações tinham sido atendidas.

Pouco depois sua alegria cresceu sem limites ao receber a notícia da invasão de César a Milão. Em pouco tempo Lucrécia deu à luz um menino saudável, chamado de Rodrigo em homenagem a ele, e Alexandre ficou tão empolgado que um ataque de síncope forçou-o à cama durante o dia. Mas no momento em que se recuperou ele começou a se preparar para o batismo da criança.

III

20

VESTIDO COM ARMADURA PRETA E MONTADO NUM MAGNÍfico cavalo branco, César Bórgia encontrou seus comandantes nos portões do lado de fora de Bolonha. Ali o exército de mercenários suíços e alemães, os artilheiros italianos e os oficiais espanhóis se juntaram a um grande contingente de tropas francesas veteranas.

O rei tinha mantido a promessa.

Com seu porta-estandarte logo atrás, segurando a bandeira branca com o brasão do touro dos Bórgias, o exército de 15 mil homens de César serpenteou pela estrada Bolonha-Rimini em direção às cidades de Ímola e Forli.

O touro dourado esculpido no peitoral preto de César brilhava ao sol do meio-dia. Sua nova armadura era de confecção leve para permitir maior liberdade e ainda assim oferecer proteção vital. Agora ele podia lutar com eficácia mesmo a pé, caso tivesse de desmontar.

Os homens de César, com armaduras pesadas e montando cavalos poderosos, eram eficientes máquinas de lutar, difíceis de ser parados e temíveis para os oponentes. Sua cavalaria ligeira era protegida por cotas de malha e couro curtido, armada com espadas e lanças mortais.

A infantaria era composta de endurecidos soldados suíços, com amedrontadoras lanças de três metros, soldados italianos com vários tipos de armas e louros alemães com balestras e espingardas de pequeno calibre.

Mas a arma mais devastadora de todo o arsenal de César era a poderosa artilharia do capitão Vito Vitelli.

Ímola e Forli sempre tinham sido fonte de problemas na Romanha. Um dia essas duas terras tinham sido governadas por Girolamo Riario, o rude e abrutalhado herdeiro de uma poderosa família italiana do norte e filho do velho papa Sisto. Girolamo havia se casado com Caterina Sforza, sobrinha de Ludovico Sforza de Milão, quando ela era apenas uma menina. Quando Girolamo foi assassinado 12 anos depois, Caterina tinha crescido e ficado furiosa; em vez de se retirar para um convento, montou em seu cavalo e liderou os soldados numa rápida perseguição aos assassinos do marido.

Quando foram capturados e trazidos diante dela, Caterina executou uma vingança feroz e terrível nos assassinos aristocratas. Cortou seus órgãos genitais e os levantou com a própria mão para colocá-los num lenço de linho e, com fitas que havia tirado do cabelo, pendurou os pênis deles no pescoço, para desencorajar outros.

— Estas terras são minhas — disse, parada junto das vítimas. — Eu não tinha intenção de ser viúva. — Em seguida, ficou olhando enquanto o sangue derramava dos corpos deles para o chão em pequenos regatos de veias vermelhas até que os assassinos ficaram rígidos e frios. Ah, o que ela teria feito se realmente o amasse!

Imediatamente depois de voltar, Caterina reivindicou Ímola e Forli em nome de seu filho, Otto Riario, afilhado do papa Alexandre. Assim que se espalhou pelas cidades e territórios a notícia de sua punição implacável, Caterina ficou tão famosa pela ferocidade quanto pela beleza. Porque realmente era mais maligna do que qualquer guerreiro — e mais feminina do que qualquer duquesa. Seu cabelo louro e comprido emoldurava um rosto de feições finas; a pele, macia como pelo de marta, era seu orgulho; e, mesmo sendo mais alta do que muitos homens, era uma bela mulher. Passava boa parte do tempo com os filhos e, para se divertir, costumava criar emplastros especiais para sua pele sem mácula, tinturas para o cabelo louro-acinzentado e loções para os seios grandes e firmes que costumava mostrar quase descobertos. Usava carvão para fazer os dentes brancos e perfeitos brilharem, e diziam que tinha um livro em que anotava todos os seus feitiços mágicos. Era bem sabido nos povoados que ela tinha um apetite pelo prazer sensual equivalente ao de qualquer homem. Em termos da Renascença, era uma verdadeira virago — uma mulher a ser admirada pela coragem e cultura, um testemunho de sua mente poderosamente férrea e da vontade inescrupulosa.

Quando se casou de novo e seu segundo marido também foi assassinado, ela executou outra vingança furiosa. Dessa vez, mandou que os membros dos assassinos fossem arrancados e, em seguida, despedaçou os restos.

Três anos depois ela se casou com Giovanni Médici e teve um filho. Bando Neir era o nome do bebê, e era seu filho predileto. Ela gostava de ter Gio como marido; até mesmo sua feiura a atraía, pois à noite, e no quarto, ele era mais homem do que qualquer outro que ela conhecera. Mas no ano passado ela ficara viúva de novo. Agora Caterina estava com 36 anos, e era tão feroz que passou a ser chamada de Loba.

Caterina Sforza desprezava a família Bórgia por terem-na traído depois da morte de seu marido Riario, e não tinha intenção de deixar que tomassem o controle dos territórios que ela e seu filho Otto Riario governavam. Meses antes, ela recebera uma bula papal exigindo os impostos devidos por seus territórios e acusando-a de reter os dízimos devidos ao papa e à Igreja. Tendo previsto esse ardil papal, Caterina se antecipou e mandou seu dízimo a Roma integralmente, através de um mensageiro especial. Mas mesmo assim Alexandre estava decidido a reivindicar suas terras para a Romanha. E então ela se preparou para a batalha.

Seus informantes, bem pagos mas não leais, trouxeram-lhe a notícia de que César estava liderando o exército para conquistar suas cidades. Ela, por sua vez, mandou um presente ao papa — o sudário preto do cadáver de alguém que tinha morrido de peste, que ela torceu com força e pôs numa bengala oca. Esperava que, quando Alexandre abrisse o presente, a doença o atacasse e ele desistisse dos planos da conquista. Mas sob tortura seus informantes a denunciaram e, enquanto eles eram levados à morte, o papa foi salvo.

O PLANO DE CÉSAR era tomar primeiro Ímola, depois Forli.

Enquanto o exército papal se aproximava de Ímola, César juntou as tropas, adiantou a artilharia e usou a cavalaria ligeira e a infantaria como barreiras. Depois avançou com um batalhão especial de soldados armados.

Mas o preparativo foi desnecessário, porque à medida que ele se aproximava os portões da cidade eram abertos e um grupo de cidadãos preocupados corria para fora. Numa tentativa de se poupar e de poupar a cidade de ser saqueada, roubada e pilhada pelo exército papal, eles se renderam depressa.

Caterina Sforza, graças à sua conhecida crueldade e ferocidade, não era uma governante popular ou amada. Seus súditos não tinham nada a ganhar lutando por ela. No primeiro dia, dois lanceiros franceses descobriram um carpinteiro que fora prejudicado por Caterina e queria vingança. Ele pediu para se encontrar com César. Esperando se poupar, de boa vontade apontou os pontos fracos na estrutura dos muros do castelo.

Mas havia uma pequena fortaleza dentro da cidade, e seu comandante, Dion Naldi, era um verdadeiro soldado. Ele gritou do telhado:

— Nós vamos lutar!

E o exército de César se preparou para um cerco.

Vito Vitelli, o comandante italiano, moveu os canhões para a linha de frente, preparou suas tropas e começou a bombardear as muralhas do castelo com tiros constantes. Percebendo o perigo, Dion Naldi pediu uma trégua e anunciou que, se a ajuda não chegasse em três dias, ele entregaria a cidade.

Sabendo que a negociação salvaria dinheiro e vidas, César montou acampamento e esperou durante três dias.

Nenhuma ajuda chegou. Naldi, um hábil oficial de uma famosa família de guerreiros, também tinha ressentimentos, por isso largou as armas e dispensou seus homens. Ele teria lutado até a morte se sentisse alguma lealdade para com sua governante; mesmo agora, enquanto Naldi se levantava em defesa do castelo, Caterina Sforza mantinha a mulher e os filhos dele como reféns na cidadela de Forli. Naldi entregou Ímola com uma condição: que ele próprio pudesse se juntar às forças de César e do papa quando eles atacassem Forli.

Assim César Bórgia realizou o primeiro objetivo de sua campanha sem perder um só homem... ou enfrentar Caterina Sforza.

FORLI ABRIGAVA a principal fortaleza de Caterina, e era ali que César teria de enfrentar a Loba. O filho do papa era mais jovem e tinha muito menos experiência do que a feroz Caterina, por isso se aproximou dos portões com alguma cautela. Mas de novo os portões se abriram e uma multidão de cidadãos correu para anunciar a rendição.

Em cima das muralhas do castelo, Caterina Sforza estava vestida com armadura inteira, com uma espada numa das mãos e um falcão na outra. Sobre toda a área dos telhados estavam seus arqueiros, com as flechas preparadas e os arcos a postos.

No momento em que viu seus cidadãos com César, Caterina ficou furiosa e gritou para os soldados:

— Atirem nos cidadãos! Atirem nos covardes que abandonam nossa boa cidade!

Flechas voaram como bandos de pássaros e os súditos dela caíram aos pés de César.

— Meu Deus — disse César, virando-se para Vitelli. — Essa mulher é louca. Está matando seu próprio povo.

Um dos comandantes dela gritou da janela de uma torre, dizendo que a condessa queria se encontrar com César Bórgia para negociar uma rendição pacífica.

— Atravesse a ponte levadiça — gritou o comandante. — A condessa irá encontrá-lo na passagem coberta.

César olhou a ponte baixar lentamente e os portões do castelo se abrirem. Ele e o capitão espanhol, Porto Díaz, começaram a atravessar os portões, mas então César olhou pela grande abertura no telhado de madeira sobre a entrada e pensou ter ouvido alguma coisa correndo lá em cima. De repente ele se virou a tempo de ver vários dos homens de

Caterina levantando a ponte. Virou-se e viu o portão de ferro caindo diante dele.

César agarrou Porto Díaz e gritou:

— Seja rápido. Uma armadilha!

E saltou em cima da enorme polia com dentes de aço que levantava a ponte. Ela estava a centímetros de esmagá-lo enquanto a ponte se fechava e, num gesto de ousadia, César mergulhou de lado no fosso embaixo. Dezenas de balestras lançaram setas com ponta de ferro na água, deixando de acertá-lo por pouco enquanto ele nadava desesperadamente para a margem oposta.

Os louros soldados suíços xingaram Caterina em voz alta enquanto tiravam César da água.

Mas Porto Díaz não teve tanta sorte. Ficou preso entre a grade de ferro e a ponte que se fechava. Assim que César chegou à terra de novo, Caterina ordenou que óleo fervente fosse jogado sobre Díaz, da abertura no teto acima. Parado na margem, César ouviu os gritos capazes de gelar o sangue, e jurou que Caterina não escaparia impune pela tortura de seu bom capitão.

César sabia que ela não iria se render sem uma batalha mortal. E por isso se retirou ao acampamento, para formar um plano. Finalmente, depois de várias horas, achou que tinha uma surpresa que poderia mudar o pensamento dela. Dois dos filhos de Caterina tinham sido capturados em Ímola, e ele os trouxe à margem do fosso, à vista do castelo.

Em seguida, gritou para ela:

— Caterina, eu tenho uma coisa sua aqui.

Ela olhou e ele apontou para seus filhos.

— Se este castelo não se render, e se a tortura de meu comandante não parar imediatamente, eu matarei essas crianças diante de seus olhos.

Na luz baça do crepúsculo, com o alaranjado sol poente por trás, Caterina surgiu, uma sombra escura. Ela deu uma gargalhada rouca, e seu riso ecoou ameaçadoramente. Depois levantou a saia até o peitoral, para se expor.

— Olhe, seu filho de uma puta — gritou para César e em seguida apontou para o próprio ventre. — Está vendo isto? Vá em frente e destrua os dois: eu tenho o molde. Posso fazer mais filhos, muito mais; então faça o que for preciso.

Nesse momento Caterina balançou o braço e César ouviu o barulho de algo caindo na água. O corpo decapitado e escaldado de Porto Díaz tinha sido jogado no fosso.

E foi assim que César Bórgia, duque de Valentinois e filho do papa, ordenou o início do bombardeio. Os canhões de Vito Vitelli dispararam cargas e mais cargas contra os muros do castelo.

Na escuridão da noite, Dino Naldi se aproximou dele.

— O senhor vai ordenar que as crianças sejam mortas? — perguntou.

César ficou surpreso; tinha esquecido. Rapidamente tranquilizou Naldi.

— Era só uma ameaça. E teria funcionado com qualquer mãe normal. Então poderíamos ter salvado muitas vidas. Agora, por causa daquela mulher maluca, essas vidas serão perdidas. Mas matar duas crianças não adianta. Leve-as embora.

— O que devo fazer com elas?

— Guarde-as. Crie como se fossem suas.

Naldi sorriu agradecido e fez o sinal da cruz. Não imaginava por que chamavam aquele homem de monstro, pois a mulher que agora estava com seus filhos era muito pior.

TÃO LOGO O SOL apareceu na manhã seguinte, César bombardeou a fortaleza. Mesmo assim Caterina ficava nas ameias brandindo sua espada. César se virou e ordenou que os homens cortassem árvores próximas, para construir balsas para transportá-los.

— Cada uma deve levar trinta soldados — gritou. — Quando os muros forem rompidos elas levarão os soldados para o outro lado do fosso.

O fim não chegou rapidamente. Mas, por fim, as bolas de pedra lançadas pelos canhões de Vitelli atravessaram os muros da fortaleza e César ouviu o grito:

— Uma brecha! Uma brecha! — O muro norte tinha desmoronado.

O capitão francês liderou seus soldados nas balsas que já estavam flutuando no fosso. Remando rapidamente e com as armas a postos, eles desembarcaram e mandaram as balsas de volta para ser recarregadas. No total, mais de trezentos homens de César invadiram o castelo.

Assim que seus soldados baixaram a ponte levadiça, César e seus homens galoparam, atravessando-a, e entraram no castelo, gritando:

— *Atacar!*

Foi então que Caterina, em seu poleiro no teto, percebeu o estoque de munição e pólvora amontoado em grandes pilhas no centro da fortaleza. Com toda a força ela deslocou uma das tochas que estavam no topo da muralha e jogou-a no monte de pólvora. Preferia explodir a si mesma e sua cidade em vez de cair prisioneira desse inimigo! A explosão sacudiu o castelo, destruiu casas e lojas e matou mais de quatrocentos cidadãos de Forli. Mas César e muitos soldados não sofreram qualquer dano. Os soldados de Caterina saíram dos telhados, das torres, dos balcões e de outros abrigos. Feridos e exaustos, renderam-se, aliviados com a vitória de César.

Infelizmente para ela, Caterina Sforza não se machucou. Em vez disso, foi tomada como refém pelo capitão francês, que mais tarde naquela noite, num jogo de cartas após o jantar, trocou-a com César por trinta mil ducados.

Agora Caterina Sforza pertencia a César Bórgia e ele podia fazer com ela o que quisesse.

DEPOIS DO JANTAR, César tomou um banho demorado e vestiu o manto de seda preta, retirado da bagagem. O quarto principal do castelo em Forli tinha ficado intacto, e agora ele estava deitado na cama pensando no que faria com Caterina.

Nesse mesmo instante ela estava cativa num pequeno cômodo escuro no porão do castelo, vigiada por dois dos guardas da maior confiança de César. Ele lhes dera instruções explícitas para não afastar os olhos dela por um momento sequer.

À meia-noite, ainda vestido em seu manto, César desceu ao porão. Ouviu-a arengando, gritando e xingando antes mesmo de vê-la. Entrou na pequena sala úmida, mal-iluminada com uma vela. Caterina estava deitada de costas numa cama de ferro, com os pulsos e os tornozelos esticados e presos nas laterais da guarda e da cabeceira. Amarrada e acorrentada, a Loba sacudia a cabeça furiosamente de um lado para o outro.

César parou em silêncio junto dela e, no momento em que o viu, Caterina parou de gritar. Levantou a cabeça o máximo que pôde e cuspiu nele com toda a força. Mas ele permaneceu fora do alcance.

— Minha cara condessa — disse César numa voz encantadora. — Você poderia ter se salvado e ao seu povo, se tivesse a capacidade de ser razoável.

Ela virou o rosto e o encarou com os olhos de um azul espantoso. Em seguida seu rosto belo ficou contorcido de fúria e, com voz cheia de veneno, ela o desafiou:

— Que tipo de tortura você guarda para uma mulher, seu monte de merda romana?

— Eu vou lhe mostrar — respondeu ele com a voz fria.

César abriu o manto e subiu em cima dela, forçando-se devagar em princípio, depois se projetando para a frente e para cima enquanto penetrava nela profundamente. Esperou para ouvir gritos, xingamentos, mas ela ficou quieta. E o único som no aposento era o murmúrio dos guardas romanos. César continuou, enfurecido, mergulhando nela com um golpe após o outro, até que de repente ela começou a se mexer com ele, os lábios cheios levantados, a pélvis se projetando contra ele, que começou a acreditar que estava lhe dando prazer. César continuou a violá-la, porque tinha certeza da vitória. Quando terminou, as bochechas de Caterina estavam vermelhas e seu cabelo encharcado de suor.

— Você deveria me agradecer — disse ele enquanto se afastava.

Ela o encarou com os olhos azuis chamejantes.

— É só isso que você tem para me dar?

César saiu tempestuosamente da sala. Mas nos dois dias seguintes visitou Caterina à meia-noite e repetiu o mesmo ato de conquista silenciosa. O resultado continuou sendo o mesmo. Depois, com as bochechas vermelhas e o corpo escorregadio de suor, ela perguntava:

— É só isso que você tem para me dar?

Ele decidiu continuar do mesmo jeito até que ela se rendesse. Mas na terceira noite, alguns minutos depois de César ter penetrado e começado os movimentos rudes, ela ordenou:

— Desamarre-me, caso contrário não haverá conquista.

Caterina estava nua; não podia esconder armas. E seus dois guardas, grandes e musculosos, estavam no cômodo. Que perigo poderia haver? O próprio César retirou as correntes e gentilmente desamarrou as faixas que a prendiam. Ela assentiu agradecendo, e pela primeira vez seus olhos se suavizaram. Em seguida ele montou-a. E ela o enrolou primeiro com as pernas, depois com os braços, puxando-o mais fundo. Caterina puxou a cabeça dele para trás, pelos cabelos, e passou a língua em volta de seus lábios, depois beijou-o, e sua língua penetrou tão profundamente que todo o corpo dele tremeu. Momentos depois Caterina começou a fazer pequenos sons de prazer que o deixaram quase louco de êxtase. Dentro de minutos cada um levou o outro a um clímax de tremores.

No DIA SEGUINTE, Caterina se recusou a comer enquanto não tivesse a permissão de tomar um banho perfumado. Foi levada à banheira, acorrentada, e lavada por uma das damas de companhia que tinham sobrevivido à explosão, mas foi a única vez que Caterina saiu da cama.

A cada dia nas duas semanas seguintes, César vinha à meia-noite e montava em Caterina. Na metade do processo ele a desamarrava e ela o abraçava de novo. Os guardas permaneciam, porque César nunca podia ter certeza de que num momento de paixão ou fúria ela não tentasse arrancar seus olhos, mas tanto ele quanto Caterina ignoravam-nos. Até que uma noite os dois amantes violentos começaram a falar.

— Você deve admitir que até mesmo o estupro pode ser prazeroso — disse César.

Caterina riu e falou, maliciosa:

— Você acha que me estuprou? Está errado, seu bastardo romano, filho de um papa. Quando estava sobre a muralha do castelo, naquele primeiro instante em que o vi, eu decidi matá-lo ou estuprá-lo. Se eu o tivesse capturado, iria amarrá-lo como você me amarrou. E então teria montado em você. Mas não importa; o resultado é o mesmo.

Caterina tinha um verdadeiro dom para a estratégia. Reivindicando a vontade dele como sua, mudara o equilíbrio do poder. E assim, sem uma arma, Caterina efetivamente o havia desarmado. Pois agora César se sentia tanto vencido quanto vencedor.

No dia em que deveriam partir para Roma, Caterina fez uma pergunta a César:

— Você vai me levar presa em correntes pesadas pelas ruas da cidade como uma rainha capturada, para que os cidadãos possam zombar de mim e abusar de mim como faziam na Roma antiga?

César riu. Caterina estava muito bonita naquele dia, especialmente para alguém que fora mantida numa masmorra.

— Isso não tinha me ocorrido, mas...

— Eu sei, em vez disso você vai me queimar numa estaca, por ter tentado contra a vida do papa. Que idiotas eu escolhi como mensageiros!

— A vida do papa é ameaçada com frequência. Ele raramente se abala com isso, especialmente se a trama for impedida. Mas se essa for a intenção dele, enforcá-la ou queimá-la por heresia, garantirei que você já foi punida por mim a cada dia, desde a captura.

— E ele vai acreditar?

— Ele consideraria isso um estupro, e acharia essa uma punição mais severa do que a morte, porque acredita que o estupro causa ferimentos na alma, e ele ama as mulheres como eu nunca amei.

Caterina deu um sorriso torto.

— Mas seria preciso acreditar na alma para acreditar que ela sofre.

— Ah, e o papa acredita — disse César, sorrindo. — Enquanto isso, como afinal você é uma Sforza, fiz arranjos para ser posta no Belvedere. Sem correntes. Aquele castelo me pertence. Tem jardins lindos e uma vista maravilhosa da cidade. Você será tratada como hóspede de honra. Bem vigiada, claro.

21

CÉSAR ENTROU EM ROMA COMO UM HERÓI CONQUISTADOR. A grande procissão que celebrou sua vitória foi a mais impressionante que os cidadãos de Roma já tinham visto. Todos os soldados de César, a cavalaria ligeira e os lanceiros suíços estavam vestidos de preto; até as carroças de bagagem estavam cobertas de tecido preto. E César, usando armadura negra, cavalgava à frente de seu exército acompanhado de quatro cardeais, cujas vestimentas vermelhas e púrpuras formavam um contraste perfeito. Para aumentar seu triunfo, até o touro dos Bórgias surgia em vermelho num estandarte preto, em vez do branco costumeiro. Montado num esguio garanhão preto, César parecia o régio príncipe negro.

A procissão abriu caminho entre as multidões que ladeavam as ruas até o Vaticano. Ali César cumprimentou o pai em espanhol, enquanto se ajoelhava para beijar o anel papal, e presenteou o papa com as chaves das cidades e castelos que tinha conquistado.

Alexandre, com o rosto luzindo de orgulho, fez com que César se levantasse e o abraçou calorosamente diante da multidão deliciada.

Após a procissão, César deixou o pai e foi para seus apartamentos no Vaticano.

O próprio César tinha mudado dramaticamente enquanto estava longe. Assim que percebeu que o riso no rosto dos franceses era porque o consideravam um idiota, assim que tentou encantar Rosetta e fracassou, e assim que descobriu que até mesmo a felicidade com a esposa se manchava com as lembranças da irmã, prometeu esconder as emoções. A partir daquele dia seu rosto raramente se abria num sorriso e seus olhos não davam qualquer sugestão de raiva.

Ah, seu rosto. César tinha sofrido outro ataque severo de sífilis recentemente, e dessa vez a doença cavara buracos fundos nas bochechas e furou-lhe o nariz e a testa, deixando várias cicatrizes redondas que não desapareciam. No campo de batalha isso não importava, mas na cidade, numa comemoração ou quando se deitava com cortesãs, era uma maldição. Aos 25 anos, César Bórgia estava acostumado a ser elogiado e admirado pela boa aparência; agora se sentia perdido. Cobriu cada espelho em seus aposentos com pano preto e alertou os serviçais que nunca os tirassem.

Os terrores noturnos haviam voltado, e para afastar os medos ele dormia de dia e trabalhava à noite. Voltou a passar muitas horas cavalgando pelo campo, envolvido em escuridão.

Agora não podia esperar mais para ver Lucrécia. Estivera longe por muito tempo. O rosto dela fora a visão que ele seguia até alcançar as vitórias.

Quase dois anos tinham se passado desde que estiveram juntos, e ele se perguntava se ela havia mudado. Será que ainda tinha o mesmo efeito sobre ele depois de tanto tempo, depois do seu casamento com Lotte e o dela com Alfonso? No coração César tinha a esperança de que Lucrécia houvesse se cansado do marido, pois, agora que as alianças papais tinham mudado, na verdade Alfonso era uma ameaça à família Bórgia.

Muitos pensamentos enchiam sua mente enquanto ele esperava ser admitido nos aposentos da irmã. Mesmo sendo afoito ao ponto de correr perigo na vida cotidiana e aparentemente não se abalar com nada, agora estava preocupado. O que ela pensaria? Será que o amaria menos?

No momento em que viu o irmão, Lucrécia correu para abraçá-lo, jogando os braços em volta do seu pescoço e escondendo o rosto em seu peito.

— Santo Deus, senti tanta saudade de você! — disse ela, com lágrimas nos olhos.

Quando ergueu a cabeça para olhá-lo, não sentiu choque, só um aperto no coração com o que lhe havia acontecido. Escondeu o rosto nas mãos.

— Meu querido Cés, como a vida tratou você...

Sem jeito, ele desviou o olhar. Seu coração ainda estava disparado como antes, como nunca acontecia com ninguém.

— Você está ótima, Crécia — falou em voz baixa, e não podia impedir que os olhos revelassem o que sentia. — Ainda está feliz?

Ela tomou sua mão e o guiou até o sofá.

— Só o céu poderia me trazer mais alegria. Com meus bebês e com Alfonso eu sinto uma felicidade que nunca conheci, e vivo com medo de acordar desse sonho maravilhoso.

Ele se sentiu enrijecer.

— Eu visitei o pequeno Giovanni. E vejo que nosso filho se parece mais com você do que comigo. Os cabelos louros e os olhos azuis revelam isso.

— Mas não completamente — disse Lucrécia, rindo. — Ele tem os seus lábios, tem o seu sorriso e as suas mãos, como as de papai. — Ela estendeu as mãos para mostrar a ele. — Adriana o traz de seus aposentos todos os dias, e desde que você se foi eu tenho tido o prazer de vê-lo com frequência. Ele é uma criança inteligente e educada, mas também tem seus jorros súbitos de mau humor. — Ela riu, e César pôde ver o prazer no rosto de Lucrécia.

— E o seu filho? Você está igualmente satisfeita com ele?

Com o rosto radiante, o cabelo louro em pequenos anéis sobre a testa e as bochechas, Lucrécia assentiu.

— Rodrigo é apenas um menininho; quem pode dizer como ele será? Mas é tão lindo e tão doce quanto o pai.

César olhou a irmã, cauteloso.

— Então você continua contente com seu marido?

Lucrécia sabia que precisava ter cuidado com a resposta. Se tentasse tranquilizar o irmão dando a entender que estava infeliz, Alfonso perderia a proteção e poderia acabar perdendo a liberdade. Mas se dissesse que amava o esposo demais ele poderia perder mais ainda.

— Alfonso é um homem bom e virtuoso. E é gentil comigo e com as crianças.

O tom de voz de César foi bem medido.

— E se papai tentasse anular esse casamento, você consentiria?

Lucrécia franziu a testa.

— César, se papai pensar numa coisa assim, diga que eu preferiria morrer. Não viverei neste mundo sem Alfonso... assim como não quereria viver sem você.

Quando César saiu naquele dia, estava cheio de confusão. Achava difícil aceitar o amor dela pelo marido, mas sentia-se confortado por ela ainda professar o amor por ele.

Naquela noite, deitado na cama com apenas a luz da lua iluminando o quarto através da janela, ele se lembrou de como ela era, de seu perfume e das palavras que ela havia falado. Foi então que refletiu sobre a careta quase imperceptível que ela fez ao ver seu rosto. E ouviu a voz dela cheia de pena quando disse: "Meu querido Cés, como a vida tratou você..." Ele soube então que ela vira as cicatrizes em seu rosto e as cicatrizes mais profundas em sua alma.

Por isso ele prometeu que, daquele dia em diante, cobriria o rosto com uma máscara, para esconder o que sua vida tinha custado. Jurou que iria se vestir de mistério e que continuaria a guerra — não *pelo* Deus de seu pai, mas *contra* o Deus de seu pai.

UM MÊS DEPOIS da chegada de César a Roma, o papa se ergueu numa cerimônia solene como Vigário de Cristo, usando suas vestimentas mais finas no altar magnificamente adornado da basílica de São Pedro.

César Bórgia, o duque francês de Valentinois, estava à sua frente. O manto do duque foi removido, e o papa colocou o manto de *gonfaloniere* e capitão-geral do exército papal em seus ombros, enquanto em sua cabeça era posta a *biretta* carmim. Finalmente ele recebeu o bastão de comandante.

Ele se ajoelhou na frente de Alexandre e, com a mão na Bíblia, fez o juramento de obediência, prometendo que nunca conspiraria contra o Santo Padre para causar mal a ele ou aos seus sucessores, e que nem sob tortura ou medo da morte revelaria qualquer dos segredos do papa.

E foi assim que Alexandre o abençoou com a Rosa Dourada, e entoou:

— Receba esta rosa como símbolo de júbilo, querido filho, pois você mostrou as virtudes da nobreza e da coragem. Que o Pai Celestial o abençoe e o mantenha livre do mal!

Mais tarde, numa reunião particular nas câmaras do papa, tendo Duarte Brandão como única testemunha, Alexandre disse ao filho que ia lhe conceder mais territórios e rendimentos.

— Nós o recompensamos assim em respeito por suas vitórias. Portanto segue-se que devemos discutir a retomada da campanha. É verdade que agora Ímola e Forli são nossas, mas restam Faenza, Pesaro, Camerino e até mesmo Urbino a ser conquistadas. Como capitão-geral você deve dominá-las, porque precisamos estabelecer o *status* do papado e criar um governo efetivo para garantir uma Romanha unida.

E com isso Alexandre se retirou para seus aposentos, pois tinha feito arranjos com sua cortesã predileta.

O JUBILEU ACONTECIA a cada 25 anos, e assim Alexandre achou que haveria apenas uma grande celebração durante seu reinado de papa. Como isso trazia lucros enormes — já que peregrinos de toda a Europa enchiam a cidade de Roma para ouvir o sermão de Páscoa do papa —, preparativos tinham de ser feitos para garantir o enchimento dos cofres da Santa Igreja Católica. O papado deveria receber o maior benefício, pois o dinheiro seria usado para financiar a campanha.

O papa Alexandre queria que o jubileu fosse magnífico, que fosse tão esplêndido a ponto de refletir a majestade de Deus. Portanto ele tinha muito a fazer. Deveria construir novas avenidas, largas e limpas, para as carruagens. Os casebres deveriam ser derrubados, e novos prédios seriam construídos para abrigar os peregrinos em segurança e conforto.

Alexandre chamou César aos seus aposentos e pediu que ele cuidasse do projeto, pois seria importante para ele tornar o jubileu o mais bem-sucedido financeiramente possível.

César concordou, mas depois trouxe uma notícia desagradável para o pai.

— Eu recebi relatórios confiáveis de que dois homens a seu serviço lhe são desleais. O primeiro é o mestre de cerimônias papal, Johannes Burchard.

— E o que você ouviu falar sobre *Herr* Burchard?

César pigarreou antes de dizer:

— Que ele é pago pelo cardeal della Rovere, e que tem um diário cheio de mentiras sobre nossa família, algumas delas bem escandalosas.

Alexandre deu um sorriso torto.

— Eu sei desse diário há muito tempo, mas Burchard é um homem valioso.

— Valioso?

Alexandre explicou:

— Seus deveres oficiais como secretário social são frívolos. Seu verdadeiro valor para mim é que tudo que quero que della Rovere saiba eu conto a Burchard. É um sistema maravilhosamente eficaz, e até agora tem me servido bem.

— O senhor leu o diário?

Alexandre riu alto.

— Li. Em segredo, já faz algum tempo. Partes são muito interessantes, porque se fôssemos tão depravados quanto ele diz, estaríamos nos divertindo muito mais. Outras partes chegam às raias do ridículo, porque mostram uma verdadeira falta de inteligência. Algumas são risíveis.

César franziu a testa.

— Tenho certeza de que della Rovere planeja revelá-lo como um registro fiel de seu papado. O senhor não se preocupa?

Os olhos de Alexandre estavam sábios e límpidos.

— César, há muitos forjadores de escândalos por aí pagos por nossos inimigos, um a mais não fará diferença.

— Mas o senhor poderia impedi-los.

O papa ficou pensativo durante vários minutos antes de responder.

— Roma é uma cidade livre, filho. E eu valorizo a liberdade.

César olhou com suspeitas para o pai.

— Os caluniadores e os mentirosos ficam livres, pai, enquanto os que governam e servem permanecem incapazes de se defender? Ninguém acredita na verdade. Se fosse eu que tivesse de julgar os forjadores de escândalos iria puni-los com severidade; eles não iriam se livrar com essas mentiras e insultos escandalosos.

Alexandre achou divertido o ultraje do filho. Como se um papa pudesse impedir as pessoas de formar uma opinião e registrar seus pensamentos! É melhor saber o que eles dizem do que ficar tudo escondido.

— A liberdade não é um direito, e sim um privilégio, e um privilégio que neste momento eu opto por conceder a Burchard. Pode chegar uma ocasião em que meu pensamento mude, mas por enquanto a ideia da liberdade me atrai.

Quando César contou ao pai sobre a próxima acusação, ficou perturbado, porque sabia o que isso significaria para a sua irmã.

— Ouvi dizer, de várias fontes fidedignas, pai, que alguém dentro de nossa família está tramando com nossos inimigos para nos destruir.

A expressão de Alexandre não mudou.

— Você não vai dizer que é o seu pobre irmão, Jofre?

— Não, pai. Claro que não. Mas é alguém próximo que pode nos colocar em perigo. O amado de Lucrécia, o príncipe Alfonso.

Uma expressão alerta surgiu no rosto do papa, mas apenas por um momento fugaz, antes de ele se recuperar.

— Um boato maligno, César. Tenho certeza. E devemos segurar nosso julgamento, porque Crécia o ama muito. Mesmo assim, vou examinar.

Naquele momento eles foram interrompidos por uma música alta e festiva vindo da rua abaixo. Alexandre chegou primeiro à janela, puxou a cortina e riu.

— Venha cá, César, veja isso.

César parou junto ao pai e olhou. Viu um desfile de homens mascarados marchando, todos vestidos de preto. Havia mais de cinquenta, e em cada máscara, no lugar do nariz, havia um enorme pênis ereto.

— O que é isso? — perguntou César, perplexo.

Alexandre, achando bem divertido, falou:

— Imagino que seja em sua homenagem, meu filho. Não foi você que posou para as máscaras, foi?

DURANTE OS MESES seguintes, enquanto esperava para começar a próxima fase da campanha, César escreveu cartas para sua esposa, Lotte, na França, dizendo o quanto sentia saudade e que eles logo estariam juntos. Mas não achava seguro que ela viesse a Roma. Ele parecia impelido por uma ambição pouco natural e atormentado pelo que temia. Apesar de imensamente forte, era magro e musculoso; levado por sua natureza competitiva, ele circulava disfarçado pelas cidades ao redor de Roma e desafiava os campeões locais para lutas que sempre vencia.

César, como muitos membros da realeza na época, acreditava na astrologia, e visitou o mais proeminente astrólogo das cortes, que, estudando as estrelas e os planetas, concluiu que seu destino era perturbador. Mas César não se preocupava, porque tinha certeza de que podia enganar até as estrelas, se fosse suficientemente esperto.

Depois, almoçando com a irmã, estendeu a mão sobre a mesa para segurar a dela e revelar o que ficara sabendo, com um sorriso.

— Agora sei que aos vinte e seis anos corro o perigo de terminar minha vida, com armas e por armas. Portanto você deve aproveitar a oportunidade de me amar enquanto ainda estou vivo.

Lucrécia censurou-o.

— Não fale assim, Cés. Sem você eu estou desamparada. E as crianças também. Você deve ter cuidado, porque papai conta com você tanto quanto nós.

Mas dentro de uma semana, para testar seu destino, ele ordenou uma luta de touros em que seis animais seriam soltos num cercado especialmente construído na praça de São Pedro.

César entrou na arena montado em seu garanhão branco predileto e derrubou um touro de cada vez, enfiando tão fundo sua lança leve, a única arma que usou, que cinco foram mortos logo. O sexto era um grande touro cor de ébano, musculoso e mais rápido do que os outros, e estava no auge da forma. César trocou a lança leve por uma espada de dois gumes e de novo entrou a cavalo na arena. Então, juntando toda a força, com um golpe feroz, separou a cabeça do corpo do touro.

A cada dia ele parecia ter mais necessidade de desafiar as próprias habilidades e a coragem realizando feitos de ousadia quase impossíveis. Seu rosto mascarado, sua falta de medo e seu jeito misterioso começaram a apavorar todo mundo em Roma.

Quando Duarte Brandão procurou o papa, preocupado, Alexandre respondeu:

— É verdade que ele é terrível na vingança e não tolera insultos. Mas, afora isso, o meu filho César é um rapaz de boa índole.

22

O PRÍNCIPE ALFONSO DE ARAGÃO, ORGULHOSO FILHO DE REIS, portava-se de modo régio — mesmo quando bebia vinho demais, como fizera naquela noite enluarada. No momento em que terminou o jantar no Vaticano com o papa, Lucrécia e os irmãos dela, ele pediu licença para sair. Disse que queria voltar para casa, porque tinha algo a fazer. Beijou a esposa com a promessa de que esperaria ansiosamente o prazer de sua companhia quando ela quisesse voltar.

A verdade era que ele achava muito desconfortável estar sentado na companhia do papa e dos filhos dele, porque vinha se encontrando em segredo com o cardeal della Rovere. Em duas ocasiões, della Rovere, levado de novo pela ambição, tinha pedido o apoio de Alfonso e discutido o perigo que o rapaz corria na situação atual. Della Rovere encorajou o jovem príncipe a olhar para o futuro, após a queda dos Bórgias, quando ele — o cardeal — iria se tornar o próximo papa. Então Nápoles não teria o que temer, porque a coroa seria retomada do rei francês e devolvida aos donos de direito. E algum dia seria dele.

Alfonso estava aterrorizado com a hipótese de Alexandre descobrir a verdade sobre essas reuniões secretas. Desde que tinha voltado do castelo de Colonna para Roma, ele com frequência pegava os irmãos vigiando-o atentamente, e sabia que suspeitavam de sua traição.

Enquanto Alfonso andava na praça vazia diante da basílica de São Pedro, o som de seus passos pareceu ecoar subitamente no pavimento.

Quando a lua se escondeu atrás de algumas nuvens, a praça ficou escura como piche. Alfonso ouviu mais pés se arrastando, e olhou para ver se alguém o seguia. Mas não viu nada. Respirando fundo, tentou aquietar o coração disparado. Mas alguma coisa estava errada. Ele sentia.

De repente, enquanto as nuvens descobriam a lua, viu vários homens mascarados correndo para ele das sombras de alguns prédios. Estavam usando *scroti*, primitivas armas de rua feitas de uma bolsa de couro cheia de pedaços de ferro e amarradas num cabo de couro. Tentou se virar e correr pela praça, mas três deles o agarraram e o jogaram no chão. Todos os três homens saltaram sobre ele e, brandindo os *scroti*, baixaram sobre seu corpo. Ele tentou cobrir a cabeça com os braços, virar-se de barriga para baixo para se proteger, mas repetidamente as armas golpeavam sem misericórdia seus braços e suas pernas, enquanto ele tentava conter os gritos de dor. Então um dos homens acertou a arma bem no osso do nariz. Ele ouviu o estalo e perdeu a consciência.

No momento que o último agressor sacava um estilete e cortava Alfonso do pescoço até o umbigo, veio o grito de um guarda papal. Os atacantes, assustados, correram para uma das ruas que saíam da praça.

O guarda parado junto ao rapaz avaliou a seriedade de seus ferimentos e soube que tinha de fazer uma escolha. Podia providenciar imediatamente os cuidados necessários para essa alma infeliz ou caçar os bandidos que o tinham atacado. Então, à luz pálida da lua, ele reconheceu Alfonso como o genro do papa.

Freneticamente, o guarda gritou por ajuda. Em seguida, retirou sua capa e tentou estancar o sangue que jorrava do enorme ferimento no peito.

Gritando por ajuda, o homem desesperado carregou Alfonso até o quartel da guarda papal, ali perto, e o colocou gentilmente no catre de ferro.

O médico do Vaticano foi chamado de imediato, e correu para o lado de Alfonso. Felizmente, o corte era comprido mas não muito fundo. Pelo que ele podia ver, nenhum órgão importante fora prejudicado, e o pensamento rápido do guarda tinha impedido que o jovem príncipe sangrasse até a morte.

Sendo homem prático e experiente, o médico do Vaticano olhou em volta depressa, depois fez um gesto para um dos outros guardas trazer um frasco de aguardente. Derramou o álcool no ferimento aberto e começou a costurá-lo. Mas havia pouco a fazer pelo rosto do rapaz, que já fora bonito, a não ser uma compressa no nariz despedaçado e rezar para que se curasse sem muita ruína.

Alexandre foi chamado da mesa por Duarte e informado secretamente do incidente.

O papa ordenou que Alfonso fosse levado aos seus aposentos particulares e posto na cama em um dos quartos. Dezesseis dos seus melhores guardas foram chamados para montar sentinela. Em seguida, instruiu Duarte para mandar uma mensagem urgente ao rei de Nápoles explicando o que tinha acontecido com seu sobrinho e requisitando que ele mandasse seu médico, bem como Sancia, a Roma, para cuidar do irmão e consolar Lucrécia.

Alexandre temia contar à filha o que tinha acontecido, mas sabia que era necessário. Voltando à mesa, parou diante dela.

— Houve um acidente na praça. Seu amado esposo, Alfonso, foi atacado por vários bandidos traiçoeiros.

A expressão de Lucrécia foi de choque. Ela se levantou imediatamente.

— Onde ele está? Ele se machucou muito?

— Os ferimentos são bastante sérios. Mas, com orações, esperamos que não sejam fatais.

Lucrécia se virou para os irmãos.

— Cés, Jofre, façam alguma coisa! Descubram os vilões, tranquemnos num cercado e mandem cães selvagens rasgarem a carne deles. — Em seguida, começou a correr e a chorar. — Papai, leve-me até ele.

Alexandre saiu rapidamente, seguido por Lucrécia, César e Jofre.

O jovem Alfonso estava inconsciente, o corpo coberto por lençóis de algodão, com sangue escorrendo em grandes filetes de cada um dos ferimentos do rosto.

No momento em que o viu, Lucrécia gritou e desmaiou. Foi Jofre quem a segurou e levou para uma cadeira. O rosto de César estava coberto por uma máscara de carnaval, no entanto Jofre notou que o irmão pareceu trair um choque muito menor do que o que ele sentira.

— Irmão — perguntou Jofre. — Quem teria motivo para esse ataque?

Só os olhos de César apareciam, e brilhavam como carvão.

— Irmãozinho, cada um de nós tem mais inimigos do que podemos imaginar. — Em seguida, com relutância, sugeriu: — Verei se consigo descobrir alguma coisa. — E saiu do quarto.

No momento em que voltou a si, Lucrécia ordenou que os serviçais lhe trouxessem bandagens limpas e água quente. Em seguida, levantou cuidadosamente o lençol para ver que outros danos tinham sido causados ao seu amado, mas, quando viu o corte do pescoço ao umbigo, sentiu-se nauseada e rapidamente sentou-se de novo.

Jofre ficou perto, e juntos eles passaram a noite esperando que os olhos de Alfonso se abrissem. Mas passaram-se outros dois dias antes que ele ao menos estremecesse, e o médico de Nápoles e Sancia já haviam chegado. Sancia, perturbada, curvou-se para beijar a testa do irmão mas não conseguiu encontrar um lugar que não estivesse ferido, por isso levantou a mão dele e pousou um beijo nos dedos machucados e enegrecidos.

Em seguida ela beijou Lucrécia e seu esposo, Jofre, que nem naquelas circunstâncias terríveis pôde esconder o prazer ao vê-la. Para Jofre, Sancia estava mais linda do que nunca; o cabelo preto e encaracolado, as bochechas vermelhas de medo pelo irmão e os olhos brilhando com lágrimas fizeram-no amá-la ainda mais.

Ela se sentou perto de Lucrécia e segurou sua mão.

— Minha doce irmã — disse Sancia. — Que horror esses vilões tão terríveis machucarem nosso príncipe. Estou aqui agora, de modo que você pode descansar sem preocupação, porque cuidarei de meu irmão em seu lugar.

Lucrécia estava tão agradecida em ver Sancia que começou a chorar de novo. Sancia a tranquilizou.

— Onde está César? Ele descobriu alguma coisa importante? Capturou os agressores?

Lucrécia estava tão cansada que só pôde balançar a cabeça.

— Preciso descansar — falou. — Mas só por pouco tempo. Depois volto para esperar que Alfonso acorde, porque quero que o meu rosto seja o primeiro que ele veja ao abrir os olhos.

Em seguida ela saiu e foi com Jofre para Santa Maria in Portico, onde falou com os filhos e com Adriana e depois tombou exausta na cama. Mas, antes de cair num longo sono sem sonhos, alguma coisa a perturbou subitamente.

Seu irmão César. A expressão dele ao ouvir a notícia — ou melhor, sua falta de expressão. O que havia por trás daquela máscara?

VÁRIOS DIAS DEPOIS, Jofre e Sancia estavam finalmente a sós em seus aposentos. Fazia dias que ela havia chegado, e ele estivera ansiando por um tempo a sós com a mulher, mas entendia a preocupação dela com o irmão.

Enquanto ela se despia para se deitar, Jofre chegou perto e abraçou-a.

— Senti muita falta de você — disse ele. — E sinto muito pela tragédia que se abateu sobre seu irmão.

Nua, Sancia pôs os braços no pescoço de Jofre e, num raro momento de ternura, pousou a cabeça em seu ombro.

— É do *seu* irmão que nós precisamos falar — disse ela em voz baixa.

Jofre se afastou para ver o rosto dela. Sancia estava espantosamente linda, e sua perturbação com Alfonso fazia-a parecer mais suave do que o normal.

— Há alguma coisa em César que a perturba?

Sancia subiu na cama e fez um gesto para Jofre acompanhá-la. Em seguida ela se deitou de lado enquanto ele se despia.

— Há muita coisa em César que me perturba. Aquelas máscaras esquisitas que ele passou a usar fazem com que ele pareça totalmente sinistro.

— Elas servem para cobrir as marcas da sífilis, Sancia. Ele sente vergonha.

— Não é só isso, Jofre. É mais o mistério que tomou conta dele desde que voltou da França. Ele está diferente, eu sinto. Quer esteja intoxicado pelo poder ou quer a sífilis tenha invadido seu cérebro além do rosto, sinto medo por todos nós.

— O desejo dele é proteger nossa família, tornar Roma forte, unificar as cidades-estados para que sejam adequadamente governadas sob o Santo Padre.

A voz de Sancia soou forte.

— Não é segredo que eu não sinto afeto por seu pai desde que ele me mandou embora. Se não fosse pelo bem-estar do meu irmão, eu não poria o pé de novo em Roma. Se você quiser ficar comigo terá de ir para Nápoles, porque eu não confio neste papa.

— Você ainda está com raiva dele, e com bons motivos. Mas é possível que o ódio passe com o tempo.

Sancia sabia que não, mas sabia que ela e Alfonso corriam perigo, por isso segurou a língua dessa vez. Mas se perguntava o que Jofre sentia com relação ao pai — o que ele nem mesmo ousava sentir.

Ele havia subido na cama ao seu lado, e estava apoiado no braço, olhando para ela; e de novo, como antes, ela percebeu sua inocência.

— Jofre — falou, tocando o rosto dele —, eu sempre admiti que, quando me casei com você, achei-o jovem e com a cabeça meio fraca. Mas, desde que comecei a entendê-lo vejo a bondade de sua alma. Sei que você é capaz de amar de um modo que os outros de sua família não são.

— Crécia ama — defendeu Jofre. Lembrando-se da lealdade com que o irmão tinha guardado seu segredo, sentiu-se tentado a acrescentar: *e César ama*. Mas, em vez disso, conteve a língua.

— É, Crécia realmente ama, e isso é uma infelicidade, porque terá o coração despedaçado pela ambição sem limites de seu pai e seu irmão. Você não pode ver quem são eles?

— Papai acredita na missão que tem na Igreja. E César deseja que Roma seja tão formidável quanto na época de Júlio César. Ele acredita que está sendo chamado a travar guerras santas.

Sancia deu um sorriso gentil.

— Você já pensou em qual é o seu chamado? Alguém já perguntou ou notou? E como é que você consegue não odiar o irmão que rouba a admiração de seu pai, ou o pai que mal o percebe?

Jofre passou a mão pela pele lisa e azeitonada dos ombros dela. O toque da carne lhe deu grande prazer.

— Enquanto crescia eu sonhava em virar cardeal. Sempre. O cheiro das roupas de papai, quando eu era bem pequeno e ele me punha nos ombros, me enchia do amor por Deus e do desejo de servi-lo. Mas, antes que eu pudesse escolher, papai achou uma utilidade para mim em Nápoles. No meu casamento com você. E foi assim que cheguei a amar você com o amor que tinha guardado para Deus.

A total devoção de Jofre por Sancia só aumentou o desejo de ela mostrar o quanto fora roubado dele.

— O Santo Padre costuma ser impiedoso em seus objetivos. Você vê essa impiedade, mesmo quando está envolta pela razão? E a ambição de César se aproxima da loucura. Você não vê?

Jofre fechou os olhos.

— Meu amor, eu vejo mais do que você imagina.

Sancia beijou-o apaixonadamente, e eles fizeram amor. Ele era um amante gentil e cuidadoso depois de todos aqueles anos, porque ela havia ensinado. E acima de tudo ele desejava lhe dar prazer.

Depois ficaram deitados juntos e, mesmo Jofre estando em silêncio, Sancia sentiu que precisava alertar para que ele se protegesse.

— Jofre, meu amor. Se sua família tentou matar meu irmão, ou pelo menos não tentou impedir, e se me mandou para longe com objetivos políticos, quanto tempo mais você acha que vai estar em segurança? Quanto tempo mais você acha que eles deixarão que nós fiquemos juntos?

— Não vou permitir que nada nos separe — disse Jofre em tom ameaçador. Era menos uma declaração de amor do que uma promessa de vingança.

CÉSAR PASSARA A MANHÃ cavalgando pelas ruas de Roma, interrogando os cidadãos quanto ao ataque a Alfonso. Será que alguém tinha ouvido boatos de estranhos na cidade? Será que alguém vira alguma coisa que pudesse ajudar na busca? Quando nada resultou das inquirições, ele voltou ao Vaticano, onde Alexandre o lembrou de se encontrar com o cardeal Riario para discutir os planos do jubileu.

Os dois almoçaram juntos no terraço do palácio do cardeal, e César ofereceu uma compensação pelas muitas festividades planejadas, bem como pela limpeza da cidade.

Depois seguiram pelo beco estreito até a loja de um comerciante que vendia antiguidades. O cardeal Riario possuía uma bela coleção particular, e o vendedor, que era altamente recomendado, tinha uma escultura nova e exótica que o cardeal queria avaliar.

Após vários minutos, pararam diante de uma pesada porta de madeira esculpida, e o cardeal bateu. Um homem idoso e vesgo, com cabelos compridos e grisalhos e sorriso torto, abriu a porta.

O cardeal os apresentou:

— Giovanni Costa, trago o grande César Bórgia, capitão-geral, para ver suas estátuas.

Gio Costa foi efusivo nos cumprimentos e guiou-os entusiasmado pela loja até um pátio cheio de estátuas. César olhou o espaço atulhado. Sobre mesas e no chão coberto de sujeira havia braços, pernas, bustos inacabados e outros pedaços de mármore meio esculpidos. No canto mais distante do pátio havia um objeto coberto por um pano.

Curioso, César apontou.

— O que é aquilo?

Costa levou-os até a peça coberta. Com grande dramaticidade e um movimento grandioso, ele tirou a cobertura.

— Esta é provavelmente a peça mais magnífica que já possuí.

César inspirou involuntariamente enquanto seu olhar caía sobre um Cupido de mármore, exoticamente esculpido. Os olhos da estátua estavam semicerrados, os lábios cheios encurvados docemente, a expressão ao mesmo tempo sonhadora e cheia de desejo. Era tão translúcido que parecia esculpido em luz, com asas tão delicadas que faziam acreditar que o querubim poderia voar quando quisesse. A beleza, a pura perfeição, tirou seu fôlego.

— Qual é o preço? — perguntou César.

Costa fingiu que não queria vender.

— Quando souberem que eu o tenho, o preço subirá até o céu.

César riu e repetiu:

— Quanto você aceitaria por ele agora? — Estava pensando em Lucrécia, em como ela iria adorá-lo.

— Hoje, para Sua Eminência, só dois mil ducados.

Antes que César pudesse dizer qualquer coisa, o cardeal Riario começou a rodear a peça, estudando-a atentamente, tocando-a. Em seguida, virou-se para Costa e disse:

— Meu caro amigo, esta não é uma antiguidade. Meus sentidos dizem que foi feita recentemente.

— O senhor tem bom olho, cardeal — disse Costa. — Eu não proclamo que a peça seja antiga. Mas não foi terminada ontem, e sim no ano passado. Por um jovem muito talentoso de Florença.

O cardeal balançou a cabeça.

— Eu não tenho interesse por obras contemporâneas; não é o que eu coleciono. E certamente nenhuma que tenha um preço tão exorbitante. Venha, César, vamos.

Mas César ficou firme, fascinado. Então, sem mais consultas nem pechinchas, falou:

— Não me importa quanto custa nem quando foi feita; eu preciso tê-la.

Costa se desculpou.

— O lucro não é todo para mim, porque devo mandar o preço do artista e do representante dele. E o transporte é caro...

César sorriu.

— Seu serviço está terminado, porque eu já disse que preciso tê-la. E vou dar o que você pede. São dois mil...

Em seguida, como um pensamento de última hora, perguntou:

— Qual é o nome desse jovem escultor?

— Buonarroti, Michelangelo Buonarroti. Ele demonstra um certo talento, não é?

ROMA ESTAVA CHEIA de boatos. Primeiro disseram que César tinha atacado outro irmão, mas assim que ele negou isso em público o boato foi rapidamente substituído por outro. Agora os cidadãos diziam que os

Orsini, com raiva do governo de Lucrécia em Nepi, tinham se vingado contra o marido dela, aliado de seus inimigos, os Colonna.

Mas nas salas do Vaticano havia outras preocupações. O papa, tendo sofrido vários ataques de síncope, estava ficando mais fraco, por isso foi levado para a cama. Lucrécia, que tinha ficado ao lado de Alfonso durante o início da convalescença, agora frequentemente deixava Sancia cuidando do irmão enquanto ia atender ao pai. Ele parecia frágil, e era confortado por sua companhia.

— Diga a verdade, papai — perguntou ela um dia. — O senhor não teve participação no ataque contra Alfonso, teve?

— Minha doce criança — disse Alexandre, sentando-se na cama. — Eu não poria a mão em quem lhe trouxe tanta felicidade. E é por isso que pus tanta segurança às portas dele.

Lucrécia se consolou ao saber que o pai não tinha ordenado o mal que fora feito ao seu marido. Mas no mesmo instante em que o papa tranquilizava a filha, dois louros napolitanos, conhecidos de Sancia, foram levados ao Vaticano e passaram pelos guardas do quarto de Alfonso, que estava em franca recuperação; naquele dia ele sentia-se bastante bem, mas fazia apenas duas semanas depois do ataque. Ele podia ficar de pé, mas ainda não podia andar.

Alfonso recebeu os homens calorosamente, e então pediu à irmã para deixá-los por uns instantes, de modo a conversarem como os homens fazem quando as mulheres não estão presentes. Explicou que não via esses dois amigos desde que estivera em Nápoles havia vários meses.

Satisfeita em ver o irmão feliz, Sancia deixou o Vaticano para visitar os filhos de Lucrécia. Só ficaria fora por pouco tempo. E, na companhia daqueles homens, Sancia tinha certeza de que ele estaria em segurança.

NESSE DIA DOURADO de agosto em Roma fazia mais calor do que o normal, e os jardins do Vaticano estavam totalmente floridos. César caminhava sozinho, desfrutando a serenidade dos altos ciprestes, o murmúrio suave das fontes e o canto alegre dos pássaros. Raramente tinha tanta paz. Não se sentia incomodado pelo calor; na verdade, até gostava

— um crédito para seu sangue espanhol, sem dúvida. Estava imerso em pensamentos, tentando deliberar sobre uma nova informação que tinha acabado de receber de Don Michelotto, quando viu a flor linda, vermelha e exótica no caminho à sua frente. Curvou-se para examiná-la e, ao fazer isso, ouviu o zumbido de uma seta de balestra passar perigosamente perto de sua cabeça. Ela se cravou num cipreste próximo.

Instintivamente caiu no chão enquanto uma segunda seta passava a toda velocidade. Enquanto gritava por seus guardas, rolou para ver de onde as setas vinham.

Lá, no balcão do palácio do Vaticano, estava seu cunhado Alfonso, sustentado por dois guardas napolitanos. Um estava esticando a corda da balestra para atirar de novo, e o próprio Alfonso tinha sua arma apontada para César. Essa flecha caiu na terra a centímetros de sua perna. César chamou os guardas de novo, gritando:

— Traidor! Traidor! Olhem para o balcão!

Automaticamente ele desembainhou a espada, perguntando-se como poderia matar o cunhado antes de ser acertado pela balestra de Alfonso.

Mas então os guardas do Vaticano estavam correndo para ele, gritando, e ele viu Alfonso sair do balcão e desaparecer. César arrancou a seta da terra ao seu lado, mas a que havia se cravado no cipreste não pôde ser tirada. Imediatamente levou a seta ao investigador do Vaticano, um homem muito hábil no estudo dos metais e de outras substâncias. O homem confirmou o que César suspeitava: a seta fora encharcada num veneno mortal, e até mesmo um arranhão significaria a morte.

Em seguida César foi ao apartamento do Vaticano, onde encontrou sua irmã Lucrécia gentilmente banhando os ferimentos do marido. Alfonso estava deitado imóvel, com o peito branco e despido ainda mostrando a medonha cicatriz vermelha do estilete do agressor. Os dois homens que tinham estado com ele no balcão haviam escapado por algum corredor do Vaticano, mas os guardas de César estavam na perseguição.

César não disse nada à irmã. Alfonso olhou-o com nervosismo, sem saber com certeza se o cunhado o havia reconhecido durante o ataque no jardim. César sorriu, depois se inclinou suficientemente perto para consolá-lo e sussurrou em seu ouvido:

— O que começou no almoço vai terminar no jantar.

Em seguida ele se levantou de novo, olhou para o príncipe silencioso e beijou a irmã antes de sair.

HORAS DEPOIS, no mesmo quarto do Vaticano onde Alfonso estava se recuperando, Lucrécia e Sancia faziam planos para viajar ao seu palácio em Nepi. Lá passariam todo o tempo juntas, com as crianças, enquanto Alfonso recuperaria as forças, e compensariam o que tinham perdido quando Sancia foi banida para Nápoles. Lucrécia desenvolvera um respeito profundo pelo espírito batalhador de Sancia, e elas haviam passado a gostar muito uma da outra.

Alfonso caíra no sono enquanto as mulheres estavam na beira da cama falando em sussurros. Mas de repente ele foi acordado por uma batida forte na porta. Quando Lucrécia a abriu, ficou surpresa ao ver Don Michelotto.

— Primo Miguel. O que está fazendo aqui? — perguntou ela, sorrindo.

— Vim falar com seu marido sobre alguns negócios do Vaticano — disse ele, pensando com carinho nas vezes em que tinha carregado Lucrécia nos ombros quando ela era criança. Fez uma reverência e perguntou: — Posso pedir sua indulgência por alguns instantes? Seu pai está chamando-a, e eu apreciaria a ocasião de falar com seu marido particularmente.

Lucrécia hesitou só um instante antes de concordar.

— Claro, vou ver papai, e Sancia fica aqui, porque Alfonso está fraco esta noite.

O rosto de Michelotto não alterou sua expressão agradável. Ele se inclinou em direção a Sancia e disse, como se pedisse desculpas:

— É muito particular essa conversa.

Alfonso não disse uma palavra; fingiu estar dormindo, esperando que Michelotto fosse embora, porque não queria tentar explicar o que estivera fazendo no balcão naquela tarde.

Lucrécia e Sancia saíram do quarto, indo para os aposentos do papa, mas, antes que chegassem ao fim do corredor, foram chamadas de volta por um grito urgente de Michelotto.

Correram para o quarto e encontraram Alfonso deitado na cama parecendo adormecido, mas agora tinha a pele tingida de azul, com o sangue imóvel e morto.

— Ele deve ter sofrido uma hemorragia — explicou Michelotto em voz baixa. — De repente, parou de respirar. — E não disse nada sobre as mãos fortes que pôs em volta do pescoço de Alfonso.

Lucrécia começou a soluçar incontrolavelmente, jogando o corpo sobre o do marido. Mas Sancia começou a guinchar e a gritar, jogando-se contra Michelotto, com os punhos batendo em seu peito repetidamente. Quando César entrou no quarto, Sancia saltou sobre ele, arranhando-o e gritando ainda mais.

— Seu desgraçado! Seu filho do diabo!

Começou a puxar os próprios cabelos, arrancando chumaços, deixando muitas madeixas escuras cair aos montes no chão.

Jofre entrou e foi até ela, e suportou o peso dos punhos da mulher até que ela não conseguisse mais gritar. Em seguida, ele abraçou-a, tentando consolá-la, até que ela parasse de tremer e, enfim, levou-a aos seus aposentos.

Somente quando César dispensou Michelotto, Lucrécia levantou a cabeça do peito de seu marido sem vida e se virou para ele. Com lágrimas escorrendo pelo rosto, falou:

— Nunca vou perdoá-lo por isso, meu irmão. Porque você tirou de mim uma parte do meu coração que nunca mais poderá amar. Ele nunca poderá ser seu, porque não é mais meu. E até os nossos filhos sofrerão por isso.

Ele tentou segurá-la, explicar que Alfonso tinha atirado primeiro. No entanto se viu sem fala diante da desolação.

Lucrécia saiu correndo do quarto, indo até os aposentos do pai.

— Nunca mais sentirei o mesmo pelo senhor, meu pai — ameaçou. — Pois o senhor causou mais sofrimento do que pode imaginar. Se foi por sua ordem que alguém fez essa coisa maligna, por amor o senhor deveria ter pensado em mim. Mas nunca amarei nenhum de vocês dois, porque violaram minha confiança.

O papa Alexandre levantou a cabeça para olhá-la, e sua expressão era de surpresa.

— Crécia, o que você está dizendo? O que aconteceu?

Os olhos dela estavam nublados de sofrimento.

— Vocês arrancaram o coração do meu peito e cortaram o laço que foi atado no céu.

Alexandre se levantou e foi lentamente até a filha, mas se conteve para não abraçá-la, porque tinha certeza de que ela se afastaria ao toque.

— Minha doce criança, seu marido nunca deveria ter sido prejudicado, mas ele tentou matar seu irmão César. Eu ordenei a proteção de seu marido — disse ele, mas baixou a cabeça e acrescentou: — mas não pude impedir que seu irmão se protegesse.

Lucrécia viu a perturbação no rosto do pai e caiu de joelhos aos pés dele. Cobriu o rosto com as mãos enquanto chorava.

— Papai, o senhor precisa me ajudar a entender. Que tipo de mal acontece neste mundo? Que Deus é esse que permite tanto amor ser extinto? Isto é loucura! Meu marido tenta matar meu irmão e meu irmão mata meu marido? A alma deles ficará perdida no inferno; eles serão condenados. Eu não verei nenhum dos dois de novo; com este único feito trágico, eu os perdi para sempre.

Alexandre pôs a mão na cabeça da filha e tentou aplacar suas lágrimas.

— Shh, shh. Deus é misericordioso. Ele vai perdoar os dois. Caso contrário, não existe motivo para Ele existir. E um dia, quando esta tragédia mundana estiver terminada, todos nós estaremos juntos de novo.

— Não posso esperar uma eternidade pela felicidade — gritou Lucrécia; em seguida, levantou-se e saiu correndo.

DESSA VEZ NÃO havia dúvida. Todo mundo sabia que César era responsável pela morte. Mas havia se espalhado a notícia do ataque contra ele no jardim, e com isso a maioria dos romanos achou que seu ato era justificado. Em pouco tempo os dois napolitanos foram apanhados, confessaram e foram enforcados em praça pública.

Mas assim que o choque inicial se esvaiu, Lucrécia ficou furiosa. Entrou nos aposentos de César, gritando que primeiro ele tinha matado o irmão e agora o cunhado. Alexandre tentou impedir que César ficasse com raiva, porque não queria desavença entre os filhos prediletos. Mas César ficou pasmo e perturbado com a suposição da irmã, de que ele tinha matado seu irmão Juan. Nunca havia pensado em se defender diante dela, porque nunca imaginara que ela suspeitasse dele.

Depois de várias semanas, Alexandre e César não suportavam mais ver Lucrécia banhada em lágrimas ou testemunhar seu sofrimento. E assim começaram a evitá-la, e finalmente a ignorá-la. Quando Alexandre tentou mandá-la com os filhos de volta a Santa Maria in Portico, Lucrécia insistiu em deixar Roma e ir para Nepi, levando os filhos e Sancia. Seu irmão Jofre era bem-vindo, disse ao pai, mas nenhum outro irmão poderia ir. Antes de ir embora, ela informou a Alexandre que nunca mais desejava falar com César.

CÉSAR TEVE DE LUTAR consigo mesmo para não ir atrás de Lucrécia, porque queria muito se explicar. Mas sabia que não adiantava, por isso se distraiu com estratégias para a campanha. A primeira coisa que sabia que tinha de fazer era ir a Veneza reduzir qualquer possibilidade de interferência vinda de lá, uma vez que Rimini, Faenza e Pesaro eram territórios sob proteção dos venezianos.

Depois de dias viajando pelo mar, César finalmente se aproximou de Veneza, e a enorme cidade tremeluzente e em tons pastel, construída sobre estacas, emergiu das vastas águas escuras como um dragão mítico. Viu a praça de São Marcos diante dele e, em seguida, o palácio do doge.

Do porto, ele foi levado a um imponente palácio mourisco perto do Grande Canal, onde vários nobres venezianos o receberam e o ajudaram a ficar confortável. César se acomodou e logo requisitou um encontro com os membros do Grande Conselho. Lá explicou a posição do papa e ofereceu um acordo: as tropas papais defenderiam Veneza dos turcos no caso de uma invasão e, em troca, Veneza tiraria a proteção de Rimini, Faenza e Pesaro.

Numa cerimônia brilhantemente colorida, o conselho aprovou a resolução e cobriu César com a capa escarlate de cidadão honorário. Agora ele era um "cavalheiro de Veneza".

Os DOIS ANOS passados com Alfonso tinham sido os mais felizes da vida de Lucrécia, uma época em que as promessas que o pai tinha feito na sua infância pareciam verdadeiras. Mas agora o sofrimento que sentia pela morte de Alfonso transcendia a perda do sorriso doce, dos olhos brilhantes e do humor agradável do marido. Transcendia a perda dos risos dos dois, até mesmo a perda de sua inocência quando se deitou pela primeira vez com César. Pois então ela possuía fé no pai, confiança no amor do irmão por ela e no poder do Santo Padre para atar e desatar o pecado. Mas desde a morte de Alfonso tudo isso estava perdido. Agora se sentia abandonada pelo pai tanto quanto por Deus.

Tinha vindo para Nepi com Sancia, Jofre, seus filhos Giovanni e Rodrigo, e apenas cinquenta dos membros de maior confiança de sua corte para acompanhá-la.

Ali, há apenas um ano, ela e Alfonso tinham passado horas fazendo amor, escolhendo os belos móveis e quadros para decorar o castelo, e andando por entre os altos carvalhos e os bosques no campo vibrante.

Nepi, propriamente dita, era uma cidade pequena, com uma praça central, ruas ladeadas de construções góticas e alguns castelos onde viviam os nobres. Havia uma igreja, uma igreja linda, construída sobre o templo de Júpiter. Ela e Alfonso tinham andado por aquelas ruas juntos, de mãos dadas e rindo de prazer diante da simplicidade em volta. Mas agora tudo em Nepi parecia tão melancólico quanto Lucrécia.

Quer olhasse da janela do castelo para ver o negro vulcão de Bracciano, quer se voltasse para a cadeia azul dos montes Sabinos, Lucrécia sentia vontade de chorar. Porque em tudo ela via Alfonso.

Num dia luminoso de verão, Sancia e ela levaram as crianças para passear pelo campo. Lucrécia parecia mais em paz do que ultimamente, mas de súbito o balir das ovelhas e as notas plangentes da flauta do pastor jogaram-na na melancolia de novo.

Havia noites em que ela jurava que tudo era um pesadelo, que iria se virar e encontrar seu belo marido deitado ao lado, mas estendia a mão, tocava os lençóis vazios e descobria que estava sozinha de novo. Seu corpo e sua alma doíam por ele. Tinha perdido o gosto pela comida e não sentia apetite pelos prazeres. A cada manhã ela acordava mais cansada do que na noite anterior, e os poucos sorrisos que conseguia dar eram provocados pelos filhos. A única atitude que tomou no primeiro mês em que estava em Nepi foi ordenar que algumas roupas fossem feitas para os meninos, mas até mesmo brincar com eles a deixava exaurida.

Finalmente Sancia decidiu ajudar a cunhada a se recuperar. Pôs de lado a própria dor e se dedicou a Lucrécia e aos garotos. Jofre também ajudava muito, consolando Lucrécia sempre que ela chorava e passando horas no castelo e nos campos brincando com as crianças, lendo histórias para elas e cantando todas as noites ao colocá-las para dormir.

Foi nessa época que Lucrécia começou a examinar seus sentimentos com relação ao pai, ao irmão e a Deus.

CÉSAR ESTAVA EM VENEZA há mais de uma semana e se sentia pronto para voltar a Roma e retomar a campanha. E foi assim que, na noite anterior à partida, ele jantou com vários de seus antigos colegas da Universidade de Pisa, desfrutando o bom vinho, as antigas lembranças e a conversa interessante.

Por mais brilhante e tremeluzente que Veneza parecesse durante o dia, com multidões, castelos em tons pastel e telhados dourados, igrejas grandiosas e lindas pontes em arco, era absolutamente sinistra quando a escuridão baixava. A umidade que subia das águas dos canais cobria a cidade numa névoa densa, através da qual era difícil achar o caminho. Entre os prédios e os canais, os becos se projetavam como patas de aranha, dando refúgio aos ladrões e outros bandidos que não saíam de dia.

Quando César seguia pelo beco estreito que levava de volta ao seu palácio, de repente ele foi forçado a prestar atenção a um facho de luz que atravessou o canal.

Olhou em volta, porque alguém tinha aberto uma porta.

Mas, antes que pudesse se orientar, três homens, vestidos em roupas de camponês, velhas e maltrapilhas, correram para ele. Através da escuridão nevoenta ele viu o brilho das facas.

Virou-se rapidamente e viu outro homem vindo da direção oposta, com a faca brilhando no escuro.

Estava numa armadilha; não tinha para onde ir. Tanto a entrada quanto a saída do beco estavam bloqueadas por homens esperando para atacá-lo.

Instintivamente, mergulhou de cabeça nas águas lamacentas do canal que seguia ao longo do beco, densas com o lixo e o esgoto da cidade. Nadou por baixo da superfície, prendendo o fôlego até ter certeza de que seu peito iria explodir. Finalmente rompeu a superfície do outro lado.

De lá pôde ver mais dois homens correndo por uma estreita ponte em arco, vindo do outro lado do canal para o lado onde estava. Eles carregavam tochas, além de facas.

César respirou fundo de novo; em seguida, submergindo outra vez, nadou para debaixo da ponte, onde duas gôndolas estavam ancoradas. Afundando na água sob os barcos, rezou para não ser visto.

Os homens correram de um lado para o outro pelos dois becos, tentando achá-lo. Procuraram em cada reentrância com suas tochas, mas sempre que chegavam perto ele afundava na água e prendia o fôlego até não aguentar mais.

Depois do que pareceu uma eternidade, quando não encontraram nada, os homens juntaram-se na ponte acima de sua cabeça. César ouviu um deles murmurar:

— O romano não está em lugar nenhum. O desgraçado provavelmente se afogou.

— É melhor que ele se afogue do que ficar nadando naquela merda — disse um dos outros.

— Vamos encerrar — veio uma voz cheia de autoridade. — Nero pagou para nós cortarmos a garganta dele, e não para ficar caçando um ganso selvagem até o amanhecer.

Ele ouviu os passos dos homens atravessando a ponte, um a um, até não escutar mais nada.

Preocupado com a hipótese de terem deixado um guarda vigiando de uma janela ou varanda, César nadou em silêncio ao longo da margem escura do pequeno canal até o Grande Canal, e finalmente até o cais de seu palácio. Seu vigia noturno, designado pelo doge, ficou pasmo ao ver o hóspede honrado sair da água tremendo e fétido.

Em seus aposentos, depois de um banho quente, César vestiu um roupão limpo e tomou uma caneca de xerez quente. Ficou sentado um bom tempo, imerso em pensamentos. Depois deu ordens de que partiria ao alvorecer. Quando chegassem à terra seca do Vêneto ele pegaria sua carruagem.

Naquela noite ele não dormiu. Assim que o sol se ergueu sobre a laguna, subiu numa grande gôndola, manobrada por três homens do doge armados com espadas e balestras. Já iam partir quando um homem corpulento, de uniforme escuro, correu para o cais.

— Excelência — disse sem fôlego. — Devo me apresentar antes que o senhor se vá. Sou o capitão da polícia que cuida deste distrito da cidade. Veneza está cheia de ladrões e bandidos que roubam qualquer estranho que tenha a infelicidade de ser apanhado na rua à noite.

— O senhor deveria manter mais de seus homens num lugar onde eles possam ser encontrados — disse César ironicamente.

— O senhor nos faria grande favor se adiasse a viagem e nos acompanhasse à área do ataque. A sua escolta pode esperar aqui. Talvez possamos entrar em uma ou duas das casas próximas para que o senhor possa identificar os assaltantes.

César ficou em dúvida. Queria partir, mas também queria saber quem planejara o ataque contra ele. Mas investigar o ataque poderia custar horas, e ele tinha muito que fazer. Outros poderiam lhe trazer informações. Agora tinha de voltar a Roma.

— Capitão — disse ele —, em circunstâncias normais eu ficaria feliz em ajudá-lo, mas minha carruagem está esperando. Desejo chegar a Ferrara ao anoitecer, já que as estradas do campo são tão perigosas quanto seus becos. De modo que deve me desculpar.

O grande policial sorriu e levou os dedos ao capacete.

— O senhor voltará a Veneza em breve, excelência?

— Espero que sim — disse César, sorrindo.

— Então talvez o senhor nos ajude. Pode me procurar no quartel da polícia no Rialto. Meu nome é Bernardino Nerozzi, mas todo mundo me chama de "Nero".

Na longa viagem a Roma, César pensou em quem poderia ter contratado o capitão da polícia para assassiná-lo em Veneza. Mas era uma tarefa inútil, porque havia possibilidades demais. Se ele fosse morto, riu ao pensar, haveria tantos suspeitos que o crime jamais seria solucionado.

Mesmo assim ficou se perguntando: poderiam ter sido os parentes aragoneses de Alfonso, buscando vingança por sua morte? Ou Giovanni Sforza, ainda com raiva e humilhado pelo divórcio e a afirmação de impotência? Ou um dos Riario, furiosos com a captura de Caterina Sforza? Ou Giuliano della Rovere, que odiava todos os Bórgias, independentemente do quanto fingisse ser civilizado? Sem dúvida poderia ter sido um dos vigários de Faenza, Urbino ou alguma outra cidade que queria parar sua campanha e impedir seus próximos ataques. Ou qualquer um entre as centenas de homens que tinham algum ressentimento contra seu pai.

Enquanto sua carruagem chegava aos portões de Roma, ele só tinha certeza de uma coisa. Precisava vigiar as costas, porque agora era certo que alguém queria matá-lo.

SE DEITAR-SE COM CÉSAR tinha acontecido no paraíso, a morte de Alfonso foi a queda de Lucrécia da graça. Porque agora ela era forçada a ver sua vida e sua família como realmente eram. Sentia-se desterrada pelo pai, pelo Santo Padre e também pelo Pai Celestial.

A queda da inocência foi uma ocasião devastadora. Porque vivera e amara em reinos mágicos, míticos, que agora tinham terminado. Ah, como lamentava. Tentava se lembrar de como tinha começado, no entanto aquilo parecia existir desde sempre. Não havia começo.

Quando ela era apenas um bebê, seu pai, sentado nos aposentos com ela no colo, tinha-a regalado com mitos empolgantes povoados por deuses e titãs olímpicos. Ele não era Zeus, o maior deus olímpico de todos? Sua voz era o trovão, suas lágrimas eram a chuva, seu sorriso era o sol brilhando sobre o rosto de Lucrécia. E ela não era Atena, a deusa-filha, que tinha brotado adulta da cabeça dele? Ou Vênus, a própria deusa do amor?

Seu pai lia sobre a história da criação, com mãos voando e palavras eloquentes. E então ela era ao mesmo tempo a bela Eva, tentada pela serpente, e a casta Madona, que deu à luz a própria divindade.

Nos braços do pai ela se sentia abrigada dos males; nos braços do Santo Padre, sentia-se protegida do mal; e assim nunca temia a morte, porque tinha certeza de que estaria segura nos braços do Pai Celestial. Por que todos eles não eram o mesmo?

Só agora, quando usava o véu negro de viúva, o véu escuro da ilusão tinha sido tirado de seus olhos.

Quando tinha se curvado para beijar os lábios frios e rígidos do marido morto, sentiu o vazio do homem mortal, e soube que a vida estava sofrendo, e que a morte um dia chegaria. Para seu pai, para César, para ela. Até aquele momento, eles eram imortais em seu coração. Por isso, agora, chorava por todos.

Em algumas noites não conseguia dormir, e de dia passava horas andando em seus aposentos, impotente para descansar ou encontrar um momento de paz. As sombras do medo e da dúvida a seduziam. Finalmente viu-se perdendo os restos da fé. Questionava tudo em que tinha acreditado. E assim não tinha chão em que se apoiar.

— O que está acontecendo comigo? — perguntava a Sancia, já que durante dias sentia-se caída no terror e no desespero. Em seguida ficava na cama e sofria por Alfonso, e temia mais por si mesma.

Sancia sentava-se na cama ao lado dela e esfregava sua testa. Beijava seu rosto.

— Você está percebendo que é um peão no jogo do seu pai — explicou a cunhada. — Não é mais importante do que conquistar os territórios de seu irmão para o avanço da família Bórgia. E essa é uma verdade difícil de aceitar.

— Mas papai não é assim — tentou protestar. — Ele sempre foi preocupado com minha felicidade.

— Sempre? — perguntou Sancia com algum sarcasmo. — Este é um lado de seu pai, e do Santo Padre, que eu não consigo ver. Mas você tem de ficar bem, tem de ficar forte. Porque seus filhos precisam de você.

— O seu pai é gentil? — perguntou Lucrécia. — E ele trata você bem?

Sancia balançou a cabeça.

— Ele não é gentil nem cruel comigo agora porque, desde a invasão dos franceses, ficou doente. Enlouqueceu, dizem alguns. No entanto eu o acho mais gentil do que antes. Em Nápoles ele é mantido numa torre no palácio da família, e cada um de nós cuida dele. Quando sente medo ele grita: *"Eu escuto a França. As árvores e as pedras chamam a França."* Mas, apesar de toda a sua loucura, eu acho que ele é mais gentil do que o seu pai. Pois mesmo quando ele estava bem eu não era o seu mundo e ele não era o meu. Ele era apenas o meu pai, e assim meu amor por ele nunca cresceu a ponto de me enfraquecer.

Lucrécia chorou ainda mais porque nas palavras de Sancia havia verdades que ela não podia mais negar. Enrolou-se nos cobertores de novo. E tentou discernir os modos pelos quais seu pai tinha mudado.

Seu pai falava de um Deus misericordioso e jubiloso, mas o Santo Padre era agente de um Deus que punia e frequentemente era cruel. Seu coração se acelerou quando ela ousou pensar: "Como tanto mal pode ser para o bem e para Deus?"

Foi então que começou finalmente a questionar a sabedoria do pai. Tudo que lhe tinham ensinado era bom e certo? Seu pai era realmente o Vigário de Cristo na terra? E o julgamento do Santo Padre era também de Deus? Lucrécia tinha certeza de que o Deus gentil que estava em seu coração era muito diferente do deus punitivo que sussurrava nos ouvidos de seu pai.

MENOS DE UM MÊS depois da morte de Alfonso, o papa Alexandre começou a busca de outro marido para Lucrécia. Mesmo podendo ser uma insensibilidade, ele estava decidido a planejar o futuro dela, porque no caso de sua morte não queria que a filha ficasse uma viúva desamparada, forçada a comer em pratos de barro, e não de prata.

Alexandre chamou Duarte aos seus aposentos para falar das possibilidades.

— O que você acha de Louis de Ligny? — perguntou. — Afinal de contas, ele é primo do rei da França.

Duarte disse simplesmente:

— Não creio que Lucrécia o considere aceitável.

O papa mandou uma mensagem para Lucrécia em Nepi.

E recebeu uma mensagem de volta, que dizia: "Eu não viverei na França."

Em seguida Alexandre sugeriu Fransisco Orsini, duque de Gravina.

A resposta de Lucrécia dizia: "Não quero me casar."

Quando o papa mandou outra mensagem perguntando os motivos, a resposta foi simples: "Todos os meus maridos são desafortunados, e não quero ter mais um na consciência."

O papa chamou Duarte de novo.

— Ela é simplesmente impossível. É voluntariosa e irritante. Eu não viverei para sempre, e quando eu morrer, só restará César para cuidar dela.

— Ela parece se dar bem com Jofre e Sancia. Talvez precise de mais tempo para se recuperar do sofrimento. Chame-a de volta a Roma, e então o senhor terá a oportunidade de pedir que ela considere o que está sugerindo. Um novo marido vem perto demais do antigo, e Nepi é longe demais de Roma.

As SEMANAS SE PASSARAM lentamente enquanto Lucrécia tentava se recuperar do sofrimento e continuar vivendo. Até que uma noite, quando estava na cama lendo à luz de velas, seu irmão Jofre veio sentar-se perto.

O cabelo cor de palha de Jofre estava escondido sob uma boina de veludo verde, e seus olhos claros estavam injetados pela falta de sono. Lucrécia sabia que ele tinha pedido para se retirar mais cedo, portanto achou estranho ele estar vestido em roupas novas como se fosse sair. Mas antes que ela tivesse chance de perguntar, Jofre começou falando, como se as palavras fossem forçadas a sair dos lábios:

— Eu fiz coisas das quais me envergonho. E me julgo por elas. Nenhum Deus me julgaria assim. E fiz coisas pelas quais nosso pai me julgaria, entretanto eu nunca o julguei.

Lucrécia se empertigou na cama, com os olhos inchados de chorar.

— O que você poderia ter feito, irmãozinho, que nosso pai poderia julgar? De nós quatro, você foi o menos atendido, e é o mais doce de todos.

Jofre a encarou e ela percebeu sua luta. Ele havia esperado demais para confessar, e confiava nela mais do que em qualquer pessoa.

— Não posso mais suportar este pecado na alma. Porque o guardei durante muito tempo.

Lucrécia pegou a mão dele, porque em seus olhos via tamanha confusão e culpa a ponto de fazer seu sofrimento parecer menor.

— O que o perturba?

— Você vai me desprezar por essa verdade. Se eu falar disso com alguém além de você minha vida estará perdida. Mas se não tirar esse fardo, temo que ficarei louco, ou minha alma se perderá. E para mim esse é um terror ainda maior.

Lucrécia estava perplexa.

— Que pecado é esse tão terrível que o faz tremer? Pode confiar em mim. Eu juro que nenhum perigo cairá sobre você, porque sua verdade jamais passará por meus lábios.

Jofre olhou para a irmã e começou a gaguejar.

— Não foi César que matou nosso irmão Juan.

Lucrécia pôs rapidamente os dedos nos lábios dele.

— Não fale outra palavra, meu irmão. Não fale as palavras que posso ouvir no coração, porque eu o conheço desde que era um bebê que eu segurava no colo. Mas estou desesperada para perguntar: o que poderia ser tão importante a ponto de você realizar um ato assim?

Jofre pôs a cabeça no peito da irmã e deixou que ela o embalasse gentilmente enquanto ele sussurrava:

— Sancia. Minha alma é ligada a ela de maneiras que eu não entendo. Sem ela minha respiração parece que vai parar.

Lucrécia pensou em Alfonso e entendeu. Depois pensou em César. Como ele devia estar atormentado. Agora sentia grande compaixão por todos que eram vítimas do amor, e naquele momento o amor parecia mais traiçoeiro do que a guerra.

César não podia continuar sua campanha na Romanha sem antes visitar a irmã. Precisava vê-la para explicar, para pedir perdão, para recuperar seu amor.

Quando chegou a Nepi, Sancia tentou mantê-lo a distância, mas ele abriu caminho até os aposentos da irmã e forçou a entrada.

Ali estava Lucrécia, tocando uma música triste no alaúde. Quando viu César seus dedos se congelaram nas cordas, a música parou no ar.

Ele correu e se ajoelhou diante dela, pondo a cabeça em seus joelhos.

— Abomino o dia em que nasci para lhe causar tanta tristeza. Abomino o dia em que descobri que a amava mais do que a vida, e desejei só por um momento vê-la de novo, antes de lutar em outra batalha, porque sem seu amor não há batalha que valha ser travada.

Lucrécia pôs a mão nos cabelos castanhos do irmão e alisou-os num gesto de conforto, até que ele pôde erguer a cabeça e olhá-la. Mas ela não viu nada.

— Algum dia você pode me perdoar? — perguntou ele.

— Como não poderia?

Os olhos dele se encheram de lágrimas, mas os dela não.

— Você ainda me ama, acima de todos na terra?

Ela inspirou fundo e se pegou hesitando apenas por um momento.

— Eu o amo, meu irmão. Porque você também é menos um jogador do que um peão neste jogo, e por isso sinto pena de nós dois.

César se levantou diante dela, perplexo, mas mesmo assim agradeceu.

— Será mais fácil lutar e ganhar mais territórios para Roma agora que eu a vi de novo.

— Vá com cuidado. Na verdade, eu não suportaria outra grande perda.

Antes de César sair, ela o deixou abraçá-la e, apesar de tudo que tinha acontecido, sentiu-se reconfortada por ele.

— Eu vou unificar os estados papais — disse César. — E quando nos encontrarmos de novo espero ter realizado tudo que prometi.

Lucrécia sorriu.

— Com a graça divina, algum dia nós dois voltaremos a Roma para ficar.

DURANTE OS ÚLTIMOS meses em Nepi, Lucrécia começou a ler bastante. Lia a vida dos santos, explorava a vida dos heróis e heroínas e estudava os grandes filósofos. Enchia a mente de conhecimentos. E finalmente entendeu que havia apenas uma decisão que precisava tomar.

Ela viveria sua vida ou comandaria sua vida?

Se vivesse, pensou, como encontraria paz? Já havia decidido que, não importando quantas vezes seu pai a negociasse em casamento, ela nunca mais amaria como tinha amado Alfonso.

Mas para encontrar a paz ela sabia que tinha de ser capaz de perdoar os que lhe haviam feito mal, caso contrário, a raiva que tinha no coração e na mente iria levá-la ao ódio e lhe roubaria a liberdade.

Três meses depois de ter chegado, ela começou por abrir as portas do palácio em Nepi, para ver o povo, ouvir suas reclamações e construir um sistema de governo que serviria tanto aos pobres quanto aos que carregavam ouro. Decidiu se dedicar, e dedicar sua vida, aos desamparados, aos que tinham sofrido como ela. Aqueles cujo destino repousava nas mãos de governadores mais fortes do que eles.

Se tomasse o poder que seu pai lhe concedera, e se usasse o nome Bórgia para o bem, assim como César usava o dele para a guerra, ela poderia encontrar uma vida digna de ser vivida. Como os santos que dedicavam a vida a Deus, a partir daquele dia ela dedicaria a vida a ajudar os outros, e a fazer isso com tamanha graça e generosidade que, quando encontrasse a morte, a face de Deus sorriria para ela.

Foi então que seu pai insistiu para que voltasse a Roma.

23

DE NOVO EM ROMA, CÉSAR PREPAROU SEU EXÉRCITO, E dessa vez a maioria dos soldados era composta por italianos e espanhóis. A infantaria italiana era bem disciplinada, e usava elmos de metal e gibões em escarlate e dourado nos quais a cota de armas de César fora bordada. Seu exército era liderado por talentosos capitães espanhóis, além de *condottieri* veteranos, inclusive Gian Baglioni e Paolo Orsini. Como chefe de estado-maior, César escolheu cuidadosamente seu capitão: Vito Vitelli, que tinha trazido com ele vinte e um canhões soberbos. Juntos eram dois mil e duzentos soldados a cavalo e quatro mil a pé. Dion Naldi, o antigo capitão de Caterina, trouxe suas tropas para ajudar César em sua nova jornada.

O primeiro alvo do exército era Pesaro, ainda governado pelo ex-marido de Lucrécia, Giovanni Sforza. Alexandre o havia excomungado quando descobriu que ele estava em negociações com os turcos para manter longe o exército papal.

Também aqui, como em Ímola e Forli, os próprios cidadãos não estavam ansiosos por sacrificar a vida ou as propriedades pelo governante brutal. Alguns dos cidadãos mais importantes prenderam Galli, o irmão de Giovanni, quando ouviram dizer que César estava a caminho, mas em vez de enfrentar o terrível ex-cunhado, Giovanni fugiu rapidamente para Veneza, para lhes oferecer seu território.

César entrou em Pesaro debaixo de chuva, acompanhado por seu exército de 150 homens vestidos com uniformes vermelhos e amarelos, e foi recebido pelas multidões felizes numa grande fanfarra. Os cidadãos rapidamente se renderam e lhe entregaram as chaves da cidade. Agora ele era senhor de Pesaro.

Sem batalha para lutar, César foi imediatamente se aquartelar no castelo Sforza, nos mesmos apartamentos em que sua irmã Lucrécia tinha vivido. Ali dormiu na cama dela durante duas noites, sonhando com ela.

Na manhã seguinte ele e Vitelli conseguiram confiscar setenta canhões do arsenal de Pesaro antes de continuar a campanha. Quando chegaram a Rimini, César tinha acrescentado noventa canhões à sua artilharia. O obstáculo mais difícil a superar eram as chuvas fortes que o exército encontrou na longa viagem pela estrada do litoral. Mas antes mesmo que César chegasse aos portões, os cidadãos — ao saber de sua vinda — derrubaram seus odiados opressores, os irmãos Pan e Carlo Malatesta. E outra cidade se rendeu.

César estava animado com as vitórias, mas a próxima conquista iria se mostrar uma tarefa difícil e esmagadora. Seu objetivo era Faenza, governada pelo amado Astorre Manfredi. Não somente a cidade era uma poderosa fortaleza, rodeada por altas muralhas com ameias, mas o povo era formado por cidadãos corajosos e leais. Também estava protegida pela melhor infantaria de toda a Itália. Faenza não iria se render sem uma luta feroz.

A BATALHA COMEÇOU mal para César. Os canhões de Vitelli dispararam repetidamente contra as muralhas da fortaleza, mas só conseguiram criar uma brecha pequena. Quando tentaram passar pela abertura, os homens de César foram derrotados pela infantaria local de Astorre Manfredi e sofreram uma perda pesada.

No acampamento de César, surgiram brigas entre os comandantes mercenários italianos e os capitães espanhóis, cada um culpando o outro pela derrota.

O tempo ficou de um frio cortante, e tudo se congelava à medida que o inverno chegava. As tropas começaram a reclamar; Gian Baglioni, um dos renomados *condottieri* de César, ficou furioso com as críticas dos espanhóis e levou seus homens para casa em Perúgia.

César sabia que, com tantas dificuldades, essa batalha não poderia ser vencida no inverno; teria de esperar a primavera. E assim deixou uma pequena força cercando a cidade e mandou o resto dos soldados para as aldeias que salpicavam a estrada de Rimini. Disse para planejarem uma longa estada no inverno e se prepararem para retomar a batalha na primavera.

O próprio César foi para Cesena. Essa cidade, anteriormente governada pela família Malatesta, que fugiu diante da notícia de sua chegada, tinha um grande castelo e cidadãos que eram conhecidos em toda a Itália por serem ferozes na batalha mas amantes da diversão na vida. Ele ocupou o palácio Malatesta e encontrou prazer em convidar os cidadãos da cidade para olhar os salões glamourosos e ornamentados onde seus ex-senhores tinham vivido, para lhes mostrar o que seu trabalho duro e seu sacrifício tinham produzido.

Em contraste com os governantes anteriores, César brincava em meio ao povo. Durante o dia ele tomava parte de todos os torneios clássicos que eram realizados, e até mesmo disputava justas com os nobres que tinham permanecido. Sentia grande deleite em ir às festas populares, aos bailes e às feiras, e os cidadãos de Cesena gostaram dele e se sentiram lisonjeados por sua companhia.

Numa dessas noites de feira, César encontrou um grande salão separado para luta-livre. O chão era coberto de palha, e no centro tinham construído um ringue de madeira onde jovens musculosos disputavam, pingando suor e xingando-se mutuamente.

César procurou um oponente digno na sala apinhada. Ali, sentado perto do ringue, viu um homem alto e careca, parecendo sólido como uma muralha de pedra. Era uma cabeça mais alto do que César e duas vezes mais largo. Quando César perguntou sobre ele, disseram que o homem era um fazendeiro chamado Zappitto, e que atualmente era o campeão da cidade.

Mas os cidadãos que deram essa informação a César também foram rápidos em acrescentar:

— Ele não vai competir esta noite.

César decidiu abordar Zappitto.

— Meu bom homem — falou. — Ouvi falar de sua reputação. Consideraria honrar-me com uma luta nesta bela noite, já que você é o campeão da cidade?

Zappitto riu, mostrando os dentes enegrecidos. Ele seria muito admirado na cidade quando derrotasse o filho de um papa. E assim chegaram a um acordo: a luta ia acontecer.

César e Zappitto tiraram as jaquetas, as camisas e as botas. César era musculoso, mas o campeão tinha bíceps e antebraços que eram o dobro dos seus. Isso garantia o desafio de que César necessitava.

Os dois homens subiram ao ringue.

— Duas quedas em três — gritou o juiz e de repente a multidão ficou em silêncio.

Os homens circularam um ao redor do outro várias vezes; então, de repente, o sujeito enorme correu para César. Mas este se desviou e lançou o próprio peso contra as pernas de Zappitto. Usando o peso e a força do oponente, César jogou-o para cima, por sobre seu corpo, e Zappitto bateu no chão atrás dele. Enquanto o campeão ficava ali apalermado, César caiu sobre o peito dele, marcando uma queda imediata.

— Uma queda para o desafiante! — gritou o juiz.

A multidão, surpresa, sentou-se em silêncio um momento, depois começou a gritar e aplaudir.

César e Zappitto voltaram para lados opostos do ringue.

O juiz gritou:

— Pronto!

De novo os homens circularam um ao redor do outro. Mas Zappitto não era tolo. Dessa vez não houve uma corrida às cegas. Ele se demorou e continuou circulando.

César fez o primeiro movimento. Girou a perna contra os joelhos do rival, numa tentativa de tirar o apoio do fazendeiro. Mas era como chutar um tronco de árvore. Nada aconteceu.

Agora, Zappitto, movendo-se com mais rapidez do que o desafiante esperava, agarrou o pé dele e começou a girá-lo em círculos, até a cabeça de César zumbir. Então o homem gigantesco agarrou a coxa de César e o levantou sobre os ombros, girando-o mais duas vezes. Finalmente jogou-o de rosto para baixo na palha e saltou sobre o grogue oponente, girando-o e apertando suas costas contra o chão.

A multidão rugiu enquanto o juiz gritava:

— Uma queda para o campeão!

César levou uns dois minutos para clarear a cabeça.

Em seguida ele estava preparado.

Enquanto o juiz gritava: "Pronto!", César saltou rapidamente.

Planejava agarrar a mão e os dedos de Zappitto num golpe que tinha aprendido em Gênova. Depois forçaria os dedos dele para trás; quando o grandalhão tentasse recuar um passo para evitar a pressão, ele jogaria a perna rapidamente atrás dos joelhos de Zappitto e o empurraria de costas.

Com isso em mente, César conseguiu agarrar a mão gigantesca do fazendeiro. Usando toda a força, começou a empurrar os dedos de Zappitto para trás. Mas, para sua surpresa, eles eram rígidos como tubos de ferro.

Então, lentamente, suando com o esforço, Zappitto fechou os dedos em volta da mão de César, esmagando os nós dos dedos dele. César se controlou para não gritar e tentou usar o braço livre para dar uma chave de cabeça em Zappitto, mas o homem enorme agarrou essa mão também. Agora, franzindo a testa e com um olhar de grave intensidade, Zappitto esmagava os nós das duas mãos de César.

A dor era tão intensa que tirou seu fôlego, mas num último esforço César saltou e envolveu com as duas pernas a cintura gigantesca do rival. Suas pernas eram musculosas e fortes, e com todo o empenho ele tentou tirar o ar de dentro de Zappitto. O fazendeiro, com um grunhido grave, simplesmente jogou todo o peso para adiante, jogando César de costas no chão.

Rapidamente Zappitto subiu em cima dele.

— Queda e fim da luta! — gritou o juiz.

Quando ele levantou o braço de Zappitto dando-lhe a vitória, a multidão aplaudiu feliz. Seu campeão tinha vencido.

César apertou a mão de Zappitto e lhe deu os parabéns.

— Uma luta digna — falou. Em seguida pegou sua jaqueta, que ele havia posto ao lado do ringue, e ali encontrou sua bolsa.

Com uma reverência profunda e um sorriso encantador, entregou-a a Zappitto.

A multidão ficou louca de entusiasmo. Gritava e comemorava. Não somente o novo *grande signore* os tratava bem, mas compartilhava os seus prazeres. Ele dançava, lutava e, mais importante, era cortês na derrota.

César entrava nessas festividades e nos torneios não somente por prazer, ainda que gostasse deles, mas porque ganhar o coração do povo fazia parte de seu plano para unificar a área e trazer paz a todos os súditos. Mas a boa vontade não bastava. Também ordenou que seus soldados não estuprassem, saqueassem ou fizessem qualquer mal aos moradores dos povoados que ele conquistava.

Portanto César ficou furioso quando, numa fria manhã de inverno, apenas uma semana depois da luta com Zappitto, um de seus guardas trouxe três soldados da infantaria acorrentados.

O sargento da guarda, um tal de Ramiro da Lorca, era um experimentado veterano romano, e anunciou que os três ficaram bebendo o dia inteiro.

— Mas o mais importante, capitão-geral — disse Ramiro —, eles invadiram um açougue, roubaram duas galinhas, uma perna de carneiro e espancaram o filho do açougueiro até tirar sangue quando ele tentou impedir.

César se aproximou dos três homens, que agora se encolhiam miseravelmente nos degraus de seu palácio.

— Vocês são culpados do que o sargento acusa?

O homem mais velho, de cerca de trinta anos, falou num tom falso e implorante:

— Sua eminência, nós só tentamos arranjar um pouquinho de comida. Nós estávamos com fome, sua eminência; nós só...

O sargento da Lorca interrompeu:

— Isso é absurdo, senhor. Esses homens receberam o pagamento regular, como todos os outros. Não precisavam roubar.

Alexandre sempre dissera a César que era necessário fazer escolhas quando se era líder de homens. Escolhas difíceis. Ele olhou para os três e para a multidão de gente do povoado que se tinha reunido na praça.

— Enforque-os — disse César.

O prisioneiro falou como se não tivesse ouvido:

— Foram só umas galinhas e um pedaço de carne, sua eminência. Nada sério.

César foi até ele.

— Você não entendeu, meu caro. Não foram só umas galinhas. Segundo a ordem do Santo Padre, cada homem neste exército foi bem pago. Para quê? Para que não roubem nem brutalizem as pessoas das cidades que conquistarmos. Meus soldados receberam comida suficiente, e alojamentos confortáveis, para impedir qualquer mal à população. Fiz tudo isso para que os cidadãos das cidades que conquistamos não odeiem as forças papais. Eles não precisam nos amar, mas minha esperança é que, ao menos, não nos desprezem. O que vocês fizeram, idiotas, foi estragar meu plano e violar um comando do próprio Santo Padre.

Naquela tarde, ao pôr do sol, os três prisioneiros, soldados do exército papal, foram enforcados na praça como exemplo para todas as outras tropas papais, e como um pedido de desculpas a todos os cidadãos de Cesena.

Mais tarde, nas tavernas e casas por toda a cidade, e ao longo das estradas no campo, as pessoas comemoraram, e todos concordaram que tempos melhores estavam chegando. Pois seu novo governante, César Bórgia, era justo.

COM A APROXIMAÇÃO da primavera, as forças de César foram incrementadas por um contingente francês mandado pelo rei Luís. Um amigo de Milão também recomendou o artista, engenheiro e inventor Leonardo da Vinci, que supostamente era especialista em equipamentos de guerra modernos.

Quando chegou ao palácio Malatesta, da Vinci encontrou César examinando um mapa das fortificações de Faenza.

— Essas muralhas parecem ricochetear nosso bombardeio como um cão sacudindo água. Como podemos criar uma abertura suficiente para garantir um ataque bem-sucedido pela cavalaria e a infantaria?

Da Vinci sorriu, com o cabelo castanho encaracolado caindo em mechas compridas e frouxas que quase cobriam o rosto.

— Não é difícil. Nem um pouco difícil, capitão-geral.

— Por favor, explique, *maestro* — disse César com interesse.

Da Vinci começou:

— Simplesmente use minha rampa-torre móvel. Eu sei, o senhor está pensando que as torres de sítio são usadas há séculos e não funcionam. Mas minha torre é diferente das outras. É feita em três partes separadas, e pode ser levada sobre rodas até as muralhas da fortaleza no último momento do ataque. Dentro, as escadas levam a uma área coberta, com tamanho suficiente para trinta homens. Eles são protegidos na frente por uma barreira de madeira articulada que pode ser baixada como uma ponte levadiça até o topo da muralha, criando uma rampa por onde os trinta homens podem correr. Em seguida eles podem se lançar nas ameias com suas armas, enquanto outros trinta os substituem rapidamente na área de espera. Em três minutos noventa homens podem estar dentro das muralhas lutando com o inimigo. Em dez minutos mais podem ser trezentos, e é por isso que minha torre é boa. — Da Vinci parou, sem fôlego.

— *Maestro*, isso é brilhante! — disse César, com uma gargalhada estrondosa.

— Mas, na verdade, a característica mais brilhante da minha torre é que o senhor nunca precisará usá-la.

— Não entendo — disse César, perplexo.

O rosto sério de da Vinci relaxou.

— O seu diagrama mostra que as muralhas de Faenza têm dez metros e meio de altura. Vários dias antes da batalha o senhor deve fazer circular um boato para o inimigo, dizendo que está para usar minha nova torre. E que ela pode abrir um buraco em qualquer muralha de até doze metros de altura. O senhor pode fazer isso?

— Claro. Cada taverna da estrada de Rimini está cheia de homens que correrão de volta para Faenza com essa notícia.

— Então comece a construção da torre, e certifique-se de que ela esteja à vista do inimigo. — Da Vinci desenrolou uma folha de pergaminho em que a enorme torre em três partes estava lindamente desenhada. — Eu tenho o projeto aqui. — Mas nas laterais do desenho cada parte era descrita numa linguagem que César não conseguia ler.

Percebendo a expressão perplexa de César, da Vinci riu.

— É um truque especial que eu faço, para enganar espiões e imitadores, porque nunca se sabe quem tentará roubá-lo. Na maioria dos meus projetos eu escrevo de modo que a única maneira de ler é colocar um espelho na frente. Então a leitura fica perfeitamente clara.

César sorriu, porque admirava homens cautelosos.

Da Vinci continuou:

— Agora, capitão-geral, o inimigo já ouviu sobre a temível torre. Eles a olham sendo construída. E sabem que não têm muito tempo. A torre virá e, como as muralhas têm dez metros e meio, eles serão invadidos. O que eles fazem? Aumentam as muralhas, empilham pedra sobre pedra em volta da fortaleza até que as paredes estejam dois metros e meio mais altas. Mas cometeram um erro terrível. O que eles esqueceram? Aquelas muralhas não são mais estáveis, porque a base deve ser fortificada para suportar o peso extra. Mas quando raciocinarem isso... sua artilharia dispara.

César recolheu seu exército de todas as cidades vizinhas, e seus homens contavam a todos que ouviam, em cada taverna, sobre a estupenda torre nova de César Bórgia.

Como da Vinci sugeriu, César mandou seus homens começarem a construção à vista de Faenza. Quando as forças assumiram suas posições em volta da cidade e seus canhões foram trazidos, César pôde ver o início do esforço frenético. Homens corriam pelas fortificações carregando e colocando pedras enormes, uma em cima da outra, nas muralhas da fortaleza. Divertido, ele atrasou o ataque para lhes dar mais tempo.

Então César mandou chamar o capitão Vito Vitelli. Os dois ficaram em sua barraca, olhando a cidade desafortunada.

— Eis o que eu quero, Vito — disse César. — Direcione todo o fogo para a base da muralha entre aquelas duas torres. — E apontou para uma área com largura mais do que suficiente para seu exército passar.

— Para a base, capitão? — perguntou Vitelli, incrédulo. — Foi para onde nós apontamos no inverno passado e fracassamos miseravelmente. Deveríamos atirar nas ameias agora. Pelo menos assim podemos matar os homens, alguns de cada vez.

César não queria que ninguém soubesse do segredo da torre de da Vinci, porque mais tarde haveria outras cidades onde ele desejaria usá-la.

— Vito, faça o que eu digo. Mande todos os tiros na base.

O comandante da artilharia ficou perplexo, mas concordou.

— Como quiser, César. Mas vai ser um desperdício. — Ele fez uma leve reverência e saiu.

César pôde ver Vitelli dando ordens para seus artilheiros, que em seguida moveram os canhões para a área que ele tinha marcado. Os homens prepararam as armas baixando o ângulo de tiro.

César ordenou que a infantaria e a cavalaria ligeira se reunissem logo atrás dos canhões. Tinha vestido sua armadura havia horas. Direcionou seus soldados para se prepararem e aos cavalos, porque deveriam ficar montados. Eles resmungaram. O cerco poderia durar meses. Deveriam ficar nas selas até o verão?

Quando César teve certeza de que suas forças estavam prontas, deu a Vitelli o sinal para começar o bombardeio.

O *condottiere* gritou:

— Fogo!

Os canhões rugiram uma vez, foram recarregados e rugiram de novo. César viu as bolas se chocarem contra a muralha a apenas um metro ou um metro e meio acima do chão. O canhonaço continuou implacável. Por duas vezes Vitelli olhou para César, como se ele fosse louco. Nas duas César sinalizou para continuar disparando como tinha ordenado.

De repente eles ouviram um ribombo grave. E que cresceu cada vez mais, enquanto toda a seção de cerca de dez metros da muralha desmoronava, levantando uma gigantesca nuvem de pó. Eles podiam ouvir os gritos dos soldados que tinham defendido aquela parte da muralha — os que ainda estavam vivos.

Imediatamente César mandou suas tropas atacarem.

Com gritos de comemoração a cavalaria ligeira partiu para a abertura, seguida pela infantaria. Dentro das muralhas eles se abririam em leque, para atacar de novo por trás.

César esperou apenas quatro minutos. Depois deu o sinal para o ataque de seus soldados.

As forças de reserva da cidade correram até a área da abertura e se prepararam para defendê-la. Mas foram pisoteadas no pó pela chegada dos homens de César.

Os perplexos defensores nas partes da muralha que ainda estavam de pé viram-se atacados por trás. As balestras, as espadas e as lanças dos soldados de César rapidamente os derrubaram. Dentro de minutos um oficial de Faenza gritou:

— Nós nos rendemos! *Rendemos!*

César viu os soldados locais pousarem as armas e levantar as mãos. Assentiu, depois sinalizou para seus comandantes pararem com a matança. E foi assim que Faenza passou ao controle papal.

Seu governante, o príncipe Astorre Manfredi, recebeu salvo-conduto de César, e permissão de partir para Roma. Em vez disso, impressionado por César e seu exército, e ansiando por aventura, ele perguntou se poderia ficar um tempo, talvez para servir entre os comandantes de César. Apesar de surpreso, César concordou. Manfredi tinha 16 anos, mas era um jovem de inteligência e bom julgamento. César gostou dele.

Depois de descansar alguns dias, César estava pronto para impulsionar seus homens de novo.

Deu a da Vinci uma quantidade significativa de ducados, que enchiam uma bolsa, e pediu que ele acompanhasse a marcha do exército. Mas da Vinci balançou a cabeça.

— Preciso voltar às artes. Pois o suarento jovem cortador de pedras, Michelangelo Buonarroti, está recebendo boas encomendas, enquanto eu perco tempo no campo de batalha. Ele tem talento, admito, mas não tem profundidade nem sutileza. Devo retornar.

Enquanto montava seu cavalo branco e se preparava para ir em direção ao norte, César se despediu de da Vinci. O mestre estendeu a mão, entregando um pergaminho a César.

— É uma lista das várias habilidades que eu pratico, príncipe... pintura, afrescos, sistemas hidráulicos, muitas coisas. O pagamento é algo que podemos discutir. — Ele sorriu, depois teve uma ideia. — Excelência, eu fiz um afresco da Última Ceia em Milão. Adoraria que o Santo Padre o visse. O senhor acha que ele iria?

César assentiu.

— Eu o vi quando estive em Milão. Realmente maravilhoso. O Santo Padre tem grande amor por todas as coisas belas. Tenho certeza de que ele se interessará. — Em seguida dobrou o pergaminho cuidadosamente e o enfiou num bolso da capa. Depois, com uma saudação a da Vinci, virou sua montaria arisca para a estrada em direção ao norte.

24

Enquanto César seguia com seu exército para o norte pela estrada Rimini-Bolonha, em direção à própria Bolonha, Astorre Manfredi cavalgava ao seu lado. Astorre tinha um jeito agradável e disposição para trabalhar duro. A cada noite ele jantava com César e seus comandantes, entretendo-os com canções obscenas dos camponeses de Faenza. Depois da refeição da noite ele ouvia César analisar a situação e fazer planos para os próximos dias.

Nesse ponto César enfrentava sérios problemas estratégicos. Praticamente tinha terminado a campanha para estabelecer o controle papal sobre a Romanha, mas não podia ter esperança de tomar Bolonha, que estava sob proteção francesa. Mesmo que pudesse, não queria antagonizar o rei Luís, e tinha certeza de que o papa não aprovaria um ataque daqueles.

O fato era que o verdadeiro objetivo de César não era a cidade de Bolonha, mas o castelo Bolognese, uma poderosa fortaleza fora da cidade. E César tinha uma carta na manga: os Bentivoglio, que governavam Bolonha, só sabiam que o estimável César Bórgia e suas tropas estavam indo em sua direção. Nem mesmo os comandantes de César conheciam seus objetivos e estavam preocupados com o plano de atacar Bolonha.

Depois de muito pensar, e com grande esperteza, César marchou com seus homens até alguns quilômetros dos portões da cidade. O governante de Bolonha, Giovanni Bentivoglio, um homem grande, saiu em seu cavalo gigantesco para se encontrar com ele. Atrás cavalgava um porta-estandarte com sua bandeira — uma serra vermelha em campo branco.

Bentivoglio, um líder forte mas homem razoável, aproximou-se de César.

— César, meu amigo. Nós devemos entrar em batalha? Não é provável que você vença, e mesmo que vença, seus amigos franceses vão destruí-lo. Não há como eu possa induzi-lo a abandonar essa ideia tola?

Depois de vinte minutos de barganha intensa, César concordou em não atacar Bolonha e Bentivoglio acertou que, em troca, o castelo Bolognese seria dado a César. A pedido de César, para mostrar boa-fé, Bolonha também forneceria tropas para as futuras campanhas papais.

No dia seguinte, os homens de César ocuparam o castelo Bolognese. As poderosas muralhas iriam ajudá-los a manter longe os inimigos, os grandes depósitos subterrâneos guardavam vastas munições e os alojamentos dos oficiais tinham um conforto pouco comum numa fortaleza militar. César e seus comandantes ficaram satisfeitos.

Naquela noite, César lhes deu uma suntuosa festa com cabrito assado nadando em molho de figo e pimenta, junto com nabos vermelhos-escuros cozidos em azeite e ervas locais. Eles conversaram, cantaram e beberam uma grande quantidade de vinho Frascati.

Todas as tropas também comemoraram, enquanto César andava entre os soldados, agradecendo e parabenizando-os pela vitória. O exército sentia grande afeto por ele e era tão leal quanto os cidadãos das cidades que ele conquistava.

Depois da refeição, César e seus oficiais se despiram e mergulharam nos quentes banhos sulfurosos do castelo, que eram alimentados por uma fonte subterrânea. Finalmente relaxados, ficaram espadanando na água quente e lamacenta que cheirava ligeiramente a ovos podres.

Mais tarde, um a um, os comandantes deixaram os banhos e se lavaram com baldes de água limpa e fria de um poço próximo. Finalmente restavam apenas César e Astorre Manfredi, flutuando preguiçosos na água quente e lodosa.

Depois de alguns instantes César sentiu uma mão na parte interna de sua coxa. Bastante bêbado, reagiu devagar enquanto os dedos se moviam lentamente para cima para acariciá-lo e excitá-lo.

Subitamente alerta, afastou a mão de Astorre.

— Eu não sou assim, Astorre. Essa não é a minha preferência.

— César, você não entende. Não é luxúria que sinto por você — disse Astorre com sinceridade. — Eu estou realmente apaixonado. Há um bom tempo.

César sentou-se na água lamacenta, tentando organizar os pensamentos.

— Astorre, eu penso em você como amigo. Gosto de você e o admiro. Mas não é só isso que você espera, é?

— Não — disse Astorre com alguma tristeza. — Não é. Eu estou apaixonado por você do mesmo modo que Alexandre o Grande amava seu garoto persa. Do modo como o rei inglês Eduardo II amava Piers Gaveston. Tenho certeza, com o risco de parecer tolo, que este é um amor verdadeiro.

— Astorre — disse César suavemente, mas com certeza. — Eu não posso ser assim para você. Conheço muitos homens bons que são soldados, atletas e até cardeais que têm esse tipo de relacionamento e gostam. Mas eu não sou assim, Astorre. Isso eu não posso dar. Eu posso ser seu amigo leal, nada mais.

— Entendo, César. — Astorre se levantou, embaraçado e perturbado. — Vou partir para Roma amanhã.

— Não precisa fazer isso. Eu não penso menos de você por ter declarado amor por mim.

— Não, César. Eu não posso ficar mais. Preciso aceitar o que você disse ou preciso me enganar achando que há esperança. Nesse caso eu ficaria tentando atrair sua atenção até que finalmente você ficasse com raiva ou, pior ainda, com nojo de mim. Não, eu preciso ir.

No amanhecer do dia seguinte, Astorre apertou a mão de cada um dos comandantes. Virou-se para César e o abraçou, sussurrando em seu ouvido:

— Adeus, amigo. Meus sonhos sempre estarão cheios do que poderia ter sido. — Então, com um sorriso de afeto, Astorre Manfredi montou na sela e cavalgou para Roma.

NAQUELA NOITE, César ficou sentado em sua tenda, considerando o próximo alvo militar. Quando percebeu que tinha realizado todos os objetivos que seu pai estabelecera, soube que tinha chegado a hora de voltar a Roma.

Mas ainda sentia apetite pela conquista, assim como seus comandantes Vito Vitelli e Paolo Orsini. Agora eles insistiram para que ele atacasse Florença. Vitelli desprezava os florentinos, e Orsini queria restaurar os Médicis, que eram antigos aliados de sua família. César gostava tanto de Florença quanto dos Médicis — além de ter lealdades antigas. Mesmo assim hesitava.

Enquanto os raios dourados do sol da manhã penetravam na sua tenda, César pensou na decisão. Possivelmente Vitelli e Orsini estavam certos; talvez pudessem tomar a cidade e restaurar os amigos Médicis. Mas, por mais que fosse jovem e agressivo, César sabia que um ataque a Florença era um ataque contra a França. Essa aventura seria temerária, já que muitas vidas se perderiam; e mesmo que ele pudesse tomar a cidade, os franceses jamais o deixariam ficar com ela. Finalmente decidiu: em vez de atacar a cidade, empregaria uma estratégia semelhante à que tinha usado com os bolonheses.

Levou seu exército para o sul, entrando no vale do Arno, trazendo-o, como em Bolonha, até alguns quilômetros das muralhas da cidade.

Lá o comandante florentino se aproximou para parlamentar, acompanhado por um pequeno grupo de soldados, com estandartes tremulando e o sol brilhando nas armaduras. César os viu olhando nervosos para os canhões de Vitelli. Tinha certeza de que desejavam evitar uma batalha. Não havia um castelo ou fortaleza que César desejasse, de modo que dessa vez ele aceitou a promessa de um considerável pagamento anual, além de uma aliança contínua contra os inimigos do papa.

Não foi uma grande vitória. Não tinha restaurado os Médicis. Mesmo assim era a decisão certa. E havia outras terras a conquistar.

César marchou com seu exército para o sudoeste, até a cidade litorânea de Piombino. Incapaz de se defender contra a força do exército papal, outra cidade se rendeu rapidamente.

Depois, ainda inquieto, César caminhou pelo cais de Piombino. A distância ele podia ver a ilha de Elba, com suas famosas e ricas minas de ferro. Aquele era um alvo que ele poderia tomar! Que conquista esplêndida seria a ilha! Que prêmio para seu pai! Mas parecia uma tarefa impossível, porque César não tinha experiência naval.

Estava para abandonar o sonho mais recente quando viu três homens cavalgando para ele, vindo da direção de Roma. Com perplexidade, finalmente discerniu quem eram: seu irmão, Jofre, com Michelotto e Duarte Brandão.

Jofre se adiantou para cumprimentá-lo. Para César ele parecia maior, e de certa forma mais velho. Usava um gibão de veludo verde com calças justas verdes e douradas. Seu cabelo escuro balançava saindo de uma boina de veludo verde. Mas a mensagem que trazia era curta e clara, apesar de ser dada com afeto.

— Papai lhe dá os parabéns por sua brilhante campanha. E está ansioso por sua volta. Ele quer que eu diga que sua falta é muito sentida. E diz que você deve voltar a Roma sem demora, porque suas táticas ardilosas com os militares perto de Bolonha e Florença provocaram ressentimentos no rei francês. César, papai alerta para que nada desse tipo aconteça de novo. Nada.

César se ressentiu com o uso do irmão mais novo para dar essa mensagem, e percebeu que Brandão e Michelotto estavam ali para o caso de ele se mostrar teimoso ou resistir.

Pediu para falar particularmente com Duarte Brandão. Enquanto caminhavam pelo cais, César apontou para Elba na névoa distante.

— Você sabe como aquelas minas de ferro são ricas, Duarte? O bastante para financiar uma campanha contra o mundo inteiro. Eu gostaria de conquistá-las para papai. Seria um belo presente para seu próximo aniversário, e raramente tive tanta chance de surpreendê-lo. O que mais se pode dar ao Santo Padre? Ele anda muito sério ultimamente, e eu gostaria de vê-lo rolar de rir. E no ano que vem a ilha poderá cair sob proteção francesa se nada for feito. Mas, não importando o quanto eu queira dá-la a ele, no momento o desafio está além de minha capacidade.

Brandão ficou quieto, olhando para a névoa. César parecia tão cheio de empolgação diante da perspectiva de um presente tão grandioso para o papa que Duarte sentiu-se levado a ajudá-lo. Virou-se e olhou para oito galeões genoveses amarrados ao cais.

— Acho que posso conseguir o que você deseja, César, se seus homens estiverem dispostos. Houve um tempo, há muito, em que comandei navios e lutei batalhas no mar.

Pela primeira vez na vida de César, Duarte estava falando do passado com saudade. César hesitou um momento. Então, em voz baixa, perguntou:

— Na Inglaterra?

Duarte se enrijeceu e César soube que fora presunçoso. Passou o braço pelos ombros do homem mais velho.

— Desculpe. Não é da minha conta. Só me ajude a tomar aquela ilha.

Ele sentiu Duarte relaxar. Durante mais um momento ficaram olhando em silêncio para Elba. Então Duarte apontou para os navios genoveses.

— Aquelas embarcações antigas e desajeitadas, se forem manobradas com competência, são confiáveis, César. E eu imagino que os defensores da ilha se preocupam mais com piratas do que com exércitos invasores. As defesas deles, os canhões, as redes de ferro e os navios com boca de fogo, estarão concentradas no porto, onde se espera o ataque dos piratas. Nós encontraremos uma praia discreta do outro lado da ilha. Lá desembarcaremos um número suficiente das suas tropas para tomar o local.

— Como os cavalos e os canhões vão enfrentar uma viagem dessas?

— Acho que não muito bem. Os cavalos vão criar tumulto e talvez até uma carnificina se ficarem horrorizados; e os canhões vão rolar e bater contra as laterais dos nossos navios, afundando-os rapidamente. Nós não levaremos nenhum dos dois. A infantaria bastará.

Depois de estudar mapas genoveses e planejar por dois dias, a força de invasão estava preparada. Os oito galeões estavam apinhados com homens da infantaria e seus comandantes. Partiram acenando alegres para os camaradas da cavalaria e da artilharia que ficaram no cais.

A alegria durou pouco. Na viagem lenta e balouçante através da baía e rodeando a ilha, muitos dos homens ficaram violentamente enjoados, vomitando em toda parte. O próprio César se nauseou, mas mordia o lábio, tentando ferozmente esconder. Michelotto e, surpreendentemente, Jofre não pareceram se afetar.

Duarte, perfeitamente à vontade, ordenou que os navios entrassem numa baía calma, com praia de areia branca e brilhante. Atrás da praia havia arbustos verde-acinzentados dispersos e algumas oliveiras nodosas, com um caminho atravessando os morros. Não havia ninguém à vista.

Os oito galeões chegaram perto da praia, mas não o bastante. Com um metro e meio de água, os homens da infantaria relutavam em vadear até a areia. Consciente do medo deles, Duarte ordenou aos homens de cada barco para amarrar uma corda comprida e pesada à proa e jogá-la no mar. Então um marinheiro que nadava bem foi escolhido em cada galeão, para pegar a corda e nadar até a praia para amarrá-la numa das oliveiras mais próximas.

Em seguida Duarte pediu a César para ordenar que a metade dos homens amarrasse as armas às costas. A outra metade ficaria nos navios até verem um sinal de que a cidade fora tomada.

Fizeram o que foi mandado, não sem reclamar. Duarte foi o primeiro a passar sobre a amurada; depois, agarrando a corda do navio e segurando-a no alto para que todos pudessem ver, vadeou, segurando-se na corda, até a praia.

César foi o próximo, seguindo Duarte pela corda até a areia. Tranquilizados, um soldado após o outro passou sobre a amurada agarrando a corda tensa e indo para terra, porque qualquer coisa era melhor do que ficar nos navios que balançavam sem parar.

Assim que os soldados desembarcaram e se secaram ao sol, César liderou-os saindo da praia e subindo um caminho íngreme e tortuoso pelos morros. Dentro de uma hora tinham chegado à crista. De lá podiam ver a cidade e o porto.

Como Duarte tinha previsto, os enormes canhões de ferro fundido estavam apontados em posições fixas na entrada do porto. Uma hora depois eles ainda não podiam ver artilharias móveis de cima da crista, e não mais do que uma pequena unidade de milícia marchando na praça principal.

Em silêncio, César guiou as forças descendo o caminho da montanha até chegarem à borda da cidade.

— Atacar! *Atacar!* — gritou César, e eles correram gritando e brandindo as armas pela rua principal e entrando na praça. A milícia, em número muito menor, foi tomada de surpresa e se rendeu rapidamente.

O povo, aterrorizado, correu para as casas. César mandou uma força para tomar conta dos enormes canhões, e outra para tomar posse das minas de ferro, enquanto Duarte levava um contingente para ocupar as docas. Finalmente César ordenou que seu porta-estandarte levantasse a bandeira do touro dos Bórgias e o seu próprio estandarte com a chama no mastro vazio na praça da cidade.

Quando a nervosa delegação de cidadãos chegou à praça, César se identificou e avisou que agora a ilha estava sob controle papal, mas garantiu que eles nada tinham a temer.

Dessa vez, seus oito navios genoveses rodearam a ponta de terra.

Em seguida os soldados montaram uma fogueira na praia para sinalizar que a cidade fora tomada, e que era seguro para os galeões entrarem no porto. Quando entraram mostrando a bandeira dos Bórgias e atracaram no cais, o resto dos soldados desembarcou.

Depois de inspecionar as minas de ferro e escolher um contingente de homens para manter a ilha, as tropas estavam prontas para retornar ao continente. César embarcou seus homens de volta.

E foi assim, poucas horas depois de chegarem à praia, que César Bórgia e Duarte Brandão capturaram a ilha de Elba. Agora Michelotto, Jofre, César e Duarte cavalgavam lado a lado na longa jornada de volta a Roma.

25

O CARDEAL DELLA ROVERE e o CARDEAL ASCANIO SFORZA se encontraram em segredo, almoçando um presunto salgado e cor de rosa, com pimentões vermelhos assados pingando azeite de oliva pintalgado com dentes de alho brilhantes e pedaços de pão de semolina crocante recém-assado. O belo vinho tinto era em grande quantidade, e ajudou a soltar as línguas.

Ascanio falou primeiro:

— Foi um erro votar em Alexandre no último conclave. É uma tarefa impossível ser vice-chanceler dele, pois, apesar de suas habilidades administrativas serem acima de qualquer censura, ele também é um pai muito amoroso. E cede tanto aos filhos que vai levar a Igreja à bancarrota quando um novo papa chegar ao trono. O desejo de César Bórgia de conquistar e unir os territórios da Romanha quase esvaziou os cofres papais através dos pagamentos intermináveis às tropas. E nenhuma rainha ou duquesa tem um guarda-roupa tão fino quanto o do jovem filho do papa.

O cardeal della Rovere deu um sorriso conhecedor.

— Mas, meu caro Ascanio, você não veio até aqui falar dos pecados do papa, porque nada há de novo nisso. Deve haver outro motivo que permanece invisível para mim.

Ascanio deu de ombros.

— O que há para dizer? Meu sobrinho Giovanni foi humilhado pelos Bórgias e agora Pesaro pertence a César. Minha sobrinha Caterina, uma verdadeira mulher-macho, está sendo mantida em um dos castelos dos Bórgias e seus territórios também foram conquistados. Meu irmão, Ludovico, foi capturado e posto pelos franceses numa masmorra, porque eles dominam Milão. Agora ouvi dizer que Alexandre fez um pacto secreto com a Espanha e a França para dividir Nápoles, para que César possa usar a coroa. É uma abominação!

— E a sua solução? — perguntou della Rovere. Ele tinha esperado que Ascanio o procurasse mais cedo, mas agora sentia necessidade de vigilância extra, porque num tempo de tanta traição nunca era demais ser cauteloso. Apesar de os serviçais jurarem não ter olhos nem ouvidos, della Rovere e Ascanio sabiam que alguns ducados poderiam trazer ao surdo o dom da audição e ao cego o dom da visão. Para os que sofriam da pobreza, o ouro sempre fazia mais milagres do que as rezas.

E assim, ao falar, Ascanio sussurrou:

— Quando Alexandre não estiver mais sentado no trono do papa, há esperança de que nossos problemas sejam resolvidos. E não há dúvida de que, num novo conclave, você será o escolhido.

Os olhos escuros de della Rovere pareciam fendas negras no rosto pálido e gorducho.

— Eu não vi qualquer indicação de que Alexandre esteja disposto a sair. Ouvi dizer que sua saúde é muito boa. E quanto a qualquer outra possibilidade, sabe-se bem que o filho dele é louco. Quem se arriscaria a lhe fazer mal?

Ascanio Sforza pôs a mão no peito e falou com sinceridade:

— Cardeal, não entenda errado. Esse papa tem inimigos que agradeceriam nossa ajuda. E um filho mais novo, um filho que verdadeiramente rezou para ter o chapéu de cardeal. Não estou sugerindo que participemos de qualquer coisa que manche nossas almas. Não estou sugerindo nada que nos cause perigo. Só estou pedindo que consideremos uma alternativa a este papado, nem mais nem menos.

— Está sugerindo que este papa deve ficar doente de súbito? Um gole de vinho, talvez, um marisco estragado?

Ascanio falou suficientemente alto para os empregados ouvirem:

— Ninguém pode atestar quando o Pai Celestial vai chamar um de seus filhos de volta.

Della Rovere digeriu o que Ascanio disse, fazendo uma lista mental dos inimigos dos Bórgias.

— É verdade que Alexandre está planejando uma reunião com o duque de Ferrara para sugerir uma nova aliança matrimonial para sua filha com o filho do duque, Alfonso?

— Ouvi pouca coisa sobre isso. Mas, se for verdade, meu sobrinho Giovanni certamente ficará sabendo, porque ele esteve em Ferrara ultimamente. E, não importa o quanto qualquer um tente, ele não pode ser convencido a segurar a língua. Não tenho dúvida de que Ferrara recusará qualquer aliança que inclua a infame Lucrécia. Ela é mercadoria usada.

Della Rovere se levantou.

— César Bórgia vai capturar os territórios da Romanha e colocá-los sob controle do papa. Ferrara é o último território que resta, e assim que se forme uma aliança os Bórgias serão donos de todos nós. Tenho certeza de que Alexandre preferirá ganhar pelo amor do que pela guerra. Portanto ele irá se esforçar muito por essa aliança. Nós devemos nos esforçar muito contra ela. Porque ele deve ser impedido.

COM A FAMÍLIA de volta a Roma, Alexandre se apressou com as negociações técnicas para o noivado da filha Lucrécia com Alfonso d'Este, de 24 anos, o futuro duque de Ferrara.

A família d'Este era da nobreza italiana mais antiga e respeitada, e todo mundo achava que a última tentativa de Alexandre certamente fracassaria. Mas ele tinha consciência de que não deveria fracassar.

O ducado de Ferrara se localizava numa área de grande importância estratégica. Formava uma barreira entre a Romanha e os venezianos, que frequentemente eram hostis e indignos de confiança. Além disso, Ferrara era bem armada e bem defendida, e seria um aliado altamente desejável.

Mas a maioria dos romanos achava difícil acreditar que os aristocráticos e poderosos d'Este entregariam o adorado herdeiro de seu poderoso ducado a uma Bórgia — uma família de espanhóis recém-chegados —, apesar do prestígio de Alexandre como papa e da riqueza de César e sua excelência como guerreiro.

Mas Ercole d'Este, pai de Alfonso e atual duque de Ferrara, era um realista de cabeça-dura. Tinha bastante consciência das habilidades militares e da agressividade de César. Com todas as suas defesas, Ferrara teria dificuldade caso o poderoso exército de César atacasse. E Ercole não tinha garantia de que, no próximo ano, César não atacaria.

Ele sabia que um noivado com uma Bórgia transformaria um inimigo potencialmente perigoso num poderoso aliado contra os venezianos. E, raciocinava, afinal de contas, o papa era o Vigário de Cristo na Terra e supremo comandante da Santa Madre Igreja. Se isso fosse levado em consideração, compensava, pelo menos em parte, a falta de passado familiar e cultural entre os Bórgias.

Os d'Este, que dependiam dos franceses, estavam ansiosos para satisfazer o rei Luís. Ercole sabia que o rei estava decidido a manter a boa vontade do papa e que era favorável ao casamento entre Alfonso e Lucrécia — fato que tinha enfatizado para Ercole nas últimas semanas.

E assim as negociações difíceis e complexas continuaram durante dias. Por fim, como em tantas situações do tipo, havia a questão do dinheiro.

No último dia Duarte Brandão se juntou a Alexandre e Ercole d'Este para uma sessão que cada um esperava que fosse, finalmente, resultar num acordo. Os três se sentaram na biblioteca de Alexandre.

— Santo Padre — começou Ercole. — Percebi que em todos os seus esplêndidos apartamentos o senhor tem apenas as obras de Pinturicchio. Nada de Botticelli? Nem Bellini ou Giotto? Que pena não ter nenhuma obra de artistas como Perugino ou Fra Lippo Lippi.

Alexandre não se abalou. Tinha suas próprias visões inabaláveis sobre arte.

— Eu gosto de Pinturicchio. Algum dia ele será reconhecido como o maior de todos.

Ercole deu um sorriso condescendente.

— Creio que não, Santidade. Suspeito que o senhor possa ser o único homem na Itália a ter essa visão.

Duarte reconheceu as observações de Ercole como uma tática de negociação fracamente disfarçada — um modo de enfatizar a grandeza e a riqueza cultural dos d'Este, e, em contrapartida, os gostos precários e a ignorância cultural dos Bórgias.

— Talvez o senhor esteja correto, Don Ercole — respondeu Duarte de um jeito matreiro. — As cidades que conquistamos este ano continham muitas obras dos artistas que o senhor menciona. César se ofereceu para mandá-las para cá, mas Sua Santidade recusou. Ainda espero persuadi-lo do valor dessas obras, e de como elas fariam bem ao Vaticano. De fato, recentemente discutimos que sua cidade, Ferrara, tem a maior e mais valiosa coleção de todas, além da riqueza em prata e ouro.

Ercole ficou momentaneamente pálido, captando de imediato o que Duarte dizia sem muita sutileza.

— Bem — falou, mudando de assunto. — Talvez devamos discutir o assunto do dote.

— Quais eram suas esperanças, Don Ercole? — perguntou Alexandre com alguma apreensão.

— Eu estava pensando em trezentos mil ducados, Santidade — disse d'Este em tom presunçoso.

Alexandre, que estava planejando começar oferecendo trinta mil, engasgou-se com o vinho.

— Trezentos mil ducados é um ultraje.

— Entretanto é o mínimo que posso aceitar sem insulto. Pois meu filho, Alfonso, é um rapaz com um futuro extraordinário, e muito visado.

Durante mais de uma hora barganharam, cada lado trazendo cada argumento possível de ser inventado sobre a generosidade de sua oferta. Quando Alexandre se recusou a ceder, Ercole ameaçou ir embora.

Alexandre reconsiderou e propôs um meio-termo.

Ercole recusou e Alexandre ameaçou sair, até perceber a expressão espantada no rosto do duque, e se permitiu ser convencido a ficar.

Finalmente Ercole aceitou duzentos mil ducados, o que Alexandre ainda considerava um dote gigantesco, porque Ercole também tinha insistido na eliminação do imposto anual pago por Ferrara à Santa Igreja.

E foi assim que se marcou o dia do casamento da década.

UMA DAS PRIMEIRAS coisas que César fez ao voltar a Roma foi encontrar o pai em particular para perguntar sobre sua prisioneira, Caterina Sforza. Ficou sabendo que ela tentara escapar do Belvedere e, como punição, fora mantida em cativeiro no castelo Sant'Angelo — um lugar muito menos agradável e saudável.

César foi vê-la imediatamente.

O castelo Sant'Angelo era uma enorme fortaleza redonda com apartamentos ricamente decorados no andar de cima, mas o enorme porão que representava boa parte da fortaleza tinha várias masmorras. César mandou seus guardas levarem Caterina para cima, a uma grande sala de recepção. Ela olhou para o mundo com olhos semicerrados, porque não via o sol há bastante tempo. Ainda era linda, apesar de um tanto desgrenhada pelo tempo passado na masmorra.

César cumprimentou-a calorosamente e se curvou para beijar sua mão.

— Então, minha cara amiga — falou, sorrindo. — Você é mais tola do que imaginei? Coloco-a nos melhores alojamentos de Roma e você paga minha generosidade tentando fugir? Você não é tão inteligente como eu pensava.

— Você devia saber — disse ela, sem emoção.

César sentou-se num sofá de brocado e ofereceu um assento a Caterina, mas ela recusou.

— Acho que sua tentativa de fuga me passou pela cabeça — explicou ele —, mas contava com seu interesse próprio, e acreditei que preferiria ficar prisioneira com conforto a sofrer.

— Ficar presa nos melhores aposentos ainda é um sofrimento — disse ela com frieza.

César achou divertido, porque, mesmo quando Caterina falava com ressentimento óbvio, ele ainda a achava encantadora.

— Mas qual é o seu plano agora? Tenho certeza de que não pode passar o resto de seus dias no castelo Sant'Angelo.

— Que opção você oferece? — perguntou ela em tom desafiador.

— Entregue seus territórios de Ímola e Forli assinando documentos oficiais. E concorde que não tentará tomá-los de volta. Então darei ordens para libertá-la, e você pode ir em segurança para qualquer lugar que escolher.

Caterina deu um sorriso torto.

— Eu posso assinar qualquer papel que você apresente, mas como isso vai me impedir de tentar recapturar minhas terras?

— Outro governante, menos digno, poderia fazer isso, mas acho difícil acreditar que você iria se trair assinando se não concordasse de boa consciência. Claro que é sempre possível que você falte com a palavra, mesmo depois de ela ser dada, mas nesse caso nós provaremos nas cortes de Roma que somos os governantes legítimos. E o caso será reforçado por sua desonestidade.

— Você conta com isso? — perguntou ela, rindo bem-humorada. — Acho difícil acreditar. Há outra coisa que você está escondendo.

César lhe deu um sorriso encantador.

— É sentimental demais para ser inteligente, mas na verdade eu não gosto da ideia de uma criatura linda apodrecendo numa masmorra para sempre. Parece um desperdício enorme.

Caterina ficou surpresa em perceber que estava gostando dele, mas se recusou a deixar que essa distorção em seu coração lhe causasse um comprometimento grande demais. Ela possuía um segredo que poderia contar, mas será que contaria? Para essa decisão ela precisava de tempo.

— Volte amanhã, César — disse em voz agradável. — Permita-me pensar a respeito.

Quando voltou no dia seguinte, César fez com que Caterina fosse levada para cima de novo. Ela havia usado as damas, que ele havia mandado, para ajudá-la a se banhar e lavar os cabelos. Agora, apesar de suas roupas ainda estarem sujas e amarrotadas, ele podia ver que ela tinha tentado ficar mais atraente.

César chegou perto e, ao invés de recuar, ela se adiantou. Ele estendeu a mão e puxou-a para o sofá, beijando-a com paixão. Mas, quando ela se afastou, ele não forçou.

Caterina falou antes, enquanto passava os dedos pelos cabelos castanho-avermelhados dele.

— Farei o que você sugere. Mas outros dirão que você é louco em confiar em mim.

César a encarou com apreço.

— Já falam. Se meus comandantes pudessem fazer o que querem, você estaria flutuando no Tibre. Para onde decidiu ir?

Os dois sentaram-se juntos no sofá e César segurou a mão dela.

— Florença. Ímola e Forli estão fora de questão, e meus parentes em Milão são uns chatos. Florença, pelo menos, é um lugar interessante. Talvez eu até arranje outro marido lá; que Deus o ajude.

— Ele será um homem de sorte — disse César com um sorriso. — Os papéis estarão aqui esta noite e você poderá partir amanhã... com uma guarda de confiança, claro.

Ele começou a sair, mas parou junto à porta e se virou.

— Cuide-se, Caterina.

— E você também.

Quando César saiu, ela sentiu uma tristeza surpreendente. Naquele momento, tinha certeza de que não iriam se encontrar de novo, assim ele talvez jamais soubesse que aqueles papéis não fariam diferença. Porque ela tinha no útero a parte dele que já reivindicava. E, como mãe de seu herdeiro, aqueles territórios no fim pertenceriam de novo a ela.

FILOFILA ERA O MELHOR redator de escândalos em versos de Roma. Pago em segredo pela família Orsini, estava sob proteção pessoal do próprio cardeal Antonio Orsini. Filofila inventou os crimes mais grosseiros para os homens mais santos. Ele se divertia ainda mais com pessoas que realizavam feitos de vilania, desde que estivessem em altos postos. Era capaz de incriminar cidades como um todo: Florença era a prostituta de seios grandes e quadris largos, uma cidade cheia de riqueza e grandes artistas, mas carente de homens lutadores. Os cidadãos de Florença eram emprestadores de dinheiro, amigos dos turcos, versados em sodomia. E, como uma prostituta, ela buscava proteção junto a todo tipo de poderes estrangeiros, em vez de copular com as cidades italianas.

Veneza, claro, era a cidade dos doges, cheia de segredos e implacável, capaz de vender o sangue dos próprios cidadãos, que executava o próprio povo se ele ao menos contasse a um estrangeiro quantos ducados custava para comprar seda no Extremo Oriente. Veneza era uma serpente gigantesca, esperando no grande canal para abocanhar um pedaço do mundo civilizado que pudesse ajudá-la a lucrar. Uma cidade sem artistas nem artesãos, sem grandes livros ou uma grande biblioteca, uma cidade para sempre fechada às humanidades. Mas uma cidade especializada em traição, executando tanto os pequenos quanto os grandes por seus crimes.

Nápoles era a cidade da peste sifilítica, a doença francesa — assim como Milão era puxa-saco dos franceses, amiga da traidora sodomita, Florença.

Mas era o clã dos Bórgias que Filofila transformava em alvo para seus versos mais escabrosos.

Ele cantava em rimas as suas orgias no Vaticano, seus assassinatos em Roma e em todas as cidades-estados da Itália. Seus versos eram eloquentes e sua prosa exótica quando ele pegava a pena para afirmar que o papa Alexandre tinha usado de simonia para comprar o papado, ou que tinha vinte filhos naturais. Que havia traído as cruzadas, roubando dinheiro dos parcos tesouros de São Pedro para pagar os soldados de César Bórgia, tornando seu filho senhor da Romanha e forçando os estados papais a ceder. E para quê? Para sustentar sua família, seus filhos bastardos, suas amantes, suas orgias. E ainda mais: como se não bastasse cometer incesto com a filha natural, ele tinha-a ensinado a envenenar seus ricos inimigos no colégio de cardeais e em seguida a trocou em casamento mais de uma vez para cimentar as alianças com outras famílias poderosas da Itália. Um casamento fora anulado; o outro terminara com viuvez — condição trazida pelo irmão natural da esposa, César Bórgia.

Mas era quando escrevia seus poemas sobre César Bórgia que Filofila se superava. Com detalhes amorosos ele descrevia como César sempre usava máscara para esconder o rosto desfigurado pelas feridas supuradas da sífilis; como ele tinha enganado o rei espanhol e o francês e traído a Itália com os dois ao mesmo tempo; como César também tinha cometido incesto, tanto com a irmã quanto com a cunhada. Tinha transformado um irmão num corno e o outro num cadáver. Estupro era o seu prazer especial e o assassinato sua diplomacia mais sutil.

Mas agora, com o fabuloso casamento com d'Este em vias de acontecer, Filofila voltara sua pena venenosa para Lucrécia. Ela havia se deitado com o pai e o irmão — em princípio separados, mas depois todos juntos na mesma cama. Tinha feito sexo com cachorros, macacos e mulas; e quando seu lacaio a encontrou nessas vis perversões, ela o envenenou. Agora, incapaz de suportar a vergonha de sua conduta de luxúria, seu pai estava negociando-a com Ferrara, para cimentar um relacionamento com uma ilustre família italiana. Sim, pensava Filofila, ele tinha se superado com a obra sobre Lucrécia.

Tudo isso tornou Filofila famoso. Os versos tinham sido copiados e colados nas paredes de Roma, circularam em Florença e foram especialmente requisitados por ricos venezianos. Não que Filofila ousasse assinar seu nome, mas os dois corvos desenhados, um bicando o outro, embaixo de cada poema, tinham se tornado sua marca registrada. E assim o povo sabia.

NUMA TARDE ENSOLARADA o poeta se vestiu e se perfumou, preparando-se para se juntar à corte de seu patrono, o cardeal Orsini. O cardeal lhe tinha dado o uso de uma casinha no terreno do palácio Orsini. Como todos os grandes senhores, o cardeal queria os partidários e parentes por perto, para protegê-lo. E Filofila era tão hábil com uma adaga quanto com uma pena.

Ao ouvir o barulho de cavalos e o clangor metálico de armaduras, ele olhou pela janela do quarto. Uma dúzia de cavaleiros vinha em direção à sua casa, rodeando-a. Todos usavam armaduras leves, a não ser o líder, que estava totalmente vestido de preto — gibão preto, calças justas pretas, luvas pretas e, na cabeça, uma boina preta. Com um leve enjoo na garganta, Filofila reconheceu César Bórgia sob a máscara preta — e notou a espada e a adaga que ele usava.

Com alívio, Filofila viu em seguida um grupo dos soldados de Orsini se aproximar a pé. Mas César os ignorou e veio direto para a casa. Filofila saiu para se encontrar com ele pela primeira vez.

Para o poeta, César pareceu alto e musculoso como um alemão. No rosto ele tinha um sorriso alegre. Dirigiu-se diretamente a Filofila, com polidez exagerada:

— Ora, mestre poeta, vim ajudar nas suas rimas. Mas neste local é impossível. Você deve vir comigo.

Filofila fez uma reverência profunda.

— Senhor, devo recusar. Meu cardeal me convocou. Irei quando o senhor estiver livre de novo. — Ele sentia ressentimento por César Bórgia ter vindo à sua casa, mas não ousava pôr a mão na espada ou na adaga.

César não hesitou. Levantando o sujeito como se ele fosse feito de trapos, jogou-o sobre o cavalo. Quando Filofila montou, bateu nele apenas uma vez, mas o golpe o deixou inconsciente.

AO ABRIR OS OLHOS, o poeta viu traves de teto baixas e paredes cobertas com cabeças de animais empalhadas — javalis, touros e bois. Parecia estar em alguma cabana de caça.

Em seguida ele olhou para o outro lado do cômodo e viu um homem que ele reconheceu. Só o choque impediu o grito em sua garganta, e suas entranhas se reviraram de medo: era o notório estrangulador Don Michelotto, afiando uma faca de lâmina comprida.

Depois de um momento Filofila arranjou coragem para falar:

— O senhor deve saber que o cardeal Orsini e seus guardas vão me achar aqui e vão punir severamente qualquer um que me fizer mal.

Michelotto não disse nada, só continuou afiando a lâmina comprida.

— Acho que o senhor planeja me estrangular — disse Filofila, com a voz trêmula.

Michelotto pareceu prestar atenção.

— Não, senhor poeta. De jeito nenhum. Isso seria rápido demais, fácil demais para um homem de sua vasta crueldade. O que pretendo fazer — disse sorrindo — é cortar sua língua, suas orelhas e seu nariz, depois seus órgãos genitais, depois seus dedos, um de cada vez. Depois talvez corte outras coisas. Ou, se tiver alguma piedade, talvez eu lhe faça o favor de matá-lo.

Na tarde seguinte, um grande saco encharcado de sangue foi jogado sobre o muro do palácio Orsini. O conteúdo deixou nauseados os guardas do cardeal que o abriram. Dentro havia um cadáver sem cabeça e sem dedos. Os órgãos genitais cortados, a língua, os dedos, o nariz e as orelhas estavam dentro também, muito bem embrulhados num dos poemas de Filofila.

Nada foi dito do incidente. Nenhum outro poema de Filofila apareceu. Segundo boatos ele tinha ido para a Alemanha, aproveitar os banhos minerais bons para a saúde.

26

O LAGO DE PRATA ESTAVA LINDO NAQUELA PRIMAVERA. César e Lucrécia formavam um casal bonito andando pela margem, ela com a capa bordada de joias e com capuz, ele de veludo preto, a boina com plumas e pedras preciosas. Tinham voltado ao lugar onde haviam passado os momentos mais felizes, porque agora o tempo que ficariam juntos seria pouco, já que o casamento dela com Alfonso d'Este estava próximo.

O cabelo castanho de César brilhava ao sol e, apesar da máscara preta usual, o sorriso em seu rosto era a evidência da alegria por estar com a irmã.

— Quer dizer que na semana que vem você será uma d'Este — disse César, provocando. — Então terá a responsabilidade, além da boa fortuna, de ser membro de uma família *distinta*.

— Eu sempre serei uma Bórgia, Cés. E não há motivo para ciúme no caso desta aliança, porque não me iludi para acreditar que esse casamento seja por amor. Esse Alfonso está tão relutante em me ter como esposa quanto eu em tê-lo como marido. Mas, assim como sou filha do meu pai, ele é filho do pai dele.

César sorriu com carinho por ela.

— Você ficou mais bonita depois dos infortúnios. E esse casamento vai lhe permitir fazer muitas coisas de que gosta. Os d'Este amam as artes, as reuniões de poetas e escultores. Ferrara é cheia de cultura e humanidades, assuntos que sopram a vida dentro de você. Também é uma felicidade para mim porque fica junto de meus territórios na Romanha, e o rei Luís dirige o duque com mão forte.

— Você vai garantir que Giovanni e Rodrigo fiquem bem sempre que estiver em Roma? Eu odeio ter de ficar sem eles mesmo por pouco tempo em Ferrara. Você vai cuidar deles e deixar que eles sintam seus braços fortes em volta, e vai tratar um como sendo tão importante quanto o outro... por mim?

— Não há dúvida. Pois uma criança é mais minha, e outra mais sua, de modo que ambos têm meu amor eterno. Crécia, se papai não a tivesse aliado aos d'Este, você passaria o resto da vida como viúva, vivendo e governando em Nepi?

— Eu pensei cuidadosamente nessa decisão antes de concordar. E mesmo sabendo que papai poderia forçar minha mão, ele teria descoberto que eu teria me escondido num convento, até mesmo virado freira, se me opusesse violentamente a essa aliança. Mas eu aprendi a governar, e acredito que nesse lugar posso descobrir minha função. Também há a questão das crianças e de você a ser considerada. Um convento não é o melhor lugar para crianças, e não posso me imaginar vivendo sem elas.

César parou e encarou a irmã com admiração.

— Não há nada que você tenha deixado de considerar? Nada a que não se adapte com graça e inteligência?

Um olhar de tristeza, como uma sombra, passou pelo rosto dela.

— Há um pequeno problema para o qual não consegui encontrar solução. E, mesmo sendo minúsculo comparado a todos os outros, parece me causar alguma infelicidade.

— Será que devo torturá-la para arrancar essa verdade — brincou ele — ou você vai confessar voluntariamente, para ver se posso ajudar?

Lucrécia balançou a cabeça.

— Eu não posso chamar esse novo marido de Alfonso sem que meu coração se encolha quando o comparo ao último. No entanto eu não conheço um modo de modificar seu nome.

Os olhos de César brilharam, divertidos.

— Não há problema grande demais para eu resolver, de modo que talvez tenha a resposta para suas orações. Você diz que ele é filho do pai, então por que não o chama de Filhinho? Diga isso na primeira vez em que estiverem na cama nupcial, com grande afeto, e ele vai acreditar que é uma palavra de carinho.

Lucrécia franziu o nariz fino e riu alto.

— Um aristocrático d'Este? Filhinho? — Mas, quanto mais ela pensava, mais se sentia confortável.

Os dois conversaram até o fim do antigo cais, onde pescavam e mergulhavam na infância, espadanando na água com liberdade completa. Na época o pai ficava sentado perto, vigiando-os, protegendo-os e fazendo com que se sentissem seguros. Agora, tantos anos depois, eles estavam sentados no mesmo cais e olhavam para as marolas, brilhando como um milhão de diamantes minúsculos refletindo o sol da tarde. Lucrécia se encostou no irmão e ele a envolveu com os braços.

A voz dela saiu baixa e séria.

— Cés, eu ouvi falar do malfadado poeta Filofila.

— Ah? — disse César sem emoção. — A morte dele a perturbou? Ele não sentia o mesmo afeto por você, caso contrário ele não escreveria rimas e versos tão malignos.

Lucrécia se virou e tocou o rosto dele.

— Eu sei, Cés. E acho que deveria agradecer por tudo que você faz para me defender; apesar da morte de Alfonso, pois até isso eu entendi. É o seu bem-estar que me preocupa. Ultimamente você parece matar com muita facilidade. Não está preocupado com sua alma?

César explicou:

— Se existe um Deus, como o Santo Padre o descreve, ele não quer dizer que jamais devemos matar; caso contrário não haveria guerras santas. O significado de "Não matarás" é que matar sem uma causa boa e honrada se torna um pecado. Nós sabemos que não é pecado enforcar um assassino.

— César, nós *realmente* sabemos isso? — Lucrécia se virou para encará-lo enquanto falava, porque esse assunto era importante para ela. — Não é uma arrogância decidir o que é uma causa boa e honrada? Para o infiel é bom e honrado matar os cristãos, mas para os cristãos o oposto é verdade.

De novo César fez uma pausa, espantado como costumava ficar com a irmã.

— Crécia. Eu tento nunca matar pela satisfação pessoal, só pelo bem de todos nós.

Os olhos de Lucrécia se encheram de lágrimas, mas ela tentou manter a voz firme.

— Então haverá tantas mortes assim?

— Certamente numa guerra haverá, Crécia. Mas, afora a guerra, algumas vezes nós precisamos tirar vidas em nome de um bem maior do que a nossa proteção. — Em seguida ele descreveu sua decisão de matar os ladrões de galinha na última campanha em Cesena.

Lucrécia hesitou antes de responder, porque não estava convencida.

— Preocupa-me, César, que você possa se pegar usando o "bem maior" como uma desculpa para eliminar homens que causam problemas. E a vida é cheia de homens que causam problemas.

César se levantou, olhando para o lago.

— É uma sorte para todos nós que você não seja um homem, porque você se guia com a dúvida, Crécia, e isso pode impedi-la de agir.

— Tenho certeza de que você está certo, Cés — disse Lucrécia pensativamente. — Mas não tenho certeza de que seja *tão* ruim... — Ela não tinha mais tanta certeza de que entendia o mal, especialmente quando este se escondia nas sombras dos corações das pessoas que ela amava.

ENQUANTO O CREPÚSCULO rosado caía sobre o lago prateado, Lucrécia pegou a mão do irmão e o guiou de volta pelo caminho até o chalé. Os dois se deitaram nus no tapete branco de pele, diante do fogo que estalava e luzia na lareira de pedra. César se maravilhou com a plenitude dos seios da irmã, com a maciez de sua barriga, fascinado em ver como ela havia se tornado uma mulher e como ele se sentia atraído com uma paixão ainda maior.

Lucrécia falou numa voz terna e afetuosa:

— Cés, tire essa máscara antes de me beijar, está bem? Com ela você poderia ser qualquer pessoa.

O sorriso desapareceu dos lábios dele e seus olhos baixaram, sem jeito.

— Eu não poderei fazer amor com você se vir seus olhos cheios de pena de meu rosto marcado. Isso vai me impedir de desfrutar o que pode ser nossa última vez juntos.

— Juro que não vou olhar seu rosto com pena — disse ela. E em seguida lhe fez cócegas enquanto dizia: — Eu posso até rir, e então você vai parar com essa bobagem sem sentido. Porque eu o amo desde a primeira vez em que meus olhos se abriram, e você estava acima de mim, sorrindo. Brinquei com você e tomei banho com você enquanto crescíamos. Vi você tão bonito que tinha de me virar, ou então me entregar, e vi você quando seu coração se partiu e a tristeza em seus olhos forçaram os meus a se encher de lágrimas. Mas nunca pensei menos de você, ou o amei menos, por causa de algumas pequenas marcas no seu rosto.

Então ela se curvou sobre César, com os lábios cobrindo os dele, o corpo já tremendo. Quando levantou a cabeça de novo, olhou nos olhos dele e disse:

— Só quero tocá-lo, ver suas pálpebras fechadas em êxtase, passar os dedos gentilmente pelo seu nariz, sentir seus lábios doces e cheios. Não quero barreiras entre nós, meu irmão, meu amante, meu amigo. Pois, a partir desta noite, tudo que resta de minha paixão estará com você.

César sentou-se e removeu lentamente a máscara.

LUCRÉCIA SE CASOU por procuração com Alfonso d'Deste, em Roma, na semana seguinte. Com o contrato de casamento ele tinha mandado um pequeno retrato, que mostrava um homem alto, bastante sério, não feio, que se portava com uma reserva rígida. Estava vestido com um uniforme escuro, cheio de medalhas e fitas; logo abaixo do nariz comprido e bem-feito um bigode fazia cócegas no lábio superior, mas não fazia rir. Seu cabelo encaracolado cobria formalmente a cabeça, sem fios fora do lugar. Ela não podia imaginar aquele Alfonso amando ou fazendo amor com abandono.

Ela deveria se juntar a ele em Ferrara, onde viveriam. Mas as festividades de casamento estavam sendo realizadas em Roma — festivais muito mais luxuosos e caros do que o casamento com Giovanni, e muitas vezes mais do que o casamento com seu amado Alfonso. De fato, foi muito mais extravagante do que qualquer comemoração que os cidadãos já tinham visto.

Os palácios das famílias nobres eram numerosos e opulentos. Mesmo assim todos eles receberam estipêndios para bancar os custos daquelas festas e dos festivais. O papa parecia disposto a esvaziar o tesouro do Vaticano para comemorar o brilhante casamento da filha. Decretou um feriado para todos os trabalhadores romanos, e durante toda a semana seguinte aconteceram novas apresentações teatrais, procissões e festivais. Fogueiras foram acesas diante do Vaticano, bem como diante de todos os grandes castelos — a que foi acesa na frente de Santa Maria in Portico era a maior de todas.

No dia do casamento um contrato foi assinado e o papa deu suas bênçãos. Lucrécia usava um vestido dourado coberto com joias preciosas, que em seguida ela jogou da varanda para a multidão embaixo, assim que a cerimônia terminou. Ele caiu sobre um bufão da corte, que correu pelas ruas, gritando:

— Vida longa à duquesa de Ferrara! Vida longa ao papa Alexandre!

César representou um papel importante nesse casamento da irmã, e mostrou sua habilidade como cavaleiro liderando uma marcha pelas ruas em homenagem a ela.

Naquela noite, na comemoração para toda a família e os amigos mais íntimos, Lucrécia realizou várias de suas danças espanholas para o prazer de seu pai.

Alexandre, com o rosto radiante, ficou sentado no trono e batendo palmas cheio de prazer. César, os olhos brilhando através da máscara de carnaval feita de ouro e pérolas, estava atrás do papa, à direita. Jofre estava à esquerda.

Então Alexandre, com suas vestimentas papais mais finas, levantou-se e desceu lentamente a escada, atravessando o salão de bailes até a filha. Um silêncio baixou sobre a multidão e todo o riso cessou.

— Você honraria seu pai com uma dança? — perguntou ele. — Pois logo vai estar longe demais.

Lucrécia fez uma reverência e segurou a mão dele. Virando-se para os músicos, Alexandre ordenou que tocassem, e em seguida segurou a filha. Ela se maravilhou ao percebê-lo ainda tão forte, com o sorriso tão radiante, o passo tão leve e tranquilo. Sentiu-se criança de novo, lembrando-se de como colocava os pés minúsculos, com chinelinhos de cetim, sobre os do pai, e como deslizava sobre os passos dele. Nessa época ela amava o pai mais do que a própria vida. Para ela, era um tempo mágico em que todas as coisas eram possíveis, muito antes de perceber que a vida exigia sacrifícios.

De repente, levantou a cabeça e olhou por cima dos ombros do pai, e viu seu irmão logo atrás dele.

— Posso, pai? — perguntou César.

Alexandre se virou e olhou César com leve surpresa, mas se recuperou rapidamente e disse:

— Claro, meu filho. — Mesmo assim, em vez de soltar a mão de Lucrécia e entregá-la a César, Alexandre instruiu os músicos a continuar tocando... uma música leve e alegre.

O papa ficou entre os filhos, uma das mãos segurando a da filha, a outra segurando a do filho, e com um grande sorriso e uma gargalhada estrondosa começou a dançar com os dois. Com uma energia incrível, começou a girar, levando-os. E seu rosto estava luminoso de êxtase.

A multidão começou a rir até perder o fôlego. Aplaudiu e gritou, e finalmente se juntou, até que todo o salão estivesse cheio de gente dançando num frenesi.

Havia apenas um que ficou de lado, um que não dançou. Atrás do trono do papa, o filho mais novo de Alexandre, Jofre, alto e pensativo, mantinha-se quieto e sem sorrir enquanto olhava.

Pouco antes de Lucrécia partir para Ferrara, o papa realizou um banquete ao qual toda a sociedade masculina de Roma foi convidada. Ele havia convocado dançarinas para diverti-los, e encheu o salão com mesas de jogos comemorando a nova aliança.

Alexandre, César e Jofre sentaram-se à mesa principal com o idoso duque de Ferrara, Ercole d'Este, e seus dois jovens sobrinhos. Alfonso d'Este, o noivo, tinha ficado em Ferrara para governar no lugar do pai.

O jantar foi um festim suntuoso com todo tipo de iguarias, e uma quantidade de grandes jarros de vinho fez aumentar a alegria e o bom humor dos convidados.

Quando os pratos foram retirados pelos serviçais, Jofre se levantou de repente, meio tonto, e ergueu sua taça num brinde.

— Como presente de minha família em Nápoles, e em honra de minha nova família, os d'Este, foi arranjada uma diversão muito especial... uma coisa que não é vista em Roma há muitos anos.

Alexandre e César ficaram surpresos ante o anúncio, e se sentiram embaraçados diante da presunção grosseira de Jofre ao se referir à sua "nova família". Eles se perguntaram, com grande ansiedade, o que ele estaria preparando, enquanto os convidados olhavam em volta cheios de antecipação.

As grandes portas de madeira talhada se abriram e quatro empregados entraram no salão. Sem dizer palavra, espalharam nozes de ouro no chão no meio da sala.

— Meu Deus — pensou César, olhando para o pai. Num súbito clarão de horror, ele percebeu o que estava para acontecer. Gritou para o irmão. — Jofre! Não faça isso.

Mas já era tarde demais.

Ao som de trombetas, Jofre abriu outra porta e deixou entrar uma procissão de vinte cortesãs nuas, com os cabelos escuros soltos, a pele macia oleada e perfumada. Cada uma tinha uma pequena bolsa de seda pendurada num cordão amarrado à cintura.

Jofre continuou falando alto, tonto de vinho:

— O que vocês veem no chão à sua frente são nozes de ouro puro. E essas damas adoráveis terão o prazer de se curvar para que vocês as vejam de um ângulo diferente. Esta será uma nova iguaria... pelo menos para alguns de vocês.

Os convidados explodiram em gargalhadas. Mas César e Alexandre tentaram impedir a apresentação lasciva antes que o dano fosse grande demais.

Ignorando os sinais dados pelo irmão e pelo pai, Jofre continuou:

— Vocês, cavalheiros, podem montar essas éguas quando quiserem. Vejam bem, vocês devem montá-las de pé, por trás. Para cada montada bem-sucedida, sua dama pode pegar uma noz de ouro no chão e colocar na bolsa. Não é preciso dizer que as damas podem ficar com as nozes como presente pela diversão que proporcionarem.

As cortesãs começaram a se curvar e a balançar os traseiros nus sensualmente para os homens que jantavam.

Ercole d'Este, chocado pela demonstração vulgar, ficou pálido de perplexidade.

Mas, um a um, os nobres de Roma começaram a se levantar e a sair das mesas, indo para as cortesãs que chamavam, encurvadas. Alguns, mesmo não montando, agarravam com luxúria os montes de carne das cortesãs.

Em sua juventude Alexandre tinha desfrutado esses acontecimentos, mas agora sentia-se mortificado, consciente de que nessa ocasião a coisa estava grotescamente deslocada. E tinha certeza de que era de propósito, porque entendia o mau reflexo que isso representava para a sofisticação — e o julgamento — da família.

O papa se aproximou de Ercole d'Este e tentou, em vão, se desculpar. Mas Ercole, balançando a cabeça, disse a si mesmo que, se o casamento por procuração já não houvesse acontecido, ele iria cancelá-lo e se arriscar com os franceses e o exército de César — com ou sem ducados.

Como já havia depositado o ouro num banco, agora simplesmente deixou o salão, murmurando:

— Camponeses Bórgias.

Mais tarde naquela noite, César recebeu uma notícia que o perturbou ainda mais. O corpo de Astorre Manfredi tinha sido encontrado flutuando no Tibre. César lhe tinha prometido salvo-conduto depois da queda de Faenza, e essa notícia faria muitos pensarem que ele havia faltado à palavra. De novo César sabia que suspeitariam dele. Haveria os que achavam que ele havia matado de novo: com Michelotto, César certamente tinha os meios. Mas quem faria isso? E por quê?

DOIS DIAS DEPOIS, na sala chamada de Pappagallo, o papa se despediu da filha. Ela estava triste em deixar o pai, apesar de todos os problemas que ele havia causado. O papa tentou parecer mais jovial do que estava, porque sentiria muita falta dessa filha.

— Se algum dia você se sentir infeliz — disse ele —, mande uma mensagem, e eu usarei o máximo de influência para resolver. E não se preocupe com as crianças, porque Adriana é a pessoa certa para cuidar delas, como você sabe.

— Mas, papai. Eu aprendi muito sobre receber pessoas e governar, no entanto estou com medo de ir para esse novo local, onde sei que ninguém gosta de mim.

— Em pouco tempo eles estarão tão apaixonados por você quanto nós. Você só precisa pensar em mim, e eu saberei. E a cada vez que eu pensar em você, você saberá. — Ele beijou-a na testa. — Vá. Não é adequado um papa derramar lágrimas pela perda de um de seus filhos.

Alexandre ficou olhando pela janela. Enquanto Lucrécia se preparava para partir, ele acenou e gritou:

— Anime-se! Tudo que você deseja já está garantido.

Lucrécia partiu para Ferrara acompanhada por mil nobres, serviçais, músicos e artistas ricamente vestidos. Ela própria montava um pequeno cavalo espanhol, ricamente ajaezado e com sela e bridão cheios de ouro engastado. O resto ia em jumentos ou carroças rústicas. Alguns seguiam a pé.

Pararam em cada um dos territórios que César tinha conquistado, para que Lucrécia pudesse lavar os cabelos e se banhar. Em cada cidade as crianças corriam empolgadas para receber o grupo vestido com o vermelho e o amarelo que eram as cores de César. Durante toda a jornada o séquito inteiro parava para bailes fantásticos e caríssimos e outras comemorações.

A viagem espetacular levou mais de um mês de Roma a Ferrara, e no caminho esvaziou os bolsos de muitos anfitriões locais.

Ercole d'Este, duque de Ferrara, era um homem conhecido por sua avareza, e em poucos dias tinha mandado a maior parte do caro séquito de Lucrécia de volta a Roma. Ela foi forçada a lutar por cada auxiliar que queria manter em sua nova casa em Ferrara.

Quando a maioria dos desapontados romanos e espanhóis que tinham acompanhado Lucrécia partiu sob as ordens do duque, Ercole deu a ela uma lição dramática de como as coisas eram feitas em Ferrara. Levou-a por uma pequena escada em espiral até um cômodo perto do topo do castelo. Lá apontou para uma mancha marrom escura no chão de pedra e disse:

— Um duque anterior decapitou a esposa e o enteado, porque descobriu que eram amantes. Olhe, minha cara — riu ela. — Você ainda pode ver o sangue.

Lucrécia estremeceu olhando as manchas no chão.

Apenas alguns meses depois de estar vivendo com Alfonso d'Este, Lucrécia ficou grávida. O povo de Ferrara se encheu de felicidade, porque tinha rezado por um herdeiro homem. Mas, numa circunstância infeliz, aquele verão foi úmido em Ferrara, e o local tornou-se um criadouro para os mosquitos que transmitiam malária. Lucrécia ficou doente.

Alfonso d'Este mandou uma mensagem ao papa, explicando que a duquesa de Ferrara, filha de Alexandre, estava sofrendo da febre, com tremores e suores. Explicou que recentemente ela tivera um delírio sério, e que Alexandre talvez quisesse mandar seus médicos de Roma.

Alexandre e César ficaram aterrorizados com a ideia de perder Lucrécia. Ambos temiam que ela tivesse sido envenenada. E assim o papa mandou instruções, escritas por sua própria mão, de que apenas o médico que ele estava enviando devia tratar de sua filha.

Naquela mesma noite, disfarçado de camponês mouro, com a pele escurecida e um capuz fundo, César acompanhou o médico até a cama de Lucrécia.

Sem saber quem eram aqueles homens quando eles chegaram a Ferrara — só que tinham sido mandados de Roma —, Alfonso e Ercole d'Este ficaram em seus próprios aposentos enquanto um serviçal levava César e o médico ao quarto de Lucrécia.

Apesar de estar letárgica e delirante, Lucrécia reconheceu César imediatamente. A pele dela estava branca e pálida, os lábios rachados de febre e a barriga dolorida ao toque devido aos vômitos constantes que a assolavam havia mais de duas semanas. Tentou cumprimentar César, mas estava tão fraca e rouca que nenhum som lhe escapou dos lábios.

Assim que o serviçal saiu, César se curvou para beijá-la.

— Minha princesa está um pouco pálida esta noite — sussurrou ele. — O brilho das bochechas rosadas não ajuda seu rosto. Seria o amor que lhe falta neste lugar?

Lucrécia tentou sorrir de volta, reconhecer seu humor, mas nem conseguia levantar o braço para tocar o rosto dele.

Estava claro que sua condição era crítica; mesmo assim César ficou mais perturbado quando o médico confirmou.

César foi até o lavatório, tirou o roupão com o capuz e esfregou a tinta do rosto. Depois ordenou que um serviçal chamasse o duque.

Momentos depois Ercole chegou, claramente alarmado por ter sido chamado ao quarto de Lucrécia. Viu César imediatamente.

— César Bórgia! — disse Ercole, boquiaberto. — Por que está aqui?

A voz de César não tinha qualquer afabilidade.

— Vim visitar minha irmã. Não sou bem-vindo? Há alguma coisa nas sombras que eu não deveria ver?

— Não, claro que não — disse Ercole, gaguejando de nervosismo. — Eu... eu só estou surpreso em vê-lo.

— Não vou ficar muito tempo, duque. Só o bastante para dar uma mensagem de meu pai; e também minha.

— Sim? — disse Ercole, com os olhos estreitos de suspeita e pavor.

César pôs a mão na espada como se estivesse pronto para lutar com toda Ferrara. Mas sua voz estava fria e razoável enquanto ele se aproximava de Ercole para falar.

— O Santo Padre e eu temos o maior desejo de que minha irmã tenha a saúde de volta. Se ela morrer, nós certamente culparemos seus anfitriões e a cidade deles. Estou sendo claro?

— Devo presumir que isto é uma ameaça?

— Acho que o senhor me entende — disse César, com a voz mais firme do que ele se sentia. — Minha irmã não deve morrer. Pois se ela morrer, não morrerá sozinha!

César e o médico ficaram por vários dias. Finalmente foi decidido que, para a cura, Lucrécia deveria ser sangrada. Mas ela recusou.

— Não serei drenada até ficar branca — gritou, balançando a cabeça e chutando com o pouco de energia que possuía.

César sentou-se ao lado, abraçando-a e tranquilizando-a, implorando que ela fosse corajosa.

— Você deve viver por mim — sussurrou. — Por que outro motivo eu viveria?

Finalmente Lucrécia parou de lutar e escondeu o rosto no peito de César, para não ver o que era feito. Enquanto César segurava seu pé, o médico fez vários cortes pequenos no tornozelo e no peito do pé, até sair sangue suficiente para sentir que ela poderia se recuperar.

Antes de partir, César beijou Lucrécia e prometeu visitá-la de novo em breve, porque agora estava morando em Cesena, a poucas horas de Ferrara.

LUCRÉCIA NÃO MORREU. Nas semanas seguintes, ela começou a se curar. Começou a se sentir quente de novo, parou de encharcar os lençóis, e permanecia mais tempo acordada, sem cair no sono profundo e sem sonhos de suas noites mais escuras. Apesar de seu filho nascer morto, ela gradualmente recuperou a saúde e a vitalidade.

Era apenas nos momentos mais silenciosos da noite que ela sofria por essa criança, porque tinha entendido que o tempo passado em sofrimento era tempo desperdiçado — que houvera sofrimento demais em sua vida. E que, se quisesse aproveitar ao máximo o que tinha recebido e fazer o máximo de bem, deveria se concentrar no que poderia ser feito, e não no que ela era impotente para mudar. E foi assim que começou a levar uma vida de virtude.

Quando completou um ano que estava em Ferrara, Lucrécia tinha começado, gradualmente, a ganhar o amor e o respeito dos súditos, bem como o amor da estranha e poderosa família d'Este, com quem agora vivia.

O velho duque Ercole foi o primeiro a apreciar sua inteligência luminosa. À medida que os meses passavam, ele começava a valorizar seu conselho ainda mais do que o dos filhos, e a entregar a seus cuidados decisões críticas de governo.

27

JOFRE E SANCIA ESTAVAM DORMINDO A SONO SOLTO EM SEUS APARtamentos no Vaticano quando, sem aviso ou explicação, vários guardas papais entraram e tiraram-na da cama. Enquanto Sancia chutava e gritava, Jofre também gritava, resistindo.

— Isto é um ultraje! — disse Jofre a um dos jovens tenentes. — Você falou com meu pai sobre isso?

— Foi o próprio Santo Padre quem deu a ordem — confessou o soldado.

Jofre correu aos aposentos do papa, onde encontrou Alexandre sentado em silêncio diante de sua mesa no escritório.

— O que significa isso, pai?

O papa ergueu os olhos e respondeu, mal-humorado:

— Eu poderia dizer que é devido à frouxidão moral de sua mulher, porque ela é uma pimenta ardida, ou à sua incapacidade de segurar o temperamento dela. Mas desta vez é muito menos pessoal. Eu não consigo dar a entender ao bom rei de Nápoles, que está alinhado com Fernando da Espanha, a importância do interesse francês por Nápoles. Luís requisitou que eu fizesse alguma coisa para provar minha aliança, e eu fiz.

— O que isso tem a ver com Sancia? Ela não passa de uma mulher, e não fez nada contra a França.

— Jofre. Por favor! Não seja um eunuco sem pelos! — disse Alexandre impaciente. — O bem-estar de seu irmão está em jogo; o papado repousa na capacidade de sustentar alianças. E neste momento nossa aliança mais forte é com a França.

— Pai — disse Jofre com os olhos iluminados por um fogo. — Não posso permitir isso, porque Sancia não pode amar um homem que não possa, no mínimo, protegê-la das masmorras.

— Ela pode mandar uma mensagem ao tio, o rei, e explicar a necessidade de ajuda.

Naquele momento Jofre teve de desviar os olhos do pai, porque temia que o papa visse o ódio em seu rosto.

— Pai, vou pedir mais uma vez, como seu filho. O senhor deve libertar minha mulher, caso contrário causará o fim do meu casamento. E não posso permitir isso.

Alexandre pareceu perplexo um momento. O que esse filho estava dizendo? A mulher dele, Sancia, tinha significado encrenca desde o dia em que chegou, e ele não fizera nada para controlá-la ou mesmo puxar as rédeas. Que insolência o fazia agora ousar dizer ao pai — e também ao Santo Padre — como governar a Santa Madre Igreja?

Mas a voz do papa se manteve razoável, sem qualquer emoção, quando respondeu:

— Como você é meu filho, vou perdoar essa ousadia. Mas se falar assim de novo, por qualquer motivo, mandarei colocar sua cabeça na ponta de um pau, e eu próprio jurarei sua heresia. Entende?

Jofre respirou fundo.

— Quanto tempo minha mulher ficará presa?

— Pergunte ao rei de Nápoles. Tudo depende dele. No momento em que ele concordar que Luís use a coroa, sua mulher estará livre. — Enquanto Jofre se virava para sair, o papa acrescentou: — A partir de hoje você será vigiado dia e noite, para ficar longe da tentação.

Só o que Jofre perguntou foi:

— Eu posso vê-la?

Alexandre ficou surpreso.

— Que tipo de pai eu seria se mantivesse meu filho longe da mulher? Acha que eu sou um monstro?

Jofre não conseguiu impedir as lágrimas de escorrerem pelo rosto, porque nessa noite tinha perdido não somente a mulher, mas também o pai.

SANCIA FOI LEVADA ao porão da fortaleza de Sant'Angelo e posta numa masmorra sozinha. Das celas em volta ela podia ouvir os gritos dos outros, que gemiam e berravam obscenidades contra os guardas papais.

Os que a reconheciam provocavam-na, e os que não reconheciam se perguntavam como uma jovem tão bem vestida poderia ter se colocado numa situação assim.

A própria Sancia estava lívida e totalmente furiosa. Dessa vez ele tinha ido longe demais. O papa que antes a havia mandado embora agora tinha selado o próprio destino; porque ela iria se certificar, mesmo daquele local, que ajudaria a derrubá-lo. Jurou que ele não iria se sentar mais no trono do Santo Padre; se ela precisasse dar a vida para essa missão, isso valeria mais do que todos os ducados do mundo.

Quando Jofre chegou, Sancia já havia virado o catre e jogado a palha no chão da masmorra. Tinha pegado a água e a comida que lhe trouxeram, e até mesmo o vinho, e jogado contra a pequena porta de madeira, deixando pedaços do jantar grudados nela.

Jofre ficou surpreso ao descobrir que, quando falou com ela, Sancia veio abraçá-lo.

— Marido, você precisa me ajudar. Se me ama, deve levar uma mensagem à minha família. Deve informar ao meu tio o que foi feito de mim.

— Farei isso — disse Jofre, abraçando-a e acariciando seu cabelo. — Farei mais do que isso. E nesse meio tempo passarei nesta masmorra todas as horas que você quiser.

Em seguida Jofre levantou o catre e os dois se sentaram, ele com o braço sobre os ombros dela, consolando-a.

— Você vai me trazer papel imediatamente e garantir que a mensagem chegue depressa? — perguntou ela.

— Sim, porque não suporto ficar sem você.

Então Sancia sorriu e ele sentiu esperança.

— Nós somos um só — disse ele. — E, portanto, o que fazem com você fazem comigo também.

— Eu sei que é pecado odiar os outros. Mas, pelo ódio que tenho contra o seu pai, estou disposta a manchar minha alma com o pecado. Não importa que ele seja o Santo Padre: ele é tão mau aos meus olhos quanto o maior dos anjos caídos.

Jofre não sentia desejo de defendê-lo.

— Vou escrever ao meu irmão, César. Porque não tenho dúvida de que ele vai nos ajudar assim que voltar.

— Por quê? Eu não vi esse lado dele que o torna tão afável.

— Eu tenho meus motivos. Meu irmão César vai entender, e confio em que vai libertá-la deste inferno.

Quando lhe deu um beijo de despedida, ele a abraçou por mais tempo do que o usual. E ela deixou.

Mas naquela noite, assim que Jofre havia saído, um guarda após outro entrou na cela e a violentou. Eles arrancaram suas roupas, beijaram seus lábios, soltaram o hálito medonho em seu rosto, e penetraram nela sem qualquer consideração por sua resistência. Uma vez que ela estava colocada entre as prostitutas e os ladrões não estava mais sob a proteção do papa Bórgia, por isso eles não temiam punição.

Quando seu marido veio visitá-la de manhã, Sancia estava vestida e lavada de novo, mas tinha parado de falar. E não importava o que Jofre dissesse: ela não percebia, pois a luz que um dia brilhara em seus olhos de um verde luminoso tinha sido extinta, e agora eles eram apenas de um cinza lamacento.

AGORA CÉSAR BÓRGIA controlava a Romanha, finalmente. Mas havia outras cidades ainda a ser conquistadas antes que ele pudesse realizar sua visão de unificar a Itália. Havia Camerino, governada pela família Varano, e Senigallia, onde os della Rovere mandavam. E havia Urbino, onde Guido Feltra governava como duque. Urbino parecia poderosa demais para o ataque do exército de César; mesmo assim ela bloqueava sua rota para o Adriático, e poderia cortar a comunicação com Pesaro e Rimini se nada fosse feito para alterar a situação em favor dos Bórgias.

E a campanha de César continuou...

Seu primeiro objetivo era a pequena cidade-estado de Camerino. César reuniu um exército para atacar em direção ao norte, saindo de Roma. Lá eles se uniriam a um dos capitães espanhóis de César e às suas tropas que permaneciam na Romanha.

Mas, para realizar seu objetivo, ele foi forçado a pedir que Guido Feltra desse passagem a seu capitão, Vito Vitelli, e à sua artilharia através de Urbino. Ora, sabia-se em toda a Itália que Feltra tinha pouco afeto pelos Bórgias. Feltra, cuja reputação como *condottiere* era maior do que sua habilidade e inteligência, estava ansioso para evitar um confronto imediato, por isso deu permissão — com o objetivo de disfarçar sua intenção verdadeira, que era ajudar a Alessio Varano a defender Camerino.

Infelizmente para o duque, os espiões de César descobriram seu plano, e a poderosa artilharia de Vitelli foi para Urbino. Sem aviso, tanto as forças de César vindas de Roma quanto seu exército do norte chegaram aos portões da cidade.

Aquela visão de toda a força papal, com César em sua armadura de batalha preta e cavalgando sua nervosa montaria de um lado para o outro diante deles, foi o bastante para persuadir Guido Feltra a fugir.

A cidade se rendeu rapidamente — para espanto não somente da Itália mas de toda a Europa, já que antes desse dia o poderoso duque de Urbino era considerado invencível.

E então, como tinha planejado, César partiu para Camerino. Sem a ajuda de Guido Feltra essa cidade também se rendeu com pouca resistência.

Assim que Urbino e Camerino foram conquistadas, parecia que nada seria capaz de impedir que César impusesse sua vontade — e o governo papal — a qualquer cidade da Itália.

Em Florença, naquele verão, o sol da tarde pairava alto no céu, um disco vermelho e incandescente que queimava a cidade abaixo. As janelas do Palazzo della Signoria se escancaravam para a praça, convidando as moscas, mas nenhuma brisa refrescava a sala abafada. Lá os homens da Signoria suavam e se remexiam inquietos, ansiosos para que a difícil sessão fosse terminada e eles pudessem correr para casa, tomar um banho quente e uma taça de vinho refrescado.

A questão mais importante a ser considerada era o relatório de Nicolau Maquiavel, emissário especial ao Vaticano. Isso poderia prever o futuro da cidade.

A situação nos estados papais era uma questão cada vez mais preocupante. César Bórgia tinha ameaçado a própria Florença em sua última campanha, e eles temiam que da próxima vez ele não fosse comprado com tanta facilidade.

Maquiavel se levantou para se dirigir à Signoria. Apesar do calor, usava um gibão de cetim cinza-pérola, e sua blusa de um branco luzidio permanecia seca e impecável.

— Excelências — falou numa voz dramática e eloquente. — Todos os senhores sabem que Urbino caiu, que o duque foi tomado de surpresa. Alguns dizem que por traição, mas se foi assim, não foi imerecida. Guido Feltra estava claramente tramando contra os Bórgias, e eles o enganaram de volta. Poderia parecer um caso de *frodi onorevoli*, fraude honrada.

Maquiavel ficou andando de um lado para outro enquanto prosseguia.

— Em que pé está César Bórgia? Bem, seu exército é grande e bem organizado, e seus homens são leais. Sabe-se em todas as cidades que ele conquistou que os soldados de César o adoram. Ele dominou a Romanha e, agora, Urbino. Aterrorizou os bolonheses; e, se é para dizer a verdade, nos aterrorizou também. — Ele pôs a mão sobre os olhos num gesto teatral, para enfatizar aos membros a severidade do que ia dizer. — Nós não podemos contar com os franceses para interferir nos planos de César. É verdade, os franceses tiveram suspeita dos Bórgias na revolta de Arezzo, e ficaram bastante insatisfeitos com a ameaça dele a Bolonha e à nossa grande cidade. Mas, lembrem-se, Luís ainda precisa do apoio do papa para lidar com a Espanha e Nápoles — e dada a força e a habilidade do exército de César, a posição deles parece bastante sensível.

Maquiavel baixou a voz.

— Agora vou lhes fazer uma confidência. César fez uma visita secreta a Luís, viajando disfarçado e sem guardas. Colocando-se totalmente sob o poder do rei francês e pedindo o perdão dele pelas aventuras equivocadas de Vitelli em Arezzo, César curou qualquer desacerto que pudesse haver entre a França e o papado. Portanto, dessa vez, se César atacar Bolonha, eu prevejo que o rei irá apoiá-lo. Se ele atacar Florença, os franceses podem interferir ou não.

Um *signor* suarento se levantou, enxugando a testa com um lenço de linho branco, com a testa franzida de preocupação.

— O que você parece estar nos dizendo, Maquiavel, é que César Bórgia não pode ser detido, e que aqueles de nós que tiverem sorte suficiente para possuir propriedades nas montanhas devem fugir.

— Duvido de que seja tão ruim, excelência — garantiu Maquiavel. — Até agora nosso relacionamento com César é amigável, e ele gosta genuinamente de nossa cidade.

"Mas há outra coisa a considerar, algo que pode mudar o equilíbrio dessa equação. César Bórgia derrotou e humilhou uma quantidade de homens perigosos expulsando-os de seus territórios, e mesmo sendo verdadeiro que seu exército é leal e seus soldados o adoram, tenho muito menos certeza de seus *condottieri*, porque eles são homens violentos e imprevisíveis, capazes de ciúme e coisa pior. Temo que algum dia eles mudem de ideia e tentem derrubá-lo. Vejam bem, enquanto se tornava o homem mais poderoso da Itália, César Bórgia criou uma lista de inimigos formidáveis... uma lista que nenhum de nós quereria compartilhar."

Em Magioni, um castelo no território dos Orsini, a conspiração começou a tomar forma. Giovanni Bentivoglio, de Bolonha, estava decidido a liderar a conspiração. Homem grande, atlético, com cabelo crespo e levemente grisalho e feições rudes, tinha sorriso fácil e falava numa voz cheia de persuasão. Mas também tinha um lado sombrio. Antes de chegar à idade adulta ele havia matado cem homens, fazendo parte de um grupo de bandoleiros. Ele mudou e até se tornou um bom governante de Bolonha, e todas as suas ânsias ferozes e sanguinolentas pareciam deixadas de lado — isto é, até ser ameaçado e humilhado por César.

Bentivoglio fez uma reunião em seu castelo em Bolonha e convidou o baixo e atarracado Guido Feltra, o destronado e ultrajado duque de Urbino. Feltra falava tão baixo que os outros tinham de ouvir atentamente cada palavra — a não ser que soubessem, claro, que com Guido Feltra cada frase guardava uma ameaça.

Participando da conspiração estavam alguns dos principais *condottieri* do exército de César: Paolo e Franco Orsini — um era um louco e o outro o idoso prefeito de Roma e duque de Gravina, que tinha feito sua reputação de soldado implacável exibindo a cabeça de uma de suas vítimas na ponta de sua lança durante dias depois da conquista. Os Orsini estavam sempre ansiosos para conspirar contra os Bórgias.

Não era surpresa que esses homens fossem inimigos de César; mais digna de nota era a participação de comandantes que antigamente tinham servido bem a César. Oliver da Fermo — e, ainda mais chocante, o próprio Vito Vitelli — foram a cavalo até o castelo. Vitelli estava furioso por ter sido forçado a devolver Arezzo. Esses homens, que estavam suficientemente próximos de César para saber que suas estratégias militares o tinham colocado em sério perigo, ainda comandavam boa parte de seu exército.

Juntos, agora, formularam um plano. Primeiro concordaram que precisariam de outros aliados. Assim que isso fosse feito, iriam se reunir de novo para organizar suas tropas, e, mais importante, para decidir onde e quando atacariam César. E assim parecia que os dias de César Bórgia estavam contados.

SEM SABER DOS PERIGOS que corria, César estava sentado junto à lareira em seu novo quartel-general em Urbino, desfrutando um bom vinho do porto da adega de Guido Feltra, quando seu ordenança anunciou um cavalheiro que viera de Florença para vê-lo: o signore Nicolau Maquiavel.

Maquiavel foi levado à sala. Assim que ele tirou sua capa cinza e comprida, César percebeu suas feições pálidas e cansadas, ofereceu uma cadeira confortável e lhe serviu uma taça de porto.

— Então o que traz o brilhante astro da diplomacia florentina a Urbino no meio da noite? — perguntou com um sorriso o anfitrião gentil.

O rosto de Maquiavel demonstrou preocupação.

— Negócios importantes, César. Vou ser direto. Florença recebeu o pedido de se juntar a uma enorme conspiração contra você. Alguns de seus melhores comandantes estão envolvidos. Muitos de quem você suspeitaria, mas um de quem você certamente não deve desconfiar: o seu comandante, Vito Vitelli. — Maquiavel citou também os outros que se tinham reunido em Magioni.

César ficou pasmo, mas não demonstrou.

— Por que me contou isso, Nicolau? Não seria interessante para Florença se minha campanha fosse interrompida?

— César, nós discutimos esta questão. Será que os conspiradores são um demônio menos perigoso do que os Bórgias? Não foi uma decisão fácil, e não foi tomada pela Signoria, mas numa sessão de emergência do Conselho dos Dez.

"Eu disse a eles que você é bastante racional, e pelo menos os seus objetivos, os que você confessou, são razoavelmente sensatos. E acredito que você concordará com a preferência da França, de que Florença não seja atacada.

"Os conspiradores, por outro lado, não são totalmente racionais. Paolo Orsini é meio louco. Toda a família Orsini despreza o governo de Florença, e seu amigo Vito Vitelli simplesmente despreza a cidade em si. Quem sabe o motivo? Mas nós sabemos, por exemplo, que Orsini e Vitelli foram os que insistiram para que você atacasse Florença em sua última campanha, e que você recusou. Essa demonstração de lealdade foi uma importante consideração para nós.

"Se esses homens tiverem sucesso em destruí-lo, irão depor seu pai, e nós teremos um papa militante da escolha *deles*. Nessa condição, o poder deles seria catastrófico. Eles, diferentemente de você, não hesitariam em atacar, ou até mesmo saquear, Florença.

"Além disso, falei ao conselho que você ficaria sabendo da conspiração. Esses homens não conseguem manter segredo. E que, sabendo da traição, com sua superior habilidade tática, você derrotaria os conspiradores. — Um olhar divertido atravessou o rosto de Maquiavel. — Então eu disse simplesmente: vamos nós mesmos avisá-lo. Nós podemos obter alguma boa vontade.

César riu e deu um tapa nas costas do florentino.

— Por Deus, Maquiavel, você não tem igual, simplesmente não tem igual. Sua sinceridade é de tirar o fôlego, e seu cinismo um deleite.

Ainda que numa situação quase impossível, César agiu com grande velocidade. Tirou suas forças leais de Urbino e Camerino, concentrando-as mais ao norte nas bem protegidas fortalezas da Romanha.

Além disso, mandou delegados em todas as direções, dia e noite, para buscar substitutos para os *condottieri* que o haviam traído. Queria novos capitães hábeis, e tropas mercenárias veteranas, de preferência com canhões, e também queria mobilizar a alardeada infantaria de Val di Lamone — os melhores soldados de infantaria de toda a Itália da área perto de Faenza, um local que fora bem tratado e bem governado desde sua ocupação. E até mesmo contatou Luís, pedindo tropas francesas.

Dentro de uma semana Maquiavel mandou um relatório ao Conselho dos Dez.

"Há uma firme convicção aqui", escreveu ele, "de que o rei da França vai ajudar Bórgia com homens, e o papa vai lhe dar dinheiro. O atraso dos inimigos em atacar deu a César uma vantagem. Agora julgo que seja tarde demais para causar grande dano a César Bórgia, já que ele pôs guarnições em todas as cidades importantes e entregou provisões adequadas em todas as fortalezas."

Logo os conspiradores viram o mesmo que Maquiavel tinha notado. E assim a conspiração começou a se desfazer.

Bentivoglio foi o primeiro a procurar César, para pedir perdão e jurar aliança. Em seguida os Orsini expressaram a disposição de estabelecer a paz — ou, se os outros conspiradores não estivessem dispostos, a traí-los. Só Guido Feltra ficou longe.

Finalmente, César se encontrou com seus inimigos e ofereceu termos generosos: primeiro garantiu que não haveria punição. Mas com relação a Camerino e Urbino, que tinham sido ocupadas pelos conspiradores, infelizmente não podia ceder. As cidades precisavam ser devolvidas a ele. Mas garantiu a Bentivoglio que ele podia manter Bolonha, porque o papa tinha assinado um tratado com Bentivoglio a pedido do rei da França. Em troca Bentivoglio concordou em dar lanças e cavalos, além de soldados, para a próxima campanha.

Os *condottieri* — Orsini, Vitelli, Gravina e da Fermo — reocupariam suas posições como comandantes dos exércitos de César.

Durante seis semanas a paz reinou. Quando o exército francês che-gou, César o mandou de volta com agradecimentos.

A conspiração havia terminado.

EM ROMA, entretanto, sem o conhecimento de César, Alexandre tam-bém tinha decidido ajudar o filho. Sabia que Franco e Paolo Orsini não podiam ser punidos enquanto o cardeal Antonio Orsini permanecesse vivo — já que, como patriarca da família, o cardeal garantiria que não houvesse uma retaliação brutal, e o papa não estava disposto a se arriscar à perda de outro filho.

E assim, de um modo amigável, Alexandre convidou o cardeal ao Vaticano, dizendo a Antonio que estava pensando em outro de seus sobrinhos para um cargo na Igreja.

Antonio Orsini aceitou o convite, não sem dúvidas, ainda que fin-gindo humildade e gratidão.

Assim que o cardeal se acomodou nos aposentos do papa, foi-lhe ser-vido um jantar suntuoso, com incontáveis petiscos e diversas variedades de vinho. Os dois discutiram sobre questões políticas e fizeram piadas sobre cortesãs que ambos conheciam. Aparentemente eles gostavam da companhia mútua, e um observador não adivinharia o que se passava no coração de cada um daqueles homens santos.

Mas o cardeal, sempre alerta e cauteloso com os Bórgias, recusou-se a beber vinho por medo de ser envenenado. Mesmo assim, notando que o papa comia com prazer, também comeu com grande apetite, apenas pedindo água fresca no lugar do vinho, pois a água era transparente e nenhum intento turvo poderia ser-lhe escondido.

Depois do jantar, assim que o papa convidou o cardeal para juntar-se a ele em seu escritório, o cardeal Antonio Orsini apertou a barriga, dobrou-se na cadeira e caiu direto no chão, os olhos se revirando como os dos mártires nos afrescos da parede dos apartamentos do papa.

— Eu não bebi vinho — sussurrou o cardeal, rouco.

— Mas você comeu a lula com tinta preta — disse o papa.

Naquela mesma noite o cardeal Orsini foi retirado do Vaticano pelos guardas papais para ser enterrado. Durante uma missa na capela no dia seguinte, o próprio papa ofereceu preces pela alma do cardeal e mandou-o para o céu com bênçãos.

Em seguida Alexandre mandou os guardas papais confiscarem as posses do cardeal Orsini — inclusive seu palácio, porque a expansão da campanha de César precisava de verbas cada vez maiores. Mas quando os guardas chegaram encontraram a velha mãe de Orsini morando lá, e a expulsaram para as ruas de Roma.

— Eu preciso dos meus serviçais — gritava ela, apavorada, enquanto cambaleava tentando se firmar com a bengala. E então eles mandaram seus serviçais com ela.

Naquela noite nevou em Roma, e o vento estava cortante e brutal. Mas ninguém queria dar abrigo à velha, porque temiam que o papa não gostasse.

Dois dias depois, na capela do Vaticano, o papa rezou outra missa — dessa vez pela mãe do cardeal Orsini, que tinha sofrido o infortúnio e fora encontrada morta, enrolada junto a uma porta, com a bengala congelada na mão engelhada.

EM DEZEMBRO, no caminho para Senigallia, César parou em Cesena para inquirir sobre o governador, Ramiro da Lorca. Ele fora posto no cargo, mas agora tinha chegado a César a notícia de um certo descontentamento entre os cidadãos.

Os últimos boatos sobre a brutalidade de da Lorca forçaram César a convocar uma audiência na praça da cidade, diante dos moradores, para que da Lorca pudesse se defender.

— Ouvi dizer que você usou de crueldade extrema para punir o povo da cidade. É verídico? — perguntou César.

Com o cabelo ruivo e revolto parecendo um anel de pelos em volta da cabeça, os lábios grossos apertados com força, da Lorca falou numa voz tão alta que era quase um guincho:

— Não creio que eu tenha sido cruel, excelência. Porque ninguém ouve, e poucos se comportam como eu ordeno.

— Disseram-me que um jovem pajem foi jogado numa fogueira na praça, por ordem sua, e que você pisou em cima enquanto ele era queimado vivo.

Lorca hesitou.

— Mas é claro que houve motivo...

César ficou rígido, com a mão na espada.

— Então devo ouvi-lo...

— O garoto era insolente... e desajeitado.

— Governador, considero sua defesa inadequada — respondeu César, sério.

César também tinha ouvido dizer que Ramiro havia tramado com a conspiração contra ele. Mas a boa vontade do povo de Cesena era de maior importância. Qualquer crueldade indevida minaria o controle dos Bórgias nas áreas da Romanha que César governava, e assim da Lorca devia ser punido.

Sob as ordens de César, da Lorca foi imediatamente jogado na masmorra da fortaleza. Depois César mandou chamar seu leal amigo Zappitto, tornou-o o novo governador de Cesena e lhe deu uma bolsa cheia de ducados, com instruções detalhadas.

Para surpresa dos cidadãos, assim que César deixou a cidade, Zappitto soltou o implacável e brutal Ramiro da Lorca. E, apesar de ficarem insatisfeitos por ele ter sido libertado, os cidadãos acharam que estavam com sorte, porque perceberam que Zappitto era um governador com capacidade de misericórdia.

Mas na manhã depois do Natal, Ramiro da Lorca foi encontrado cavalgando sem cabeça pela praça do mercado, ainda vestido com sua capa vermelha e dourada, suas belas vestimentas natalinas, amarrado ao cavalo.

Então todo mundo concordou que foi um grande infortúnio para da Lorca ter sido libertado das masmorras.

CÉSAR SE PREPAROU para o ataque a Senigallia, governada pela família della Rovere. Há muito ele havia planejado ocupar essa cidade portuária no Adriático, por isso deu a ordem de levar suas tropas leais para a costa, onde se juntariam a ele os ex-conspiradores com suas forças. Os *condottieri* leais e os que tinham conspirado estavam satisfeitos em trabalhar de novo em harmonia, e os dois grupos foram para o litoral, segundo as ordens.

Enquanto essas forças se aproximavam de Senigallia, a cidade se rendeu rapidamente. Mas Andrea Doria, comandante da fortaleza, insistiu em se render apenas a César.

Enquanto esperava a hora da reunião, César ordenou que suas tropas mais leais se posicionassem perto da cidade, enquanto as dos outros comandantes ocupavam uma área mais distante dos portões.

Sob a ordem de César, seus comandantes leais se reuniram com um pequeno grupo de soldados de infantaria junto aos portões de Senigallia, num preparativo para aceitar a rendição da cidadela. Nesse grupo também estavam Paolo e Franco Orsini, Oliver da Fermo e Vito Vitelli.

Sob ordens de César, o grupo entrou pelos portões para se encontrar com o comandante Andrea Doria num palácio local, onde os termos da rendição seriam combinados.

Enquanto entravam na cidade e os enormes portões se fecharam atrás deles, César observou, rindo, que os cidadãos cheios de suspeita não queriam se arriscar a que o exército papal saqueasse a cidade enquanto as conversações prosseguissem.

Ao entrar no pequeno palácio eles foram levados por César até uma sala de recepção octogonal, cor de pêssego e com quatro portas internas, uma grande mesa de reuniões e poltronas de veludo cor de pêssego.

A conversa transcorreu relaxada enquanto eles bebiam vinhos locais que os empregados serviam. Não haveria luta aqui, e Paolo e Franco Orsini, Oliver da Fermo e Vito Vitelli, os ex-conspiradores, estavam felizes em ser aceitos de novo, especialmente em fazer parte de uma campanha que já era bem-sucedida.

César foi até o centro da sala. Retirando sua espada, sugeriu aos comandantes que, como este era um lugar de parlamentação, também se desarmassem antes da chegada do comandante Doria. Eles prontamente seguiram a orientação, entregando as armas a um dos ordenanças de César. Somente Vito Vitelli ficou preocupado — porque os portões da cidade estavam fechados e suas tropas se encontravam a centenas de metros fora dos muros da cidade.

— Cavalheiros, sentem-se, por favor — ordenou César. — Senigallia sempre foi um porto significativo, mas acho que depois de hoje será muito mais. Todos vocês mereceram muito suas recompensas, e irão tê-las. Agora!

Ao ouvir a palavra "Agora", duas dúzias de homens muito bem armados irromperam na sala vindos de todos os lados. E em menos de um minuto Paolo e Franco Orsini, Oliver da Fermo e Vito Vitelli foram amarrados às cadeiras onde estavam.

César, com os olhos negros de concentração, disse:

— Então, cavalheiros. Para sua recompensa, permitam-me apresentar meu bom amigo Don Michelotto.

Michelotto fez uma reverência e sorriu. Ele detestava traição. Pegando seu garrote com um auxiliar, foi de um comandante desleal a outro, estrangulando cada um deles enquanto os outros olhavam horrorizados.

DEPOIS DE VOLTAR a Roma, César foi recebido calorosamente pelos cidadãos e pelo papa, que estava esperando com seu séquito nos portões. Desde a conquista da Romanha ele sorria com mais facilidade; parecia tão satisfeito consigo mesmo quanto seu pai, e sem dúvida toda a Itália logo estaria sob o seu governo.

Em segredo, o papa e ele tinham falado em lhe passar a tiara, ou pelo menos coroá-lo como rei da Romanha. Mas primeiro ele deveria tomar a Toscana, o que até agora seu pai tinha se recusado a permitir.

Em seus apartamentos naquela noite, enquanto relaxava e desfrutava a lembrança das vitórias, César recebeu uma caixa com um bilhete de Isabela d'Este, irmã do duque de Urbino, que ele havia deposto.

Quando estivera no palácio do irmão dela em Urbino, César tinha recebido uma mensagem de Isabela, implorando que ele lhe devolvesse duas preciosas estátuas que ele havia confiscado com o castelo — uma de Cupido, a outra de Vênus. Ela havia explicado que eram de grande valor sentimental, e não mencionara nada sobre seu interesse por colecionar antiguidades.

Mas agora que ela era cunhada de Lucrécia, César ficou tocado pelo pedido e imediatamente mandou que alguns de seus homens levassem as estátuas. Nesse bilhete ela agradecia pela gentileza e lhe mandava uma coisa em troca.

Era uma caixa grande, enrolada em fitas de seda e amarrada com laços dourados. Quando ele a abriu, viu-se tão empolgado quanto na infância, sempre que abria um presente inesperado. Abrindo a tampa cuidadosamente, levantou o pergaminho que cobria o interior e descobriu dentro cem máscaras — de todos os tipos. Máscaras de carnaval em ouro e joias, máscaras de cetim em vermelho e amarelo, máscaras misteriosas em preto e prata, e outras na forma de rostos de dragões, demônios e santos.

César riu alto enquanto examinava cada uma delas, demorando-se para olhar no espelho enquanto as colocava no rosto, desfrutando as muitas imagens diferentes que apareciam diante de seus olhos.

UM MÊS DEPOIS César e Alexandre se reuniram nos apartamentos dos Bórgias, esperando Duarte, que tinha acabado de voltar de Florença e Veneza.

Alexandre contou entusiasmado a César seus novos planos para embelezar o Vaticano.

— Com muita dificuldade persuadi o artista Michelangelo a desenhar o projeto para uma basílica de São Pedro completamente nova. Desejo criar uma coisa magnífica, uma glória para o mundo cristão.

— Eu não conheço a habilidade dele como arquiteto, mas o Cupido que comprei revela que esse Michelangelo é um grande artista.

Nesse momento Duarte entrou na sala e cumprimentou Alexandre, beijando o anel papal.

— Então, Duarte — perguntou César —, você encontrou os vilões de Veneza? E o bom povo de Florença me considera de novo um ogro, um maligno estrangulador de inocentes por causa do que aconteceu em Senigallia?

— Não, César, eles tendem a acreditar que você fez o que era preciso, e que fez isso com inteligência e habilidade. Segundo eles, foi *scelleratezzi glorioso*, um truque glorioso. O povo adora vingança; quanto mais dramática, melhor.

A expressão de Duarte ficou séria e ele se virou para Alexandre.

— Sua Santidade, nas circunstâncias atuais, acredito que continua havendo perigo verdadeiro.

— O que o preocupa, Duarte? Boatos sérios ou alguma verdade fatídica que você descobriu? — perguntou Alexandre.

— Os conspiradores podem estar mortos, mas as famílias deles não. Agora elas estão com mais raiva, e sem dúvida buscarão vingança. — Ele olhou para César. — Eles não podem se comparar à sua força, César, mas nunca irão perdoá-lo. E como o papado o apoia, o papa também corre perigo.

28

O cardeal Giuliano della Rovere andava de um lado para outro em seus apartamentos em Óstia, furioso como um louco. Tinha acabado de receber a notícia de que César Bórgia havia conquistado Senigallia, e agora o governo Bórgia era lei mesmo no lugar que tinha pertencido à sua família. Mas isso não era o pior.

Assim que César saiu para voltar a Roma, as tropas que ele deixou dentro dos portões de Senigallia tinham estuprado, saqueado e pilhado toda a cidade. Nenhuma mulher escapou — nem mesmo sua doce sobrinha, Anna. E ela era apenas uma menina de 12 anos.

A fúria do cardeal chegou a tal ponto que ele nem mesmo conseguia rezar. Em vez disso, pegou sua pena e, de pé junto à mesa, com os pés e as pernas tremendo incontrolavelmente, redigiu uma mensagem para Ascanio Sforza. "Se o bem que há em nós se ativer à virtude, o mal reinará. Pelo bem maior de Deus e da Santa Madre Igreja, devemos agora consertar os erros que foram feitos." Em seguida, anotou a hora e o local em que deveriam se encontrar.

Com as mãos trêmulas, segurou a cera do lacre sobre a vela e olhou os pingos vermelhos caírem lentamente sobre o pergaminho dobrado. Em seguida, pegou seu sinete e imprimiu na cera quente a cabeça do Cristo martirizado.

O cardeal della Rovere ia chamar um mensageiro quando uma pontada de dor aguda golpeou sua cabeça com tanta intensidade a ponto de obrigá-lo a se ajoelhar. Ele cobriu o rosto com as mãos, de cabeça baixa. Tentou chamar alguém, mas ficou sem fala diante do que viu.

A visão, em câmara lenta, era do porta-estandarte do papa, segurando a bandeira branca com o touro vermelho dos Bórgias bordado, voando livre no vento. Mas enquanto ele olhava, a bandeira foi derrubada e mil cavalos passaram sobre ela, deixando-a rasgada em trapos na terra lamacenta. Quando ele levantou a cabeça e olhou em volta, não havia nada. E entendeu de imediato: o touro dos Bórgias fora morto.

Então se levantou, abalado pela visão, e se encostou na mesa. Quando as pernas ficaram firmes, pegou de novo a pena. Redigiu mais mensagens. E enquanto a cera vermelha as lacrava, rezou sobre cada uma delas. Uma foi mandada ao rei de Nápoles, outra a Fortunato Orsini, que agora era o patriarca da família Orsini desde a morte do cardeal Antonio. Uma foi mandada ao cardeal Coroneto em Roma, outra ao cardeal Malavoglia em Veneza, e outra ainda a Caterina Sforza em Florença, e a última à rainha Isabel da Espanha.

Agora ele precisava começar a finalizar...

COMO TINHA FEITO nas últimas semanas, Jofre desceu a longa escada espiral no porão do castelo Sant'Angelo, até as masmorras. Lá passou pelos guardas adormecidos, que o percebiam cada vez menos, e foi até a pequena masmorra do canto.

Num catre simples coberto de palha, com o cabelo escuro revolto e cheio de nós, Sancia estava sentada silenciosa como uma estátua. Lágrimas encheram os olhos dele, mas ela parecia não vê-lo.

O guarda destrancou o portão e Jofre entrou. Quando sentou-se perto dela e tentou pegar sua mão, ela não se afastou, mas sua mão estava frouxa e fria.

— Sancia, Sancia — implorou ele. — Por favor, não faça isso. Por favor, não me abandone sem lutar. Eu mandei uma mensagem ao seu tio, e tenho certeza de que ele virá reivindicá-la em breve. Mas tenho medo de ir embora, porque algum mal pode lhe acontecer.

Sancia começou a cantarolar baixinho, mas não disse nada.

Jofre sabia o que devia fazer. Mas como?

Desde o dia em que seu pai tinha jogado Sancia na masmorra Jofre estava sendo guardado constantemente, tendo cada movimento vigiado. Exceto quando descia a escada do castelo Sant'Angelo, não havia passado um instante sozinho.

César tinha acabado de voltar e garantira ao irmão que, depois de um pequeno período, ele poderia tentar com que o papa libertasse Sancia.

Jofre olhou para a esposa e lágrimas encheram seus olhos. Ela iria se livrar para sempre se ele não se apressasse. E ele não suportaria isso.

Foi então que um guarda se aproximou e o chamou pelo nome. Mas Jofre não o reconheceu, ainda que a voz lembrasse alguém que ele já vira. Tinha olhos azul-claros e cabelos escuros; apesar de suas feições pesadas, estas eram suficientemente definidas para lhe dar a esperança de força.

— Eu conheço você? — perguntou Jofre.

O rapaz assentiu, mas só quando estendeu a mão cumprimentando-o Jofre lembrou.

— Vanni — falou, abraçando-o. — Vanni, como você apareceu sem ser apanhado?

O guarda sorriu.

— É um bom disfarce, não concorda? Agora, venha, nós precisamos conversar um pouco, antes de não termos tempo nenhum.

Alguns dias depois, enquanto o sol alaranjado se punha sobre o campo crepuscular, dois homens estavam parados diante de um grande estábulo. Vestidos com roupas de cardeal, o mais alto dava instruções a quatro cavaleiros. Eles estavam mascarados e usavam capas pretas com capuzes.

— Façam exatamente como eu ordenei — disse o cardeal mais imponente. — Não devem deixar qualquer pista. Qualquer pista. Deve ser terminado... definitivamente.

Os quatro cavaleiros mascarados partiram sobre as dunas de areia até a fazenda da velha chamada Noni. Ela arrastou os pés lentamente para recebê-los, com o cesto de vime no braço.

Um cavaleiro se abaixou na sela para falar com a velha em voz baixa, como se estivesse sussurrando um segredo importante. Ela assentiu, olhou de um lado para outro, depois voltou para seu jardim. Num momento voltou, carregando um punhado de frutinhas vermelhas. Entrou na cabana, pôs as frutinhas numa pequena bolsa de couro e entregou ao cavaleiro, que agora esperava ali dentro.

— *Grazie* — disse ele educadamente. Em seguida, desembainhou a espada e, com um golpe rápido, partiu o crânio dela em dois.

Dentro de minutos a cabana de Noni estava em chamas.

Os cavaleiros montaram de novo e partiram pelos morros.

Na manhã do banquete de comemoração pelas vitórias de César e pelo décimo primeiro aniversário de Alexandre no trono papal, Alexandre acordou sentindo-se inquieto. Tinha se revirado a noite toda, incapaz de dormir. Assim, ao se sentar na beira da cama para se firmar antes de ficar de pé, estendeu a mão como sempre fazia, para esfregar seu amuleto enquanto rezava. Em princípio, quando tateou o pescoço e viu que não havia nada, não entendeu. Depois riu consigo mesmo. Ele devia ter virado para trás. Não podia estar perdido, porque fora soldado na corrente há muitos anos, e nenhuma vez desde então tinha caído do seu pescoço. Mas nessa manhã ele não podia ser encontrado em lugar nenhum, e Alexandre ficou preocupado. Gritou por seus serviçais, todos eles. Chamou Duarte, César e Jofre. Mas, apesar de seus aposentos serem diligentemente revistados, o amuleto havia desaparecido.

— Eu não deixarei meus aposentos — disse ele, com os braços cruzados.

Mas os outros garantiram que procurariam em todo o palácio, e na catedral, e mesmo na floresta, até que fosse encontrado.

Quando à noite o amuleto ainda não fora achado, e o cardeal Coroneto avisou que todo mundo estava esperando para comemorar, o papa concordou em ir.

— Mas se ele não me for trazido de volta pela manhã, todos os negócios da Igreja vão cessar.

No luxuoso castelo de campo do cardeal Coroneto as mesas tinham sido postas no fabuloso jardim junto ao lago, com fontes que jorravam água cristalina em coloridas pétalas de rosa que flutuavam. A chuva tinha parado, e a comida estava deliciosa. Havia grandes pratos com o minúsculo camarão genovês num molho de limão e ervas, cordeiro em molho de baga de junípero, e um maravilhoso bolo de frutas e mel. A diversão esplêndida incluía um cantor napolitano e um grupo de dançarinas da Sicília.

O vinho era servido em grandes quantidades pelos serviçais em taças de prata. Coroneto, o cardeal romano imensamente gordo, levantou sua taça para brindar aos Bórgias, assim como fizeram os trinta ricos e influentes romanos presentes.

Alexandre pôs de lado suas preocupações e estava num humor esplêndido, jovial e brincando com os filhos. César estava sentado de um lado, Jofre do outro, e durante a refeição o papa passou um dos braços em volta de cada filho e os segurou num abraço caloroso. Foi então que Jofre se esticou para dizer algo a César e, por algum estranho acidente ou desígnio, deslocou a taça da mão dele, derramando o vinho, brilhante como sangue, sobre a camisa dourada de César.

Um serviçal veio enxugar, mas César o empurrou, impaciente.

Mas enquanto a noite prosseguia Alexandre começou a se sentir extremamente cansado e com muito calor. Logo pediu licença. César também se sentia estranho, mas estava mais preocupado com o pai, que mostrava uma palidez fantasmagórica e tinha começado a suar.

Alexandre foi ajudado a voltar a seus apartamentos no Vaticano. Agora estava queimando de febre e mal conseguia falar.

Seu médico, Michele Maruzza, foi convocado imediatamente.

Ele balançou a cabeça após examinar o papa. Depois, virando-se para César, falou:

— Suspeito de malária. — Olhando com mais atenção, acrescentou: — César, você também não parece em bom estado. Vá para a cama, e eu voltarei de manhã para ver os dois.

Na manhã seguinte, ficou claro que pai e filho estavam seriamente doentes. Ambos queimavam de febre.

O Dr. Maruzza, sem certeza se estava lidando com malária ou veneno, prescreveu uma aplicação imediata de sanguessugas que tinha trazido. No fundo de uma jarra que Maruzza segurava, César podia ver as sanguessugas escuras e finas se retorcendo, como fios marrons e compridos que tivessem ficado vivos.

Com as sobrancelhas grossas e castanho-escuras franzidas e juntas em concentração, o Dr. Maruzza enfiou com cuidado uma pinça de metal dentro da jarra e pegou uma das sanguessugas. Em seguida, estendeu o verme para César sobre um pequeno prato de latão e, com grande orgulho, explicou:

— Essas são as melhores sanguessugas de Roma. Foram compradas muito caras no mosteiro de São Marcos, onde são alimentadas e criadas com grande cuidado.

César se encolheu enquanto olhava o doutor colocar uma das sanguessugas no pescoço do pai, e depois outra. A primeira ficou escura de sangue, com o corpo diminuindo e ficando mais gordo enquanto se enchia. Quando a quarta foi colocada, a primeira estava quase explodindo; vermelha e púrpura como uma fruta, soltou-se e caiu nos lençóis limpos de seda.

César ficou mais enjoado enquanto o Dr. Maruzza, fascinado pelas sanguessugas e pela própria habilidade, continuava:

— Devemos dar tempo para que elas se alimentem. Elas vão sugar o sangue ruim do corpo de seu pai e ajudá-lo a se recuperar.

Quando o Dr. Maruzza sentiu que tinha saído sangue suficiente, retirou as sanguessugas, declarando:

— Acho que Sua Santidade já está melhor.

De fato a febre de Alexandre parecia mais baixa, mas agora ele estava frio, úmido e numa palidez mortal.

Em seguida Maruzza se virou para César.

— E agora você, meu filho — disse ele, segurando mais quatro sanguessugas. Mas César achou o processo nojento e recusou. Mas o que ele sabia da medicina moderna? Além disso, estava tão doente que não conseguia se importar.

À noite, apesar do otimismo do doutor, estava claro que Alexandre ia ficando mais doente; alguns temiam que estivesse se aproximando da morte.

No andar de cima, em seus apartamentos, César foi informado por Duarte de que sua mãe, Vanozza, tinha visitado o papa e foi vista saindo chorando do quarto dele. Ela havia parado para ver César, mas não quis acordá-lo.

César insistiu em ser levado para perto do pai. Incapaz de andar, foi carregado numa liteira até o quarto úmido do doente, onde se deixou cair numa cadeira ao lado da cama de Alexandre. Estendeu a mão e segurou a do pai, beijando-a.

Deitado de costas, com a barriga fermentando com toxinas, os pulmões cheios de um líquido denso, o papa Alexandre achava difícil respirar. Entrava e saía de um sono sem sonhos, com o pensamento frequentemente nublado, mas ocasionalmente límpido como um sino.

Ele ergueu os olhos e viu o filho César sentado ao lado da cama, com o rosto abatido e pálido, o cabelo castanho opaco e sem vida. Sentiu-se tocado pela preocupação que viu no rosto de César.

Pensou nos filhos. Teria ensinado bem aos filhos? Ou os teria corrompido e desarmado exercendo poder demais, tanto como pai quanto como Santo Padre?

Nem bem tinha feito a pergunta e os pecados que ele cometera com os filhos passaram diante de seus olhos, em imagens separadas, de uma clareza, dimensão e emoção que ele nunca vira antes. E de repente entendeu. Todas as suas perguntas tinham sido respondidas.

Olhou para César.

— Meu filho, eu agi errado com você e peço seu perdão.

César olhou o pai com uma mistura de compaixão e cautela.

— O que é, *papa*? — perguntou com tanta ternura que quase levou o papa às lágrimas.

— Eu falei do poder como uma coisa maligna — disse Alexandre, lutando para respirar. — Mas acho que nunca expliquei totalmente. Eu o alertei, em vez de encorajá-lo a examinar com mais cuidado. Nunca expliquei que o único bom motivo para o exercício do poder é o serviço do amor. — Sua respiração fez um som sibilante.

— Como é isso, *papa*?

De repente Alexandre ficou com a cabeça leve. Sentia-se jovem de novo — um cardeal em seus aposentos, discursando para os dois filhos e a filha enquanto o bebê brincava. Sentiu a respiração ficar mais fácil.

— Se você não ama, o poder é uma aberração, e, mais importante ainda, uma ameaça. Porque o poder é perigoso, e pode se virar a qualquer momento.

Ele escorregou de novo para um sonho, parecia, e agora imaginava o filho como um general papal, imaginava as batalhas lutadas e vencidas, via os ferimentos cheios de sangue, as matanças brutais e a devastação do povo que ele havia conquistado.

Ouviu César chamá-lo. Ouviu o filho perguntar, como se a voz chegasse de um tempo longo e de uma enorme distância.

— O poder não é uma virtude? Ele não ajuda a salvar muitas almas?

— Meu filho — murmurou Alexandre. — O poder em si não prova nada. É um exercício vazio da vontade de um homem sobre a de outro. E não é uma coisa virtuosa.

César pegou a mão do pai e segurou-a com força.

— Pai, fale depois, porque parece que falar lhe retira as forças.

Alexandre sorriu, e em sua mente era um sorriso brilhante, mas César viu apenas uma careta. Sugando o máximo de ar que seus pulmões doentes podiam suportar, falou de novo:

— Sem amor, o poder coloca os homens mais próximos dos animais do que dos anjos. — A pele do papa estava ficando cinza, e ele estava mais pálido a cada momento, mas quando o Dr. Maruzza foi chamado de novo Alexandre o dispensou com um aceno. — Seu trabalho aqui está encerrado — disse ao médico. — Conheça o seu lugar. — Em seguida ele se virou de novo para o filho, lutando para manter os olhos abertos, já que pareciam muito pesados. — César, meu filho, você já amou alguém mais do que a si mesmo?

— Sim, *papa*. Amei.

— E quem seria?

— Minha irmã — admitiu César, de cabeça baixa, os olhos brilhantes de lágrimas. Aquilo lhe parecia uma confissão.

— Lucrécia — disse Alexandre em voz baixa, e sorriu de novo, porque aos seus ouvidos parecia música. — É, esse foi *meu* pecado. Sua condenação. E a virtude dela.

— Eu direi a ela que o senhor a ama, porque o sofrimento de Lucrécia por não estar com o senhor nesta hora será incomensurável.

Com o rosto desprovido de fingimento, Alexandre continuou:

— Diga que ela sempre foi a flor mais preciosa da minha vida. E uma vida sem flores não é vida. A beleza é mais necessária do que podemos imaginar.

César olhou para o pai, e pela primeira vez o viu como o homem que ele era: inseguro e com defeitos. Os dois nunca tinham falado livremente antes, e agora havia muita coisa que ele queria saber sobre esse homem que era seu pai.

— *Papa*, o *senhor* algum dia amou alguém mais do que a si mesmo? Com grande esforço, Alexandre se forçou a falar de novo.

— Sim, meu filho, ah, sim... — e falou isso com uma saudade enorme.

— E quem seria? — perguntou César, como o pai tinha feito.

— Meus filhos. Todos os meus filhos. Mas temo que isso também tenha sido uma falta. Em quem teve a bênção de ser o Santo Padre, foi excessivo. Eu deveria ter amado mais a Deus.

— *Papa* — disse César, tentando tranquilizá-lo —, quando o senhor erguia o cálice de ouro no altar, quando erguia os olhos para o céu, o senhor enchia o coração dos devotos, porque seus olhos estavam cheios do amor pelo divino.

Todo o corpo de Alexandre começou a tremer e ele tossiu e engasgou. Sua voz se encheu de ironia.

— Quando eu erguia o cálice de vinho tinto, quando abençoava o pão e bebia o vinho aquele símbolo do corpo e do sangue de Cristo, na minha mente eu imaginava o corpo e o sangue dos meus filhos. Como Deus, eu os tinha criado. E, como ele, eu os sacrifiquei. Foi orgulho, sem dúvida. Nunca esteve tão claro para mim quanto neste momento. — Ele deu um risinho diante da ironia, mas começou a tossir de novo.

César tentou reconfortá-lo, mas ele próprio estava se sentindo fraco e tonto.

— Papai, se o senhor tem necessidade de perdão, eu posso dá-lo agora. E se tem necessidade do meu amor, deve saber que sempre o teve...

Por um momento o papa teve um pensamento e pareceu se apressar.

— Onde está seu irmão Jofre? — perguntou, com um leve franzido na testa.

Duarte foi encontrá-lo.

Quando Jofre chegou, ficou atrás de César, longe do pai. Seus olhos estavam frios e duros, sem qualquer sugestão de sofrimento.

— Venha para perto, meu filho — disse Alexandre. — Segure minha mão só por um momento.

Alguém ajudou a afastar César e, relutantemente, Jofre pegou a mão do pai.

— Chegue mais perto, filho. Venha cá. Há algumas coisas que eu preciso dizer...

Jofre hesitou, mas em seguida se curvou mais perto.

— Eu agi errado com você, meu filho, e não duvido que você seja meu filho. Mas até esta noite meus olhos estavam fixos em tolices.

Jofre olhou através das nuvens que cobriam os olhos de seu pai e disse:

— Eu não posso perdoá-lo, pai. Por sua causa, eu não posso perdoar a mim mesmo.

Alexandre olhou para o filho mais novo.

— Isto chega tarde, eu sei, mas antes de eu morrer é importante que você ouça. Você deveria ter sido o cardeal, porque você foi o melhor dentre nós.

A cabeça de Jofre balançou quase imperceptivelmente.

— Pai, o senhor nem mesmo me conhece.

Diante disso Alexandre deu um sorriso torto, porque quando as coisas eram tão claras não podia haver engano.

— Sem Judas, o próprio Cristo teria permanecido um carpinteiro, levando uma vida de pregações que poucos teriam ouvido, e morrido velho — falou, dando um risinho. Porque de repente a vida parecia muito absurda.

Mas Jofre saiu rapidamente do quarto.

César assumiu seu lugar de novo ao lado do pai. E segurou a mão dele até senti-la ficar gelada.

Alexandre, em coma, não ouviu a batida suave na porta. Não viu Júlia Farnese, em sua capa preta com capuz e usando véu, entrar no quarto. Retirando essas coisas, ela se virou para César.

— Eu não poderia suportar a ida do Santo Padre sem vê-lo pela última vez — explicou enquanto beijava a testa de Alexandre.

— Você está bem? — perguntou César. Mas ela não respondeu.

— Você sabe — disse ela em vez disso —, este homem era a minha vida, a base da minha existência. Eu tive muitos amantes, em muitos anos. Em sua maioria garotos — garotos imaturos, arruaceiros, em busca da glória. Mas, apesar de todos os seus defeitos — ela se virou para Alexandre —, ele era um homem.

Enquanto as lágrimas começavam a se juntar em seus olhos, ela sussurrou:

— Adeus, meu amor. — Em seguida, pegou a capa e o véu e saiu do quarto.

Uma hora depois o confessor de Alexandre foi convocado, e foi dada a extrema-unção.

César chegou perto do pai de novo.

Alexandre sentiu uma grande paz envolvê-lo enquanto o rosto de César ia desaparecendo de sua visão...

E seu olhar pousou sobre a resplandecente face da morte. Ele se viu banhado em luz, andando pelos bosques de frutas cítricas no Lago de Prata, com as contas douradas do rosário escorrendo pelas mãos. Era uma vida gloriosa. Ele nunca tinha se sentido tão bem...

Por fora, seu corpo ficou preto rapidamente, e inchou até ficar tão grande que teve de ser forçado para dentro do caixão, porque parecia derramar pelos lados. A tampa do caixão teve de ser pregada, porque, por mais que muitos homens tentassem prendê-la, não permanecia fechada.

E foi assim que, no fim, o papa Alexandre VI não somente parecia maior do que a vida, mas também maior do que a morte.

29

N A MESMA NOITE DA MORTE DE ALEXANDRE, MULTIDÕES ARmadas se insurgiram pelas ruas de Roma, espancando e matando qualquer pessoa de ascendência espanhola — os *catalães*, como eram chamados — e saqueando suas casas.

Em seu castelo em Roma, César, mais jovem e mais forte do que o papa, ainda lutava e permanecia perigosamente doente. Estava na cama havia semanas, tentando com todo o empenho se recuperar, resistir ao chamado da morte. Mas parecia não estar ganhando mais forças. E assim, apesar de sua recusa, segundo o conselho de Duarte, o Dr. Maruzza foi forçado a aplicar as sanguessugas.

Nos dias seguintes César estava fraco demais para se levantar, e assim não pôde tomar as atitudes necessárias para proteger suas propriedades. Enquanto as famílias dos governantes cujos territórios ele havia conquistado realizavam encontros e formavam novas alianças, ele mal conseguia se manter desperto. Enquanto seus inimigos juntavam tropas para retomar as cidades de Urbino, Camerino e Senigallia, e outros governantes voltavam rapidamente às suas cidades para residir de novo em seus castelos, César não conseguia lutar. Mesmo quando as famílias Colonna e Orsini se uniram e mandaram tropas para Roma, na esperança de influenciar a eleição de um novo papa, César não pôde deixar a cama.

Com o passar dos anos, César e seu pai tinham desenvolvido estratégias para serem postas em prática quando Alexandre morresse, com o objetivo de salvaguardar a família, as riquezas e os territórios. Mas agora o filho do papa estava doente demais para executar esses planos.

Se estivesse saudável, César concentraria num instante suas tropas leais dentro e ao redor de Roma. Poderia garantir que suas fortalezas na Romanha fossem defendidas e recebessem provisões, e cimentaria suas alianças. Mas agora não podia fazer nada disso. Pediu ao irmão, Jofre, mas este se recusou, porque estava em luto profundo — não pelo pai, mas pela esposa.

Sancia tinha morrido nas masmorras antes de ser libertada.

César chamou Duarte e tentou juntar um exército ali perto, mas o colégio de cardeais, não mais sob seu poder, exigiu que todas as tropas fossem retiradas imediatamente de Roma.

A eleição de um novo papa era prioridade maior; e tropas estrangeiras seriam uma distração, disseram-lhe, e poderiam causar influência indevida sobre os que deveriam votar. Essa decisão dos cardeais foi tão rígida que até mesmo as famílias Colonna e Orsini obedeceram. Logo todas as tropas foram afastadas de Roma.

O colégio de cardeais era uma força poderosa. E assim César mandou mensageiros para buscar ajuda com os franceses e os espanhóis. Mas a situação tinha mudado dramaticamente, e aqueles poderes não estavam mais dispostos a intervir em seu favor. Em vez disso, esperariam o veredicto dos cardeais.

Duarte Brandão visitava César frequentemente, trazendo as ofertas de novos termos da parte de seus inimigos.

— Eles não são tão severos quanto poderiam ser — explicou Duarte. — Você pode manter toda a sua riqueza pessoal, mas as cidades e territórios que você reivindicou devem ser devolvidos aos governantes anteriores.

Os governantes das cidades conquistadas não estavam sendo generosos, e sim cautelosos. César ainda estava vivo, e os vigários que tinham sido privados de suas terras ainda o temiam. Até mesmo se preocupavam com a hipótese de ele estar apenas fingindo fraqueza para levá-los a outra armadilha — como tinha feito em Senigallia.

Além disso, os cidadãos das cidades da Romanha estavam satisfeitos com o governo de César. Ele era mais justo e mais generoso do que seus antigos senhores, e tinha melhorado suas vidas enormemente. Se César aceitasse a oferta desses governantes, haveria pouca chance de revolução por parte do povo.

César adiou a resposta. Mas sabia que, se não houvesse um milagre, teria de aceitar. Não via outra saída.

Naquela noite, ele forçou-se a sentar-se à sua mesa. A primeira coisa que fez foi escrever uma carta a Caterina Sforza em Florença. Se tinha de devolver os castelos conquistados, pelo menos o dela deveria ser o primeiro. Escreveu uma ordem para a volta imediata de Caterina e seu filho, Otto Riario, a Ímola e Forli. Mas de manhã, sentindo-se ligeiramente melhor, decidiu colocar a carta e a ordem numa gaveta. Ele também esperaria para ver o que ia acontecer.

— O PAPA MORREU! O PAPA MORREU! — era o som dos arautos cavalgando pelas ruas de Ferrara. Lucrécia saiu sonolenta da cama e olhou pela janela. Mas antes que ela acordasse totalmente — porque aquilo parecia um sonho —, Michelotto surgiu frio e trêmulo diante dela. Tinha cavalgado de Roma sem parar, e chegado logo depois da notícia.

— Miguel? — disse Lucrécia. — É verdade o que aconteceu com *papa*? É verdade que ele morreu?

Michelotto não podia falar, tinha a cabeça baixa de tristeza.

Lucrécia sentia que seus gritos podiam ser ouvidos por toda Ferrara, e no entanto não estava emitindo som algum.

— Quem fez isso? — perguntou, e até para si mesma sua voz saiu estranhamente calma.

— Parece que foi malária.

— E você acredita? Cés acredita também?

— Seu irmão também ficou doente. Ele mal escapou à morte.

A respiração de Lucrécia saiu curta e ríspida.

— Preciso ir até ele — falou, chamando sua dama de companhia. Seu pai estava morto; o irmão precisava dela. — Preciso de roupas, sapatos e alguma coisa preta — disse à garota.

Mas Michelotto objetou, rígido como uma pedra.

— Seu irmão pede que você fique longe de Roma, longe do perigo. Os cidadãos nas ruas estão criando tumultos, saqueando e causando violência. Não é seguro para você.

— Miguel, você não pode me manter longe dele, longe dos meus filhos, de ver *papa* mais uma vez antes de ele ser enterrado... — Agora seus olhos se encheram de frustração e lágrimas.

— Seus filhos foram levados em segurança para Nepi. Adriana ainda está cuidando deles, e Vanozza vai chegar logo. Assim que César ficar bem, vai se encontrar com vocês lá.

— Mas e *papa*?

Michelotto não podia imaginar como Lucrécia se sentiria caso visse os restos enegrecidos do corpo mortal de seu pai. Essa imagem havia gravado uma tristeza profunda e uma repulsa no cérebro dele; o que ela poderia fazer com aquela mulher terna?

— Você pode rezar por seu *papa* em Ferrara — disse Michelotto. — Deus sabe onde você está, e ele está ouvindo.

Ercole e Alfonso d'Este entraram no cômodo, e cada um deles se aproximou de Lucrécia, tentando consolá-la. No entanto não havia consolo. Ela falou com Michelotto, dizendo-lhe para descansar, que ele poderia voltar para César no dia seguinte. Garantiu que estaria em Nepi quando o irmão a chamasse.

Ercole e Michelotto deixaram o quarto, mas Lucrécia ficou surpresa quando seu marido ficou. Durante todo o tempo em que tinham estado casados, Alfonso não passava o tempo na bênção matrimonial, nem mesmo em comunhão, e sim brincando com sua coleção de armas e se divertindo com cortesãs. Ela, por sua vez, passava as noites abrindo a casa aos artistas, poetas e músicos, e os dias ouvindo os problemas dos cidadãos comuns. Mas agora Alfonso estava à sua frente, com o rosto mostrando uma enorme compaixão.

— Posso lhe servir de algum conforto, duquesa? — perguntou ele. — Ou lhe causa mais sofrimento eu estar aqui?

Lucrécia não conseguia pensar, não conseguia decidir nada. Nem podia se sentar ou andar. Finalmente desmoronou, e a escuridão apagou todos os pensamentos.

Alfonso pegou-a nos braços. Depois sentou-se na cama, e em vez de deitá-la, segurou a mulher no colo, balançando-a suavemente.

— Fale comigo, Filhinho — disse, quando seus olhos se abriram. — Encha meu coração com pensamentos que não sejam os que estão nele agora. — Ela ainda não conseguia chorar, porque as lágrimas estavam fundas demais para ser alcançadas.

Alfonso ficou com ela durante toda a noite, e em todas as noites e os dias que se seguiram enquanto Lucrécia era dilacerada pelo sofrimento.

A ELEIÇÃO DE UM NOVO papa não podia mais ser adiada. Mas César estava decidido a derrotar Giuliano della Rovere, o sempre presente inimigo dos Bórgias.

A escolha de César era o cardeal Georges d'Amboise, que, claro, era apoiado pelos outros cardeais franceses. A maioria dos cardeais italianos não queria saber o que César tinha a dizer, e apoiava della Rovere. César tentou convencer os cardeais espanhóis a apoiar d'Amboise, mas eles tinham seu próprio candidato. Os que permaneciam leais a César pelo menos se opunham ao seu inimigo.

Os florentinos adoravam jogar, e a forma de jogo predileta eram as apostas na eleição do papa. Afora as apostas pessoais entre indivíduos, o grosso do jogo nas eleições papais passava pelos bancos florentinos. E a quantia apostada era enorme.

Esse conclave não foi exceção. Depois dos primeiros escrutínios — como eram chamadas as votações —, tornou-se claro que nem d'Amboise nem della Rovere obteriam votos suficientes.

Depois de mais dois escrutínios, a fumaça branca finalmente apareceu na chaminé do Vaticano. Num acontecimento inesperado, o colégio tinha escolhido o idoso e fraco cardeal Francesco Piccolomini. E César ficou aliviado, se não totalmente feliz.

Em sua coroação, Piccolomini assumiu o nome de papa Pio III. Ele nem sempre havia concordado com Alexandre, mas era um homem justo e gentil. César sabia que ele trataria os Bórgias honestamente e iria protegê-los do melhor modo possível, desde que essa proteção não fosse de encontro aos interesses da Santa Madre Igreja. Por algum milagre, o perigo de um papa hostil tinha sido afastado.

Nas semanas seguintes à eleição de Pio, César recuperou gradualmente as forças, primeiro andando por seu apartamento, depois caminhando no jardim e finalmente montando seu cavalo branco pelo campo. E começou a preparar uma estratégia para manter suas conquistas na Romanha e para derrotar os inimigos.

Um dia, quando voltou para casa após uma cavalgada longa e vigorosa, César desmontou e encontrou Duarte Brandão à sua espera.

A expressão de Duarte refletia sua perturbação.

— A notícia não é boa, César. Pio III está morto.

Ele fora papa somente por 27 dias.

Agora as perspectivas de César eram ruins. Com a morte de Pio, a possibilidade da proteção papal — ou mesmo da justiça papal — era uma esperança distante. Os inimigos de César viam isso, tanto quanto ele, e agiram rapidamente. Os Orsini persuadiram os Colonna a se reunirem contra César.

Com poucas tropas leais na cidade, César se retirou para o castelo Sant'Angelo, ainda considerado uma fortaleza inexpugnável. Mandou Vanozza para a segurança de Nepi, considerando sua vida mais importante do que as estalagens e os vinhedos.

O cardeal Giuliano della Rovere não podia ser impedido. Desde o último conclave, ele havia se tornado o favorito absoluto. Nenhum rival sério era ao menos discutido. À medida que o dia da eleição se aproximava, os bancos diminuíam o pagamento pelas apostas na vitória de della Rovere. Logo os números ficaram mais impressionantes, tornando-o um favorito ainda maior, pagando dois para um. César sabia que devia aceitar essa derrota e juntar todas as suas forças, se quisesse resistir a esse golpe estonteante.

E foi assim que César Bórgia se reuniu com Giuliano della Rovere e fez um acordo, usando a ameaça de sua influência sobre os cardeais franceses e espanhóis e a força do castelo Sant'Angelo para conseguir o que desejava.

Ofereceu-se para apoiar della Rovere na eleição, desde que pudesse manter seus castelos e as cidades da Romanha. Também insistiu em ser designado *gonfaloniere* da Igreja e capitão-geral do exército papal.

Para ter certeza de que o cardeal honraria suas promessas, César insistiu na realização de um anúncio público. Della Rovere concordou, porque não queria que alguma coisa impedisse sua eleição.

Agora, com o apoio de César, della Rovere foi escolhido na eleição mais rápida que alguém poderia recordar — no primeiro escrutínio, no momento em que as portas do conclave se fecharam.

O CARDEAL DELLA ROVERE, como César, idolatrava Júlio César. Por esse motivo, ele escolheu o nome de papa Júlio II. Santo Deus, quanto tempo ele havia esperado por esse milagre; quantas visões ele tivera para a reforma da Santa Madre Igreja!

Apesar de não ser um homem jovem, o papa Júlio ainda era fisicamente forte e, agora que estava na posição em que achava que deveria estar, parecia menos carrancudo e irritado. Ironicamente, seu plano para os estados papais era muito parecido com o de Alexandre e César: unificar os territórios e colocá-los sob um governo centralizado. A única diferença, claro, era que seu plano não previa um governo Bórgia.

Quando Júlio assumiu o trono, não tinha decidido como lidar com César. Não que estivesse preocupado em manter a palavra, porque isso era de pouca importância. Mas Júlio sabia que precisava concentrar o poder e a posição, e afastar os inimigos.

Nessa época ele temia os venezianos tanto quanto o poder dos Bórgias, e sabia que César poderia ser um forte aliado contra a expansão veneziana na Romanha. Como sabia que poderia precisar de César, Júlio garantiu que as relações entre os dois — que tinham passado a vida como inimigos — parecesse amigável.

Enquanto isso, César estava tentando reforçar sua posição. Ficou em contato íntimo com todos os capitães dos castelos e cidades que lhe restavam, garantindo-lhes que sua situação era forte, apesar da antiga malícia do novo papa. Para reforçar a posição, César contatou seu amigo Maquiavel, buscando ajuda de Florença.

Os dois se encontraram num dia claro de dezembro nos jardins do Belvedere, acima das espiras e torres de Roma. Caminharam pelas fileiras de altos ciprestes e se sentaram num velho banco de pedra, com a vasta visão da cidade espalhando-se embaixo. O vento tinha afastado a fumaça e a poeira, e os prédios de tijolo e mármore pareciam ter sido recortados e colocados diante do límpido céu azul.

Maquiavel notou que César estava agitado enquanto falava, com as bochechas vermelhas e os lábios apertados. Fazia gestos largos e seu riso saía com uma certa frequência e um tanto alto demais. Maquiavel se perguntou se ele ainda estaria febril.

— Está vendo tudo aquilo, Nico? — perguntou César, fazendo um gesto largo. — Essa já foi a cidade dos Bórgias. E vai ser de novo, prometo. Recuperar fortalezas tomadas não será mais difícil do que reivindicá-las da primeira vez. Defender as que eu mantive não será problema. Meus comandantes são fortes agora, e leais. O povo os apoia, e eu estou levantando uma nova força, incluindo mercenários estrangeiros e a infantaria de Val di Lamone.

"Assim que minha posição na Romanha esteja sólida em Roma, tudo que você vê aqui virá para as minhas mãos. Sim, o papa Júlio foi meu inimigo, mas tudo isso está no passado. Ele fez promessas públicas sob juramento sagrado. Jurou aos cidadãos, e às autoridades do governo e da Igreja, que iria me apoiar. Eu ainda sou *gonfaloniere*. Até mesmo discutimos um casamento juntando nossas duas famílias — possivelmente minha filha, Louise, e o sobrinho dele, Francesco. Este é um novo dia, Nico. Um novo dia!"

Onde estava o comandante inteligente e cabeça-dura que ele tinha idolatrado?, perguntou-se Maquiavel. Sim, precisava admitir, o homem que ele tinha *idolatrado*. Maquiavel se considerava amigo de César. Mas quando se tratava de suas obrigações oficiais, ele possuía apenas um amigo: Florença. Naquela noite cavalgou o mais rápido que pôde, para chegar à sua cidade antes que fosse tarde demais. E dessa vez as opiniões que expressou à Signoria eram muito diferentes de todas as anteriores.

Ele se levantou, com as roupas não tão bem arrumadas como o usual, a voz não tão dramática; de fato, ele próprio não estava em sua melhor forma. Na pequena câmara particular usada pelo conselho governante, sua expressão era séria. Ele não gostava do que tinha a dizer, mas sabia que era necessário.

— Excelências, seria o auge da tolice dar qualquer apoio a César Bórgia. Sim, o Santo Padre, o papa Júlio II, prometeu publicamente confirmar as conquistas de César e torná-lo seu *gonfaloniere*. Mas, excelências, eu estou convencido de que este papa não se considera mais obrigado a cumprir essa promessa do que eu me sinto obrigado a sair desta sala pela porta norte, e não pela sul. Ele ainda despreza os Bórgias. Ele trairá César; em particular, já decidiu fazer isso.

"Quanto ao próprio César, eu vejo uma mudança temível. Esse homem, que jamais dava a entender o que pretendia fazer, agora regala os homens com coisas que planeja mas jamais pode realizar. Centímetro a centímetro, excelências, César Bórgia está escorregando para a sepultura. Florença não deve escorregar com ele."

MAQUIAVEL ESTAVA CERTO. O papa Júlio, finalmente convencido de que tanto a ameaça veneziana quanto o poder de César eram exagerados, apressou-se em desfazer o acordo. Exigiu que César entregasse seus castelos imediatamente. Feito isso, prendeu César Bórgia e o mandou para Óstia, acompanhado de um cardeal idoso e de guarda armada para ter certeza de que suas ordens fossem cumpridas.

César Bórgia entregou as duas primeiras fortalezas e escreveu aos comandantes de outras dizendo que recebera a ordem de devolvê-las aos ex-donos. Esperava que essas mensagens fossem desconsideradas, pelo menos durante um tempo.

Em seguida ele pediu permissão ao cardeal para viajar a Nápoles, agora sob controle espanhol. Acreditando que César tinha cumprido substancialmente as ordens do papa, e que ele não poderia causar problemas desde que ficasse fora da Romanha, o cardeal acompanhou-o ao porto de Óstia e o colocou num galeão que ia para Nápoles.

Em Nápoles, César tinha mais uma carta para jogar: Gonsalvo de Córdoba.

Agora os espanhóis eram os únicos senhores de Nápoles, o que lhes permitia ter uma influência maior do que nunca sobre a Itália. Imediatamente César buscou ajuda de Fernando e Isabel, porque acreditava que eram aliados dos Bórgias. Com a ajuda deles, disse a Córdoba, ele e seus homens leais poderiam sustentar suas fortalezas indefinidamente, conseguir tropas adicionais e forçar Júlio a aceitar e manter termos favoráveis.

Gonsalvo de Córdoba concordou em apresentar sua proposta aos monarcas espanhóis. Naquele que agora era um território espanhol, César sentiu-se finalmente a salvo do alcance do papa Júlio II. Enquanto esperava uma resposta de Fernando e Isabel, mandou mensagens para o resto de seus comandantes, insistindo para que não entregassem as fortalezas. Também começou a reunir mercenários que pudessem lutar junto aos espanhóis sob o comando de Córdoba.

César esperou por três semanas, e ainda não havia resposta das majestades católicas da Espanha. Ficou inquieto, cheio de apreensão. Não podia mais permanecer imóvel; precisava fazer alguma coisa!

E assim César foi a cavalo pelos morros litorâneos perto de Nápoles até o acampamento militar espanhol. Lá foi acompanhado ao alojamento do comandante.

Gonsalvo de Córdoba levantou-se de uma mesa com um mapa e foi abraçá-lo com um sorriso.

— Você parece preocupado, amigo.

— *Si, Gonsalvo, claro* — disse César. — Eu estou lutando para manter minhas fortalezas e conseguir mais homens. Mas preciso do apoio do seu rei, e depois preciso de você e de seus homens.

— Ainda não tenho resposta, César. Mas amanhã, ao meio-dia, chegará um galeão de Valência. Se tivermos sorte, a resposta estará nele.

— Você diz "não tenho resposta". Há dúvida em sua mente de que eles vão me ajudar? — perguntou César, perplexo.

— Esta não é uma questão simples, César. Você sabe disso muito bem. Meus monarcas têm muita coisa a considerar. O papa é seu inimigo jurado, e ele é um homem duro e vingativo.

— Disso não há dúvida. Mas, Gonsalvo, Fernando e Isabel são amigos de toda a vida. Foi meu pai quem intercedeu e tornou possível o casamento deles. Ele foi padrinho do primeiro filho dos reis. E você sabe que eu sempre os apoiei...

De Córdoba pôs a mão no braço de César.

— Fique calmo, fique calmo, César. Eu sei de tudo isso. Minhas majestades católicas sabem disso também. E o consideram um amigo, um amigo leal. Amanhã, à tarde, devemos ter a resposta deles e, se Deus permitir, ela irá me instruir para colocar todo o peso das minhas forças para apoiá-lo.

César ficou um tanto reconfortado pelas afirmações de Córdoba.

— Tenho certeza de que haverá uma mensagem, Gonsalvo; e então deveremos agir rapidamente.

— Sem dúvida. E sem atrairmos atenção antes de estarmos prontos. Há espiões em toda parte, mesmo entre os trabalhadores aqui do acampamento. Precisamos arranjar um local de encontro menos público. Você conhece o velho farol na praia ao norte daqui?

— Não, mas eu acho.

— Bom. Eu o encontro lá amanhã ao pôr do sol. Então planejaremos nossa estratégia.

Na tarde seguinte, assim que o sol começou a se afundar abaixo do horizonte, César caminhou pela praia a norte do porto, junto das águas pálidas como ossos, até ver o velho farol de pedra.

Ao se aproximar, viu Gonsalvo de Córdoba sair da porta do farol. Em sua ansiedade, César gritou:

— Gonsalvo, quais são as novidades?

O comandante espanhol pôs o dedo nos lábios e falou em voz baixa:

— Quieto, César. Venha para dentro. Todo cuidado é pouco.

Ele seguiu César, entrando no farol. Assim que se viu no interior escuro, César foi agarrado por quatro homens. Foi rapidamente desarmado e, com igual rapidez, suas mãos e seus pés foram amarrados com uma corda grossa. Depois tiraram-lhe a máscara.

— Que traição é essa, Gonsalvo? — perguntou César.

Córdoba acendeu uma vela e César pôde ver que estava rodeado por doze soldados espanhóis, fortemente armados.

— Não é traição, César. Só estou obedecendo às ordens do meu rei e da minha rainha. Eles o reconhecem como um velho amigo, mas também se lembram de sua aliança com a França e reconhecem que o poder dos Bórgias terminou. Agora ele está com o papa Júlio. E o Santo Padre não considera você um amigo.

— *Dios mío!* Eles se esquecem de que o sangue espanhol corre nas minhas veias!

— Pelo contrário, César. Eles ainda o consideram seu súdito. E por esse motivo minhas ordens são levá-lo de volta à Espanha. Eles lhe darão abrigo. Numa prisão valenciana. Sinto muito, amigo, mas você sabe que minhas majestades católicas são extremamente devotas. Estão convencidas de que tanto Deus quanto o Santo Padre ficarão satisfeitos com a decisão. — Córdoba começou a se afastar, mas em seguida se voltou para César. — Você também deve saber que a viúva de seu irmão Juan, Maria Enriquez, acusou-o formalmente do assassinato dele. E ela é prima do rei.

César sentiu-se tão traído que não pôde dizer nada.

Córdoba deu uma ordem rápida e, sem qualquer cerimônia, César foi levado para fora e jogado na garupa de uma mula, lutando ferozmente. Em seguida, acompanhado por Córdoba e seus soldados, foi transportado pela praia escura e levado ao acampamento espanhol no pé dos morros.

No amanhecer seguinte, ainda com mãos e pés amarrados, César foi amordaçado, enrolado num sudário e posto num caixão de madeira. O caixão foi fechado e levado de carroça até o porto, onde foi posto a bordo de um galeão espanhol que ia para Valência.

César não podia respirar; havia muito pouco espaço até mesmo para se mexer na caixa pequena. Tentou com toda a força resistir ao pânico, porque tinha certeza de que, se desistisse, poderia ficar louco.

Córdoba tinha escolhido esse método de transporte porque não tinha intenção de que algum napolitano ainda leal a César soubesse que ele havia sido preso. Achava que tinha um número mais do que suficiente de homens para repelir qualquer tentativa de resgate. Mas, como disse ao seu tenente, "por que correr o risco? Desse modo qualquer espião junto ao mar veria apenas o caixão de um pobre espanhol morto sendo levado para o enterro em casa".

Quando o galeão estava havia uma hora no mar, o capitão finalmente deu ordens para libertar César do caixão e retirar o sudário e a mordaça.

Pálido e trêmulo, ainda amarrado, ele foi jogado num depósito perto da popa do navio.

O depósito estava atulhado, mas, por mais imundo que fosse, pelo menos tinha uma abertura de ventilação na porta, melhor do que o caixão sufocante onde César tinha passado as últimas horas.

UMA VEZ POR DIA, durante a jornada pelo mar, um membro da tripulação dava a César biscoitos bichados e água. Gentil e obviamente experimentado em viagens pelo mar, o homem jogava cada biscoito no chão para soltar os vermes antes de parti-lo em pedaços para colocar na boca de César.

— Desculpe pelas amarras — disse ele a César. — Mas o capitão ordenou. O senhor deve ficar atado até chegarmos a Valência.

Depois de uma viagem terrível marcada pelos mares revoltos, a comida nojenta e o espaço apertado e fétido, o galeão finalmente aportou em Villanueva del Grao. Ironicamente, este era o mesmo porto em Valência de onde o tio-avô de César, Alonso Bórgia — mais tarde o papa Calixto —, tinha deixado a Espanha para ir à Itália havia mais de sessenta anos.

O porto agitado estava cheio dos soldados de Fernando e Isabel, e assim não havia mais necessidade de disfarçar ou esconder o prisioneiro.

Mais uma vez, César foi jogado na garupa de uma mula e levado por uma rua calçada de pedras irregulares ao longo do porto, até um alto castelo que agora era uma prisão. Dessa vez ele não lutou.

Foi empurrado para uma cela minúscula perto do topo do castelo, e lá, com a presença de quatro guardas armados, as cordas foram finalmente retiradas.

Ele ficou parado, esfregando os pulsos feridos. Olhou a cela ao redor, notando o colchão manchado no chão, a tigela enferrujada para comida e o balde fedorento para fazer as necessidades. Será que esse seria o seu lar pelo resto da vida? Nesse caso, ela provavelmente não duraria muito, porque seus dedicados amigos Fernando e Isabel, ansiosos para agradar ao novo papa e à viúva de Juan, certamente decidiriam torturá-lo e matá-lo.

DIAS SE PASSARAM, depois semanas. E César ficava sentado no chão de sua cela, tentando manter a mente alerta contando coisas — baratas na parede, cocô de moscas no teto, a quantidade de vezes em que a fenda em sua porta se abria. Uma vez por semana, tinha permissão de tomar ar puro durante uma hora no pequeno pátio da prisão. Aos domingos, traziam-lhe uma bacia de água salobra para se lavar.

Será que isso era melhor do que a morte? Não tinha certeza, mas sabia que descobriria logo.

Mesmo assim, as semanas se transformavam em meses e a situação permanecia igual. Havia ocasiões em que tinha certeza de haver enlouquecido, quando esquecia onde estava, quando se imaginava andando pela margem do Lago de Prata ou discutindo bem-humorado com o pai. Tentava não pensar em Lucrécia, entretanto havia ocasiões em que ela parecia estar na mesma cela, acariciando seu cabelo, beijando seus lábios, falando palavras doces e reconfortantes.

Agora tinha tempo de pensar em seu pai e compreendê-lo, de ver o que ele tentara fazer, sem culpá-lo pelos erros. Seria seu pai tão grande quanto lhe parecia? Mesmo sabendo que tinha sido uma estratégia brilhante garantir o elo entre ele e Lucrécia, também era uma coisa que ele considerava imperdoável, porque custara muito aos dois. Mas será que ele prefereria ter vivido sem amá-la desse jeito? Não podia imaginar, mas isso o impedira de amar de verdade qualquer outra. E pobre Alfonso — o quanto da morte dele se devera ao seu ciúme? Naquela noite ele chorou, lágrimas por si mesmo e pelo marido da irmã. E isso naturalmente o levou às lembranças de sua querida esposa, Charlotte. Ela o amava tanto...

Naquela noite ele decidiu se livrar da paixão por Lucrécia e levar uma vida honrada com Charlotte e sua filha, Louise. Se escapasse ao destino atual — se recebesse a graça do Pai Celestial.

Então lembrou-se do que seu pai tinha dito havia anos, quando César falou que não acreditava em Deus, na Virgem Maria ou nos santos. Ele podia ouvir a voz do pai. "Muitos pecadores dizem que não acreditam em Deus porque temem a punição depois da morte. Por isso tentam renunciar à verdade." O papa havia segurado as mãos de César e continuado com fervor: "Ouça, meu filho, homens perdem a fé. As crueldades do mundo são demasiadas para eles, por isso questionam um Deus eterno e amoroso; questionam sua misericórdia infinita. Questionam a Santa Igreja. Mas o homem precisa manter a fé viva com ação. Até os próprios santos eram pessoas de ação. Eu não tenho consideração por aqueles homens santos que se flagelam e ponderam os caminhos misteriosos da humanidade durante anos e anos enquanto vivem em seus mosteiros. Eles não fazem nada pela Igreja viva; não a ajudam a permanecer no mundo temporal. São homens como você, e como eu, que devem seu dever particular. Ainda que" — e aqui Alexandre ergueu um autoritário dedo papal — "nossas almas possam ficar um tempo no purgatório. Pense em quantas almas de cristãos ainda não nascidos salvaremos nas próximas centenas de anos. Os que encontrarão a salvação numa Santa Igreja Católica. Quando eu rezo, quando confesso meus pecados, este é o meu consolo para algumas das coisas que fiz. Não importa que nossos humanistas, aqueles crentes nos filósofos gregos, acreditem que a humanidade é tudo que existe. Existe um Deus Todo-Poderoso, e ele é misericordioso e compreensivo. Esta é a nossa fé. E você deve acreditar. Viva com seus pecados, confesse-os ou não, mas jamais perca a fé."

Na época o discurso do papa não significou nada para César. Agora, mesmo lutando com a fé, ele tinha se confessado a qualquer Deus que pudesse ouvir. Mas naquela época as únicas palavras que escutou foram: "Lembre-se, meu filho, de que você é minha melhor esperança para o futuro dos Bórgias."

UM DIA, após a meia-noite, César viu a porta de sua cela se abrir silenciosamente. Esperando um guarda em alguma missão tardia, viu em vez disso Duarte Brandão carregando um rolo de corda.

— Duarte, o que, em nome do céu, você está fazendo aqui? — perguntou César e seu coração começou a disparar.

— Resgatando-o, meu amigo. Mas rápido. Precisamos ir imediatamente.

— E os guardas?

— Eles foram lindamente subornados. Uma habilidade que eu dominei há muito tempo — disse Duarte enquanto desenrolava a corda.

— Nós vamos descer por aí? — César franziu a testa. — Parece curta demais.

— E é. — Duarte sorriu. — Eu só estou com ela aqui para manter as aparências, para proteger os guardas. O comandante deles vai acreditar que foi assim que você escapou. — Duarte amarrou a corda a um gancho de ferro na parede e jogou-a pela janela, depois se virou para César. — Vamos tomar um caminho muito mais fácil.

César seguiu Duarte pela escada circular do castelo, e saíram por uma pequena porta nos fundos do prédio. Nenhum guarda estava à vista. Duarte correu até o ponto onde a corda estava balançando da janela, longe do chão. Enfiou a mão no bolso da capa e tirou o que parecia um frasco de barro. Falou:

— Sangue de galinha. Vou derramar um pouco no chão debaixo da corda, depois farei uma trilha para o sul. Eles vão pensar que você se machucou ao cair e foi mancando naquela direção. Mas, na verdade, estamos indo para o norte.

César e Duarte seguiram por um campo e subiram até o topo de um morro onde dois cavalos esperavam, seguros por um menino.

— Para onde vamos, Duarte? Há muito poucos lugares seguros para nós dois.

— Está certo, César, muito poucos. Mas ainda há alguns. Você vai até o castelo do seu cunhado, o rei de Navarra. Ele está esperando-o. Você será bem-vindo e estará em segurança.

— E você, Duarte? Para onde vai? A Itália seria mortal. A Espanha, depois desta noite, também será. Você nunca confiou nos franceses. Nem eles em você, aliás. Então, vai para onde?

— Eu tenho um pequeno barco esperando na praia, não muito longe daqui. Vou para a Inglaterra.

— Para a Inglaterra, *Sir* Edward? — perguntou César com um pequeno sorriso.

Duarte ergueu os olhos, surpreso.

— Então você sabia? O tempo todo?

— Papai suspeitava há anos. Mas você não vai encontrar um rei hostil, talvez mortal?

— É possível. Mas Henrique Tudor é um homem esperto e prático, que tenta juntar homens capazes para aconselhá-lo e ajudá-lo. Na verdade, ouvi boatos recentes de que ele andou inquirindo sobre o meu paradeiro, que permaneceu desconhecido para ele. Henrique deu uma forte indicação de que, se eu voltar para servi-lo, posso encontrar amnésia e talvez até mesmo a restauração do meu *status* anterior. E que, devo admitir, era bastante bom. Claro que isso pode ser uma armadilha. Mas, realisticamente, que escolha eu tenho?

— Acho que nenhuma. Mas, Duarte, você pode navegar até tão longe sozinho?

— Ah, eu já fui até mais longe do que isso, César. E com o passar dos anos vim a gostar da solidão.

Duarte fez uma pausa.

— Bem, meu amigo, está ficando tarde. Precisamos nos separar.

Os dois se abraçaram no topo do morro, iluminados pela brilhante lua espanhola. Em seguida César recuou.

— Duarte, nunca vou esquecê-lo. Que Deus lhe dê velocidade e bons ventos.

Em seguida se virou, saltou no cavalo e partiu na direção de Navarra antes que Duarte pudesse ver as lágrimas correndo pelo seu rosto.

30

ALERTA AO PERIGO DE SER CAPTURADO DE NOVO PELA MILÍcia espanhola que passava o pente-fino no campo, César evitou todas as cidades e só viajava à noite, dormindo nos bosques durante o dia. Imundo e exausto, finalmente chegou a Navarra, na ponta norte da península Ibérica.

Estava sendo esperado por seu cunhado, porque Duarte alertara ao rei sobre sua chegada. Foi levado rapidamente pelo portão e escoltado até um cômodo espaçoso que dava para o rio.

Depois de César ter se banhado e vestido as roupas que lhe deram, um soldado chegou para levá-lo aos aposentos reais.

Lá, o rei Jean de Navarra, um homem grande, de pele bronzeada e barba bem-feita, abraçou-o calorosamente.

— Meu caro irmão, que bom vê-lo! — disse Jean. — Ouvi tudo a seu respeito, dito por Charlotte, claro, e você é bem-vindo aqui. Ah, nós temos pequenas escaramuças com barões desordeiros de vez em quando, mas nada que ameace sua segurança ou sua paz de espírito. Então descanse, relaxe e divirta-se. Fique o tempo que quiser. E, pelo amor de Deus, vamos mandar o alfaiate real lhe fazer algumas roupas!

César ficou imensamente grato a esse homem, que ele nunca encontrara antes e que estava salvando sua vida. Não tinha intenção de deixar essa dívida sem ser paga, especialmente depois de ter deixado sua querida Charlotte na França há tanto tempo.

— Obrigado, majestade, por sua hospitalidade gentil. Mas eu gostaria de ajudá-lo nessas "pequenas escaramuças" das quais falou. Porque tenho experiência na guerra, e ficaria satisfeito em pôr essa experiência a seu serviço.

O rei Jean sorriu.

— Bem, claro que pode. Eu sei de seus feitos. — Ele desembainhou a espada e, jovialmente, tocou com ela o ombro de César. — Faço-o comandante do exército real. Mas devo dizer-lhe que o comandante anterior explodiu em pedaços na semana passada. — O rei gargalhou, mostrando dentes brancos e brilhantes.

Durante dois dias César descansou, porque estava exausto. Dormiu ininterruptamente, mas, assim que acordou, depois de se vestir com as roupas novas — até mesmo com armadura e armas —, foi inspecionar o exército que iria comandar. Começando com a cavalaria, viu que eram profissionais experientes, bem treinados e bem comandados. Iriam se portar bem em batalha.

Em seguida ele inspecionou a artilharia. Havia vinte e quatro bocas de fogo, limpas e em boas condições. Os artilheiros, como os cavaleiros, pareciam veteranos endurecidos na batalha. Talvez não fossem iguais à unidade de Vito Vitelli, mas serviriam.

A infantaria era outra história. Composta principalmente por camponeses locais que se apresentavam periodicamente para o serviço militar, eram bastante dispostos, mas mal equipados e aparentemente mal treinados. Quando chegassem os problemas, ele teria de contar com a cavalaria e a artilharia para fazer o serviço.

As semanas seguintes passaram-se em paz. Estranhamente, foram os tempos mais felizes que César podia lembrar, a não ser, talvez, o passado com Charlotte e os dias no Lago de Prata. Pela primeira vez em sua vida ele não corria perigo. Não havia necessidade de tramar contra ninguém, e ninguém estava tramando contra ele.

O rei Jean era um companheiro fascinante, que parecia agradecido pela companhia de César. Era gentil, e César não tinha medo de traição. Os dois passavam praticamente todos os dias juntos, cavalgando e caçando, e ele sentia por Jean algo que gostaria de ter sentido pelos irmãos. À noite, após o jantar, os dois sentavam-se junto ao fogo discutindo livros que tinham lido, os métodos do bom governo e as responsabilidades da liderança. Até mesmo disputaram uma luta livre. Mas, apesar de César ter vencido, não foi uma vitória de verdade — ele estava certo de que o rei musculoso e cavalheiro havia se rendido por gentileza.

César se sentia seguro pela primeira vez em anos. Assim, disse ao rei:

— Acho que finalmente está na hora de mandar buscar minha mulher e minha filha. Desde que nos separamos eu tenho escrito a Charlotte e mandado presentes para ela e a menina; entretanto, mais de uma vez planejei mandar buscá-las, e acabei enfrentando alguma crise nova, algum perigo novo que iria colocá-las em grande risco.

Jean, irmão de Charlotte e agora também de César, concordou com grande entusiasmo. Brindaram ao dia em que elas iriam chegar.

À meia-noite, em seus aposentos, César pegou uma pena e escreveu para a esposa no Château de la Motte Feuilly, no Dauphine.

Minha querida Charlotte.
Finalmente a notícia que eu desejava lhe dar há tanto tempo. Acho que está na hora de você se juntar a mim em Navarra — com *la petite Louise*. Claro que Jean tem sido um amigo dedicado, e a situação aqui permite que todos estejamos juntos — finalmente. Sei que a viagem será longa e árdua, mas, assim que vocês estiverem aqui, nunca mais nos separaremos.

Seu amoroso
C.

César mandou a carta por um mensageiro real no dia seguinte. Sabia que iriam se passar meses antes que Charlotte e a menina pudessem se juntar a ele, mas seu coração se enchia de felicidade ao pensar nisso.

ALGUNS DIAS DEPOIS, quando César se juntou ao rei para o jantar, o humor de Jean estava carrancudo e ele estava numa fúria silenciosa.

— O que o perturba, irmão? — perguntou César.

O rei estava com tanta raiva que mal conseguia falar, mas quando começou não parecia capaz de parar.

— O conde Louis de Beaumonte está me causando problemas há meses. Seus homens roubam o gado e os grãos de nossas aldeias, o que é um desastre para o povo. Seu bispo finge estar numa missão para a Igreja, mas em vez disso contata meus oficiais, oferecendo terras e dinheiro para me traírem. Agora ele foi ainda mais longe. Longe demais. Hoje seus soldados queimaram um povoado até os alicerces, mataram todos os homens e, claro, estupraram as mulheres. Essa não foi uma aventura aleatória feita por um bêbado desconhecido, César. Beaumonte tem desígnios com relação a uma parte significativa das minhas terras. E sua tática é o terror. Ele vai aterrorizar os aldeãos até que eles me abandonem e o apoiem, para salvar suas vidas e seus lares.

De novo a traição, como um dragão das profundezas, tinha levantado a cabeça. César o reconheceu e sentiu medo — por Jean.

O rei bateu com o punho na mesa, derramando o vinho.

— Eu vou impedi-lo! Imediatamente! Como governante de Navarra, devo a proteção aos meus súditos. Eles não devem viver com medo. Amanhã liderarei um ataque ao castelo dele em Viana. Lá eu irei expulsá-lo ou matá-lo.

— Você é um verdadeiro rei — disse César. — Deve ordenar esse ataque, Jean. Mas não deve liderá-lo pessoalmente. É uma batalha muito perigosa, e você é importante demais para o seu povo para arriscar sua pessoa. Eu me sinto realmente grato por tudo que fez por mim, quando não tinha chance de vida a não ser através de você. Peço que me deixe liderar o ataque. Porque eu liderei muitos, e teremos sucesso.

O rei finalmente concordou, varrido pela lógica de César. Naquela noite os dois passaram horas estudando um mapa das fortificações de Viana e planejando estratégias para o dia seguinte.

César acordou antes do amanhecer. O exército do rei tinha chegado e estava esperando. Sua montaria, um fogoso garanhão baio, estava impacientemente batendo as patas junto ao portão. O exército serpenteou para fora do castelo e, com César na liderança, atravessou campos, subiu morros e riachos, e finalmente chegou diante das muralhas do castelo de Louis de Beaumonte.

César estudou a fortaleza. As muralhas eram altas e bem projetadas. Mas ele tinha visto outras mais altas e melhores. Comparada a Forli e Faenza, essa não seria uma tarefa difícil.

Organizou seus homens como tinha feito muitas vezes antes, depois colocou sua armadura leve e se preparou para lutar de novo. Ele próprio lideraria a carga de cavalaria; dada a condição da infantaria, sabia que essa carga seria decisiva — e poderia resolver a situação.

Lembrando-se das lições aprendidas com Vito Vitelli, começou espalhando seus canhões em volta do perímetro das muralhas e protegendo-os com unidades de cavalaria e infantaria. Assim que fez isso, ordenou que atirassem inicialmente nas ameias. Esse comportamento mataria ou inutilizaria muitos dos defensores e reduziria o risco definitivo às forças de César. Os oficiais da artilharia passaram suas ordens, e o bombardeio começou.

E transcorreu bem. Repetidamente, enquanto os canhões disparavam, pedaços das partes de cima das muralhas desmoronavam e caíam de todos os lados do castelo. À medida que os canhões continuavam com o fogo, César podia ouvir os gritos dos defensores que tinham sido mutilados ou jogados das ameias pelo ataque incessante.

Mas agora, depois de mais uma hora, era tempo de mudar a tática. César instruiu para que todos os canhões fossem empurrados para um dos lados do castelo. Depois ordenou que o fogo fosse dirigido para um único trecho da muralha, com não mais de quinze metros de largura. Ali, pensou César, é onde acontecerá minha carga de cavalaria.

Esse castelo não era tão bem construído quanto os que ele tinha atacado na Itália. As paredes começaram a balançar a cada descarga, e César viu que o fim estava próximo.

Foi então que deu o comando para a cavalaria se preparar. Os oficiais passaram seu comando, e cada um dos homens montados pôs uma lança de aparência mortal sob o braço, em posição de ataque. Cada um usava também uma espada, e mesmo desmontado seria um inimigo formidável.

O próprio César montou seu cavalo baio, pondo a lança em posição. Verificou a espada e a maça com pontas que pendia da sela, pronta para ser usada se ele fosse desmontado e perdesse a espada.

Seu espírito de luta estava desperto. Mas era mais do que isso. Esta não era apenas mais uma batalha de conquista. Esse rei tinha sido gentil com ele, tinha salvado sua vida, tinha se tornado um amigo.

Além disso, César sabia bem demais o que um senhor maligno como Beaumonte poderia fazer, se não fosse controlado. Devia ao rei pôr um fim em Louis de Beaumonte.

César ouviu o grito familiar:

— Uma brecha, uma brecha!

Um buraco enorme e irregular tinha sido aberto na muralha, através do qual seus cavaleiros poderiam passar desimpedidos para tomar o castelo.

Mas, enquanto disparava para a muralha, soube de repente que havia algo terrivelmente errado. Não havia sons de cascos atrás dele.

Sem parar, virou-se na sela.

Atrás dele, onde a havia deixado, toda a tropa de cavalaria estava imóvel. Com horror, percebeu que nenhum homem o havia seguido.

A qualquer momento os soldados do castelo correriam para a brecha, e sem uma carga de cavalaria seriam difíceis de ser desalojados.

César diminuiu a velocidade. Virou-se de novo para a sua cavalaria, levantou a viseira e gritou:

— Ataquem, covardes!

Mas de novo toda a tropa de cavalaria ficou imóvel.

César entendeu. Aqueles desgraçados tinham sido comprados. Estavam traindo seu rei... seu amigo, seu salvador, Jean de Navarra.

Bem, ele não faria isso!

Não hesitou mais. Baixou a viseira, segurou a lança e correu para a brecha... sozinho.

Havia pó e confusão em toda parte. Imediatamente hordas de soldados com lanças e espadas correram para ele. Ele penetrou no amontoado, e eles se espalharam. Mas tinha matado apenas dois com sua lança. O inimigo se reagrupou e o cercou de novo.

César lutava instintivamente, com a espada numa das mãos, a maça na outra. Um inimigo caía após o outro, cortado por sua espada ou esmagado pela maça.

Então, de repente, o cavalo de César tombou, e ele estava no chão, rolando para o lado para evitar os golpes das lanças inimigas. Saltou de pé, vendo que a maça tinha desaparecido, mas mesmo assim golpeava com a espada em todas as direções.

Mas eles eram muitos — eram demais. E de repente estavam todos em volta, golpeando-o. Sentiu a dor aguda de uma lança se cravando na axila. Sentiu-se fraco; estava perdendo sangue. Então ouviu uma voz, um som reconfortante: *"Em armas e por armas..."* Pensou em Lucrécia. Então ele escorregou para o chão e todo o pensamento cessou.

César Bórgia estava morto.

Epílogo

César Bórgia, que fora cardeal, duque e *gonfaloniere*, foi homenageado em uma elaborada cerimônia em Roma, conduzida por seu irmão, o cardeal Jofre Bórgia, e pelo próprio papa Júlio. Depois suas cinzas foram postas sob um gigantesco monumento na igreja de Santa Maria Maggiore. Disseram que o papa Júlio queria César onde pudesse ficar de olho nele, mesmo depois da morte.

Mas Lucrécia Bórgia tinha conseguido que as cinzas do irmão fossem roubadas por Michelotto e postas numa urna de ouro. Michelotto, que por algum milagre tinha ficado vivo, cavalgou pela noite para levá-las a Ferrara.

No dia seguinte, Lucrécia partiu com um séquito de trezentos nobres e soldados, e guiou o cortejo fúnebre na longa jornada até o Lago de Prata.

Barracas foram armadas na margem. Havia os penitentes usuais vindos das minas de Tolfa, a apenas quinze quilômetros de distância, e amantes de alguns dos clérigos de alta patente derramando suas lágrimas de arrependimento nas águas. Os homens de Lucrécia os afastaram.

Dos morros acima, ela podia ver as espiras de Roma. E isso trouxe lembranças de quando ela era uma pecadora carnal, quando tinha sofrido pontadas de medo pelo irmão e pelo pai por causa do que sabia sobre eles. Como muitos outros pecadores, ela havia chegado a este lago para ser limpa dos desejos pecaminosos, realmente acreditando que as águas mágicas lavariam suas tentações, já que o lago tinha a reputação de oferecer consolo, de reformar os que faziam o mal.

Mas seu pai, o papa, com seu sorriso torto e ao mesmo tempo bem-humorado, fazia-a lembrar que não havia nada tão traiçoeiro quanto o malfeitor que procura redenção. Afinal de contas, essa pessoa era um exemplo comprovado de fraqueza de caráter, tendendo a mudar de lado.

Lucrécia sentou-se junto ao lago em sua tenda dourada e sentiu aquelas águas de prata trazerem uma paz que ela realmente nunca havia conhecido. Seu pai e seu irmão estavam mortos. E seu destino estava selado. Ela daria à luz mais filhos; ajudaria a governar Ferrara; seria justa e, acima de tudo, misericordiosa pelo resto da vida.

Nunca rivalizaria com o pai e o irmão nas realizações mundanas, mas isso não importava, porque seria o que eles nunca tinham sido. Triste, reconheceu no coração que eles jamais tinham sido realmente misericordiosos. Lembrou-se de como César punira o satirista romano Filofila, que tinha composto os versos obscenos sobre o clã dos Bórgias. O que isso importava agora? Que mal havia nas palavras? Alguém realmente acreditaria nelas?

E assim tinha trazido as cinzas de César para o Lago de Prata, como se seus restos mortais ainda pudessem ser tentados para o mal. Ou como uma espécie de peregrinação para expiar os pecados dela na carne, os únicos pecados de que era culpada, e dos quais não seria mais culpada. Finalmente ela iria se redimir.

E isso a trouxe de volta, com carinho, à lembrança do pai. Cardeal da Santa Igreja quando ela nasceu, pai amoroso e dedicado quando era papa e Vigário de Cristo. Será que a alma dele queimaria no inferno para sempre por seus pecados? Se ela podia sentir misericórdia, como um Deus todo-poderoso não sentiria? Então se lembrou do que o pai tinha dito quando ela chorava o assassinato do marido, perpetrado por César.

"Deus perdoará os dois. Caso contrário, não existe motivo para Ele existir. E um dia, quando nossa tragédia mundana terminar, todos estaremos juntos de novo."

Enquanto o crepúsculo chegava, o lago tinha assumido um brilho prateado. Lucrécia andou lentamente até o pequeno cais, onde havia nadado e mergulhado na infância. E em sua mente podia ouvir a voz de seu irmão César como era na sua infância. "Não, Crécia, é raso." "Não se preocupe, Crécia, eu salvo você." E mais tarde, quando eram mais velhos, com mais vida vivida e alguns sonhos destruídos, a voz dele de novo, prometendo: "Se é isso que você quer, Crécia, vou tentar ajudar." Depois, quando ela o vira pela última vez, o pedido: "Se algum dia eu for morto, Crécia, você deve viver por mim." E ela havia prometido que viveria.

Enquanto andava até o fim do cais a noite começou a envolvê-la na escuridão tremeluzente, e ela viu a lua pálida subir logo acima dos ciprestes. Foi então que retirou a tampa da urna e lentamente espalhou as cinzas de César no Lago de Prata.

Mais tarde, quando chegou à margem de novo, vários dos penitentes que voltavam pelos morros depois do dia de oração e penitências a notaram.

Uma bela jovem se virou para o rapaz com quem estava e apontou para Lucrécia.

— Quem é aquela mulher linda? — perguntou.

— Lucrécia d'Este, a boa e misericordiosa duquesa de Ferrara. Nunca ouviu falar?

Este livro foi composto na tipografia
Minion Pro, em corpo 11,5/16, e impresso em
papel off-white no Sistema Digital Instant Duplex
da Divisão Gráfica da Distribuidora Record.